Reinhard Kleindl
Die Gottesmaschine

Über den Autor:

Reinhard Kleindl ist ein österreichischer Thrillerautor, Wissenschaftsjournalist und Extremsportler. Er studierte Theoretische Elementarteilchenphysik und gehört zu den aktivsten Wissenschaftserklärern Österreichs. Er schrieb unter anderem für Zeitungen, Magazine und Universitäten. Derzeit schreibt er freiberuflich für den österreichischen Wissenschaftsfonds FWF.
www.reinhardkleindl.at

/ REINHARD KLEINDL

DIE GOTTESMASCHINE

THRILLER

lübbe

Dieser Titel ist auch als Hörbuch und E-Book erschienen

Originalausgabe

Copyright © 2021 by Bastei Lübbe AG, Köln
Titelillustration: © Dreieck/photocase.de; © shutterstock.com:
pixelparticle | Jurik Peter | ilolab
Umschlaggestaltung: Johannes Wiebel | punchdesign, München
Satz: Dörlemann Satz, Lemförde
Gesetzt aus der Adobe Garamond Pro
Druck und Verarbeitung: GGP Media GmbH, Pößneck
Printed in Germany
ISBN 978-3-404-18417-0

2 4 5 3 1

Sie finden uns im Internet unter luebbe.de
Bitte beachten Sie auch: lesejury.de

Für Andreas und Maria Kleindl,
die mir Europa zeigten.

*Diese Geschichte beruht auf realen
wissenschaftlichen Theorien und Fakten.*

Und es ward Licht.

Die gleißende Helligkeit blendete ihn. Sein Körper war ganz leicht, schien zu schweben, dem Licht entgegen. Er fühlte sich geborgen, aufgehoben. Er schien in diesem Moment eins mit der Schöpfung zu sein, er spürte sie, wie man seine Hände und Füße spürt, den Kosmos mit seinen Rätseln, die Bausteine der Materie mit ihrer göttlichen Ordnung – die Dinge, mit denen sein Verstand sich beschäftigte, seit er ein kleiner Junge war, die er aber noch nie gefühlt hatte wie jetzt. Er verstand nun, dass das Göttliche, das er immer in unerreichbarer Ferne gesucht hatte, bei ihm war, in ihm war. Er selbst war das Göttliche. Das Gefühl überwältigte ihn. Er empfand Seligkeit – sie begleitete ihn seit Wochen und war in den letzten Tagen übermächtig geworden. Er hatte gewusst, dass er seiner Bestimmung näher kam, dass er die Welt verändern würde. Nun waren seine Forschungen abgeschlossen. Zuerst hatte er es nicht glauben wollen, doch das Ergebnis des Computers war eindeutig, ein Irrtum war ausgeschlossen. Wenn er die Daten veröffentlichte, würde ein Beben durch die Welt gehen. Schon bald würde nichts mehr so sein wie früher. Es lag an ihm, einen jahrtausendealten Krieg zu beenden. Doch er empfand keinen Stolz, sondern Demut. Er wusste, er war nur ein Bote. Dazu war er auserkoren, das war der Weg, dem er unbeirrt gefolgt war.

Dieser Weg war nun zu Ende. Die Aufgabe des Boten war abgeschlossen, alles war vorbereitet. In wenigen Stunden würde sich die Nachricht auf der ganzen Welt verbreiten. Die Veränderung ließ sich nicht mehr aufhalten. Das erfüllte ihn mit einem unendlichen Glücksgefühl, obwohl er wusste, dass das Gefühl des Schwebens eine Einbildung war. Es war ein Zeichen, dass seine Seele sich von seinem Körper zu lösen begann. Eigentlich sollte er schreckliche

Schmerzen haben, von den Kabeln, die in seine Hand- und Fußgelenke schnitten. Blut staute sich in seinem Kopf und pochte in seinen Ohren. Er konnte sich nicht mehr bewegen, etwas in ihm schien zerbrochen zu sein, das Atmen wurde zunehmend schwerer. Doch der Schmerz war nicht mehr da, er hatte ihn verlassen wie die Zweifel.

Mit einem Mal trat jemand in das Licht, das in Wirklichkeit eine Deckenleuchte war. Ein Mensch stand über ihm, ein Kreuz hing an einer Kette um seinen Hals – ein falsches Kreuz, voll dunkler Symbolik. Das Gesicht lag im Schatten, doch er wusste, wem dieses Kreuz gehörte, und das Wissen erfüllte ihn mit Liebe. Der Mensch hob etwas Großes über seinen Kopf, das so schwer war, dass er taumelte.

»Nicht«, flüsterte der Bote.

Dann wurde es dunkel.

Währenddessen zählte auf einem Server im klimatisierten Serverraum eines IT-Dienstleisters in Genf eine Uhr einen Countdown herab, nach dessen Ablauf ein Script ausgeführt und ein drei Gigabyte großes Datenpaket namens »liberatio.zip« zum Download freigegeben werden würde.

22 Stunden, 53 Minuten, 4 Sekunden.

22 Stunden, 53 Minuten, 3 Sekunden.

22 Stunden, 53 Minuten, 2 Sekunden …

1

»Entschuldigung – haben Sie etwas gesagt?«

Stefano Lombardi hob den Blick und sah den weißen Schnauzbart des Taxifahrers im Rückspiegel. Er war so in Gedanken gewesen, dass er sich nicht sicher war, ob der Mann ihn angesprochen hatte. Lombardi hatte in die Landschaft hinausgeblickt, die an den Fenstern des alten Renault vorbeizog, und mit seinem Halsband aus einem dünnen Lederstreifen gespielt, an dem eine aus Speckstein geschnitzte Schlange hing. Draußen lichtete sich der Wald immer mehr. Die hohen Nadelbäume wichen niedrigen Kiefern, manche davon auf einer Seite völlig kahl. In ihrem Schatten lagen Schneefelder. Der Fahrer hatte die Heizung eingeschaltet, und die trockene Luft aus dem Gebläse brannte ihm in der Nase.

»Ich sagte, dass ein Sturm kommen wird«, wiederholte der Mann. »*Une tempête grave!* Das ist nicht selten um diese Jahreszeit. Sie müssen sich keine Sorgen machen, das Kloster hat über die Jahrhunderte viel Schlimmeres überstanden. Ich verstehe die Aufregung nicht.«

Der Taxifahrer lachte heiser. Lombardi verstand sein Französisch nur schwer. Es würde eine Weile dauern, bis er sich wieder an diese Sprache gewöhnt hatte. Er ließ den Anhänger seines Halsbands los und versuchte, sich auf die vorbeiziehenden Bäume zu konzentrieren. Ihm lag noch das schwere Essen im Magen, das er am Bahnhof in Zürich zu sich genommen hatte. Er hatte ein *Eingeklemmts* bestellt, das sich als Sandwich mit Wurst und viel Käse entpuppt hatte. Danach war er in einen TGV in Richtung Paris umgestiegen und hatte seine Fahrt fortgesetzt. Die Bäume und Brücken waren so schnell an ihm vorbeigeflogen, dass ihm mulmig geworden war. Er glaubte gehört zu haben, dass diese Züge über

500 km/h schnell fahren konnten, aber er war sich nicht sicher, ob das überhaupt möglich war. Vom Bahnhof in Genf hatte er dann einen französischen Bus genommen und war schließlich ins Taxi umgestiegen, das ihn in die Berge brachte.

»Was führt Sie hierher?«, fragte der Fahrer, als sich ihre Blicke im Rückspiegel trafen. »Sind Sie Wissenschaftler?«

»Nein, ich mache nur Urlaub«, antwortete Lombardi.

Der Taxifahrer hörte nicht auf, ihn durch den Spiegel anzustarren. Lombardi war nicht wohl bei dieser Lüge und hoffte, dass man es nicht sah.

Er musste an den Abend denken, als er mit Alessandro Badalamenti in dessen Garten unter alten Pinien gesessen hatte und würzigen apulischen Rotwein aus seinem Keller getrunken hatte. Sein Freund, der Automobilindustrielle und Vatikan-Kenner, war ungewöhnlich schweigsam gewesen. Erst als die Flasche leer gewesen war, hatte Badalamenti ihm offenbart, was ihn bedrückte und um seine Hilfe gebeten. Lombardi wollte helfen, aber er war unsicher.

»Was soll ich sagen, wenn jemand fragt, was ich dort will?«

»Niemand wird fragen. Viele Gäste kommen nach L'Archange Michel. Du wirst gar nicht auffallen.«

Doch Lombardi hatte gezögert.

»Denkst du, ich bin der Richtige dafür? Du kennst mich, ich bin nicht so abenteuerlustig wie du. Ich sitze gern in der Sonne, ich trinke gern Wein.«

Da hatte Badalamenti gelacht. »Bist du deshalb nach Afrika gegangen? Weil du gern Wein trinkst?«

»Du weißt, was ich meine. Ich bin Pragmatiker. Ich mache mir nichts aus solchen Dingen.«

»Genau darum brauche ich dich. Mach dir ein Bild, ganz nüchtern. Du hast mich nach einer Beschäftigung gefragt. Nach etwas, das dich ablenkt. Das ist es, was ich dir anbiete.«

Darauf hatte er nichts zu sagen gewusst, und schließlich hatte er eingewilligt.

Lombardi dachte daran, dass er den Garten und die langen Piniennadeln unter seinen nackten Füßen vermisste.

Vielleicht sollte er ernst nehmen, was Badalamenti gesagt hatte. Er war ein Reisender, nicht mehr. Eigentlich reiste er gern. Und es stimmte, er hatte wirklich nach Ablenkung gesucht. Der Gedanke machte ihm Mut. Alles, was ihm fehlte, war ein Zimmer, wo er die Tür hinter sich schließen und duschen konnte.

»Waren Sie schon einmal hier?«, fragte der Taxifahrer.

»Nein«, gestand Lombardi, »es ist das erste Mal.«

»Oh!«, rief der Taxifahrer aus. »*C'est magnifique!*«

Der Mann schien mehr sagen zu wollen, zögerte aber. »*Pardon Monsieur.* Ich nerve Sie.«

»Sie nerven gar nicht«, widersprach Lombardi, obwohl der Mann ihn tatsächlich ein wenig ermüdete.

Stefano Lombardi rutschte auf dem schwarzen Ledersitz hin und her. Auf der Sitzbank neben ihm lag eine Broschüre mit Informationen über das Kloster, die er während der Zugfahrt hatte lesen wollen. Er bemerkte, dass er zu riechen begonnen hatte. Er trug immer noch die Jeans und den Pullover, mit denen er vor Stunden in den Zug nach Paris gestiegen war. Lombardi hatte ganz plötzlich Lust auf eine Zigarette. Er hatte insgesamt nur drei Jahre geraucht, doch das Verlangen überfiel ihn von Zeit zu Zeit. Nur ein paar Züge, gleich hier neben der Straße, an der frischen Luft. Er verscheuchte den Gedanken.

Er griff nach der Broschüre und blätterte unkonzentriert durch die Seiten. Badalamenti hatte ihm mit leuchtenden Augen von dem Kloster erzählt – *Revolutionär, ein völlig neues Konzept!* Doch das Gehörte hatte für Lombardi keinen rechten Sinn ergeben.

Laut der Broschüre handelte es sich um eine dem heiligen Michael geweihte Abtei aus dem 11. Jahrhundert. Lombardi kannte diesen Kloster-Typus. Im Mittelalter wurden eine ganze Reihe von Sankt-Michaels-Klöstern an exponierten Stellen errichtet. Das bekannteste und größte war Mont-Saint-Michel auf einer Felseninsel vor der bretonischen Küste. Das Kloster, eines der einflussreichsten und mächtigsten seiner Zeit, war heute eine Touristenattraktion. Doch auch in Cornwall und im Piemont gab es ähnliche Abteien. Die Ursprünge von L'Archange Michel reichten weiter zurück, wie Lombardi erfuhr. Bereits im 9. Jahrhundert existierte hier eine Einsiedelei, über der später eine Kirche errichtet wurde. Im 11. Jahrhundert fanden Benediktiner aus dem Norden das verlassene Gotteshaus und bauten die Abtei.

Heute schien L'Archange Michel, auch *Saint Michel à la gorge* genannt, eine Art Seminarhotel zu beherbergen, das für Tagungen gebucht werden konnte. Der Text lobte die modern ausgestatteten Tagungsräume und die internationale Küche. Doch dann war plötzlich von einem leistungsfähigen Computercluster die Rede. Verwirrt legte Lombardi die Broschüre weg. Es half nichts, er musste sich selbst ein Bild machen.

Das Taxi nahm eine Kehre, und Lombardi wurde durchgeschüttelt. Da öffnete sich die Landschaft und gab den Blick auf ein tiefes Tal frei. Lombardi hörte einen Moment lang auf zu grübeln, so beeindruckend war die Szenerie. Der Himmel über ihm war von schweren Wolken bedeckt, doch über den Bergkämmen in der Ferne hatte sich ein Sonnenfenster geöffnet. Die Sonne stand genau in Verlängerung des Tals und warf ihr Licht auf feuchte Felswände, die auf der linken Talseite einen Vorsprung bildeten und die Helligkeit reflektierten, als stünden sie in Flammen. Darauf stand, steil aufragend, ein Gebäudekomplex, gekrönt von einem gedrungenen Kirchturm mit goldglänzender Statue auf seiner Spitze. Vor ihnen lag die Abtei L'Archange Michel.

2

Windböen zerrten an Lombardis Kleidern, als er sich mit seinem Trolley im Schlepptau dem Tor näherte, das ins Innere der wuchtigen Stadtmauern führte. Die Hose flatterte wild um seine Waden. Die Wolken zogen schnell über den Himmel. Es hatte zu schneien begonnen, und die Rollen seines Trolleys hinterließen dünne Spuren in der frischen Schneedecke.

Als er aus dem Taxi ausgestiegen war, hatten dort bereits vier Personen in dicken Mänteln gewartet, neben Stapeln von Gepäck. Sie hatten ihm zugenickt, bevor sie ihre Koffer in das Taxi geladen hatten.

Lombardi trat durch das Tor, und der Wind ließ augenblicklich nach. Zu seiner Überraschung fand er sich in einer kleinen Stadt wieder: enge Gassen, Fachwerkhäuser, eine sanft ansteigende, gepflasterte Straße. Auf einem Parkplatz standen drei identische Kleinbusse, ein Hinweisschild wies einen Shuttleservice für Touristen aus. Ein Lebensmittelgeschäft hatte geschlossen.

Lombardi folgte der Straße höher auf den Berg. Die Stadt war wie ausgestorben – eine Geisterstadt, die etwas von einer Filmkulisse hatte. Eine Frau öffnete einen rot gestrichenen Fensterladen und grüßte ihn freundlich, bevor sie zu den Wolken aufblickte. Er folgte ihrem Blick und sah, dass die Bebauung an einer Felswand endete. Die kleinen Häuser schmiegten sich an den rohen Granit, der weiter oben in eine hohe Mauer überging, die ihn in ihren Bann zog. Die Architektur schien den gesunden Menschenverstand zu verhöhnen. Er fragte sich, wie es im Mittelalter möglich gewesen sein sollte, solche Mauern zu errichten. Er hatte gelesen, dass die Anlage über Jahrhunderte immer weiter ausgebaut worden war, neue Mauern auf alten aufbauend, eingestürzte, romanische Gebäude durch prachtvolle gotische ersetzend. So sei ein regelrechtes Labyrinth entstanden, und noch immer wurden bei so mancher Renovierung zugemauerte Räume entdeckt.

Lombardi bemerkte, wie die Frau, die aus dem Fenster gesehen hatte, das Haus verließ und mit einem Rollkoffer, der seinem ähnelte, hinab zum Stadttor ging. Er hingegen stieg weiter den Berg hinauf.

Über mehrere Treppen erreichte er eine steinerne Brücke, die über eine schmale Schlucht führte. Ein Schwindelgefühl überkam ihn, als er sich der Balustrade näherte. Am anderen Ende lag der Eingang des Klosters. Lombardi gab sich einen Ruck und überquerte die Brücke, wobei er sich bemühte, nicht nach unten zu sehen. Auf der anderen Seite angekommen stellte er müde seinen Trolley ab und fand eine kleine, eisenbeschlagene Tür offen vor. Dahinter waren weitere Treppen. Als er eine kleine Plattform erreichte, frischte der Wind wieder auf, und er spürte plötzlich einen warmen Schein auf den Wangen. Die Sonne stand feuerrot über einem Gipfel. Einen Moment lang sah Lombardi ihr zu, wie sie unterging. Dann wandte er sich dem Eingang zu.

3

»Hallo?«, fragte Lombardi vorsichtig.

Er stand vor einer verglasten Portiersloge, die verwaist war. Eine Tür dahinter stand offen. Er bekam keine Antwort, doch er hörte ein Geräusch durch einige Löcher im Glas. Da war jemand. Ein Mensch sprach sehr leise und machte dabei immer wieder Pausen, als würde er telefonieren. Lombardi trommelte ungeduldig mit den Fingern auf eine Ablage vor der Loge, auf der Prospekte und Informationsblätter lagen. Daneben stand eine Klingel aus stumpfem Metall, wie in einem alten Hotel. Lombardi betätigte sie. Das Geräusch war unangenehm laut, und sofort verstummte das Murmeln im Nebenraum. Dann ging die Tür auf, und ein junger Benediktinermönch erschien, fast noch ein Teenager, mit asiatisch anmutenden Augen. Es musste sich um einen Novizen handeln, einen Mönch auf Probe.

»*Qu'est-ce que vous voulez?*«, fragte der Junge scharf.

Lombardi stellte sich vor. »Ich werde erwartet.«

»Aber die Abtei ist doch geschlossen!«

Lombardi spürte Ärger in sich aufsteigen. »Das hätten Sie sich früher überlegen sollen«, entgegnete er ungeduldig. »Ich habe vorhin mit dem Abt telefoniert. Erkundigen Sie sich. Er hat mir ein Taxi geschickt. Er weiß, dass ich komme.«

Der Novize begann, in einen Bildschirm zu starren und mit einer Computermaus zu hantieren, bis sein Blick auf einen Zettel mit chinesischen Schriftzeichen vor ihm fiel und seine Miene sich aufhellte.

»Bischof Lombardi? Bitte vielmals um Entschuldigung! Ich wusste nicht – in Zivil habe ich Sie nicht erkannt. Wie war Ihre Fahrt?«

Lombardis Ärger ließ schnell nach. »Gut, danke. Ein wenig müde bin ich.«

»Willkommen in L'Archange Michel!«, plapperte der Novize. »Mein Name ist Weiwei. Ich werde gleich sehen, ob Ihr Zimmer schon bereit ist, falls Sie sich ausruhen wollen.«

»Ich möchte gern zuerst den Abt treffen«, sagte Lombardi. »Könnten Sie mir erklären, wie ich ihn finde?«

Weiwei wirkte unschlüssig.

»Oder ist er zu beschäftigt?«, fragte Lombardi in süffisantem Ton.

»Natürlich nicht«, versicherte Weiwei mit gequältem Gesichtsausdruck. Die Sache war ihm ausgesprochen peinlich. »Haben Sie ein Telefon?«

Lombardi nahm sein Smartphone aus der Tasche. Er hatte es in Afrika gekauft, ein in Ruanda produziertes Modell. Es war nun ein Jahr alt, und er benutzte es hauptsächlich zum Telefonieren.

»Ich habe leider keinen Empfang«, stellte er fest.

»Das macht nichts. Die Meisten haben hier keinen Empfang. Verbinden Sie sich einfach mit dem WLAN und installieren Sie unsere App. Der Netzwerkname ist *archange_guest*. Dann können Sie auch ins Internet.«

Lombardi sah ihn fragend an.

»Die App enthält alles, was Sie brauchen«, erklärte der Junge, »das Tagesmenü der Kantine, die Zeiten für die Gebete, das Gesamtverzeichnis der Bibliothek und natürlich ein Navigationssystem. Hier ist alles ziemlich verwinkelt, wir wollen nicht, dass unsere Gäste verloren gehen. Es gibt auch eine virtuelle Führung durchs Kloster, wenn Sie das möchten.«

Weiwei erklärte ihm etwas über Positionsbestimmung via WLAN und dass alles Open Source sei. Lombardi verstand nichts davon und war nicht begeistert. Er hatte nur eine Handvoll ausgewählter Apps auf seinem Telefon installiert, einige italienische und afrikanische Zeitungen, eine Sammlung von Kochrezepten und ein Programm zur Himmelsbeobachtung, das ihm Badalamenti aufgeschwatzt hatte. Die vielen Funktionen des Smartphones verunsicherten ihn, und er beneidete Menschen wie Badalamenti, die arglos jede neue App sofort installierten und sich nichts dabei dachten. Doch der Novize wartete, und er ergab sich. Mithilfe des Mönchs dauerte es nur eine Minute, bis Lombardi einen Grundrissplan auf seinem Handy hatte.

»Da, sehen Sie, das Büro des Herrn Abt ist hier.« Der Novize zeigte auf einen Punkt. »Am besten folgen Sie einfach den Pfeilen.«

»Danke. Mein Koffer …«

»Den können Sie hierlassen. Ich bringe ihn aufs Zimmer. Und bitte nochmals um Entschuldigung, dass ich Sie nicht erkannt habe.«

»Macht nichts.« Lombardi bemühte sich um ein Lächeln und wandte sich zum Gehen.

Doch zuvor fiel sein Blick durch den Türspalt, und plötzlich stutzte er. Dort hing ein Kreuz an der Wand, das seine Aufmerksamkeit fesselte. Bevor Lombardi genauer hinsehen konnte, zog sich der junge Mönch in den Nebenraum zurück und schloss die Tür hinter sich.

Lombardi blieb verwirrt zurück. Als er darüber nachdachte, kam er zum Schluss, dass er sich wohl getäuscht hatte. Er war einfach nur übermüdet. Kurz hatte er geglaubt, dass mit dem Kreuz etwas nicht gestimmt hatte.

Auf dem Weg stellte er dankbar fest, dass die Räume gut beheizt waren. Er rieb die Hände aneinander, die seit der Taxifahrt noch immer kalt waren.

Er sah nicht mehr, wie Weiwei ihm durch den inzwischen wieder geöffneten Türspalt nachblickte, um dann aufgeregt zum Telefonhörer zu greifen.

4

»Bischof Lombardi, *bonjour*!«

Der Abt breitete die Arme aus, als er von seinem Schreibtisch aufstand, auf dem zwei große Monitore standen, und ging auf Lombardi zu. Er umfasste dessen Hand mit beiden Händen und schüttelte sie etwas zu heftig. Lombardi war verblüfft: Der Mönch hatte das schwarze, krause Haar und den dunklen Teint eines Inders. Die Mönche schienen aus allen Erdteilen zu kommen.

Lombardi erwiderte das Lächeln, doch der Abt sah ihm schon nicht mehr in die Augen.

»Wir haben telefoniert, ich bin Shanti. Willkommen! Ich hoffe, Sie hatten eine gute Anreise«, sagte er mit einem Singsang, der von seiner Herkunft zeugte. Abgesehen von dem Akzent war sein Französisch fließend.

»Danke für das Taxi. Das wäre nicht nötig gewesen. Ich habe nur die Bushaltestelle nicht gefunden.«

»Heute fahren die Shuttlebusse nicht mehr, wegen des Sturms«, erklärte der Abt.

»Ihr Novize am Eingang hat erwähnt, dass die Abtei geschlossen ist«, erinnerte sich Lombardi. »Muss ich mir Sorgen machen?«

»Die Behörden überreagieren etwas, wenn Sie mich fragen. Ich freue mich, dass Sie den Weg zu uns gefunden haben! Es tut gut, wieder jemanden aus Rom hier zu sehen.«

Das Lächeln des Abts hatte sich seit der Begrüßung nicht verändert. Es wirkte aufgesetzt. Lombardi sah sich den Mönch genauer an. Shanti war einige Jahre jünger als Lombardi, vielleicht Mitte dreißig. Er trug die schwarze Tracht der Benediktiner, eine Tunika und den vorne und hinten bis zu den Füßen reichenden Überwurf mit Kapuze. Doch wo war diese eigentümliche salbungsvolle Sanftheit, die für Mönche so typisch war? Dieser Mann hätte auch ein Unternehmer aus der IT-Branche sein können.

»Eigentlich genehmigen wir derzeit keine Besuche mehr, wir befinden uns mitten in einer großen Umbauphase. Aber Ihr Freund Badalamenti war sehr hartnäckig. Er ist einer unserer größten Förderer, deshalb habe ich ein Auge zugedrückt. Gibt es einen speziellen Grund, warum Sie sich gerade jetzt dazu entschlossen haben?«

Shanti grinste und legte den Kopf zur Seite, ohne ihn aus den Augen zu lassen. »Verzeihen Sie meine Neugierde«, fuhr er fort, »aber Sie waren doch an einem Hilfsprojekt in Afrika engagiert, sehr erfolgreich, wie man hört. Was hat Sie zur Rückkehr bewogen? Man hört verschiedenste Gerüchte aus Rom.«

Lombardi war vor den Kopf gestoßen. Er hatte erwartet, dass man ihn nach seiner caritativen Arbeit fragen würde, aber nicht so früh. Die Sache hatte sich offenbar schneller herumgesprochen als erwartet. Er fragte sich, wie viel der Abt wusste.

Shanti sah, wie unangenehm es Lombardi war, und wischte alles mit einer Geste beiseite. »Sie müssen es nicht erzählen. Vergessen Sie bitte, dass ich gefragt habe. Was mich wirklich interessiert: Wie ist Ihr erster Eindruck?«

»Ich versuche immer noch zu verstehen, womit ich es zu tun habe«, erwiderte Lombardi. »Tagungsstätte, Kloster, Computercluster – es ist schwer, den Überblick zu behalten.«

Shanti sah ihn fragend an. »Haben Sie unsere Broschüre nicht erhalten? Dort ist alles gut erklärt.«

»Die Broschüre habe ich, danke. Es ist nur ...«

Shanti seufzte. »Sie ist nicht verständlich genug. Wir werden alles noch einmal überarbeiten.« Der Abt hob die Hände wie zum Segen. »Vergessen Sie die Broschüre, unser Ziel ist schließlich ganz einfach, es lautet: Frieden. Wir arbeiten daran, zwei Welten miteinander zu verbinden, zwischen denen seit Jahrhunderten ein Graben verläuft: die Welt der Religion und die der Wissenschaft. Diesen Graben wollen wir schließen.«

Lombardi wartete auf eine Erklärung. »Mit einem Computer?«

»Sie können ihn auch gern *Supercomputer* nennen, das ist durchaus gängig. Hier wird nicht nur am Austausch gearbeitet, es wird auch wirklich Naturwissenschaft betrieben. Das klingt vielleicht verwirrend, aber wenn Sie es mit eigenen Augen sehen, wird alles klar werden.«

Lombardi spürte, wie sich Skepsis in ihm regte. »Naturwissenschaft?«

»Warum nicht? Das Rationale und der Glaube ergänzen einander. Oder wie Einstein es ausgedrückt hat: *Wissenschaft ohne Religion ist lahm, Religion ohne Wissenschaft ist blind.*«

Lombardi glaubte, den Spruch schon einmal gehört zu haben, doch bestimmt noch nie von einem Mönch.

»Ein sensibles Feld«, sagte er. »Die Kirche hat sich da des Öfteren die Finger verbrannt.«

Shanti nickte, doch Lombardis Zweifel schienen ihn nur noch mehr anzustacheln. »Eine Reihe von Fehlern und Missverständnissen. Wer behauptet eigentlich, dass Glaube und Wissenschaft getrennt sein müssen? Überlegen Sie! Wann kam das auf? Gibt es irgendwelche zwingenden Argumente dafür?«

Lombardi forschte in seiner Erinnerung. Auf die Schnelle fiel ihm nichts ein, um seine Behauptung zu belegen. Für ihn war das immer so klar gewesen, dass er es noch nie hatte begründen müssen.

»Das war eine politische Entscheidung, Bischof Lombardi. Nach der Schmach mit Galilei, dem wir nach fast vierhundert Jahren schließlich recht geben mussten, versuchten wir, Schadensbegrenzung zu betreiben. Man überließ es der Wissenschaft, die Natur zu beschreiben, und entschied, sich da herauszuhalten. Im Gegenzug verlangte man von der Wissenschaft, die Religion in Ruhe zu lassen. Das ist die Situation, die wir heute haben. Eine Art Waffenstillstand. Doch es gibt keinerlei zwingende Begründung dafür.«

»Was Sie vorhaben, klingt sehr ambitioniert«, stellte Lombardi fest.

Shantis Lächeln verschwand. »Überambitioniert. Das meinen Sie doch, nicht wahr? Ich weiß, dass manche uns für Abtrünnige halten, gerade im Vatikan. Dabei setzen wir nur das um, was im Zweiten Vatikanischen Konzil beschlossen wurde. *Deshalb sind gewisse Geisteshaltungen zu bedauern, die in der Mentalität vieler die Überzeugung schufen, dass Glauben und Wissenschaft einander entgegengesetzt seien* – so steht es in den Dokumenten des Konzils. Ein Friedensangebot der Kirche, wenn Sie so wollen. Und das Konzil geht sogar noch weiter: *Wenn der Mensch sich der Mathematik und Naturwissenschaft widmet, kann er im höchsten Grad dazu beitragen, dass die menschliche Familie zu den höheren Prinzipien des Wahren, Guten und Schönen kommt.* An dem, was wir tun, ist also nichts Rebellisches.«

»Aber es ist sehr ungewöhnlich«, gab Lombardi zu bedenken. »Es wundert mich ehrlich gesagt, dass ich noch nie von Ihrer Abtei gehört habe.«

Shanti nickte. »Zum Teil ist das Kalkül. Wir wollten die Sache in Ruhe wachsen lassen. In der wissenschaftlichen Welt spricht es sich bereits herum. Natürlich wollen wir nach außen gehen, schon sehr bald, doch das ist ein großer Schritt, und wir wollen nichts überstürzen.«

»Eine große Verantwortung.« *Manche halten die Wissenschaft immer noch für unseren Feind.*

Er sprach es nicht aus.

»Zweifellos«, fuhr der Abt fort. »Aber wir sollten der Herausforderung mit Mut und Gottvertrauen begegnen. Es ist eine einmalige Chance. Doch was weiß ich schon? Ich bin nur ein Verwalter. Fragen Sie meine Mitbrüder, die können Ihnen bestimmt viel interessantere Dinge erzählen.«

Lombardi nickte. »Das werde ich tun. Vor allem würde ich gern Pater Sébastien treffen. Ich habe viel von ihm gehört.«

Lombardi hatte sich bemüht, das ganz beiläufig klingen zu lassen. Er beobachtete Shanti genau, ohne ihn anzusehen. Die Miene des Abts verfinsterte sich kaum merkbar.

»Natürlich nur, wenn es keine Umstände macht ...«, fügte Lombardi hinzu, als der Abt zögerte.

Shanti fand seine Contenance schnell wieder.

»Überhaupt nicht«, versicherte er. »Ich kann es Ihnen aber nicht versprechen. Sébastien ist in letzter Zeit sehr beschäftigt. Sie werden ihn kaum zu Gesicht bekommen. Er konzentriert sich derzeit ganz auf die Vorbereitung seiner Präsentation.«

Bei dem Wort »Präsentation« horchte Lombardi auf. Er wartete auf weitere Erklärungen, doch als er keine bekam, winkte er ab.

»Schon in Ordnung, wirklich.«

Er war nicht überrascht. Badalamenti hatte ihm prophezeit, dass so etwas passieren würde.

Shanti seufzte geräuschvoll. »Ich werde sehen, was ich tun kann. Signore Badalamenti hat ja schon erwähnt, dass Sie ihn treffen möchten. Sie müssen verstehen, wir versuchen nach Kräften, allen Trubel von ihm fernzuhalten. Aber ich werde nachsehen, vielleicht haben wir Glück.«

»Sagen Sie ihm, ich bin ein Freund seines Ziehvaters.«

»Wie gesagt, ich kann nichts versprechen.« Der Abt wirkte plötzlich ungeduldig. Er ging zurück hinter seinen Schreibtisch und griff nach der Computermaus. »Und jetzt muss ich Sie bitten, mich zu entschuldigen. Ihr Zimmer ist bereits vorbereitet, in einer Stunde gibt es Abendessen. Der neue Speisesaal ist noch nicht fertig, wir essen derzeit im alten Refektorium. Sie finden es ganz leicht mit der App. Das Programm enthält außerdem eine interaktive Führung. Es handelt sich um einen Prototypen, der in Kürze für alle Gäste freigeschaltet werden soll. Augmented Reality. Sie richten nur Ihr Smartphone auf ein Detail, das Sie interessiert, und die App zeigt Ihnen alle relevanten Informationen dazu. Kennen Sie *Pokémon Go*?«

Lombardi war sein Unbehagen offenbar anzusehen, denn Shanti hob fragend die Augenbrauen. »Oder soll Sie einer Ihrer Mitbrüder durch die Anlage führen?«

»Wäre das ein Problem?«, fragte Lombardi vorsichtig.

»Überhaupt nicht! Ich schicke Ihnen Demetrios vorbei, unseren Cellerar. Er ist für alles Wirtschaftliche in unserer Abtei zuständig. Die App informiert Sie auch über unsere Gebetszeiten. Sie beten doch später noch die Komplet mit uns?«

Die Komplet war das letzte der über den Tag verteilten täglichen Gebete der Benediktiner. Lombardi zögerte. Zwar hatte er damit gerechnet, zu den Gebeten eingeladen zu werden, doch während der Reise war er so in Gedanken gewesen, dass er es vergessen hatte.

»Sie können es sich ja noch überlegen«, sagte der Abt schließlich.

Lombardi bedankte sich und verabschiedete sich mit einem Nicken. Er war froh, dass Shanti nicht nachbohrte.

Draußen auf dem Flur nahm er sein Handy und öffnete die App. Es war also, wie Badalamenti vermutet hatte. Sébastien arbeitete an etwas. Und er bereitete eine Präsentation vor. Was die anderen Mutmaßungen anging, so traute er sich noch kein Urteil zu. Bis jetzt wirkte alles normal – sofern man hier überhaupt von Normalität sprechen konnte. Alles schien in perfekter Harmonie zu sein, fast zu perfekt für Lombardis Geschmack.

Lombardi starrte auf den Bildschirm seines Telefons. Etwas schien nicht richtig zu funktionieren, nur die Kamera ging an und zeigte ihm ein Bild seiner Schuhe, die noch feucht vom Schnee waren. Als er das Telefon hob, erschien im Bild plötzlich ein Pfeil, der aussah, als wäre er auf den Boden gemalt. Er stellte fest, dass der Pfeil nicht wirklich existierte, sondern von der App ins Kamerabild eingefügt wurde. Davon hatte der Abt gesprochen.

Er folgte den Pfeilen in einen Korridor, an dessen Wänden Reihen großer Ölgemälde hingen, die Porträts zu sein schienen. Plötzlich sah er im Kamerabild einen Mönch stehen, der ihn anblickte.

Lombardi sah von seinem Handy auf und erkannte, dass auch dieser nicht real war, sondern nur in seinem Smartphone existierte. Als er näher kam, tauchte ein Button auf, der ihm eine Erklärung zu den Bildern anbot. Offenbar wartete der fiktive, freundlich dreinblickende Mönch darauf, aktiviert zu werden.

Ich wusste nicht, dass so etwas möglich ist. Was ist noch alles passiert, während ich in Afrika war?

Der Mönch lächelte erwartungsvoll, doch seine Augen waren tot. Lombardi lief ein Schauer über den Rücken. Er ging schnell weiter. Plötzlich war er heilfroh, dass ihn der Cellerar durch das Kloster führen sollte.

Lombardi passierte einen Korridor mit identischen Türen, die mit Nummernschildern aus weißem Blech gekennzeichnet waren. Die dunklen hölzernen Türrahmen glänzten, als wären sie frisch poliert, doch an der unebenen Oberfläche konnte man erkennen, dass sie seit Jahrzehnten nicht erneuert worden waren. Danach folgte ein Bereich, der vollständig mit Gerüsten verkleidet war. Ein Raum ohne Tür war frisch gestrichen worden und hatte einen neuen Parkettboden bekommen. Aus einem Loch im Boden ragten Kabel, an der Decke hing ein Stativ für einen Beamer. Ein Seminarraum.

Dann kam er an zwei Whiteboards vorbei, die mit langen Formeln in bunten Farben beschrieben waren – der erste Beweis, dass die Geschichten stimmten. Eines der beiden Boards war aus seiner Verankerung gerissen worden und hing schief da.

5

Die warme Dusche tat Lombardi gut. Danach ging es ihm besser. Er trat aus der Duschkabine, wickelte sich das Handtuch um die Hüften und nahm das Halsband von der Ablage unter dem Spiegel, um es anzulegen. Als er seinen Trolley öffnete, sah er, dass er viel zu wenig Kleidung mitgenommen hatte. Beim Packen war er sehr zerstreut gewesen. Lombardi nahm ein schwarzes Kollarhemd und eine schwarze Baumwollhose heraus und legte sie auf das Bett. Dabei rieselte roter Sand aus einer der Hosentaschen. Seit seiner Rückkehr aus Afrika hatte er die Priesterkluft nicht mehr getragen. Sorgfältig leerte er die groben Sandkörner aus den Taschen in die Toilette. Im Trolley fand er Unterhosen und Socken. Er streifte das Hemd über, zog die Hose an und schloss die Knöpfe über dem Halsband. Ganz unten im Trolley fand er das Kollar, den weißen Priesterkragen aus Kunststoff, und setzte ihn ein.

Wie fühlte sich das an? Lombardi stand vor dem Badezimmerspiegel und sah darin einen mageren Priester, den er nicht kannte. Einen Mann, der auch gut und gern fünfzig sein konnte, mit Sorgenfalten um den Augen. Er hatte von sich selbst immer noch das Bild des jungen, motivierten Theologiestudenten vom Land, der in Rom seinen Traum lebte. Doch er war als ein anderer Mensch aus Afrika zurückgekehrt.

Lombardi überlegte kurz, das Hemd wieder auszuziehen und in seinem Trolley nach etwas anderem zu suchen, doch dann schenkte er seinem Spiegelbild ein Lächeln, legte sich auf das Bett und verschränkte die Finger hinter dem Kopf.

Das bist du, du solltest dich daran gewöhnen.

Lombardi schloss die Augen und atmete tief und langsam. Das Zimmer verströmte den Geruch zu oft gewaschener Bettlaken. Wie ein ganz normales Hotelzimmer. Die Lust auf eine Zigarette war immer noch da, aber sie hatte nachgelassen. Er konnte sie zu den anderen unerledigten Dingen schieben, die sich im Leben anhäuften – Ballast, den man mitschleppte und irgendwann nicht mehr wahrnahm.

Lombardi öffnete die Augen und sah eine unregelmäßige Holzdecke. Vor ihm war eine unverputzte Mauer aus großen Steinen. Das Fenster war tief in die Mauer eingeschnitten und der Sims in etwa gleich lang wie breit. Vor der Scheibe war noch ausreichend Platz für ein schweres Eisengitter, hinter dem sich die Weite des Tals auftat.

Er sah hier das Selbstverständnis des Lebens im Mittelalter: Mauern für die Ewigkeit – der Mensch hatte dafür mit engen, kalten Kammern und winzigen Fenstern auszukommen. Die Leute hatten ein unerschütterliches Vertrauen gehabt, dass es Dinge gab, die größer waren als sie selbst. Die Ironie war, dass gerade die Klöster, deren Ausstattung für heutige Verhältnisse so karg wirkte, im Mittelalter Symbole des Wohlstands gewesen waren, die es in Reichtum und Macht locker mit Königen aufnehmen konnten. Diese Macht hatte in der jüngeren Geschichte mehr und mehr abgenommen. Heute waren nur noch die dicken Mauern übrig.

Stefano Lombardi stand auf. Er war nun endgültig hungrig geworden und machte sich auf den Weg ins Refektorium, den klösterlichen Speisesaal.

6

Lombardi folgte den Pfeilen, die sein Handy ihm anzeigte. Inzwischen hatte er die Orientierung komplett verloren und musste sich auf die App verlassen, die ihn auf verschlungenen Wegen durch die Abtei führte. Einmal trat er zwischen zwei hohen Gebäuden ins Freie, um gleich durch die nächste Tür wieder ins nächste Haus zu gelangen. Lombardi kam an einigen Fenstern vorbei, die einen Blick auf einen kleinen Garten boten. Er bemerkte dort einen Mönch und blieb stehen. Etwas an ihm erregte seine Aufmerksamkeit.

Die Gestalt hatte die Kapuze aufgesetzt. Sie stand an der Wand und fuhr mit der Hand über die steinerne Oberfläche. Lombardi versuchte zu erkennen, was dort an der Wand war, doch er sah nichts als über Jahrhunderte verwitterte Granitflächen.

Der Mönch klopfte mit den Fingerknöcheln gegen die Mauer und legte dann den Kopf dagegen, so, als würde er horchen. Lombardi beugte sich noch näher an die Scheibe heran. Ihm fiel auf, wie gebückt diese Gestalt war. Nun erst entdeckte er eingemauerte Gewölbesteine. Dort war ein Durchgang zugemauert worden. Lombardi fröstelte, obwohl ihm nicht kalt war.

In diesem Moment trat ein junger Mönch neben ihn, der Sommersprossen und feuerrotes Haar hatte und völlig außer Atem war. »Verzeihung – haben Sie Pater Angelus gesehen?«

»Wen?«

Der Mönch schien ganz verzweifelt zu sein. »Ich habe nur einen Moment nicht aufgepasst«, rechtfertigte er sich ungefragt und mit dem rollenden R eines osteuropäischen Akzents.

Lombardi hatte eine Idee.

»Dort«, sagte er und deutete aus dem Fenster. »Ist er das?«

Der Mönch blickte durch die Scheibe in die Richtung, in die Lombardi zeigte, und als er die Gestalt entdeckte, war ihm die Erleichterung anzusehen.

»Vielen Dank!«, sagte er und lief los.

Kurz darauf sah Lombardi ihn draußen im Garten auftauchen. Er ging zu dem gebückten Mönch und nahm ihn an die Hand. Dieser folgte ihm ohne Widerspruch und ließ sich durch die Tür zurück ins Warme führen.

Verwirrt ging Lombardi weiter.

7

Als Lombardi den Raum betrat, den der Abt das »alte Refektorium« genannt hatte, wehte ihm der Duft von Curry und gekochtem Gemüse entgegen. Monotones Gemurmel drang aus dem Raum.

Was er sah, überraschte ihn. Er hatte erwartet, mehr schwere, mittelalterliche Granitmauern vorzufinden, stattdessen gab es schlanke Säulen, die elegante Rundbögen trugen. Darauf ruhte eine nach oben gewölbte Holzdecke. Am Ende des Refektoriums waren zwei schmale Fenster. Auf dem gefliesten Boden standen Tische, ein Buffet war aufgebaut, auf Stapeln standen Tabletts und Teller, die Speisen nahm man sich aus beheizten Edelstahlbehältern. Als er sich dem Buffet näherte, erkannte er, dass sich hinter den schmalen Säulen zu beiden Seiten unzählige hohe Fenster verbargen, die ins Freie führten. Er realisierte, dass er sich ganz oben auf einer der Mauern befinden musste, die er vom Dorf aus gesehen hatte.

An den Tischen war Platz für etwa fünfundzwanzig Personen, und die Plätze waren gut gefüllt. Die meisten waren Mönche in den Kutten der Benediktiner, dazu kamen einige Laien in Zivilkleidung, darunter auch Frauen.

Die Küche war international: thailändische Glasnudeln, indisches Curry, afrikanisches Yamswurzelpüree. Lombardi war froh, auch ganz gewöhnliche neapolitanische Pasta zu finden – genau das Richtige nach dem Schweizer Käsesandwich. Er nahm sich einen Teller und setzte sich an einen Tisch zu Weiwei, dem Novizen vom Eingang. Der Junge war in eine lebhafte Diskussion mit einem Mitbruder verwickelt und beachtete ihn nicht.

Lombardi kostete die Pasta, die ihm ausgezeichnet schmeckte. Er hörte, dass Weiwei über die ungewöhnliche Wettersituation sprach, und wurde neugierig.

»Sie sprechen über den Sturm«, mischte er sich ein, »was wissen Sie darüber?«

Weiwei schüttelte den Kopf. »Der flaut wieder ab. Machen Sie sich keine Sorgen.«

»Sind Sie sicher? Das Dorf war ganz verlassen. Alle scheinen sich in Sicherheit zu bringen.«

»Die offiziellen Wettermodelle sind falsch«, behauptete der Novize. »Hier bei uns forscht einer der besten Meteorologen der Welt, und er sieht keinen Sturm. Das Wetter ist komplizierter geworden, aber solche Stürme gibt es in diesen Breiten nicht.«

Die Selbstverständlichkeit im Ton von Weiwei beruhigte Lombardi. Während er seine Pasta aß, beobachtete er unauffällig die anderen Leute. Er entdeckte Abt Shanti, der schweigend aß, sonst glaubte er niemanden zu kennen.

Da sah Lombardi jemanden winken – eine große, dunkelhaarige Frau, die ihm bekannt vorkam. Er brauchte einen Moment, um zu realisieren, dass die Geste ihm galt. Dann fiel es ihm ein: Es war Samira Amirpour, eine aus dem Iran stammende Physikerin, die in Österreich arbeitete. Er hatte sie bei einer Talkshow des italienischen Fernsehens kennengelernt, zu der sie beide eingeladen gewesen waren. Sie saß neben zwei Männern, von denen einer ein wenig wie Albert Einstein aussah, mit weißen Haaren und einem Strickpullover. Die Physikerin stand auf und kam zu ihm herüber.

»Bischof Lombardi, das ist aber eine Überraschung! Was machen Sie denn hier?«

Lombardi gab ihr die Hand. Sie hatte einen angenehmen, nicht zu harten Händedruck. »Ich bin im Urlaub. Und Sie?«

»Beruflich. Wir haben seit Kurzem einen großen Teil unserer Berechnungen hierher verlegt.«

Lombardi sah sie fragend an. Er versuchte sich zu erinnern, woran genau sie arbeitete.

Amirpour zuckte mit den Schultern. »Diese findigen Leute hier haben einfach das beste Angebot gemacht. Grundlagenforschung ist kein einfaches Business. Wenn Sie mir vor ein paar Jahren gesagt hätten, dass ausgerechnet die Kirche meine Rettung sein würde, hätte ich Sie für verrückt erklärt!«

Lombardi musste schmunzeln. »Rettung ist unser Geschäft.«

Da lachte Amirpour – ein erfrischendes Lachen, das ihr hervorragend stand. Sie hatte die vierzig hinter sich gelassen und erinnerte ihn an die eleganten Italienerinnen in Rom, abgesehen von einer Weitsichtbrille, die ihre blaugrünen Augen größer erscheinen ließ. Ihre schelmische Art war ihm schon im Fernsehstudio sympathisch gewesen.

»Ich verstehe genau, was Sie meinen, Herr Bischof. Aber für mich ist es eine ganz klare rationale Entscheidung. Dass die ganze Sache etwas kurios ist, stört mich nicht. Sind Sie heute angekommen?«

»Ja, erst vor einer Stunde.«

Amirpour nickte. »Und wie lange bleiben Sie?«

»Das weiß ich noch nicht genau. Ein paar Tage werden es schon sein, vielleicht eine Woche.«

»Ich werde leider morgen schon wieder abreisen«, erklärte sie bedauernd. »Meine Kollegen fahren heute noch. Die Tagung über Schwarze Löcher ist wegen des Sturms abgesagt.« Sie deutete auf den Einstein-Doppelgänger, der herübersah und freundlich nickte. »Vielleicht haben Sie ja Lust, später noch bei mir vorbeizukommen. Auf ein Glas Rotwein? Würde mich interessieren, was es in Rom Neues gibt.«

»Das klingt sehr verlockend«, gab Lombardi zu. »Wo sind Sie denn untergebracht?«

Sie nannte ihm ihre Zimmernummer.

»Das werde ich finden, denke ich.«

»Perfekt. Dann bis gleich!« Amirpour drehte ihm den Rücken zu und ging davon.

Als Lombardi sich später auf den Weg zu seinem Zimmer machte, war er guter Laune. Er stellte fest, dass ihn die Vorstellung, die nächsten Tage in diesen Mauern mit Mönchen eingesperrt zu sein, bedrückt hatte. Amirpours offene Art war genau das, was er jetzt brauchte.

Bevor er das Refektorium verließ, sah er sich noch einmal alle Leute genau an. Sébastien war nicht dabei.

8

»Hallo?« Lombardi drückte vorsichtig die Tür auf, die nur angelehnt war. Im Zimmer war es dunkel und warm, nur die Leselampe am Bett brannte und war nach oben gerichtet, sodass sie die Wand bestrahlte. Amirpour war nirgends zu sehen, doch der Duft eines Parfums hing in der Luft.

Nach dem Essen hatte er sich in seinem Zimmer kurz hingelegt und war prompt eingeschlafen. Als er aufgewacht war, hatte er sich nur schnell kaltes Wasser ins Gesicht gespritzt und sich dann sofort auf den Weg gemacht. Lombardi fühlte sich plötzlich unbehaglich. Er hätte klopfen sollen. Gerade wollte er umkehren, als die Tür zum Badezimmer aufging und Helligkeit den Raum erfüllte.

»Lombardi, da sind Sie ja!«, sagte Amirpour. Sie trug ein wallendes blaues Kleid.

»Ich habe die Flasche schon entkorkt, damit er atmen kann.« Sie zeigte auf den Tisch. »Ein Bordeaux. Ob er gut ist, kann ich nicht mit Sicherheit sagen. Mögen Sie Risiko?«

Lombardi merkte, wie er sich entspannte.

»Risiko ist nicht so meine Sache«, sagte er. »Wenn er schlecht ist, werde ich mich in Demut üben. Haben Sie schon einmal Messwein gekostet? Unsereins ist hart im Nehmen.«

Amirpour sah Lombardi prüfend durch ihre Brille an, dann lachte sie herzhaft. »Machen Sie es sich gemütlich, Herr Bischof.«

Amirpour hatte die gleiche Sitzgarnitur, die auch in Lombardis Zimmer stand. Sie ließen sich auf den lederbezogenen Polstersesseln nieder. Auf einem kleinen Tisch stand die Flasche mit zwei Gläsern.

»Wie lange ist das her?«, fragte Amirpour. »Es müssen drei Jahre sein.«

»Ziemlich genau, ja.«

Amirpour seufzte und schenkte rubinroten Wein in die beiden Gläser. »Ich habe so viel um die Ohren, mir fehlt im Moment jedes Zeitgefühl.«

Sie nahmen die Gläser und erhoben sie. Ein heller Klang erfüllte den kleinen Raum, als sie anstießen. Lombardi kostete. Der Wein war schwer, schmeckte nach Beeren und Datteln und hinterließ ein samtiges Gefühl auf der Zunge.

»Der ist gut«, stellte er fest.

»Finden Sie? Dann bin ich beruhigt. Ein Mensch mit meinen Ansprüchen und meinen bescheidenen Mitteln ist immer auf etwas Glück angewiesen, wenn es um Wein geht.«

Lombardi nahm einen zweiten Schluck und ließ ihn einen Moment auf der Zunge liegen.

»Haben Sie wieder einmal an so einer Talkshow teilgenommen?«, fragte Amirpour. »Ich erinnere mich, dass mich beeindruckt hat, was Sie über Ihre caritative Arbeit erzählten. Ich habe damals sehr genossen, mit Ihnen über die Schöpfung zu diskutieren. Die Leute haben darauf gewartet, dass wir uns vor laufender Kamera gegenseitig zerfleischen, aber irgendwie war die Stimmung sehr gemütlich. Nur der Diskussionsleiter war mit seinen Provokationsversuchen etwas nervig.«

»Nein, das war das einzige Mal«, gestand Lombardi. »Und Sie?«

Sie verneinte. »Ich mag das Rampenlicht nicht. Mein Labor ist mir lieber.«

»Ich muss zu meiner Schande gestehen, dass ich nicht mehr weiß, woran Sie forschen.«

Amirpour schien nicht beleidigt zu sein. »Ich bin Quantenphysikerin«, erklärte sie. »Das bedeutet, ich arbeite mit Glasbehältern, die etwa so groß sind wie ein Fußball. Ich entferne die Luft darin und fülle sehr dünne Gaswolken hinein, die ich abkühle, bis sie kälter sind als das Vakuum des Weltraums. Danach schieße ich von allen Seiten mit Laserstrahlen darauf und schaue mir an, was passiert.«

Lombardi musste grinsen. Er erinnerte sich nun wieder an Amirpours Humor. Schon bei der Talkshow war ihm aufgefallen, dass Physiker sich einen Sport daraus machten, sich über ihre Forschungen lustig zu machen. Der Ursprung des Universums hieß »Big Bang«, die bedrohlichsten Objekte des Alls hießen »Schwarze Löcher«, und es gab ein Theorem von Stephen Hawking, das behauptete, dass sie »unbehaart« seien. Die kleinsten bekannten Bausteine der Materie wiederum hießen »Quarks«, und es gab sie in verschiedenen bunten Farben. Lombardi hatte aber bereits festgestellt, dass dieser Tick nichts mit der Sorgfalt der Forschungen selbst zu tun hatte.

»Das klingt, als hätten Sie eine Menge Spaß.«

»Darauf können Sie wetten!«

Lombardi schwieg und nippte an seinem Wein. Von draußen hörte er das Pfeifen des Windes. War es stärker geworden? Es erinnerte ihn jedenfalls daran, dass er am Rand eines Felsabbruchs saß. Er versuchte, sich wieder auf Amirpour zu konzentrieren. Die Vertrautheit zwischen ihnen fand er sehr angenehm. Doch Lombardi hatte ihre Einladung nicht nur deshalb angenommen. Vielleicht konnte er von ihr auch etwas über Sébastien erfahren.

»Und Sie sind im Urlaub?«, fragte Amirpour. »Ich wusste nicht, dass Bischöfe Urlaub machen können.«

»Im Normalfall ist das auch schwierig. Aber ich bin ein *Weihbischof*. Das bedeutet, ich bin geweiht, aber mir wurde noch kein Amt zugeteilt. Ich bin quasi in Wartestellung. Das gibt mir gewisse Freiheiten.« Das war nicht einmal gelogen.

»Klingt gut«, sagte sie versonnen und trank von ihrem Wein.

»Wie steht es mit Ihnen?«, fragte er zurück. »Arbeiten Sie auch an der wundersamen Versöhnung von Wissenschaft und Glauben?«

»Der Abt hat Ihnen also auch seine Rede gehalten?«

Lombardi nickte. »Ich muss zugeben, es klingt sehr ambitioniert. Was denken Sie?«

Sie zuckte mit den Schultern. »Es gibt bahnbrechende Forschung hier. Das ist es, was mich interessiert.«

Amirpour schien ihm seine Skepsis anzusehen.

»Sie finden das seltsam«, stellte sie fest.

»Verstehen Sie mich nicht falsch, aber ich traue der Sache nicht. Wir alle wissen, dass Glaube und Wissenschaft seit Hunderten Jahren im Konflikt zueinander stehen.«

»Inwiefern stehen Glaube und Wissenschaft miteinander in Konflikt?«, wollte Amirpour wissen.

Lombardi stutzte. Ihre Frage war offensichtlich ernst gemeint. »Ist es nicht offensichtlich?«

»Nein, überhaupt nicht«, entgegnete Amirpour ungerührt. »Worin sollte dieser Konflikt bestehen?«

Lombardi versuchte, ihrem Blick zu entnehmen, ob sie sich über ihn lustig machte.

»Die Wissenschaft braucht die Religion nicht, sie versucht sie zu ersetzen«, antwortete er schließlich. »Alles, was passiert, ist eigentlich Zufall, es gibt keinen großen Plan. Und Gott greift nicht ins Weltgeschehen ein. Gott ist nicht nur nicht notwendig, er soll abgeschafft werden. Es ist kein Platz mehr für ihn, und das scheint genau die Idee dabei zu sein. Man will die Welt von allem Übernatürlichen befreien – von allem, was unerklärlich ist. Und so wie ich das verstehe, hat man es fast geschafft. Ich würde sagen, der Konflikt ist offensichtlich.«

Amirpour schien nicht im Geringsten beeindruckt zu sein. Sie schüttelte langsam den Kopf. »Nichts davon behauptet die Wissenschaft.«

Lombardi sah sie fassungslos an. »Tut sie das nicht?«

Amirpour trank einen Schluck Wein. Sie kostete Lombardis Reaktion aus. »Es stimmt, die Naturwissenschaften haben ein nahezu *vollständiges* Bild der sichtbaren Materie entwickelt, und bisher hat es alle Tests überstanden. Das Ding nennt sich Standardmodell der Elementarteilchenphysik. Ziemlich klobig, wenn Sie mich fragen, aber auch ganz erstaunlich. Ein System aus gekoppelten Feldgleichungen, das nur dank einiger außergewöhnlicher mathematischer Tricks nicht auseinanderfällt. Aber es funktioniert! Alles, was wir sehen können – Sie, ich, die Erde, die Sterne im All –, wird dadurch erklärt. Das heißt allerdings weder, dass wir alles, was auf der Welt geschieht, auch verstehen, noch, dass alles Zufall ist. Wir in der Naturwissenschaft wissen sehr wohl, dass es Dinge gibt, die wir *nicht* sehen können. Ein großer Teil der Wissenschaftler ist überdies religiös oder glaubt an eine höhere Macht.«

Das war neu für Lombardi. »Ich dachte, die meisten sind Atheisten.«

Amirpour schien langsam richtig in Fahrt zu kommen. »Ich frage Sie: Von den Nobelpreisträgern zwischen den Jahren 1900 und 2000 – wie viele von ihnen waren Atheisten?«

Bischof Lombardi fühlte, dass das eine Fangfrage war, und beschloss, auf Nummer sicher zu gehen. »Hmm. Etwa die Hälfte?«

»Falsch«, gab Amirpour zurück. »Nur zehn Prozent waren Atheisten. Bei über 60 Prozent handelte es sich um Christen.«

Er akzeptierte, dass er sich geirrt hatte. Aber so schnell wollte er sich nicht geschlagen geben. »Gut, von mir aus. Aber das sind alte Zahlen. Wie sieht es aktuell aus? Naturwissenschaftler sind sicher besonders häufig Atheisten.«

»Und doch ergab eine vor wenigen Jahren in den USA durchgeführte Studie, dass nur zwanzig Prozent der Professoren für Naturwissenschaft Atheisten waren. Zumindest dreißig Prozent waren sich nicht sicher, und ganze fünfzig Prozent glaubten an Gott oder an eine höhere Macht.«

Lombardi war perplex. »Ich dachte immer, Naturwissenschaftler glauben, alles zu wissen und hätten keine Verwendung für Gott.«

Amirpour zuckte mit den Schultern. »Wenn Sie das glauben, ist es falsch. Es stimmt, dass Stephen Hawking einmal in einer Rede im Vatikan behauptete, dass die moderne Physik keinen Gott mehr brauche, wenn es gelänge, eine Weltformel zu finden. Aber selbst er musste 2004 zugeben, dass er die Suche nach einer solchen Formel aufgegeben hat.«

Lombardi musterte sie. Sie erklärte ihm hier ganz sachlich, dass Wissenschaftler religiös sein konnten. Dennoch hatte er nicht das Gefühl, dass sie von sich selbst sprach. Er widerstand der Versuchung, sie nach ihrem Glauben zu fragen.

»Dass wir nicht alles wissen können, lässt sich sogar wissenschaftlich belegen«, fuhr sie fort.

»Ach ja?«

»Sie haben davon gehört. Die Unschärferelation der Quantenphysik.«

In Lombardis Kopf klingelte etwas. »Ich wusste nicht, dass das bedeutet, dass die Wissenschaft nicht alles wissen kann.«

Amirpour sah ihn triumphierend an. »Die Unschärferelation besagt, dass man den Ort und die Geschwindigkeit eines Objekts nie zugleich exakt feststellen kann. Sie wissen entweder, wie schnell ein Objekt ist oder wo es sich befindet. Beides geht nicht. Ihr Bild des Objekts bleibt unscharf. Sie können nicht alles darüber wissen. Das Paradoxe dabei ist, dass Sie den Grad dieses Unwissens mithilfe der Unschärferelation sehr exakt berechnen können. Etwas Ähnliches gibt es auch in der Mathematik. Es wurde gezeigt, dass wir nicht alles, was wahr ist, auch beweisen können.«

»Tatsächlich?«

»Der Unvollständigkeitssatz. Nie davon gehört?«

Lombardi erinnerte sich dunkel, aber er hatte dem Ergebnis keine Bedeutung beigemessen.

»Es wird also immer etwas geben, das wir nicht wissen. Das ist wissenschaftlich belegt!«

»So habe ich das noch nie gehört«, gab Lombardi zu.

»Natürlich nicht, weil es manchen Wissenschaftlern unangenehm ist. Niemand gesteht gern Schwächen ein. Aber für mich sind das die wichtigsten Formeln.«

Amirpour machte eine Kunstpause, bevor sie weitersprach. »Es sieht fast so aus, als wäre es Absicht.«

Lombardi horchte auf. »Wie meinen Sie das?«

Amirpour grinste, sichtlich zufrieden mit Lombardis Reaktion. »Als hätte jemand einen Schleier über die Welt gelegt«, präzisierte sie. »Jemand, der verhindern will, dass wir genauer hinsehen. Als hätte jemand gesagt: bis hierher und nicht weiter.«

Lombardi war verblüfft über ihre Andeutung.

»Um zu Ihrer Frage zurückzukommen«, fuhr sie fort, »ich halte dieses Institut für eine der besten privaten Forschungseinrichtungen in Europa. Dass es sich um ein Kloster handelt, ist für mich Nebensache.«

Lombardi ließ das auf sich wirken. »Ganz so einfach ist die Sache nicht«, stellte er fest. »Immerhin ist einer der Wissenschaftler selbst Mönch, wie ich hörte.«

»Sie meinen Pater Sébastien.«

Lombardi nickte »Kennen Sie Ihn?«

»Natürlich.«

»Und?«

Amirpour blickte nachdenklich auf ihr Weinglas.

»Ein Genie«, sagte sie dann. »Das muss man so sagen.«

Lombardi war überrascht. Er hatte zwar gewusst, dass Sébastien Physik studiert hatte und inzwischen als Forscher arbeitete, aber Badalamentis Lobeshymnen hatte er bislang nicht ernst genommen. Sein Freund war leicht zu begeistern. Es von einer Fachfrau zu hören, war etwas anderes.

»Nicht, dass er bisher viel vorzuweisen hätte«, fuhr sie fort. »Wie auch, er probiert Dinge, die sich niemand traut. Nur ein Verrückter kann ernsthaft glauben, dass er auf dem Gebiet der Quantengravitation etwas völlig Neues entdecken kann. Wobei, verrückt zu sein ist in der Wissenschaft nicht immer etwas Schlechtes. Peter Higgs hat während seiner ganzen Karriere nur eine Handvoll Arbeiten veröffentlicht, eine davon wurde von einem Fachjournal sogar abgelehnt, brachte ihm aber schließlich den Nobelpreis. Er sagt selbst, dass er mit dieser Arbeitsweise heute nirgendwo einen Job bekommen würde. Vielleicht hat Sébastien deshalb eine Karriere am Kernforschungszentrum CERN aufgegeben, um in dieses Kloster einzutreten. Hier gibt es Freiheiten, die anderswo undenkbar wären.«

Lombardi schmunzelte. Das passte wiederum ausgezeichnet zu dem Bild, das er von Sébastien hatte. Er selbst hatte ihn nur einmal getroffen, als er noch ein pickeliger Junge in einem Zinedin-Zidane-T-Shirt gewesen war. Badalamenti hatte in seinem Garten Fußball mit ihm gespielt. Etwas Ernstes war in seinen Augen gewesen, das seinem Alter nicht angemessen schien. Vielleicht lag es am frühen Verlust der Eltern, doch wahrscheinlich war das zu einfach gedacht. Schon damals hatte sein Freund das Potenzial des Jungen in den höchsten Tönen gelobt. Als Badalamenti Sébastien Bücher über alte Sprachen und Geheimcodes aus der Zeit des Absolutismus geschenkt hatte, um seinem ruhelosen Geist Nahrung zu geben, hatte er das schnell bereut, denn der Kleine hatte die folgenden Wochen nur mittels verschlüsselter Nachrichten in Latein mit ihm kommuniziert. Bald darauf gab Badalamenti ihm die ersten Bücher über Mathematik und Naturwissenschaften aus seiner Bibliothek.

»Er soll eine Präsentation vorbereiten«, erwähnte Lombardi scheinbar beiläufig. »Haben Sie davon gehört?«

»Natürlich. Er will irgendwelche Ergebnisse präsentieren. Jeder redet davon. Seit Wochen nutzt er praktisch jede freie Minute an Rechenzeit auf dem Computercluster. Einige meiner Kollegen mussten ihre Simulationen anhalten und sind ziemlich angepisst. Was immer er da berechnet, ist enorm aufwändig.«

Auch das passte zu dem, was Badalamenti erzählt hatte. Der Junge war an etwas dran. »Ich habe gehört, dass er seine Präsentation verschoben hat.«

»Sogar mehrmals.«

Er musterte sie. Er hatte den Eindruck, als hätte sich ihre Stimmung verdüstert, doch er konnte nicht sagen, woran das lag. »Ist mit ihm alles in Ordnung?«

»Sie sind wegen ihm hier, oder?«, fragte Amirpour unvermittelt.

Lombardi ärgerte sich über sich selbst. Er hatte sich vorgenommen, niemandem hier im Kloster die ganze Wahrheit zu sagen. Er überlegte, wie viel er ihr erzählen sollte. Schließlich gab er sich einen Ruck. »Sein Ziehvater ist ein guter Freund von mir. Alessandro Badalamenti, ein bekannter italienischer Unternehmer, vielleicht haben Sie von ihm gehört. Er hat sich an mich gewandt, weil er sich Sorgen um ihn macht.«

»Warum?«

»Sie hatten einen Streit. Seither erreicht er ihn nicht mehr.«

Amirpour nickte. »Ich kann nicht sagen, dass mich das überrascht. Normalerweise lässt Sébastien keinen Vortrag aus und nimmt an Diskussionen teil. Aber seit einigen Wochen lässt er sich kaum noch blicken.«

»Haben Sie eine Idee, woher diese Veränderung kam?«, wollte er wissen.

Sie zögerte. »Es betrifft nicht nur ihn«, wich sie aus. »Auch die anderen sind angespannt. Irgendetwas beschäftigt die Mönche.«

In Lombardis Geist fügte sich ein weiteres Puzzlestück ins Bild. Er musste an die schroffe Begrüßung des Novizen denken. Die Idylle, die der Abt ihm hatte vermitteln wollen, trog. Er musterte Amirpour, die plötzlich ganz schweigsam war.

»Sie wissen doch etwas«, drängte er. »Wollen Sie es mir nicht sagen?«

Da seufzte sie. »Es ist nur ein Gerücht«, erwiderte sie. »Aber es heißt, Sébastien hätte etwas Wichtiges gefunden. Etwas, das mit Gott zu tun hat.«

Er wartete darauf, dass sie mehr erzählte, als er durch seinen Sitz hindurch ein Rumpeln spürte. Einen Augenblick später folgte ein dumpfes, markdurchdringendes Krachen. Lombardi zuckte zusammen, und seine Finger krampften sich um die Stuhllehnen. Er sah die Überraschung in Amirpours Gesicht, dann ging mit einem leisen Knacken das Licht aus.

9

Die Schwärze war undurchdringlich. Lombardi spürte, dass er blinzelte, doch es machte keinen Unterschied. Nur das Pfeifen des Windes war zu hören und erschien ihm plötzlich viel lauter.

»Sind Sie noch da?«, fragte er, weil er Amirpours Stimme hören wollte.

»Ja, ich bin da. Was um Himmels willen war das?«

»Keine Ahnung. Der Strom scheint weg zu sein.«

Sie lauschten. Lombardi glaubte zu hören, wie jemand durch den Flur lief.

»Kommen Sie«, sagte Amirpour. Er hörte, wie sie aufstand.

»Was wollen Sie tun?«

Doch da war Amirpour schon an der Tür und öffnete sie.

Als er sich erhob, berührte er mit der Hand etwas Kaltes und hätte beinahe sein Weinglas umgeworfen. Dann machte er vorsichtig zwei Schritte. Er streckte die Arme aus und tastete sich vor. Er erreichte die Tür, doch Amirpour war nicht mehr da. Als er hinaus auf den Gang trat, sah er einen Lichtschein.

»Hier bin ich!«, rief sie.

Der Schein kam von ihrem Handy. Er tauchte die Steinmauern in ein blaues Licht. Bis auf das allgegenwärtige Heulen des Windes war alles still. Lombardi meinte, dass das Windgeräusch hier lauter war. Und die Luft war auch kühler. Ihn fröstelte.

»Irgendwo muss eine Tür offen sein«, sagte er.

»Sie haben recht.«

In Lombardis Fantasie führte die Tür durch die Außenmauer direkt ins Leere. Ein falscher Schritt, und man stürzte in einen Abgrund. Sein Unbehagen wuchs. »Wollen wir nicht wieder hineingehen?«

»Ich möchte nachsehen, was los ist«, widersprach Amirpour.

In diesem Moment sahen sie am Ende des Gangs einen schwachen Lichtschein, der immer stärker wurde. Da waren Schritte. Jemand bog um die Ecke und blendete sie mit einer Taschenlampe.

»Was ist passiert?«, fragte Amirpour, als die Gestalt mit der Lampe näher kam.

»Gar nichts«, antwortete eine freundliche Männerstimme. »Es ist alles in Ordnung, nur ein Stromausfall. Das wird gleich behoben sein. Gehen Sie solange bitte wieder zurück in Ihre Zimmer.«

Lombardi konnte sehen, dass der Mann eine Kutte trug, als dieser auch schon weiter den Flur entlangrannte.

»Ich bitte Sie«, sagte er, »gehen wir wieder hinein.«

Er berührte sie am Arm und führte sie zurück ins Zimmer, wo er die Tür hinter ihnen schloss.

»Das muss mit dem Sturm zusammenhängen«, mutmaßte er. »Vielleicht hat er einen Kurzschluss ausgelöst.«

Amirpour antwortete nicht. Sie ging mit ihrem Handy durchs Zimmer und begann, in ihrem Koffer zu kramen. Als sie zurück zum Couchtisch ging, wurde eine Flamme sichtbar. Die Physikerin entzündete eine Kerze.

»Bitte schön! Dann eben zurück zu den alten Methoden, wie vor tausend Jahren.«

Die Kerze spendete nur wenig Licht, aber Lombardi fühlte sich mit einem Mal wohler. Es half ihm, seine Gedanken zu ordnen. Er verstand, dass der gemütliche Abend nun beendet war. Es war sehr spät geworden, und Amirpour musste sich um ihre Abreise kümmern. Doch er erinnerte sich an das, worüber sie vor dem Blackout gesprochen hatten. »Als der Strom ausgefallen ist, wurden Sie unterbrochen. Wollten Sie nicht gerade etwas sagen?«

Sie blickte ihn fragend an.

»Darüber, dass Sébastien eine Entdeckung gemacht haben könnte.«

Sie nickte. »Das Gerücht geht um.«

»Wissen Sie, was er entdeckt hat?«

»Das ist es, was wir uns alle fragen«, entgegnete sie mit geheimnisvollem Lächeln.

»Sie erwähnten Gott, bevor der Strom ausfiel«, drängte Lombardi.

»Tat ich das?«

»Ja. Sie sagten, dass seine Entdeckung etwas mit Gott zu tun hat.«

Sie zuckte mit den Schultern. »Sébastien ist Mönch. Er glaubt, in der Schöpfung Gott finden zu können. Für ihn ist das Forschen eine religiöse Tätigkeit.«

»Das ist alles?«, vergewisserte er sich. »Das haben Sie gemeint?«

»Ich weiß nicht mehr genau, was ich gesagt habe«, gab sie bedauernd zurück.

Lombardi sah ein, dass er sich damit zufriedengeben musste, und blickte zur Tür. Er hatte keine besondere Lust, den heimeligen Raum zu verlassen, doch er wollte der Physikerin nicht zur Last fallen.

»Ich werde jetzt gehen«, sagte er. »Der Wein war vorzüglich.«

Amirpour bedankte sich mit einem Lächeln. »Ich hoffe, ich habe Sie nicht in Verlegenheit gebracht. Ist es überhaupt erlaubt, dass eine Frau einen Priester abends in ihr Zimmer einlädt, um Wein zu trinken?«

»Natürlich ist das erlaubt«, gab Lombardi prompt zurück. »Die Kirche hat keine Regel, die Priestern verbietet, Freundschaften mit Frauen zu pflegen. Das ist in unserem Gelübde nicht enthalten.«

Lombardi zwinkerte, und Amirpour lachte herzhaft. Er wollte sich verabschieden, als ihm etwas einfiel. »Sie wissen nicht zufällig, in welchem Zimmer Sébastien wohnt?«

Die Frage überraschte sie nicht. »Brauchen Sie die Nummer?«

Sie nannte sie ihm, und er prägte sich die Zahl ein.

»Ich hoffe, wir sehen uns noch beim Frühstück«, sagte er.

»Bestimmt!«

Sie begleitete ihn hinaus und ließ ihn in der Dunkelheit zurück.

10

Lombardi horchte. Das Pfeifen des Windes schien nun schwächer geworden zu sein. Es war immer noch kalt, und der Rotwein verursachte ihm ein angenehmes Schwindelgefühl. Er holte sein Smartphone aus der Tasche und löste die Tastensperre. Im Schein der Displaybeleuchtung sah er die Bodenfliesen, die sich vor ihm im Nichts verloren. Er versuchte, sich zu erinnern, in welcher Richtung sein Zimmer lag, doch es gelang ihm nicht. Es widerstrebte ihm, aber er musste sich eingestehen, dass er das Navigationssystem des Klosters brauchte. Er hoffte, dass der Stromausfall es nicht beeinträchtigt hatte.

Lombardi drehte das Display wieder zu sich und sah, dass es bereits zwei Uhr morgens war. Er öffnete die App des Klosters und wartete. Zu seiner Erleichterung startete die App normal. Auf dem Bildschirm erschien ein Bild des leeren Gangs vor ihm, flimmernd und in Schwarzweiß. Nach einigen Sekunden tauchten feine Linien auf und begannen, die Ecken und Kanten der Umgebung nachzuzeichnen. Lombardi bewegte das Gerät, und die Linien bewegten sich ebenfalls, wenn auch leicht verzögert. Sie führten einen sonderbaren Tanz auf, wie eine Armee von Weberknechten. Er kam zum Schluss, dass es mit der App zu tun haben musste. Das Programm schien sein Telefon zum Nachtsichtgerät zu machen.

Er öffnete das Menü des Navigationssystems, um den Weg zu seinem Zimmer zu suchen. Doch als er gerade die Nummer eingeben wollte, hielt er inne.

Er musste an Badalamenti denken, an dessen düstere Vorahnungen, die sich durch nichts hatten zerstreuen lassen.

Ich muss wissen, ob es ihm gut geht.

Der Cursor der Kloster-App wartete. Statt seiner Zimmernummer gab er jene von Sébastien ein. Plötzlich begann das Display zu blinken und zeigte in schneller Folge einige weiße Textzeilen an.

WARNING: REMOTE HOST IDENTIFICATION HAS CHANGED ...

Host key verification failed ...

Dann wurde das Display schwarz.

Na toll. Was ist jetzt schon wieder?

Lombardi senkte das Telefon und blickte in die Dunkelheit vor ihm. Wie sollte er so den Weg finden?

Während er noch darüber nachdachte, realisierte er, dass das Display sich wieder eingeschaltet hatte. Vielleicht war die App nur abgestürzt. Es hätte ihn nicht gewundert. Der Verkäufer des Elektronikladens hatte ihm geraten, ein leistungsstärkeres Modell zu nehmen, doch ihm hatte dieses besser gefallen. Er hatte gleich geahnt, dass er das noch bereuen würde. Als er einen Blick auf den Bildschirm warf, traute er seinen Augen nicht. Er hörte auf zu atmen und zog unwillkürlich die Schultern zusammen.

Seine Augen waren noch damit beschäftigt, alle Details einzufangen, doch als er blinzeln musste, war das Bild verschwunden, und das Bild des Korridors stand vor ihm, als wäre nie etwas geschehen.

Was er gesehen hatte, war keine Einbildung gewesen.

Das Display hatte eine Schwarzweißansicht eines Raums gezeigt, der ihn an eine Kirche erinnert hatte – ein niedriges, fensterloses Gewölbe, wie eine Krypta. Sie war von demselben Flimmern erfüllt gewesen wie das Kamerabild der Navigationsapp. Das eigentlich Sonderbare waren aber die regelmäßigen Reihen von Quadern gewesen, die dort gestanden hatten, wo eigentlich Kirchenbänke hätten stehen sollen. In ihrer schlichten Regelmäßigkeit erinnerten sie ihn an monolithische Altäre aus vorchristlicher Zeit, vielleicht ägyptisch, was aber keinen Sinn ergab, denn die Architektur gemahnte eindeutig an eine Kirche, und diese sollte nur einen Altar und eventuell ein paar Seitenaltäre enthalten, nicht aber eine solche regelmäßige Anordnung mitten im Raum, wo eigentlich die Gläubigen Platz finden sollten.

Was hat das zu bedeuten?

Etwas daran kam ihm falsch vor, wobei er nicht genau zu sagen vermochte, woher dieser Eindruck kam. Kein Kloster, das er kannte, besaß einen solchen Raum. Er konnte sich nicht vorstellen, welchem Zweck er dienen sollte.

Und warum erscheint er auf meinem Handy?

Lombardi lief ein Schauer über den Rücken. Er meinte zu spüren, wie sich die Dunkelheit hinter ihm verdichtete, als würden die Schatten darin physische Form annehmen, bereit, ihn von hinten zu attackieren. Er widerstand der Versuchung, sich umzublicken. Er machte sich nur verrückt, alles war ruhig.

Im Kamerabild stand ein Pfeil, der ihm den Weg zeigte, zitternd auf den Steinboden projiziert. Lombardi hielt das Handy wie einen Schild vor sich und marschierte los.

Was er sich davon erhoffte, wusste er nicht genau. Aber er wollte einfach wissen, wo Sébastien wohnte.

Lombardi folgte den Pfeilen, und das Gehen beruhigte ihn. Er glaubte zu hören, dass die Windgeräusche schwächer wurden, als würde er sich von ihrer Quelle entfernen. Amirpour hatte gemeint, dass Sébastiens Zimmer gleich um die Ecke sei. Er musste jeden Moment dort sein.

Doch immer neue Pfeile wurden auf den Boden projiziert. Lombardi fühlte sich wieder zunehmend unbehaglich. Er entfernte sich immer weiter vom Trakt mit den Zimmern und wurde tiefer ins Innere der Abtei geführt.

Als er gerade darüber nachdachte, die eingegebene Zimmernummer noch einmal zu kontrollieren, sah er vor sich eine Tür. Im Flimmern des Bildes erkannte er mit Mühe, dass sie aus altem, von schmiedeeisernen Klammern zusammengehaltenem Holz bestand. Darauf war ein dreieckiges Warnzeichen mit einem Symbol, das wie eine Sonne aussah.

Lombardi drehte das Display seines Handys nach außen und schwenkte es im Kreis. Wo war er hier? Das konnte unmöglich Sébastiens Zimmer sein. Die App hatte ihn in die Irre geführt. Im schwachen Schein der Hintergrundbeleuchtung sah er, dass die Tür vor ihm einen Spalt geöffnet war. Dahinter führte eine Treppe nach unten.

Warum schickst du mich hierher?

Lombardi blickte über seine Schulter. Er atmete zweimal tief durch, dann öffnete er die Tür und setzte einen Fuß auf die Treppe.

Hier war die Luft feucht und kalt. Die Decke über ihm war so niedrig, dass er sich ducken musste, als er hinabstieg. Die Enge beklemmte ihn, doch er blieb nicht stehen. Bald musste er wieder einen größeren Raum erreichen. Umkehren konnte er dann immer noch.

Am Ende des Gangs fand er eine weitere Tür. Er öffnete sie und trat in einen Raum, der ungewöhnlich warm schien und von einem leisen Surren erfüllt war. Als er sich umsah, erkannte er sofort, dass dies der Saal war, den ihm sein Handy gezeigt hatte.

Lombardi stand wie angewurzelt da und blickte auf das Display. Dieser Ort sah tatsächlich aus wie eine kleine Kirche, länglich und mit einem Gewölbe, das von mehreren Säulen gestützt wurde. Nur die Fenster fehlten. In ihm befanden sich in regelmäßigen Reihen angeordnete, hüfthohe Quader, etwa anderthalb mal zwei Meter breit, wie Altäre, die durch künstliche, von der App hinzugefügte Umrisse betont wurden. Es mussten etwa ein Dutzend sein. Als Lombardi durch sein Handy nach oben sah, entdeckte er ein Kreuz, das an Schnüren von der Decke hing.

Er senkte das Gerät wieder, und als er zu Boden blickte, hielt er inne. Er versuchte, in der Dunkelheit neben dem Handy etwas zu erkennen, doch es gelang ihm nicht.

Lombardi bückte sich und ertastete etwas Weiches, Pelziges. Sein Verdacht wurde bestätigt: Auf dem Boden lagen Rosen verstreut.

Plötzlich hörte er eine Art Kratzen. Es ging von einem Punkt hinter ihm aus. Als er sich umdrehte und erneut auf den schwach schimmernden Bildschirm starrte, setzte sein Herzschlag aus.

Was er sah, war so verstörend, dass er die Luft anhielt.

Auf einem etwa mannshohen Schrank hing kopfüber eine nackte menschliche Gestalt. Von dort war das Kratzen gekommen. Die Arme waren wie zum Segen ausgebreitet, aus Wunden an den Hand- und Fußgelenken sickerte eine glänzende Flüssigkeit. Die Silhouette war rot unterlegt, und ihr Umriss wurde von computergenerierten Linien umspielt, die an die Bleistiftstriche einer Comiczeichnung erinnerten. Daneben wurden in derselben feinen Linienstärke Rechtecke eingeblendet, die Zahlen und Kurven enthielten. Worte in einer unbekannten Sprache standen daneben. Das Bild sah aus wie eine elektronische Variante einer Leonardo-da-Vinci-Skizze, die absurde, auf dem Kopf stehende Karikatur einer Kreuzigung. Lombardi richtete seine Aufmerksamkeit auf die Handgelenke. Jemand hatte etwas Dünnes um sie gebunden und die Person, bei der es sich um einen Mann handelte, damit auf dem Schrank fixiert. Das Gesicht war verunstaltet und geschwollen, die Gesichtszüge waren nicht zu erkennen, darunter hatte sich eine Lache gebildet. Auf der Brust des Mannes waren seltsame Zeichen zu sehen, wie mit Blut geschrieben, die an eine Zahl erinnerten. Sie schienen Teil des Originalbildes und nicht elektronisch hinzugefügt zu sein.

Lombardi atmete flach. Er versuchte sich vor Augen zu halten, dass dieses Bild nicht real war, ebenso wenig wie der imaginäre Fremdenführer der Kloster-App, der ihm die Abtei hatte erklären wollen. Doch wenn es nicht real war, was hatte es zu bedeuten? Und warum hatte er solche Angst, sich vorzubeugen und zu vergewissern, dass da wirklich kein Mensch hing?

Ein Teil von ihm wollte so schnell wie möglich verschwinden. Doch sein Verstand sagte ihm, dass er keine Wahl hatte, er musste sichergehen. Also steckte er das Handy ein und atmete zweimal tief durch. Dann trat er einen Schritt vor und streckte langsam die Hand aus.

Es muss eine Täuschung sein. Jemand spielt mit mir. Hier kann unmöglich ein Mensch hängen.

In diesem Moment nahm er einen Luftzug wahr und hörte ein Scharren. Er erschrak so sehr, dass er zurückzuckte und die Arme schützend über den Kopf hob, wobei er das Gleichgewicht verlor.

Sekundenbruchteile später krachte neben ihm etwas zu Boden.

Während Lombardis Geist noch damit beschäftigt war, die Situation zu erfassen, übernahm etwas in ihm die Kontrolle – ein Notfallprogramm in seinem Körper, von dem er bisher nichts gewusst hatte. Nachdem er seine Balance wiedergefunden hatte, stürmte er zurück zur Treppe. Er nahm zwei Stufen auf einmal und stieß sich den Kopf, doch er spürte es kaum. Die Kälte des Klosters und das leise Sausen des Windes empfingen ihn.

Intuitiv holte Lombardi sein Handy hervor, doch statt das aufgehellte Bild auf dem Display zu betrachten, drehte er das Gerät um. Sein Modell besaß keine Taschenlampe, aber die Helligkeit des Bildschirms reichte aus, dass er gerade so den Boden vor seinen Füßen erkennen konnte.

Lombardi rannte, ziellos und ohne zurückzublicken. Er glaubte, Schritte zu hören, und erhöhte sein Tempo. Er durchquerte Hallen, passierte dicke Säulen, stieß auf vergitterte Türen, stieg Treppen hinauf und wieder hinunter. Es fühlte sich an wie ein Alptraum, doch er wusste, dass all das hier real war. Seine Beine waren das Laufen nicht gewohnt, seine Lunge brannte, aber er ließ nicht nach. Als er einen riesigen, offenen Raum erreichte, der nach kaltem Weihrauch roch, verließ ihn die Kraft. Er duckte sich in eine Nische, schaltete das Display aus und versuchte, seinen keuchenden Atem zu beruhigen. Einige Sekunden lang sah er Sterne und glaubte, ohnmächtig werden zu müssen, dann merkte er, dass er Luft bekam. Er nahm drei tiefe Züge, bevor er den Atem anhielt und lauschte.

Ein dumpfes, an- und abschwellendes Sausen war alles, was er hörte. Zwischendurch war da Knacken von Holz, das sich unter Druck verzog, ab und zu schepperte etwas, als hätte der Wind etwas Metallenes losgerissen.

Lombardi hätte gern gewusst, wo er sich befand, aber er widerstand der Versuchung, sein Handy erneut als Lichtquelle zu benutzen. Stattdessen zwang er sich dazu, einfach ruhig liegen zu bleiben und zu lauschen. Wie viel Zeit verging, konnte er nicht sagen, er verlor in der Dunkelheit das Gefühl dafür.

Nach einer kleinen Ewigkeit begannen sich Formen in der Schwärze abzuzeichnen. Er gewahrte hohe Säulen und Fenster. Das hier musste die Klosterkirche sein. Er glaubte nicht, dass es noch einen so hohen Raum im Kloster gab.

Lombardi war von einem Gefühl der Unwirklichkeit erfüllt. Er hatte etwas krachen gehört und war gerannt, aber was war sonst eigentlich passiert? Er konnte sich keinen Reim darauf machen.

Nach einer Weile akzeptierte er, dass er allein war. Sein Verfolger war weg. Wenn es je einen Verfolger gegeben hatte. Lombardi richtete sich auf. Sein rechtes Bein war eingeschlafen, und er schüttelte es, um wieder frisches Blut in die taube Gliedmaße zu bekommen. Währenddessen horchte er, doch nichts rührte sich.

Als er sein Handy hob und den Bildschirm aktivierte, um damit den Weg zu leuchten, hörte er, wie irgendwo etwas zu summen begann, als würde eine Pumpe hochgefahren. Durch eines der Fenster sah er einen schwachen Lichtschein. Gerade schien der Strom wieder angegangen zu sein.

Lombardi sah erneut auf den Bildschirm. Das Navigationssystem der App hatte sich geöffnet und zeigte ihm einen Pfeil auf dem Boden. Er öffnete einen Grundrissplan des Klosters und stellte fest, dass die eingezeichnete Route in den Wohntrakt führte.

Dennoch fand er, dass er von der App für heute genug hatte. Er prägte sich auf der Karte die Route zu seinem Zimmer ein, dann ließ er das Gerät in seine Tasche verschwinden. Bereits nach einem überraschend kurzen Fußmarsch stand er vor seiner Zimmertür, die automatisch entriegelt wurde. Lombardi trat ein und fand einen mechanischen Riegel auf der Innenseite der Tür, den er sofort betätigte, bevor er sich erschöpft aufs Bett fallen ließ.

Einige Minuten lang lag er einfach nur da, und in seinem Kopf rotierten die Gedanken. Er versuchte zu verstehen, was passiert war.

Es war dunkel gewesen. War er wirklich sicher, was er da gesehen hatte? Nun, da das Licht an war, war ihm die Sache etwas peinlich. Er war kopflos durch das Kloster gerannt, als wäre der Teufel hinter ihm her. Dabei wusste er nicht, ob wirklich jemand dagewesen war.

Doch das Bild auf seinem Handy war nicht eingebildet gewesen. Es hatte sich in sein Hirn gebrannt. Etwas äußerst Eigenartiges war gerade passiert. Die App hatte offensichtlich verrücktgespielt, aber er wurde das Gefühl nicht los, dass es mehr als eine reine Fehlfunktion gewesen war. Sie hatte ihm das Bild dieses unterirdischen Raums gezeigt und ihn hingeführt. Und dort hatte sie ihm das Bild eines kopfüber gekreuzigten Mannes gezeigt.

Er dachte an Badalamenti und das, was er ihm über seinen Streit mit seinem Ziehsohn erzählt hatte.

»Sébastien hat Angst. Er klang verwirrt, ich glaube, er bildet sich Dinge ein. Als er merkte, dass ich ihm nicht glaubte, haben wir gestritten.«

Danach war der Kontakt abgebrochen. Badalamentis Anrufe beim Kloster waren abgewimmelt worden. Er hatte das nicht akzeptieren wollen und seine Kontakte in den Vatikan genutzt, doch auch dort nicht mehr erfahren. Das Projekt von L'Archange Michel schien vom Heiligen Stuhl völlig unabhängig zu sein, niemand hatte ihm mehr sagen können.

Lombardi dachte an das Kreuz hinter der Portierskabine. War es ihm nicht ebenfalls eigenartig vorgekommen? Vorhin hatte er noch gemeint, sich getäuscht zu haben, aber sein erster Eindruck war gewesen, dass es verkehrt herum gehangen hatte.

Er verstand nicht, was hier geschah, aber inzwischen sah er ein, dass Badalamenti recht gehabt hatte: Etwas Seltsames ging vor sich. Seine Hoffnung, dass seine Aufgabe sich auf Vermittlung und Seelsorge beschränken könnte, schwand.

Er versuchte den Gedanken nicht an sich heranzulassen, der sich seit dem Erlebnis immer wieder aufdrängte – wen das Bild in dem Raum gezeigt hatte.

Das Bild war nicht real gewesen. Es gab sicher eine plausible Erklärung dafür. Er wiederholte den Gedanken immer wieder in seinem Kopf.

11

Die Hände des Dieners zitterten.

Er wusste nicht, wie lange er sie schon unter das Wasser hielt, er hatte sein Zeitgefühl verloren. Seine Kleider lagen neben ihm auf dem Boden, und er fror. Dennoch zog er seine Hände nicht zurück, sondern ließ weiter das eisige Wasser über ihre aufgeweichte Haut laufen.

Er war verwirrt. Alles war anders gewesen, als er es sich vorgestellt hatte. Er war sich seiner Sache vollkommen sicher gewesen, war den alten Anweisungen penibel gefolgt. Auf jedes Detail hatte er geachtet, nichts dem Zufall überlassen. Doch dann war plötzlich alles anders gekommen. Die Situation war ihm entglitten. Bei dem Gedanken schnürte sich ihm die Kehle zu.

Er zog die Hände aus dem Wasserstrahl und schlang die Arme um den Körper, um die eiskalten Finger zu wärmen.

Er hatte keine Angst verspürt. Er konnte sich nicht erinnern, das jemals zuvor erlebt zu haben. Die Zeichen hatten ihn sicher gemacht, und kurz war sie verschwunden – die Angst, die ihn seit Kindertagen auf Schritt und Tritt begleitete, was immer er auch tat, und nur manchmal nachließ, wenn er tief im Gebet versunken war. Er hatte gewusst, dass nicht viel Zeit blieb, um etwas zu unternehmen. Ihm war klar gewesen, dass die anderen zu lange zögern würden. Es war seine Aufgabe, das hatte er gespürt.

Doch nun war er erwacht. Die Angst war zurück, stärker als je zuvor. War es richtig, was er getan hatte? Warum zweifelte er daran?

Er schreckte auf, als er neben sich ein Geräusch hörte. Gerade noch hatte er gemeint, in seinem Refugium allein zu sein, doch nun war er sich nicht mehr sicher. Er starrte angestrengt in die Dunkelheit, konnte aber nichts entdecken. Er wusste, dass das nichts bedeutete. Täuschungen und Fallen umgaben ihn. Die Angst packte ihn mit eisigem Griff. Jeden Moment konnte er einen falschen Schritt tun und in die Verdammnis stürzen. Nur äußerste Wachsamkeit konnte ihn retten. Er musste das Richtige tun.

Ich war immer wachsam. So habe ich es gelernt.

Der Gedanke half ihm, sich zu beruhigen. Er streckte die Hand aus und berührte das heilige Gewand, das er auf dem Tisch neben sich ausgebreitet hatte. Tausend Jahre altes, brüchiges Gewebe, das voller verborgener Macht war.

»Gib mir Kraft«, flüsterte er.

12

Ein Klopfen weckte Lombardi. Jemand hämmerte mit der Faust an seine Zimmertür.

»Guten Morgen!«, hörte er gedämpft von draußen.

Lombardi brauchte einen Moment, bis er wusste, wo er war. Er hatte wieder von Afrika geträumt. Düstere Träume von wilder Natur und Hoffnungen, die sich enttäuschten.

»Sind Sie da?«, fragte die Stimme.

Lombardi erinnerte sich an letzte Nacht. Alles war schlagartig wieder da. Adrenalin schoss in seine Adern, und er war hellwach. Er realisierte, dass der Cellerar ihn abholen sollte. Der Abt hatte sein Kommen angekündigt. Lombardi wollte antworten, doch aus seinem trockenen Hals kam kein Ton. Er räusperte sich.

»Einen kleinen Moment!«

Er glitt aus dem Bett. Kurz überfiel ihn Schwindel, und er musste sich abstützen. Dann wankte er zu seinem Trolley, wo er noch ein frisches Hemd fand, das er anzog, bevor er die Tür öffnete. Vor ihm stand ein riesiger Mönch mit breiten Schultern, kantigem Gesicht und strengem Blick.

»Bischof Lombardi? Ich bin Pater Demetrios. Habe ich Sie geweckt?«

»Schon in Ordnung.« Lombardi zwang sich zu einem Lächeln. Jemand lief durch den Gang, und Demetrios wich zurück an die Wand, um Platz zu machen. Lombardi sah ihm verwundert nach.

»Alles ist in Aufruhr heute«, erklärte der Mönch, ohne das Lächeln zu erwidern. »Jetzt ist tatsächlich das eingetreten, was die französischen Meteorologen prophezeit haben.«

Er warf einen missbilligenden Blick in die Richtung, in der der

Laufende verschwunden war. Ihm schien die Aufregung nicht recht zu sein.

»Was denn?«

»Haben Sie es wirklich verschlafen?«, fragte Demetrios ungläubig. »Ich dachte, der Lärm hätte alle geweckt.«

»Was habe ich verschlafen?«

»Ein schwerer Sturm ist gestern Nacht durch das Tal gezogen. Ein Orkan, hat man mir gesagt, eigentlich gibt es so etwas sonst nur in den Tropen.«

»Meine Güte«, sagte Lombardi, »gibt es Schäden?«

Demetrios winkte ab. »Es ist bei Weitem nicht so schlimm, wie alle tun. Allerdings hat ein herabstürzender Baum die Brücke getroffen. Sie ist wegen Einsturzgefahr bis auf Weiteres gesperrt. Wir sind von der Außenwelt abgeschnitten. Möchten Sie frühstücken?«

Lombardi war so perplex, dass er einige Sekunden brauchte, um die Frage zu verstehen. »Ein Kaffee wäre nicht schlecht.«

»Dann folgen Sie mir!«

Sie machten sich auf den Weg.

»Wie ist das möglich?« fragte Lombardi, als sie nebeneinander hergingen. »Der Abt sagte doch, es bestehe kein Grund zur Sorge.«

»Nun, die Meteorologen hier im Haus haben sich offenbar getäuscht. Hier sollte es keine so starken Winde geben.«

Er erklärte Lombardi etwas vom Jetstream, einem globalen Windsystem, das durch die Erderwärmung gestört war, von mehr Wasserdampf in der Atmosphäre und dass Klimazonen sich verschoben. Durch die Fenster sah Lombardi kahle graue Felswände. Die Sonne hätte längst über den Bergkämmen stehen sollen, doch sie hatte den Kampf gegen den Sturm offenbar aufgegeben und begnügte sich damit, ein trübes Dämmerlicht durch die Wolkendecke zu schicken. Der Wind wehte weiße Nebelfetzen vorbei, und es schneite.

»Das Unangenehme ist, dass auch die Stromleitung und unsere Datenleitungen gekappt wurden«, fuhr Demetrios fort. »Lassen Sie sich davon aber nicht beunruhigen. Wir haben für diese Fälle Notstromaggregate. Die werden uns für einige Tage versorgen.«

Lombardi nickte zerstreut. Sein Geist war noch zu träge, um zu erfassen, was das alles bedeutete. Er brauchte dringend Kaffee. Im Vorbeigehen sahen sie Abt Shanti, der telefonierte und zu beschäftigt war, um sie zu bemerken.

Sie betraten das Refektorium, in dem heute nur ein Dutzend Menschen an den Tischen saßen. Demetrios wandte sich der Theke zu, hinter der ein beleibter Mönch stand und gerade für einen Novizen mit einer chromglänzenden Siebträgermaschine Kaffee zubereitete. Als er damit fertig war, machte er auf eine Geste von Demetrios hin mit geübten Handbewegungen zwei Tassen Espresso. Lombardi nippte vorsichtig daran und stellte erleichtert fest, dass der Kaffee mindestens so gut war wie in den Cafés rund um den Petersplatz in Rom. Er nickte dem Mönch hinter der Theke dankbar zu und nippte im Stehen an dem Kaffee, wobei er spürte, wie seine Lebensgeister wieder erwachten. Währenddessen ließ er seinen Blick durch das Refektorium streifen. Er suchte nach Amirpour, konnte sie aber nirgends entdecken. Hatte sie noch abreisen können, oder saß sie fest? An einem der Tische saß ein gebückter Mönch, der einen dünnflüssigen Brei löffelte. Neben ihm hockte ein junger Mitbruder, der ihm hin und wieder mit einem Tuch den Mund abtupfte, weil nach jedem Löffel ein kleines Rinnsal aus seinem schlaffen Mundwinkel lief. Der Mann hatte kaum noch Haare auf seinem fleckigen Schädel. Er sah aus, als wäre er so alt wie die Zeit selbst. Das musste der Mann sein, den Lombardi durchs Fenster beobachtet hatte, wie er gegen die Mauer geklopft hatte.

»Das ist Pater Angelus«, erklärte Demetrios, der Lombardis Blick bemerkt hatte. »Er gehört inzwischen beinahe zum Inventar. Der Einzige, der drei Äbte erlebt hat.«

»Er sieht gut aus«, stellte Lombardi fest

»Ja, es geht ihm gut für sein Alter. Ein wenig schrullig ist er geworden. Nicht mehr ganz bei Verstand. Aber das macht nichts. Wir kümmern uns um ihn und freuen uns über jedes Weihnachten, das wir mit ihm feiern können.«

Lombardi ließ den Blick weiterwandern. Er war sich ziemlich sicher, dass er Sébastien erkannt hätte, wenn er hier gewesen wäre. Niemand sah ihm ähnlich.

»Sind die Wissenschaftler schon alle abgereist?«, fragte er.

»Soweit ich weiß, sind die Letzten gestern Abend noch gefahren. Nur noch die Mönche und eine Handvoll Bedienstete sind hier. Und Sie.«

Lombardi nahm es mit Bedauern zur Kenntnis. Er hätte Amirpour gern noch Lebewohl gesagt. In einem Zug leerte er seine Tasse und stellte sie auf einen Tisch.

»Sind Sie fertig?«, fragte Demetrios. »Ich kann auf dem Weg weitererzählen.«

Lombardi zögerte.

»Machen Sie sich keine Gedanken«, beruhigte ihn Demetrios. »Derzeit können wir ohnehin nichts tun. Wir versuchen gerade zu eruieren, ob es möglich ist, eine Behelfsbrücke aus Holz neben der Steinbrücke zu errichten. Inzwischen kann ich Ihnen genauso gut das Kloster zeigen.«

Da zeigte sich eine Andeutung eines Lächelns im Gesicht des Mönchs, und Lombardi gab nach. Vielleicht konnte er so etwas über diesen seltsamen Raum erfahren, in den ihn die App geführt hatte.

Demetrios brachte ihn zu einer eisenbeschlagenen Holztür. »Es ist immer noch windig draußen – mal sehen, ob wir hinausgehen können.«

Der Mönch holte einen großen, klimpernden Schlüsselbund aus seiner Kutte und schloss die Tür auf. Als er sie öffnete, wirbelte sofort Schnee herein. Lombardi verschränkte die Hände. Ihn fröstelte. Demetrios trat ins Freie und bat seinen Gast, ihm zu folgen.

Der Kreuzgang, so viel konnte Lombardi erkennen, war ein überdachter Weg, der einen kleinen Innenhof mit einer zum Teil mit Schnee bedeckten Rasenfläche mit einem Garten umspannte. Das hölzerne Dach ruhte auf zwei versetzten Reihen von Säulen, die aus dunklem Gestein bestanden und ungewöhnlich dünn waren.

»Der Kreuzgang ist, wie Sie sicher wissen, ein sehr wichtiger Ort für ein Kloster«, erklärte der Mönch mit lauter Stimme, um das Pfeifen des Windes zu übertönen. »Besonders, wenn der Platz so knapp ist wie auf diesem Berg. Wir nutzen ihn zur Meditation. Sie werden immer wieder Mönche finden, die ins Gebet versunken hier entlangwandeln.«

Lombardi versuchte sich vorzustellen, in welchem Teil des Klosters sie sich gerade befanden. »Dieser Garten – sind unter uns nicht Räume?«

Demetrios grinste zufrieden. »Wir befinden uns auf einer Art mittelalterlicher Dachterrasse. Der Platz auf dem Felsplateau ist begrenzt.«

Lombardi entdeckte Blumen, die aus dem Schnee ragten. Sie kamen ihm bekannt vor.

»Der Winter ist zurückgekommen«, sagte der Mönch, der seinem Blick gefolgt war. »Es hat schon alles geblüht. Das Wetter wird immer verrückter.«

»Sind das Rosen?«

»Pfingstrosen. Diese Blumen haben Tradition bei den Benediktinern. Sie wurden als Heilpflanzen kultiviert.«

Lombardi entdeckte die Stümpfe abgeschnittener Stiele zwischen den Blumen. Er wollte sie genauer ansehen, doch Demetrios ging bereits weiter.

Nun erst zeigte sich, dass der Kreuzgang auf einer Seite offen war. Zwischen den Säulen wurde die Gebirgslandschaft sichtbar.

Lombardis Hände wurden feucht. Die Aussicht war atemberaubend. Das Kloster lag hundert Meter höher als der Talgrund. Die steilen Hänge waren nebelverhangen, jeder Felsvorsprung trug eine dünne weiße Schneedecke. Es sah aus, als blickte man aus der offenen Luke eines Flugzeugs. Die Gegend schien völlig unbewohnt zu sein, um sie herum war nur wilde, unberührte Natur.

Demetrios war inzwischen nach rechts gegangen und hatte erneut seinen Schlüsselbund hervorgeholt, um eine weitere Tür aufzuschließen.

»Kommen Sie schnell herein. Shanti ist sehr pingelig, was offene Fenster und Türen angeht.«

Lombardi folgte ihm dankbar. Der Blick in die Tiefe hatte ihn nervös gemacht.

»Es muss sehr aufwändig sein, das Kloster zu heizen«, bemerkte er.

»Fragen Sie nicht.« Demetrios schloss die Tür hinter ihnen. »Im Trakt, wo Sie wohnen, heizen und kühlen wir mittels einer Wärmepumpe. Es gibt Stollen, die tief in den Fels führen, wo eine konstante Temperatur von acht Grad herrscht. Abt Konstanz ließ diese Dinge im Rahmen anderer Renovierungen in Auftrag geben. Die Durchführung erlebte er nicht mehr. Im Mittelalter hatte man leider keine Ahnung, man verheizte Holz in riesigen Mengen und fror trotzdem. Heute sind all diese Dinge im Grunde Standard.«

Während Lombardi noch darüber nachdachte, sah er, dass Demetrios auf eine enge Wendeltreppe zuhielt, die nach unten führte. Sie erreichten einen Raum, der noch etwas kleiner war als der vorhergehende. In der Wand war eine schmale, kaum schulterhohe Öffnung, hinter der es dunkel war.

»Was ist denn das?«

»Ein Geheimgang«, sagte Demetrios. »Kommen Sie.«

»Ein Geheimgang?«, fragte Lombardi ungläubig. »Ich dachte, so etwas gibt es nur im Film.«

Demetrios grinste. »L'Archange Michel ist von einem riesigen

Netz solcher Gänge durchzogen, das finden Sie in vielen Abteien. Die mönchische Lebensweise verträgt sich nicht mit dem ständigen Kontakt mit Pilgern. Die Mönche brauchten also eine Möglichkeit, sich frei durch die Anlage zu bewegen, ohne mit den Laien in Kontakt zu kommen.«

13

Nach mehreren Minuten Weg durch einen klaustrophobisch engen, nach nassem Stein riechenden Gang, durch den nur aus vereinzelten kleinen Löchern im Mauerwerk Licht drang, erreichten sie endlich wieder einen großen Raum. Lombardi richtete sich auf und streckte sich. Er hatte schon geglaubt, der Gang würde kein Ende nehmen.

Lombardi sah sich um. Hier standen Tische mit einem Dutzend Standcomputern, deren riesige Flachbildschirme aussahen, als wären sie eben erst ausgepackt worden. Zwei junge Männer knieten unter einem der Tische und verlegten ein Kabel, das sie mit Klebeband auf dem Boden fixierten. Einen davon kannte Lombardi, es war jener rothaarige Mönch, der am Vorabend so verzweifelt nach Angelus gesucht hatte. Der andere war dunkelhaarig, mit sauber frisiertem Seitenscheitel und trug ein graues T-Shirt mit der Aufschrift *Relax – the admin is here*. Die beiden waren vielleicht Mitte zwanzig und unterhielten sich leise, während ihre Hände geschickt arbeiteten.

»Du hast eine lebhafte Phantasie«, sagte der Mönch, »für einen Nerd, meine ich. Du weißt doch genau, dass du keine Chance bei ihr hast.«

»Gib's zu, Petrus«, antwortete der mit dem T-Shirt, »du bist wieder neidisch. Weil ich darf, und du nicht.«

»Neidisch, auf dich? Bei dir läuft ja nicht mehr als bei mir! Das ist so traurig. In Wirklichkeit schwärmt sie für mich, weil sie mich nicht haben kann. Außerdem sehe ich viel besser aus als du.«

»Träum weiter! Irgendwann wird sie schwach, so ist es immer bei mir.«

»Als Märchenerzähler hast du Talent. Magst du mir heute

Abend nicht etwas von den Brüdern Grimm vorlesen, wenn ich nicht einschlafen kann?«

»Gern! Wenn ich nicht gerade eine romantische Begegnung habe.«

»Das Risiko gehe ich ein.«

»Wirst schon sehen, wenn du dann wach liegst.«

Lombardi räusperte sich. Die zwei blickten auf.

»Das sind unsere Systemadministratoren«, erklärte Demetrius. »Pete Warner aus Kalifornien und Bruder Pjotr aus Polen – Spitzname Petrus.«

Die beiden jungen Männer grinsten verlegen.

»Bischof Lombardi ist zu Gast bei uns«, fuhr Demetrios fort. »Wenn er irgendwelche Fragen zum Rechner hat, schicke ich ihn zu euch.«

»Kein Problem!« antwortete Pete. Sie grinsten, Pete salutierte scherzhaft, dann verschwanden sie wieder unter dem Tisch und setzten flüsternd ihr Gespräch fort. Lombardi konnte sich ein Schmunzeln nicht verkneifen, während Demetrios bereits weiterging.

»Wir kommen nun in die Bibliothek. L'Archange Michel hat eine lange Tradition, was das Sammeln und Bewahren von Büchern angeht.«

Der Saal, den sie betraten, war von mehrere Meter hohen, geschnitzten Regalen aus dunkel gebeiztem Holz beherrscht. Es roch nach Staub und altem Leder. Die Regale waren über und über mit Büchern gefüllt. Die Zahl der Bände musste in die Tausende gehen, zwei Leitern dienten dazu, die obersten Fächer zu erreichen. Neben einem Lesetisch stand ein riesiger, von der Zeit dunkel gewordener Globus. Die Decke bestand aus einem Tonnengewölbe, die ungewöhnlich großen, runden Fenster waren bunt wie in einer Kirche.

»Die Bücher sind unser ganzer Stolz«, sagte Demetrios. »Es gibt größere Klosterbibliotheken, aber unsere Sammlung ist einzigartig, der Großteil unserer Handschriften hat diese Mauern nie verlassen.

Und seither wurde die Bibliothek großzügig erweitert. Viele Werke haben mit Wissenschaft zu tun. Abt Konstanz war es wichtig, an alte Traditionen anzuschließen. Hier sehen Sie Newtons Hauptwerk: *Philosophiae Naturalis Principia Mathematica.*«

Lombardi sah nur einen vergilbten Buchrücken. »Sieht alt aus«, meinte er.

»1687. Wir haben eine der wenigen Originalausgaben«, erklärte der Cellerar. »Ein Buch, das die Welt verändert hat. Gleich daneben sehen Sie Newtons weniger bekannte theologische Arbeiten, zum Beispiel *Observations Upon the Prophecies of Daniel and the Apocalypse of St. John.*«

Sie gingen weiter.

»Hier die *Discorsi* von Galilei. Und hier die neueren Werke: Maxwell, *A Dynamical Theory of the Electromagnetic Field*. Damit nähern wir uns der Gegenwart: Heisenberg, Schrödinger, Dirac und natürlich Einstein. Ein großer Teil besteht aus Fachjournalen aus jüngerer Zeit, die wir aber demnächst ausmustern wollen. Es wird ja so viel publiziert im Moment, damit könnte man jeden Monat Lastwagen füllen. Heute gibt es praktisch nur noch elektronische Abos.«

Lombardi sah, dass auf dem Steinboden in der Mitte der Bibliothek ebenfalls Schreibtische mit Computerterminals standen. Sie störten die Optik der altehrwürdigen Regale weniger, als er vermutet hätte. Alte und moderne Medien für Wissen, dachte er.

»Zwei Welten, zwischen denen ein Graben verläuft ...«, wiederholte er die Worte des Abts.

»Wie bitte?«

»Abt Shanti hat es so formuliert. Ein Graben, zwischen Wissenschaft und Religion. Hier könnte man das Gefühl bekommen, es gibt diesen Graben gar nicht.«

Demetrios nickte. »Das ist die Idee. Es ging darum, eine wissenschaftliche Forschungseinrichtung nach modernsten Standards auf heiligem Boden zu schaffen. Unser Interesse für Wissenschaft ist ja nicht neu. Viele der Handschriften, die Sie hier sehen, sind wissenschaftliche und naturphilosophische Werke, die im Mittelalter über die arabische Welt nach Europa kamen. Die Natur stand immer im Fokus der Abtei, und Sie werden nirgendwo sonst eine derart vollständige Sammlung mittelalterlichen Wissens über Naturwissenschaft finden. Dennoch gerieten wir in Vergessenheit. Heute genügt Kopieren und Festhalten nicht mehr.«

»Deshalb also die Infrastruktur für wissenschaftliche Tagungen?«

Demetrios nickte. »In den neunziger Jahren überlegten meine Mitbrüder, wie sie wieder an diese Blütezeiten anknüpfen könnten. Abt Konstanz, damals noch einfacher Mönch, hatte die Ideen dazu. Nachdem er zum Abt gewählt worden war, schlug er vor, Gelehrte aus aller Welt einzuladen, insbesondere Naturwissenschaftler. Er war der Meinung, dass die um sich greifende Entfremdung zwischen der Kirche und der Gesellschaft in dem schwierigen Verhältnis des Christentums zur Naturwissenschaft begründet war. Man überlegte, welche Möglichkeiten man internationalen Forschern bieten könnte, um sie hierher zu locken und mit ihnen in einen Dialog zu treten. Von einem Teleskop auf dem Dach der Kirche war die Rede oder von einem Teilchenbeschleuniger im Granit unter dem Kloster. Konstanz fuhr nach Genf, um sich mit der Belegschaft des Kernforschungszentrums CERN zu beraten, doch die Idee eines Beschleunigers erwies sich als illusorisch. Schließlich kam er zum Schluss, dass es nur eine vernünftige Lösung gab, die für Forschende verschiedenster Disziplinen von Interesse war: Ein Auftrag für einen Supercomputer wurde ausgeschrieben. Rechenzeit auf diesem Gerät sollte zu günstigen Konditionen für alle Arten von naturwissenschaftlicher Grundlagenforschung zur Verfügung gestellt werden.«

Lombardi war verblüfft über die Selbstverständlichkeit, mit der Demetrios das erzählte.

»Der Computercluster wurde also angeschafft. Und die Forscherinnen und Forscher kamen. Sie speisten ihre Rechenaufgaben in die neue Maschine. Es entstanden Arbeitspartnerschaften, aber auch Freundschaften. So kam es, dass in den Hallen, wo früher Schriften von Aristoteles kopiert und für die Nachwelt erhalten wurden, neues Wissen gewonnen wurde. Für die Forscher ist es die Möglichkeit, tiefer ins Unbekannte einzudringen, für die Mönche wird durch deren Arbeit die Schönheit der Schöpfung offenbar.«

»Alles ganz wunderbar«, stichelte Lombardi. »Aber ist ein Kloster der richtige Ort dafür? *Ora et labora* – das war damit wohl nicht gemeint.«

Doch Demetrios ließ sich nicht beirren. »Niemand hatte je gefordert, dass damit nur das Brauen von Bier oder das Käsen gemeint sind. Außerdem heißt das benediktinische Credo eigentlich *Ora et labora et lege* – bete, arbeite und lies. Der letzte Teil wird meistens weggelassen – warum eigentlich? Wissen war immer ein Teil des mönchischen Lebens, es wurde nur vernachlässigt. Das war der Kern der Philosophie von Konstanz. Heute sind praktisch durchgehend Forschende verschiedenster Naturwissenschaften zu Gast. Doch es kam noch besser. Niemand hatte mit Pater Sébastien gerechnet. Abt Shanti sagte mir, dass Sie ihn kennen.«

»Nur flüchtig«, wich Lombardi aus.

»Dann wissen Sie vielleicht, dass er am CERN seinen Doktor gemacht hat. Dort galt er als einer der brillantesten Nachwuchsphysiker, bis er Konstanz kennenlernte. Sébastien war von den Ideen des Abts so begeistert, dass er seine Stelle am CERN aufgab und hier zum Novizen wurde. Auf einen wie ihn hatten wir gewartet, damit war das Projekt komplett.«

»Ich hatte gehofft, ihn hier zu treffen«, meinte Lombardi beiläufig. »Doch der Herr Abt hat mich vertröstet.«

Demetrios ließ seinen Blick über die Bücher schweifen. »Er hat viel um die Ohren«, sagte er.

»Wegen seiner Entdeckung?«

»Ich kenne auch nur die Gerüchte«, erwiderte Demetrios ungerührt. Es wirkte beinah zu kontrolliert. Lombardi sah ein, dass er von ihm nicht mehr erfahren würde.

Gedankenverloren trat er zu einem der Regale und ließ seine Finger über die ledernen Buchrücken gleiten. Demetrios ließ ihm Zeit. »Wenn Sie hier schmökern wollen, die Bibliothek steht Ihnen jederzeit offen«, sagte der Mönch. »Wenn Sie bereit sind, möchte ich Ihnen jetzt die Kirche zeigen, das eigentliche Herzstück der Abtei.«

Lombardi nickte.

Auf die Kirche war er gespannt. Schließlich glaubte er, dort schon einmal gewesen zu sein.

14

Nach all den kleinen, engen Räumen hatte die Weite der Kirche etwas Befreiendes. Das Tosen des Windes bewies, dass sie sich auf dem höchsten, Wind und Wetter am stärksten ausgesetzten Punkt der Abtei befanden. Obwohl Lombardi in der Dunkelheit nur grobe Strukturen hatte erkennen können, war er ziemlich sicher, dass dies der Raum war, in dem er gestern Zuflucht gesucht hatte – vor einem Phantom, das womöglich nur seiner Einbildung entsprungen war. Er hoffte, dass es so war.

Lombardi sah sofort, dass die Gewölbe und Fenster mit Rundbögen ausgeführt waren. Auch hier gab es eine Holzdecke. Der Chor, der dem Eingang gegenüberliegende Teil der Kirche, sah allerdings ganz anders aus. Lombardi war gefesselt von dem Anblick der hohen, zum Himmel strebenden Linien.

Er entdeckte eine Nische, wo etwas mehrere Meter Hohes mit einem weißen Tuch verhängt war. Das Tuch hing schief, und Lombardi sah eine Marmorfläche, in die etwas eingraviert war. Er näherte sich dem verhüllten Objekt. Als er zum Tuch griff und es vorsichtig zur Seite zog, stand plötzlich Demetrios unmittelbar hinter ihm und hielt seinen Arm zurück.

»Der Altar wird gerade restauriert«, sagte der Mönch.

Lombardi hatte trotzdem einen Blick hinter das Tuch erhaschen können.

»Sind das arabische Schriftzeichen?«, fragte er ungläubig.

Demetrios nickte schnell. »Der Altar stammt auch von Konstanz. Er ist für die Gäste gedacht.«

»Was steht da?«, wollte Lombardi wissen.

Der Mönch blickte sich ungeduldig um, als wollte er sich vergewissern, dass sie allein waren. »Es ist ein Spruch eines islamischen

Gelehrten«, antwortete er widerwillig. »Man soll seinen Brüdern keine Gewalt antun oder so ähnlich.«

Lombardi war fassungslos. »*Keiner von euch ist ein Gläubiger, solange er nicht seinem Bruder wünscht, was er sich selber wünscht*«, präzisierte er. »Das ist die islamische Form der Goldenen Regel! Es gibt ein Pendant in jeder großen Weltreligion.«

Demetrios nickte. »Liebe deinen Nächsten wie dich selbst – so steht es in der Bibel. Der Spruch hier stammt von einem Gelehrten aus dem 12. Jahrhundert. Im Koran steht übrigens: *In der Religion gibt es keinen Zwang.*«

Lombardi kannte die Stelle. »Es bedeutet, dass Abt Konstanz sich für die Verständigung zwischen den großen Weltreligionen einsetzte.«

»So habe ich es verstanden«, bestätigte Demetrios.

»Aber diese Verständigung ist hoch umstritten! Geht sie nicht auf Hans Küng zurück, dem Papst Johannes Paul II. die Lehrberechtigung entzogen hat? Es geht darum, dass Christentum, Judentum und Islam zugeben, alle denselben Gott anzubeten, weil es ohne Frieden zwischen den Religionen keinen Frieden auf Erden geben könne. Ich wusste nicht, dass es eine katholische Kirche gibt, die einen solchen Altar hat. Sagen Sie bloß, Sie wissen nichts darüber!«

Demetrios zuckte mit den Schultern. »Ich bin nur ein einfacher Mönch.«

Er rückte das Tuch zurecht. »Wollen wir weitergehen?«

Lombardi fühlte sich leicht schwindlig, als er Demetrios folgte. Er war sich sicher, dass der Mönch mehr wusste, als er zugab. Der letzte Abt begann ihn nun ernsthaft zu interessieren. Konstanz schien L'Archange Michel als eine Art Versuchslabor für die katholische Kirche betrachtet zu haben. Er fragte sich, wie weit das mit dem Vatikan abgestimmt war.

Demetrios wandte sich inzwischen wieder dem Kirchenraum zu. »Die Basilika ist, wie der Rest der Abtei, ein Produkt mehrerer Bauphasen«, erklärte er. »Wie Sie sicher wissen, war die Basilika eigentlich ein römischer Profanbau, ein Treffpunkt für Menschen. Das unterschied das Christentum von den antiken Religionen, wo nur Priester den Tempel betreten durften. Das Hauptschiff ist romanisch, der Chor ist gotisch. Er ersetzte den alten romanischen Chor, der im 12. Jahrhundert einstürzte.«

Noch ein eingestürztes Gebäude. Lombardi fragte sich, ob diese fragilen gotischen Strukturen dem Unwetter an diesem ausgesetzten Punkt ebenso gut standhielten wie eine massive, romanische Konstruktion.

Demetrios schien seine Gedanken zu erraten. »Keine Sorge, die Kirche hat den Sturm gut überstanden.« Er machte eine Pause. »Abgesehen vom Kirchturm ...«

Lombardi wartete darauf, dass er fortfuhr.

»Was ist los?«

»Sie sollten vielleicht wissen, dass letzte Nacht die Spitze des Turms herabstürzte.«

Lombardi glaubte sich verhört zu haben. »Wie bitte? Ich dachte, die Schäden wären nicht so schwer?«

Demetrios biss die Zähne zusammen. »Wollen Sie es sich ansehen? Sie liegt auf der Terrasse vor der Kirche.«

Der Mönch durchquerte das Kirchenschiff und hielt auf das große Tor zu. Er betätigte die Türklinke und lehnte sich mit der Schulter gegen das Holz. Luft pfiff durch den größer werdenden Spalt. Demetrios brauchte seine ganze Kraft, um die Tür gegen den Luftdruck aufzustemmen.

Draußen riss der Wind Lombardi fast von den Beinen. Er griff nach dem Türstock und suchte mit seinen Fingerspitzen nach Unebenheiten, an denen er sich festhalten konnte. Er befand sich auf einer Plattform, die nach drei Seiten offen war und die Landschaft überblickte. Es sah ein wenig so aus, als würde sie im leeren Raum schweben. Doch sein Blick war gefesselt von dem riesenhaften Objekt vor ihm auf der Plattform. Dort lag, goldglänzend und von Rissen durchzogen, die vom Turm gestürzte Engelsstatue.

Lombardi blieb die Luft weg, als er die zerbrochene Turmspitze und die gut fünf Meter hohe Skulptur so daliegen sah. *L'archange Michel* – der Erzengel Michael.

Der Engel, der mit Ritterrüstung und erhobenem Schwert dargestellt war, lag auf dem Rücken, als wäre er mitten in einer Schlacht vom Feind getroffen worden und gefallen. Einer der Flügel war abgebrochen, ebenso wie ein Großteil der Zacken des auf dem Helm aufgesetzten Heiligenscheins. Lombardi sah Kisten, in denen abgebrochene Trümmer der Statue lagen, doch kein Mensch war zu sehen. Offenbar hatte man mit Aufräumarbeiten begonnen, doch dann aufgrund des Windes damit aufgehört. Lombardi verstand das nur zu gut.

Fassungslos wandte er sich an Demetrios. »Das haben Sie vorhin gar nicht erwähnt!«

Er konnte sehen, wie die Kiefer des Mönchs mahlten. »Der Engel war ohnehin nicht original. Er wurde erst im 19. Jahrhundert hinzugefügt.«

»Das klingt fast so, als wären Sie froh über das Unglück.«

»Natürlich nicht!«, gab Demetrios entrüstet zurück. »Aber es hätte auch viel schlimmer kommen können. Seien wir froh, dass es nur der Engel ist.«

Der Mönch sah die Statue traurig an, dann wandte er sich ab und ging zurück zur Tür. »Wir werden ihn wieder instand setzen. Kommen Sie, der Sturm ist immer noch stark.«

Als sie die Tür hinter sich geschlossen hatten, atmete Demetrios hörbar auf und wurde wieder geschäftig. »Ich würde sagen, jetzt wird es Zeit, dass wir *in medias res* gehen.«

Zügig marschierte er los. Lombardi hatte Mühe, ihm zu folgen. Das Bild der Statue ging ihm nicht aus dem Kopf.

15

»Was Sie jetzt gleich sehen werden, ist eine der leistungsfähigsten Denkmaschinen unserer Zeit. Sie besteht aus 20 480 AMD Hexacore Prozessoren mit einer Taktfrequenz von 2,8 Gigahertz, die eine Leistung von 1,1 Petaflops pro Sekunde erreichen.«

Lombardi runzelte die Stirn.

»Flops steht für *Floating Point Operations per Second*. Man kann auch sagen, die Maschine führt eine Billiarde Rechnungen pro Sekunde aus.«

Lombardi versuchte, sich zu erinnern, was der Unterschied zwischen Milliarden und Billiarden war. »Das ist viel, nehme ich an.«

»Mehr als das menschliche Gehirn. So viel, dass höchstens der liebe Gott es sich vorstellen kann. Damit können Sie die Sandkörner in der Wüste zählen.«

Lombardi hatte Mühe, mit dem Mönch Schritt zu halten. »Ist hier im Kloster überhaupt Platz für so einen großen Computer?«

»So groß sind die heutzutage nicht mehr. Hundert Quadratmeter genügen völlig.«

»Verzeihen Sie meine naive Frage, aber gibt es nicht bessere Orte für einen Supercomputer?«

Da lächelte Demetrios dünn und blieb stehen. »Das wurde Abt Konstanz auch oft gefragt. Er betrachtete das als ganz normales Geschäft.«

Lombardi blickte ihn skeptisch an. »Hier geht es doch um mehr als das.«

Aber Demetrios ließ sich nicht beirren. »Der geschäftliche Aspekt ist wichtig. Das ist kein caritatives Projekt, wir verkaufen Rechenzeit. Wir wollen den Forschern als Partner auf Augenhöhe begegnen. Hier werden Berechnungen aller möglichen Wissenschaftsgebiete durchgeführt. Physik, Biologie, Chemie. Keine Aufträge aus der Industrie, sondern reine Grundlagenforschung. Skurril finde ich, dass gerade jetzt eine Simulation läuft, die sich mit extremen Wetterphänomenen wegen des Klimawandels beschäftigt. Jedenfalls läuft der Computer auch bei Stromausfall ungestört weiter. Wir haben vorgesorgt.«

Lombardi musterte den großen Mönch. Die technischen Erklärungen kamen souverän aus seinem Mund. Alles war gut einstudiert. Aber etwas passte nicht zusammen. Die Begeisterung über die Kirche war glaubwürdiger gewesen, ebenso wie die verhaltene Kritik an der Engelsstatue.

»Darf ich Sie etwas Persönliches fragen?«, begann Lombardi.

Demetrios wandte sich um und hob die Brauen.

»Was denken Sie wirklich über das Projekt? Die Verbindung von Wissenschaft und Glauben. Denken Sie, dass das möglich ist?«

Die Antwort kam schneller, als Lombardi erwartet hatte. »Meine Meinung dazu ist nicht wichtig.«

»Sie sehen die Sache kritisch?«, fragte Lombardi überrascht.

Demetrios dachte nach. »Gehorsam ist eine mönchische Tugend«, sagte er dann. »Wir leben hier immer noch nach den Regeln der Benediktiner.«

Lombardi sah, dass er sich nicht getäuscht hatte. Die Euphorie für das Projekt war also nicht so einhellig, wie es den Anschein gehabt hatte.

Sie hielten auf ein Eisengitter zu, das den Gang versperrte. In der Mitte befand sich eine schmiedeeiserne, zweiflügelige Tür, die offen stand. Als sie hindurchtraten, entzifferte Lombardi auf einem alten Schild das Wort *CLAUSURA*.

»Die Tür steht offen«, bemerkte er. »Ist das normal?«

Demetrios nickte. »Auch eine der Ideen von Konstanz. Wir haben keine Klausur mehr – die Wohnbereiche von uns Mönchen sind nicht vom Rest der Abtei abgetrennt, wie das bei anderen Ordensgemeinschaften üblich ist. Wir sind dem Austausch verpflichtet, das Aussperren von Gästen passt nicht in dieses Konzept.«

Lombardi war fasziniert.

Offene Türen, keine Geheimnisse. Alte Bücher, die offen daliegen. Wie im Paradies. Es war fast zu schön, um wahr zu sein.

Sie kamen zu einer Luftschleuse aus Glas, die futuristisch wirkte neben den Steinmauern, in die sie eingefügt worden war. Demetrios hob die Hand, um einen Code einzugeben. Dabei rutschte der Ärmel zurück, und Lombardi fiel ein buntes, geflochtenes Freundschaftsband auf, das der Mönch um sein Handgelenk trug.

»Ein schönes Armband haben Sie da«, bemerkte Lombardi betont beiläufig.

»Das?«, fragte der Mönch und hob die Hand. Dann lächelte er. »Das ist von meiner Tochter.«

»Sie haben eine Tochter?«, erwiderte Lombardi verblüfft.

»Ich war nicht immer Mönch. Ich hatte einmal ein anderes Leben.«

Lombardi sah ihn mit großen Augen an, und weil Demetrios die Sache nicht unangenehm zu sein schien, fragte er weiter. »Wie alt? Wie heißt sie?«

»Katharina. Im August wird sie zwanzig.«

»Und trotzdem sind Sie Mönch geworden? Was ist mit der Mutter? Verzeihen Sie, ich frage Ihnen Löcher in den Bauch. Sie müssen nicht antworten.«

»Schon in Ordnung. Es hat nicht funktioniert mit der Mutter. An der Liebe lag es nicht. Wir sind heute noch befreundet.«

»Ich verstehe«, sagte Lombardi, dem Demetrios noch ein ganzes Stück sympathischer geworden war.

»So, sind Sie bereit?«, unterbrach dieser Lombardis Gedanken.

Lombardi nickte. Er konnte es gar nicht mehr erwarten. Irgendwie hatte er das Gefühl, dass dieser Raum ihm Antworten bringen würde.

Demetrios tippte mit dem Zeigefinger den Code in das Tastenfeld.

Doch nichts passierte.

Lombardi sah zu, wie der Mönch es noch einmal probierte, aber wieder kam keine Reaktion.

»Ist es der richtige Code?«, fragte Lombardi.

»Selbstverständlich!«, gab Demetrios verärgert zurück.

»Aber er funktioniert nicht.«

»Das sehe ich selbst!«

Demetrios probierte es ein letztes Mal, mit demselben Ergebnis. Dann seufzte er sichtlich entnervt »Ich werde den Abt fragen. Es kann sich nur um ein Missverständnis handeln. Warten Sie kurz, ich bin gleich wieder bei Ihnen.«

Lombardi blieb ratlos vor der gläsernen Tür zurück.

Wahrscheinlich liegt es am Stromausfall.

Doch ein Teil von ihm glaubte das nicht. Dieser Teil war fest davon überzeugt, dass er daran gehindert werden sollte, den Computerraum zu betreten. Und so absurd der Gedanke auch war, er ließ sich nicht abschütteln.

Lombardi beschloss, dass er nicht auf Demetrios warten wollte, und wandte sich grübelnd von der Luftschleuse ab.

16

»Kommen Sie rein!«

Lombardi war erleichtert, als er Amirpours Stimme hörte. Demetrios hatte zwar von der Abreise der Wissenschaftler gesprochen, doch Lombardi hatte sichergehen wollen und an ihre Tür geklopft.

Die Physikerin lag auf ihrem Bett, mit Mantel und Schuhen bekleidet und mit ihrem Laptop auf dem Schoß. Die gepackten Koffer standen mitten im Raum.

»Bin ich froh, dass Sie noch hier sind«, sagte er.

Als sie ihn sah, wurde ihr freundliches Gesicht augenblicklich ernst. »Ist etwas passiert?«

Lombardi setzte sich. »Ja und nein. Ich bin mir nicht sicher.«

Er brauchte einen Moment, die richtigen Worte zu finden. »Haben Sie schon gehört, dass der Sturm letzte Nacht die Abtei beschädigt hat?«

Amirpour nickte verärgert. »Ich stand mit meinem Koffer am Ausgang, doch man schloss mir nicht auf. Erst nach zwanzig Minuten sagten sie mir die Wahrheit. Ich sitze bis auf Weiteres fest. Was ist mit Ihnen?«

Lombardi atmete tief durch. »Mir ist gestern auf dem Rückweg in mein Zimmer etwas passiert.«

Er erzählte, was er gesehen hatte. Er beschrieb die hängende menschliche Gestalt, die seltsamen Linien und die eingeblendeten Zahlen, zögerte aber, seine Assoziation mit einer Kreuzigung zu erwähnen. Amirpour hörte aufmerksam zu, dann schwiegen sie.

»Seltsam, finden Sie nicht?«, fragte Lombardi schließlich.

Amirpours Ausdruck war finster. »*Seltsam* ist ein Hilfsausdruck. Und er hing wirklich *verkehrt* herum?«

Lombardi nickte. »Kann das ein Fehler gewesen sein?«

»Das klingt nicht nach einem Fehler. Konnten Sie sein Gesicht erkennen?«, wollte Amirpour wissen.

Lombardi schüttelte den Kopf. Er wusste, was sie dachte. Er konnte es ihr nicht verdenken, nach dem, was er ihr gestern erzählt hatte.

»Darf ich einmal Ihr Handy sehen?«

Lombardi gab die Pin ein und reichte ihr das Gerät. Sie drückte fünf Minuten lang auf dem Display herum.

»Ich sehe keinen Fehler«, sagte sie dann. »Die App funktioniert genau so wie bei mir. Haben Sie etwas Besonderes gedrückt?«

»Ich habe den Weg zu Sébastiens Zimmer eingegeben«, gestand Lombardi. »Ich wollte sehen, wo er wohnt.«

Sie nickte. »Mit Sicherheit weiß ich nur eines: Die Zahlen und Linien, die Sie gesehen haben, sind Teil eines Diagnoseprogramms, mit dem die Vitalfunktionen von Patienten überwacht werden können.«

Lombardi sah sie fragend an.

»Wie ein Fitnessarmband«, erklärte sie schnell. »Der Arzt nutzt dieses Programm. Darauf haben Sie eigentlich keinen Zugriff. Es muss in einem versteckten Bereich der Kloster-App untergebracht sein, und Sie haben es offenbar aus Versehen aktiviert.«

»Langsam«, bat Lombardi und hob abwehrend die Hände. »Ein Diagnoseprogramm? Auf meinem Telefon? Das ist möglich?«

Amirpour war genervt von so viel Begriffsstutzigkeit. »Das Telefon kommuniziert mit einem unter die Haut implantierten Chip, der die Körperfunktionen misst – Puls, Temperatur, Sauerstoffsättigung. Ich habe mir auch so etwas implantieren lassen. Sehen Sie.«

Sie hob den Arm. An ihrem Unterarm entdeckte Lombardi eine winzige Beule.

»Sind Sie etwa krank?«, fragte er. »Das tut mir sehr leid!«

»Ach wo! Ich bin kerngesund. Aber die Technologie hat mich interessiert. Schauen Sie nicht so! Wir sind inzwischen alle in gewisser Weise kybernetische Organismen.« Sie hob Lombardis Mobiltelefon hoch. »Das Ding hier ist nichts anderes als eine Erweiterung Ihres Gehirns.«

So hatte Lombardi das noch nie gesehen.

»Und die fremden Begriffe?«, fragte er.

Amirpour zuckte mit den Schultern. »Keine Ahnung. Trotzdem, was Sie beschreiben, sieht aus wie das Programm des Arztes.«

Sie gab ihm das Telefon zurück und überlegte eine Weile.

»Ich glaube, die App hat Sie in einen alten Kirchenraum geführt«, sagte sie schließlich. »Das ist der älteste Teil des Klosters.«

Lombardi horchte auf. »Wie kommen Sie darauf?«

»Es gibt hier in der Abtei sonst keinen Ort, auf den die Beschreibung passt.«

Er dachte an das Kreuz und die seltsamen Altäre. Das musste es sein.

»Dabei glaubte ich, es könnte sich vielleicht um den Computerraum handeln«, meinte er. »Es war warm, und da war so ein Geräusch wie von einem Lüfter. Aber Sie haben bestimmt recht.«

Amirpour grinste.

»Was?«, fragte Lombardi.

»Herr Bischof, der Supercomputer *ist* in der alten Kirche.«

Lombardi war aufgeregt. »Ich muss dorthin! Leider konnte Demetrios ihn mir nicht zeigen. Der Code funktionierte nicht.«

»Ich habe auch Zugang zum Computerraum«, entgegnete Amirpour und stand auf. »Worauf warten wir?«

17

Welchen Code Demetrios auch immer probiert hatte, jener von Amirpour wurde sofort akzeptiert, und die Tür entriegelte sich mit einem Zischen. Als Lombardi eintrat, fühlte er sich sofort an den Raum von letzter Nacht erinnert. Ein Gebläse surrte. Er drehte sich einmal um die eigene Achse, bis er das Kreuz fand, das ähnlich wie in der Kirche an Schnüren von der Gewölbedecke hing. Lombardi wandte sich den Quadern zu, die er für Altäre gehalten hatte. Er zählte zwölf Stück. Er hielt vergeblich nach den Rosen auf dem Boden Ausschau.

»Das ist der Computer?«, dämmerte es ihm. »Aber ich verstehe nicht. Warum in einer Kirche?«

»Weil es der geeignetste Platz war. Ein neues Gebäude war auf der begrenzten Fläche nicht möglich. Und die Abtei hat ja schon eine Kirche. Diese hier wurde nicht benutzt. Ich habe gehört, dass sie sogar einige hundert Jahre lang zugemauert war und vergessen wurde. Erst im Rahmen der Renovierungsarbeiten unter Abt Konstanz hat man den Raum wieder nutzbar gemacht.«

Amirpour deutete auf die Quader.

»Was Sie hier sehen, sind eigentlich Serverschränke«, erklärte sie. »Sie enthalten eine große Zahl ziemlich konventioneller Computer-Motherboards. Es ist die Art und Weise, wie sie verdrahtet sind, die sie zu etwas Besonderem macht. Alle Supercomputer funktionieren nach diesem Prinzip. In Summe gibt es hier über zwanzigtausend Computerprozessoren, und jeder davon kann auf sehr kurzem Weg mit jedem anderen kommunizieren. Andere Computercluster nutzen hauptsächlich *GPUs*, superschnelle Grafikprozessoren, die eigentlich für Videospiele entwickelt wurden und bis vor einiger Zeit im großen Stil beim Bitcoin-Mining zum

Einsatz kamen. Außerdem lassen sich damit gut Rekorde knacken. Kennen Sie die Liste der hundert schnellsten Computer der Welt? Jahrelang war ein chinesischer Rechner vorne, doch jetzt haben die Amerikaner zurückgeschlagen. Alle Computer auf dieser Liste arbeiten mit GPUs, aber sie sind nur für ganz bestimmte Rechnungen optimiert. Für die praktische Arbeit in der Wissenschaft ist das eher ein Nachteil. Dieser Computer findet sich nicht unter den hundert schnellsten, aber für meine Arbeit ist er viel geeigneter.«

»Und Sie haben einfach so Zugang? Für Ihre Berechnungen müssen Sie doch bestimmt nicht selbst hier hinein!«

Amirpour lächelte geheimnisvoll. »Richtig erkannt.«

Lombardi wartete auf eine Erklärung.

»Ich erzähle es Ihnen irgendwann«, sagte die Physikerin nur. »Aber im Moment haben wir Wichtigeres zu tun.«

Lombardi gab ihr recht. Sie ging zu einem der Quader, der über einen Deckel verfügte. Sie öffnete die Abdeckung und bat Lombardi, sich zu nähern. Er sah hinein und glaubte zu träumen. Der Quader war eigentlich ein Behälter, der mit einer klaren Flüssigkeit gefüllt war. Darin lagen dicht an dicht dutzende unverkleidete Computer-Motherboards. Sie funktionierten offenbar anstandslos, Lombardi sah unzählige grüne und rote Lichter munter vor sich hin blinken.

»Das kann unmöglich Wasser sein«, brachte er hervor.

Amirpour lachte. »Sie haben recht. Es handelt sich um klares Mineralöl. Das dient der Kühlung.«

»Und das hat man einfach so darüber gegossen?«, wunderte sich Lombardi.

»Für die elektronischen Komponenten ist das viel schonender als Luft.«

»Erzeugt das Öl denn keinen Kurzschluss?«

»Öl leitet keinen Strom, wie Sie sehen können.«

Lombardi ließ seinen Blick durch den Raum schweifen und

versuchte zu eruieren, wo die Leiche gehangen hatte. Dabei entdeckte er einige Serverschränke, die das Summen von sich gaben.

»Auch dieser Rechner hat einige GPUs«, erklärte sie. »Sie befinden sich in diesen Schränken und sind luftgekühlt. Sie hören das Gebläse.«

Lombardi erkannte diese Schränke wieder. An der Seitenwand sah er einen weiteren Eingang. Er war sich sicher, dass er letzte Nacht dort eingetreten war.

»Es war wirklich dieser Raum«, stellte er fest.

»Aber wie wollen Sie da hineingekommen sein? Man braucht einen Zugangscode.«

»Durch diese Tür«, erklärte er und deutete auf den Seiteneingang.

»Sie war offen?«

»Wenn ich es Ihnen sage!«

»Sie ist aber nie offen. Und das, was Sie gesehen haben, kann nicht real gewesen sein«, sagte Amirpour voller Überzeugung. »Es handelte sich um ein computergeneriertes Bild. Sehen Sie doch, hier ist nichts. Keine Spuren, dass da ein Mensch hing. Es ist unmöglich!«

Sie stieß die Worte aus, als müsste sie sich verteidigen. Dann erstarrte sie.

»Herr Bischof«, flüsterte sie plötzlich, »was ist das?«

Lombardi sah sofort, was sie meinte: Eine der Schranktüren war verbogen. Das Blech wies Löcher auf, die offenbar mit Gewalt hineingestanzt worden waren.

Löcher, durch die man einen Draht fädeln kann.

»Lombardi, sagen Sie mir, dass wir uns täuschen.«

Er wusste darauf keine Antwort. Er wünschte sich nichts sehnlicher als einen Hinweis, dass all dies nur ein Scherz war. Doch die Spuren am Serverschrank sprachen eine andere Sprache.

»Jemand, der Zugriff auf meine App hatte, wollte mich davon überzeugen, dass auf diesem Serverschrank jemand hing«, sagte er langsam. »Und die Löcher scheinen zu beweisen, dass er recht hatte.«

Amirpour wandte sich ab und schüttelte heftig den Kopf. »Das kann nicht sein. Wenn es so wäre, müsste hier doch Blut sein!«

»Nicht, wenn jemand es weggewischt hat.«

Amirpour sah ihn eindringlich an. »Was haben Sie genau gesehen? Sie sagten, da waren Rosen?«

»Ich weiß, es klingt absurd. Aber das ist es, was ich gesehen habe.«

»Hier sind aber keine Rosen«, stellte sie fest und verschränkte die Arme.

»Das sehe ich auch.«

»Sie haben ein Phantom gesehen, das ist alles.«

Lombardi dachte daran, wie detailliert das Bild gewesen war. War auf der Brust nicht ein auf die Haut geschriebenes Symbol gewesen? Ein Symbol mit besonderer Bedeutung, die hier keinen Sinn ergab.

»Es muss dafür eine Erklärung geben«, riss ihn Amirpour aus seinen Gedanken. »Ein verkehrt herum hängender Mönch? Das ist doch absurd. Wer soll das überhaupt sein? Ich wüsste nicht, dass jemand vermisst wird. Und warum sollte jemand einen Mönch auf diese furchtbare Weise misshandeln?«

Lombardi wusste es nicht. Aber er verfluchte sich selbst, dass er Badalamentis düstere Vorahnungen nicht ernster genommen hatte.

»Ich muss Pater Sébastien finden«, sagte er.

18

Lombardi betrat den düsteren Raum und horchte. Die Tür war einfach offen gewesen, also war er eingetreten.

Bevor er gegangen war, hatte Amirpour ihm noch ins Gesicht gesagt, dass er verrückt war und sich in etwas hineinsteigerte. »Es gibt keinen Beweis, dass wirklich etwas passiert ist!«

Dabei hatte auch sie die Löcher im Serverschrank gesehen. Doch sie schien nicht bereit zu sein, die logische Schlussfolgerung zu ziehen. Es erschien einfach zu absurd.

Lombardi verstand, dass er sichergehen musste. Also war er zur Portierskabine geschlichen und hatte sie leer vorgefunden. Nun stand er in dem Büroraum und betrachtete im Zwielicht das Kreuz an der Wand. Ein simples hölzernes Kruzifix, wie es millionenfach in den Heimen von Gläubigen hing.

Ein Kreuz, das richtig herum hing.

Wie sollte es sonst hängen?

Alles andere wäre absurd gewesen.

Er näherte sich dem Kreuz und streckte die Hand danach aus. Als er es herunterhob, sah er, dass es mit einem Haken aus Messing versehen war, mit dem es an einen Nagel an der Wand gehängt werden konnte. Es gab keine Möglichkeit, dieses Kreuz verkehrt herum aufzuhängen. Als er es wieder an die Wand hängte, hörte er plötzlich eilige Schritte und erschrak. Jemand lief auf die Portierskabine zu.

Lombardi überlegte fieberhaft, wo er sich verstecken könnte, doch er sah ein, dass die Zeit nicht reichte. Er musste sich eine verdammt gute Ausrede einfallen lassen und zwar schnell.

In diesem Moment hörte er, wie die Schritte sich wieder entfernten. Jemand war auf dem Flur an der Kabine vorbeigelaufen.

Zuerst war Lombardi nur erleichtert, aber dann schlug ein sechster Sinn in ihm Alarm.

Wozu diese Eile?

Einen Augenblick später war er an der Tür und schob sie einen Spalt auf. Der Gang war verlassen, doch in der Ferne waren immer noch die Schritte zu hören. Er versuchte, die Richtung zu eruieren, aus der das Geräusch kam, und eilte los. Der Gang machte vor ihm einen Knick, und als er um die Ecke bog, sah er gerade noch, wie ein Mönch durch eine kleine, eisenbeschlagene Tür trat, die sich hinter ihm schloss.

Und zwar nicht irgendein Mönch.

Lombardi ging zu der Tür und rechnete halb damit, sie versperrt vorzufinden, doch sie ließ sich problemlos öffnen.

Er zögerte. Er war sich ziemlich sicher, dass er den Abt durch diese Tür hatte gehen sehen. Dafür konnte es alle möglichen Gründe geben. Doch wusste er, dass Badalamenti recht gehabt hatte: Etwas war hier nicht in Ordnung. Er musste den Vorgängen auf den Grund gehen.

Lombardi öffnete die Tür und trat in einen engen Geheimgang, in dem es stockdunkel war.

Der Gang, den er mit Demetrios durchquert hatte, hatte kleine Lichtöffnungen gehabt, doch in diesem hier gab es nichts dergleichen. Lombardi berührte die Mauern links und rechts mit den Fingerspitzen und setzte vorsichtig einen Fuß vor den anderen. Der Gang war so eng, dass er seinen eigenen, warmen Atem spürte. Er wagte es nicht, große Schritte zu machen, weil er befürchtete, dass der Boden an einem unsichtbaren Abgrund enden könnte. Mehrere Treppen und Kehren später tauchte vor Lombardi ein schwacher Lichtschein auf. Er sah, dass der Gang an einer geschlossenen Tür endete. Das Licht drang durch einen Spalt zwischen dem Holz und dem Stein. Er fand eine Türklinke und lehnte sich dagegen, doch die Tür gab nicht nach.

Lombardi fluchte leise.

Was jetzt?

Er erkannte im schwachen Licht zu seiner Rechten eine Wendeltreppe, die nach oben führte. Es gab keine andere Möglichkeit. Lombardi stieg die Stufen empor.

Das enge, gewundene Stiegenhaus war mit kleinen Fenstern ausgestattet, die genügend Licht spendeten, aber keine gute Aussicht boten. Lombardi konnte nur erkennen, dass er ins Tal hinausblickte. Und er stieg immer höher.

Wo um Himmels willen führt diese Treppe hin?

Er musste sich bereits hoch über dem Kloster befinden, vermutlich in der Kirche. Kein anderes Gebäude der Abtei lag so hoch. Während er sich Windung für Windung nach oben vortastete, wurden die Windgeräusche lauter, und ein kalter Luftzug blies ihm ins Gesicht. Vor ihm tauchte eine weitere Tür auf, die nur ungenau in den alten Granit eingepasst war und sich zu seiner Erleichterung öffnen ließ. Als er ins Freie trat und nach frischer Luft schnappte, traf ihn der Winddruck so hart, dass er fast rücklings die Stufen hinabgestolpert wäre.

Lombardi hielt sich am steinernen Türstock fest und spähte ins Freie. Er hatte richtig vermutet: Er war ganz oben auf einem der Stützpfeiler des gotischen Chors der Abteikirche gelandet. Das Kirchenschiff wurde von dem für französische Kathedralen typischen außenliegenden Strebewerk aus Stein gestützt. So war es möglich, die tragenden Mauern zu reduzieren und Kirchenräume zu schaffen, deren Wände fast nur aus Fenstern bestanden. Das Kirchenschiff selbst war von Säulen umgeben und über Rundbögen mit diesem verbunden. Lombardi befand sich auf einer dieser Säulen. Sie war massiver ausgeführt als die anderen, und der anschließende Boden war breit genug für eine Stiege, die zu beiden Seiten nur von einem dünnen Metallgeländer begrenzt wurde und nach oben zu einem Rundweg um das Dach der Kirche führte.

Zu seiner Linken sah er den Kirchturm und erblickte zum ersten Mal die zerstörte Spitze. Das pyramidenförmige Dach war von einer schlanken Konstruktion aus grün korrodiertem Kupfer gekrönt gewesen, die den Engel getragen hatte. Am oberen Ende war sie abgebrochen, Metall und zersplittertes Holz standen wild in alle Richtungen ab.

Lombardi riskierte einen Blick nach unten und bereute es sofort. Dies war einer der höchsten Teile des Klosters, über dem Dach kam nur noch der Turm. Um ihn herum erstreckte sich Weite.

Beim Anblick der luftigen Konstruktion des Strebewerks wurde ihm seltsam bang. Sie schien seinem gesunden Menschenverstand zu spotten. Wie konnten Menschen aus Granit, dem härtesten und ältesten Gestein der Erde, dessen Lebensalter in Jahrtausenden bemessen wurde, so fragile, geradezu organisch anmutende Strukturen schaffen? Etwas in ihm war überzeugt, dass sich der Fels, der trotz seiner Widerstandskraft Spuren der Erosion durch Wind und Eis zeigte, gegen diese ihm fremde Form wehren musste. Doch stattdessen fügte er sich der Fantasie der mittelalterlichen Baumeister – Kathedralen wie diese überdauerten die Jahrhunderte.

Ich will da nicht hinaus. Auf keinen Fall.

Doch zurück durch diesen engen Gang wollte er auch nicht. War es überhaupt denkbar, dass der Abt diesen Weg genommen hatte? Der Wind schien nicht nachgelassen zu haben. Wenn überhaupt, dann war er stärker geworden. Der Mönch konnte nicht hier entlanggegangen sein, vermutlich hatte er einen anderen Ausgang gewählt. Vielleicht war er durch die Tür vor der Treppe gegangen und hatte sie hinter sich abgeschlossen. Aber Lombardi bezweifelte das. Er war Shanti auf den Fersen gewesen, das Schließen einer Tür und das Umdrehen eines Schlüssels hätte er gehört.

Lombardi nahm sich ein Herz, umklammerte das wackelige Geländer der Treppe und wagte einen Schritt nach oben. Der Wind trieb ihm Tränen in die Augen, doch er machte einen weiteren Schritt. Eine Windbö traf ihn, und er wurde gegen das Geländer gedrückt, das ein knarrendes Geräusch von sich gab. Panisch griff Lombardi hinter sich und versuchte, nach dem steinernen Türrahmen zu greifen. Als die Bö nachließ, fand er sein Gleichgewicht wieder und stolperte zurück zur Tür. Sein Puls raste. Er sah, dass es keinen Zweck hatte. Es war zu gefährlich.

Als Lombardi gerade über die Wendeltreppe zurückgehen wollte, sah er, dass es unter den Strebepfeilern ein Plateau gab, das auf halber Höhe des Chors lag. Und dort stand jemand.

19

Lombardi zwang sich, im Türrahmen stehen zu bleiben. Es war schwer, die Augen offen zu halten, doch er musste sehen, ob er sich nicht getäuscht hatte.

Auf der Terrasse unter ihm waren zwei Mönche, die sich unterhielten. Die beiden rannten und rangen dabei um ihr Gleichgewicht. Dieser Teil lag im Windschatten, doch an den Kleidern der Mönche konnte Lombardi sehen, dass auch sie von Luftwirbeln geschüttelt wurden. Sie hatten ihre Kapuzen aufgesetzt, sodass Lombardi ihre Gesichter nicht erkennen konnte. Er versuchte zu verstehen, was er da sah.

Lombardi entdeckte eine Gestalt, die den beiden Mönchen entgegenkam. Es handelte sich um Abt Shanti. Er rief den beiden etwas zu, und die beiden riefen zurück. Lombardi hörte ihre Stimmen schwach durch das Brausen des Windes.

»Er kommt die Stiege hoch zur Brücke!«

»Jetzt? Ist er verrückt?«

»Ihr müsst sofort kommen! Lasst ihn hier stehen.«

Lombardi sah, dass von etwas die Rede war, das knapp außerhalb seines Blickfelds stand. Etwas, um das ein weißes Leintuch gewickelt war. Er beugte sich vor, doch er konnte es nicht genau erkennen. In diesem Moment wandten sich die drei Mönche ab und eilten an die Wand gedrängt zu einer Tür. Als der erste die Tür öffnete, drehte sich ein anderer plötzlich um und blickte nach oben. Lombardi trat schnell einen Schritt zurück. Hatte der Mönch ihn gesehen? Lombardi fand, dass er sein Glück lange genug herausgefordert hatte.

Als er die Tür hinter sich geschlossen hatte, ließ die Beklemmung nach, und er musste sich an der Wand abstützen, um sich zu sammeln. Er gönnte sich ein paar Sekunden, um seinen Puls zu beruhigen, doch er musste weiter. Die Mönche hatten darüber gesprochen, dass jemand auf dem Weg zum Kloster war und die einsturzgefährdete Brücke überqueren wollte. Eilig machte Lombardi sich auf den Rückweg. Dabei ging ihm das, was er gesehen hatte, nicht aus dem Kopf.

Einige der Mönche wussten offenbar Bescheid. Lombardi hatte die beiden unter ihren Kapuzen nicht erkannt, doch jener Mönch, der sich nach ihm umgedreht hatte, war sehr groß gewesen. Etwas sagte ihm, dass es sich um Demetrios gehandelt hatte.

Lombardi beschleunigte seine Schritte. Vor ihm tauchte der Ausgang des Geheimgangs auf. Als er die Tür aufstoßen wollte, spürte er Widerstand. Er probierte es mehrmals, doch es half nichts. Die Tür war versperrt.

Lombardis Schultern verkrampften sich unwillkürlich. Es gab keinen anderen Ausgang aus diesem engen Tunnel. Und den Weg über die Pfeiler wollte er auf keinen Fall nehmen.

Ich muss da raus!

Er klopfte mit den Fäusten dreimal energisch gegen die Tür, bevor er sich zusammenriss. Das brachte ihn nicht weiter. Es widerstrebte ihm, nach Hilfe zu rufen. Man würde ihn fragen, was er hier suchte, und er müsste sich eine Lüge ausdenken. Allerdings hatte er keine Idee, was er sonst machen könnte.

Das ist kein Zufall. Jemand hat mich absichtlich hier eingesperrt.

Lombardi musste an den Mönch denken, der zu ihm hochgeblickt hatte. Er stieß einen stillen Fluch aus.

Als sein Handy in seiner Tasche plötzlich brummte, zuckte er zusammen. Mit zitternden Fingern holte er es hervor und sah, dass etwas auf dem Display stand.

Bleiben Sie von der Tür weg.

Er blickte erschrocken zur Tür. Als er wieder zum Handy sah, um sich zu vergewissern, dass er richtig verstanden hatte, war das Display leer.

Lombardi erwachte aus seiner Erstarrung und trat eilig einige Schritte zurück. In einigen Metern Entfernung blieb er stehen und beobachtete die Tür. Er war sich plötzlich nicht mehr sicher, ob er richtig gesehen hatte. Doch dann hielt er sich vor Augen, dass es nicht die erste seltsame Nachricht gewesen war, die er bekommen hatte.

Jemand spielt mit mir.

Er wartete, doch nichts passierte. Mehrere Minuten vergingen, bis Lombardi einsah, dass es vergeblich war. Mit angehaltenem Atem näherte er sich wieder der Tür. Als er die Klinke nach unten drückte, schwang sie auf.

Lombardi trat aus dem Geheimgang und blickte vorsichtig nach links und rechts, aber kein Mensch war zu sehen. Verwirrt machte er sich auf den Weg zum Haupttor.

Kurz darauf erreichte er das Tor, vor dem sich eine Menschentraube versammelt hatte. Die großen Flügel standen einen Spalt offen, und die Männer spähten hinaus. Lombardi erkannte den Abt, den Novizen Weiwei sowie Petrus und Pete, die beiden Systemadministratoren. Als er sich umsah, war Demetrios plötzlich hinter ihm. Lombardi erschrak, und sie tauschten überraschte Blicke aus. Da wandte sich der Cellerar ab und drängte sich durch die Menschenmenge nach vorne. Lombardi schloss sich ihm an.

»Was ist hier los?«, fragte er die Umstehenden, ohne eine Antwort zu erhalten.

Lombardi konnte einen Blick durch die Tür erhaschen. Was er sah, ließ ihn erstarren.

Ein Mönch stand auf der Brücke und klammerte sich an die Brüstung. Windböen trafen ihn, und er stemmte sich dagegen. Vor ihm lag ein dicker, offenbar von der Felswand über dem Kloster herabgestürzter Baum quer über der Treppe und blockierte den Weg.

Der Baum bewegte sich knarrend im Wind. Lombardi versuchte zu erkennen, ob die Brücke sich ebenfalls bewegte, doch sie schien der Belastung bislang standzuhalten. Allerdings war etwas komisch an der Frisur des Mönchs.

»Entschuldigen Sie, wer ist das?«, wandte sich Lombardi an Petrus.

»Das ist Pater Philipp. Er hat die Nacht in der Einsiedelei verbracht. Nun will er offenbar hinauf.«

»Die Einsiedelei?«

»Eine Höhle, unter dem Kloster.«

»Was um Himmels willen wollte er dort?«, fragte Lombardi ungläubig.

»Allein sein, glaube ich. Philipp ist eigen.«

Neben ihnen rief jemand etwas. Demetrios hatte ein Seil auf seiner Schulter und legte es auf den Boden, um es zu entwirren.

»Sie wollen ihm ein Seil zuwerfen«, bemerkte Petrus und beobachtete skeptisch, wie Demetrios damit hantierte. »Wenn das nur gutgeht.«

Auch Lombardi hatte Zweifel. »Warum will er überhaupt hinauf? Warum wartet er nicht, bis der Sturm nachlässt?«

»Es ist nicht sicher, dass der Sturm nachlässt«, antwortete Petrus.

Lombardi wollte nachfragen, was er damit meinte, als Demetrios versuchte, dem Mönch das Seilende zuzuwerfen. Der Wind trug die Seilschlaufen hoch über diesen hinweg. Demetrios holte das Seil ein und probierte es nochmals. Diesmal landete es genau auf Philipp, und der Mönch ergriff es.

Doch nun hatte er nur noch eine Hand frei, um sich an der Brüstung festzuhalten. Er verlor das Gleichgewicht und ließ das Geländer los, um auch mit der zweiten Hand nach dem Seil zu greifen. Das Seil dehnte sich, und er kippte nach hinten, aber seine Hände ließen nicht los. Mühevoll richtete er sich wieder auf, während der Baum ein erneutes, bedrohliches Knarren von sich gab.

Nun begannen Demetrios und zwei weitere Mönche, das Seil einzuholen. Philipp musste also nichts weiter tun, als sich festzuhalten und einen Schritt nach dem anderen zu machen. Die Sache schien zu funktionieren, bis der Mönch den Baum erreichte. Er versuchte, auf den Stamm zu steigen, ohne das Seil zu verlieren, doch der Stamm war zu hoch. Als er verzweifelt zu überlegen schien, wie er den Baum überwinden sollte, bewegte sich dieser plötzlich.

Die Mönche um Lombardi stießen Schreckensschreie aus. Hilflos sahen sie zu, wie der Baumstamm zu kippen begann. Dabei wurde der Druck auf die Brüstung zu groß, und knirschend gab das aus großen Blöcken bestehende Mauerwerk nach. Ein Riss bildete sich unter der Brüstung. Kleine Steine brachen heraus und fielen in die Tiefe.

»Zieht!«, schrie jemand.

Doch Demetrios schien wie gelähmt. Er und die beiden anderen hielten das Seil einfach nur fest und sahen gebannt zu, wie der Baum weiter hinabkippte. Auch Philipp schien vor Angst erstarrt zu sein. Sein Mund war aufgerissen und die Augen vor Schreck geweitet, als der Baum abrutschte und in der Tiefe verschwand. In diesem Moment gab die Brücke nach, und der Mönch stürzte in den Abgrund.

Entsetzen stand in den Gesichtern der Helfer mit dem Seil. Keiner gab einen Ton von sich.

Sie konnten hören, wie der Baum unter ihnen krachend aufschlug. Dann schwoll das Getöse an, als die Reste der Brücke nach und nach einstürzten.

Lombardi sah, dass sie alle das Gleiche dachten: Niemand kann so etwas überleben. Doch plötzlich rief einer der Mönche, die das Seil hielten, den anderen etwas zu.

»Er ist noch da!«, sagte jemand und zeigte mit dem Finger auf das Seil, das sich gespannt hatte.

Das Seil hing nun über die Abbruchkante nach unten, und es

schien, als würde ein Gewicht daran hängen. Demetrios gab den anderen ein Zeichen, und sie begannen, das Seil einzuholen.

Lombardi fürchtete, dass sich das Seil jeden Moment entspannen könnte, wenn die Last, die daran hing, sich löste. Doch es dauerte nicht lange, bis das Haar des Mönchs an der Kante sichtbar wurde. Die Hände und Unterarme des Mannes waren blutig und seine Augen geschlossen, aber er ließ nicht los. Obwohl sie mit aller Kraft zogen, gelang es ihnen nicht, ihn mit dem Seil ganz über die Kante zu hieven. Er war so nah, dass sie ihn beinahe greifen konnten, doch niemand wagte sich in die Nähe des Abgrunds. Es war Demetrios, der das Seil losließ und zu ihm stürzte. Mit seinen großen Händen ergriff er den schmächtigen Mönch am Arm und zerrte ihn hinauf zum Tor. Die Aktion dauerte nur wenige Sekunden, und als die nächste Windbö kam, waren die beiden bereits in Sicherheit, und das Tor wurde hinter ihnen geschlossen.

Eine Menschentraube bildete sich um den Verletzten. Lombardi trat einen Schritt zurück und ließ die Benediktiner ihren Mitbruder versorgen. Einer stützte seinen Kopf, und obwohl Philipp überall blutete, schien er bei Bewusstsein zu sein. Lombardi konnte jetzt auch die Frisur genau erkennen: einen runden Haarkranz um eine kahlrasierte Stelle. Gemeinsam hoben die Brüder ihn hoch und trugen ihn ins Innere der Abtei. Abt Shanti folgte der Gruppe.

Lombardi konnte nicht fassen, was er gerade gesehen hatte. Dieser Wahnsinnige wäre beinahe draufgegangen. Dann fiel ihm die Bahre auf der Terrasse wieder ein, und er lief Shanti hinterher.

»Herr Abt, ich muss mit Ihnen sprechen!«

Shanti wandte sich um und sah ihn böse an. »Ich habe keine Zeit!«

»Ich weiß, dass Sie etwas verbergen«, sagte Lombardi mit fester Stimme.

Shantis Augen weiteten sich. Dann wandte er sich ab und ließ Lombardi einfach stehen.

Verärgert machte Lombardi sich auf den Weg zurück zum Wohntrakt. So kam er nicht weiter, er musste sich etwas einfallen lassen. Zugleich ging ihm der gerettete Mönch nicht aus dem Kopf. Er fragte sich, wer der mysteriöse Mann gewesen war. Lombardi war sich nun sicher, dass es sich bei seiner eigenartigen Frisur um die im Mittelalter übliche Tonsur gehandelt hatte, bei der man den Scheitel rasierte und nur einen Haarkranz stehenließ. Niemand hatte heute so einen Haarschnitt, seit hunderten Jahren nicht mehr. Die katholische Kirche hatte diese Tradition in den Siebzigern verboten. Was bedeutete das?

Wenn der Abt nicht mit ihm redete, musste er die Sache selbst in die Hand nehmen.

20

Samira Amirpour stand auf der Schwelle ihres Zimmers und starrte Lombardi fragend an. Sie hatte einen ihrer Koffer wieder ausgepackt. »Was ist los? Alle sind zum Tor gelaufen.«

Lombardi wischte die Frage mit einer Geste beiseite. »Ein Mönch. Er ist am Leben. Hören Sie zu, ich habe mich nicht getäuscht. Man verbirgt etwas vor uns.«

Er erzählte ihr von seinem Ausflug auf den Chor, und dass da etwas mit einem Leintuch zugedeckt gewesen war.

»Was soll das gewesen sein?«, fragte Amirpour.

Lombardi dachte an die Umrisse dessen, was unter dem Leintuch gelegen hatte, wagte aber nicht, darauf zu antworten.

Amirpour verschränkte die Arme. Sie war offensichtlich nicht angetan von Lombardis Andeutungen. »Sie wollen also Sébastien finden, um zu sehen, ob es ihm gut geht?«

Lombardi nickte.

»Gut«, sagte sie, »dann klären wir das ein für allemal.«

Wenig später standen sie vor einer Tür, die genau so aussah wie jene von Lombardis und Amirpours Zimmer.

»Sollen wir klopfen?« Statt auf eine Antwort zu warten, hämmerte sie mit den Fingerknöcheln an die Tür. Nichts regte sich.

Sie sahen sich ratlos an. Lombardi bereute inzwischen, dem Plan zugestimmt zu haben. Obwohl niemand zu sehen war, fühlte er sich beobachtet.

»Was sollen wir jetzt tun?«, fragte er.

Amirpour schien nachzudenken. »Sie wollen da unbedingt hinein, oder?«

»Ich will wissen, ob es Sébastien gut geht«, erklärte er fest. »Aber wir können die Tür doch nicht aufbrechen.«

Amirpour lächelte verschwörerisch. »Müssen wir auch nicht. Kennen Sie Richard Feynman?«

»Nein. Oder doch? Was tut das zur Sache? Sollten wir das nicht woanders besprechen?«

Sie ließ sich nicht aus der Ruhe bringen. »Ein Quantenphysiker. Feynman war als Teenager mein großes Vorbild.«

»Was ist mit ihm?«

»Er war ein Meister im Knacken von Safes und Schlössern.«

»Und Sie können das auch, oder wie?«

Sie zeigte auf die Tür. »Ein Schloss wie dieses kann ich öffnen«, sagte sie und kramte in ihrer Umhängetasche.

Bevor Lombardi reagieren konnte, hatte Amirpour schon etwas in der Hand, das aussah wie ein Stück Draht, und machte sich an dem Schloss zu schaffen. Denn die Tür verfügte auch über ein gewöhnliches Zylinderschloss, obwohl sie elektronisch entriegelt werden konnte.

»Warten Sie!«, flüsterte Lombardi. »Sie können doch nicht einfach …«

»Wollen Sie nun wissen, was mit Sébastien los ist oder nicht?«

Er sah sich nervös um. »Ich kann es immer noch nicht glauben«, sagte er.

»Sollten Sie aber.« Ein deutliches Klicken war zu hören. »Wir sind nämlich drin!« Amirpour steckte ihren improvisierten Dietrich aus einem Stück Draht ein. »Worauf warten Sie?«

Lombardi griff die Klinke, und die Tür ließ sich öffnen. Eisige Luft wehte ihnen entgegen. Lombardi erschauderte. Er konnte seinen Atem sehen.

Warum ist es hier so kalt?

Ihm war klar, dass das nichts Gutes bedeuten konnte. Er schlang seine Arme um den Oberkörper, um sich zu wärmen, und konzentrierte sich auf den Raum. Ein einziger Blick genügte. Er wünschte, dass er sich getäuscht hätte.

Amirpour stieß einen Seufzer aus, als auch sie es sah.

21

Das Zimmer ähnelte denen von Lombardi und Amirpour, war aber kleiner und sparsamer möbliert. Nur ein simpler Schreibtisch mit einem Holzsessel stand an einer Wand, es gab ein nicht zu großes Bücherregal mit etwa dreißig Büchern, alles Fachliteratur. Eine Tür führte in ein Badezimmer. Dem Tisch gegenüber stand ein Bett. Und darauf lag ein Mensch.

Auf den ersten Blick hätte man ihn für einen Kranken halten können, der schlief, doch die Haut war zu weiß. Lombardi zwang sich, näher an das Bett heranzutreten. Als er genauer hinsah, erkannte er das malträtierte Gesicht, das er im Computerraum gesehen hatte, und zuckte unwillkürlich zusammen. Die Person lag mit nacktem Oberkörper da und war mit einem Leintuch halb zugedeckt. Hände und Füße standen unter der Decke hervor. Sie trugen die dunkelroten, geschwollenen Male von Fesseln, die sich in die Haut der Hand- und Fußgelenke gefressen hatten. Seine Mitbrüder mussten die Leiche aus dem Computerraum geborgen und dann hierhergebracht haben, um sie zu verstecken.

Der Anblick erinnerte ihn frappant an das berühmte Renaissancegemälde von Andrea Mantegna, das die Grablegung Christi zeigte, von den Füßen aus gesehen und stark perspektivisch verzerrt – beinahe ästhetisch in seiner Friedlichkeit, wenn da nicht das geschundene Gesicht gewesen wäre, das von der rohen Gewalt zeugte, die ihm angetan worden war.

Lombardi wandte sich ab. Die Luft war so kalt, dass ihn fröstelte. Das Fenster war einen Spalt breit geöffnet. Jemand musste es geöffnet haben, um die Verwesung der Leiche hinauszuzögern. Amirpour hatte ihre Strickweste fest um sich geschlungen. An der Wand hing ein Fußballtrikot mit dem Namen Zinedine Zidane, daneben ein gerahmtes Foto, das einen jungen Mann zeigte, neben dem glatzköpfigen Fußballstar, der sich zu ihm herunterbeugte – Sébastien.

Lombardi streckte die Hand nach dem toten Mönch aus und legte sie ihm auf die nackte Brust. Die Haut fühlte sich kalt und trocken an. Hier hätte er normalerweise den Herzschlag spüren müssen, doch nichts regte sich. Er hatte keine Zweifel mehr, wen er vor sich hatte, und spürte, wie ihn widersprüchliche Gefühle zu überwältigen drohten. Trauer, Zorn und Liebe. Sein Hals schnürte sich zusammen, und Tränen standen in seinen Augen.

Alessandro, es tut mir so leid. Wie soll ich dir das beibringen?

»Sehen Sie?«, flüsterte Lombardi. »Ich habe es Ihnen gesagt.«

Amirpour war blass geworden. Lombardi konnte sehen, wie ihr Verstand versuchte, die Situation zu erfassen.

»Ich habe Ihnen nicht geglaubt«, gab sie zu. »Es tut mir leid.«

Lombardi zog die Hand zurück und wischte sich die Tränen aus den Augen. »Ich hätte es auch nicht geglaubt.«

Sie sah den toten Mönch an, dann blickte sie zur Tür, als würde sie horchen. »Wir dürfen nicht hier sein. Sollten wir nicht den Abt informieren?«

Lombardi wandte sich zu ihr um, fasste sie an den Schultern und schaute ihr in die Augen. »Haben Sie immer noch nichts verstanden? Der Abt weiß Bescheid!«

Sie sah ihn erschrocken an. Blitzschnell schien sie die Situation zu erfassen. »Sie haben gemeint, neben Ihnen ist etwas auf den Boden gekracht, gestern Nacht, im Computerraum?«, fragte sie. »Sie wissen, was das heißt, oder?«

Lombardi ließ sie los. Wusste er das? Er hatte seit seiner Flucht nicht darüber nachgedacht.

»Jemand hat versucht, Sie umzubringen!«, erklärte Amirpour. »Sie sind in Gefahr!«

»Warum sollte jemand mich umbringen wollen? Das ist doch lächerlich.«

Amirpour sah ihn eindringlich an. »Was sagten Sie nochmal, warum Sie hier sind?«

Er verstand die Frage nicht. »Ich habe Ihnen doch erklärt, mein Freund Badalamenti hat mich überredet. Er ist ein Förderer des Projekts und der Ziehvater von Sébastien. Er hat sich Sorgen um ihn gemacht.«

»Das ist alles?«

»Was soll da sonst sein?

Amirpour schien nicht überzeugt. »Vielleicht wusste Ihr Freund Badalamenti etwas, das er Ihnen nicht erzählt hat.«

»Unsinn.« Aber Lombardi merkte, dass sie ihm nicht glaubte. Leugnen hatte keinen Zweck. Er brauchte Amirpours Hilfe.

»Sie haben recht. Sébastien hat am Telefon Andeutungen gemacht, jemand sei hinter seiner Arbeit her. Mein Freund nahm das nicht ernst. Erst als er hierher anrief und man ihn nicht mehr zu Sébastien durchstellen wollte, wurde er misstrauisch.«

Amirpour begann, in dem kleinen Zimmer auf und ab zu gehen, als würde sie nachdenken.

»Könnte es mit der Entdeckung zu tun haben, von der Sie gesprochen haben?«, fragte Lombardi.

»Das glaube ich nicht«, sagte sie.

»Warum nicht?«

»Sein Forschungsgebiet war viel zu abstrakt! Pure Grundlagenforschung.«

Lombardi war nicht überzeugt. »Wir müssen es genau wissen.«

Amirpour stieß einen Seufzer aus. »Worauf warten wir noch?«

Sie wandte sich einem Schrank zu und öffnete Schubladen. Er hielt sie zurück. »Warten Sie! Wir sollten hier nichts anfassen. Die Polizei wird diesen Raum untersuchen wollen.«

Doch Amirpour schüttelte ihn ab und wühlte sich durch dunkle Mönchskutten. »Helfen Sie mir? Oder muss ich das alleine machen?«

Lombardi hatte keine Zeit, länger darüber nachzudenken. Auch er begann, das Zimmer zu durchsuchen, öffnete Schubladen eines Schranks unter dem Schreibtisch, wo er Kugelschreiber, Papier und einen Rosenkranz fand. Eine Lade tiefer befanden sich abgegriffene Wissenschaftsmagazine, Zeugnisse eines einfachen und ganz auf den Geist ausgerichteten Lebens. Gottesdienst und Forschung, sonst nichts. Es schien Sébastien erfüllt zu haben. Lombardi konnte nicht anders, er stellte ihn sich als glücklichen Menschen vor.

Wenige Minuten später hatten sie das ganze Zimmer durchsucht, ohne etwas zu finden, das auf Sébastiens Arbeit hindeutete.

»Hier muss irgendein Computer sein«, erklärte Amirpour hektisch gestikulierend. »Er muss in diesem Zimmer gearbeitet haben.«

Lombardi wusste, dass sie recht hatte.

Wenn da kein Computer ist, hat ihn jemand mitgenommen.

Er fluchte leise. Es war naheliegend, dass dieselben Mönche, die seine Leiche versteckt hatten, auch Sébastiens Arbeit an einem sicheren Ort untergebracht hatten. Und offensichtlich nicht hier.

Amirpours Blick richtete sich auf das Bett. »Wir müssen nachsehen. Soll ich?«

»Nein!«, rief Lombardi und hielt sie am Arm fest.

Er ertrug den Gedanken nicht, dass jemand Sébastien anfasste. Als Freund Badalamentis war das seine Verantwortung.

»Ich sehe nach«, erklärte er mit fester Stimme.

Langsam trat er ans Bett. Es widerstrebte ihm, den Toten noch einmal zu berühren. Nicht aus Ekel, sondern weil er ihm plötzlich zerbrechlich vorkam. Als könnte er das, was von ihm in dieser Welt übrig war, beschädigen und damit ein nicht wiedergutzumachendes Sakrileg begehen.

Lombardi nahm sich ein Herz und schlug die Decke zurück. Darunter war Sébastien nackt. Kein Blut war an der bleichen Haut, nur dunkle Hämatome waren sichtbar, und die Wunden selbst leuchteten rot. Man hatte den Körper des Mönchs gewaschen, bevor man ihn hier aufgebahrt hatte.

Lombardi musste die Leiche nicht berühren, um zu sehen, dass hier nichts versteckt war. Sein magerer Leib hätte kein Versteck für einen Computer geboten, und das Leintuch unter ihm war straff gespannt. Lombardi deckte ihn wieder zu.

Als er sich verzweifelt nach Amirpour umdrehte, sah er, dass sie die Bücher im Regal in Augenschein nahm.

»Ich hätte es wissen müssen«, sagte sie, als sie ein großformatiges Buch herausnahm. »Astrologie? Kein Physiker liest so etwas!«

Sie klappte das Buch auf, das in Wirklichkeit eine Kartonschachtel war. Darin befand sich der Laptop.

22

»Jetzt sagen Sie schon!«, drängte Lombardi. »Ist es das, was wir suchen?«

Sie hatten Sébastiens Kammer fluchtartig verlassen und waren in Amirpours Zimmer geeilt. Dort hatte die Physikerin den Laptop des Mönchs an ein Ladekabel angeschlossen und saß nun seit fünf Minuten auf einem Sessel, das Gerät auf ihrem Schoß.

»Schlechte Nachrichten«, antwortete sie finster. »Ich hätte es wissen müssen.«

»Was denn?«

»Sébastiens Account ist mit einem Passwort geschützt.«

Lombardi fühlte, wie seine Kraft aus ihm wich. Er ließ sich neben Amirpour auf einen der Sessel sinken. Doch als er an die Leiche in dem Zimmer dachte, sprang er wieder auf.

»Der Abt wusste es. Er wollte seinen Tod verheimlichen«, wiederholte Lombardi und fuchtelte mit seinem Zeigefinger durch die Luft. »Aber ich glaube nicht, dass er es allen gesagt hat.«

»Was wollen Sie tun?«

»Wir müssen die Behörden einschalten. Jemand hat ihn ermordet.«

Jemand, der sich noch immer innerhalb dieser Mauern befindet.

Er dachte an Badalamentis Worte. Sébastien hatte Angst gehabt, dass jemand wegen seiner Arbeit hinter ihm her sei. Der Arbeit, die sich womöglich auf diesem Laptop befand.

»Ich stimme Ihnen zu«, sagte Amirpour. »Nur wie? Ich habe keinen Empfang.«

Lombardi sah sie entgeistert an. »Sie auch nicht?«

Die Physikerin holte ihr Handy hervor und erweckte es aus dem Standby-Modus. Sie schüttelte den Kopf. »Leider nicht.«

Lombardi nahm sein Telefon zur Hand und vergewisserte sich, dass auch er immer noch keinen Empfang hatte.

»Wie ist es mit Internet?«, erkundigte er sich.

Amirpour schüttelte den Kopf. »Seit heute Morgen offline.«

Ratlos ließ Lombardi sein Handy sinken. »Das ist kein Zufall. Es hat System.«

»Den Eindruck habe ich inzwischen auch.«

»Es muss etwas mit seiner Arbeit zu tun haben.«

Amirpour verzog das Gesicht. »Ich sagte doch, seine Arbeit war hoch theoretisch. Warum sollte ihn jemand dafür umbringen? Und warum auf diese Weise?«

»Erzählen Sie mir, was Sie darüber wissen.«

Amirpour setzte sich auf. »Er machte keine halben Sachen. Er ging direkt und ohne Umwege die großen Fragen an. Dinge, von denen andere die Finger lassen, weil die Erfolgsaussichten so gering sind.«

»Welche Fragen?«

»Der Kern seiner Arbeit betraf die Verbindung von Relativitätstheorie und Quantenphysik. Man könnte es die Suche nach einer Weltformel nennen.«

»Moment«, hakte Lombardi ein. »Ich dachte, es gibt bereits so etwas wie eine Weltformel. Sie nannten es *Standardmodell*. Damit könne man die gesamte sichtbare Materie beschreiben. So haben Sie es mir erklärt!«

Amirpour lachte freudlos. »Die sichtbare Materie. Stimmt, das habe ich gesagt. Nur leider ist es nicht ganz wahr.«

»Nein?«

Amirpour seufzte. »Einerseits berücksichtigt das Standardmodell die Schwerkraft nicht, was nicht auffällt, weil sie viel schwächer ist als alle anderen Kräfte. Man braucht ganz schön viel Masse, um die Schwerkraft überhaupt zu bemerken, eine Masse von der Größe der Erde zum Beispiel. Für die Wechselwirkungen einzelner Teilchen miteinander hat sie keinen merkbaren Einfluss.«

»Aber Sie wollen keine Näherungen, richtig? Sie wollen wissen, wie es *wirklich* ist.«

Amirpour nickte mit finsterer Miene. »Das ist das eine Problem. Das andere ist, dass wir einen großen Teil der Materie gar nicht sehen können.«

»Was heißt das, nicht sehen können?«, fragte Lombardi.

»Es gibt Materie im Universum, die nicht mit Licht wechselwirkt. Wir können sie nicht sehen oder anfassen, aber sie ist trotzdem da. Auch hier und jetzt, überall. Sehr dünn zwar, aber allgegenwärtig. Und im Standardmodell kommt sie nicht vor. Wir wissen nicht, worum es sich handelt, und wir haben keine Ahnung, wie wir sie zu fassen kriegen sollen.«

Lombardi überlegte. »Ich glaube, ich habe schon davon gehört. Was ist daran so dramatisch? Materie, die wir nicht sehen können, gut. Welche Bedeutung hat das für unser aller Leben?«

Die Physikerin überlegte einen Moment, bevor sie antwortete. »Ich verrate Ihnen jetzt etwas, Lombardi. Etwas, über das wir Wissenschaftler nicht gerne sprechen. Die Physik steckt in einer tiefen Krise. Vielleicht in der größten seit ihrem Bestehen. Wir befinden uns in einer Sackgasse, jeder von uns weiß das.«

»Augenblick«, unterbrach Lombardi sie. »Das Standardmodell funktioniert doch. Die Errungenschaften der Physik haben zu Technologien geführt, die unser Leben komplett verändert haben. Von welcher Krise sprechen Sie?«

Amirpour stieß ein Lachen aus. »Dass wir 80 Prozent der Materie im Universum mit unseren Theorien nicht erklären können, halten Sie nicht für eine Krise?«

»So viel?«

Amirpour nickte. »Wir wissen nicht, woraus sie besteht. Wenn es sie nicht gäbe, würden alle Galaxien des Universums durch die Fliehkräfte auseinandergerissen werden. Sie rotieren einfach zu schnell.«

»Was heißt, zu schnell?«

»Ich meine, viel zu schnell! Der Unterschied ist massiv. Das fiel erst in den 1930er Jahren auf, weil Galaxien für unser Empfinden sehr langsam rotieren. Die Einführung der Dunklen Materie ist ein Akt der Verzweiflung. Sie müssen verstehen, Physiker mögen keine derartigen Ad-hoc-Lösungen. Wir möchten, dass alles einfach und elegant ist. Und am allerwenigsten mögen wir Dinge, die wir nicht sehen können. Der Begriff der *Dunklen Materie* stammt von einem absoluten Rebellen der Physik, Fritz Zwicky. Er hat noch eine ganze Reihe weiterer wilder Mutmaßungen angestellt, von denen sich viele als falsch erwiesen haben. Aber das Konzept der Dunklen Materie wurde mangels Alternativen übernommen. Sie müssen sich vorstellen, dass dieser Schritt einigen Leuten ziemliche Bauchschmerzen verursacht hat. Und dabei ist das noch nicht alles, neben der Dunklen Materie gibt es noch *Dunkle Energie*.«

»Was ist das denn schon wieder?«

Amirpour wischte die Frage mit einer Geste beiseite. »Von ihr gibt es noch viel mehr als von der Dunklen Materie, aber das tut hier nichts zur Sache. Wichtig ist, dass es Leute gibt, die ernsthaft infrage stellen, ob Konzepte wie die Urknalltheorie überhaupt mehr Fragen beantworten, als sie aufwerfen.«

»Einen Moment«, warf Lombardi ein, »ich dachte, das wäre etabliertes Wissen!«

»Ist es auch, nach wie vor. Aber die Grenzen verlaufen nicht so klar, wie wir es gern hätten. Konkret geht es nicht um die Urknalltheorie, sondern um eine kurze Phase danach, in der sich das Universum extrem schnell ausdehnte. Man spricht von *kosmischer Inflation*. Die Kräfte, die dazu geführt haben sollen, kennen wir nicht. Ich muss wohl nicht erwähnen, dass das Standardmodell dafür keine Erklärung hat.«

Amirpour senkte den Kopf und dachte nach, bevor sie weitersprach. »Verstehen Sie mich nicht falsch, unsere Modelle sind sehr gut. Wir können praktisch alles erklären, was in unserer direkten Umgebung passiert. Mithilfe der Quantenphysik lässt sich die Chemie vollständig durch die Physik erklären. Mit der Chemie wiederum erklären wir die Biologie, zuerst auf zellulärer Ebene, dann für ganze Organismen. Sie wissen, worauf ich hinauswill. All das funktioniert ohne Religion, ohne Gott. Aber es ist, wie Sie gesagt haben. Es geht nicht um Modelle, die einigermaßen richtige Zahlenwerte liefern, die uns helfen, Smartphones zu bauen. Es geht um die Wirklichkeit. Und die entgleitet uns zusehends.«

Lombardi musste an Badalamenti denken. Er glaubte nun besser zu verstehen, warum dieser so große Stücke auf Sébastien gehalten hatte. Ein Mönch, der die Wirklichkeit zu fassen bekommen wollte. Eine Wirklichkeit, die er als Schöpfung versteht.

»Der nächste wissenschaftliche Durchbruch kann die Physik retten«, ergänzte Amirpour, »oder zerstören.«

»Könnte das nicht ein Grund sein, ihn zu ermorden?«, überlegte Lombardi. »Vielleicht will jemand verhindern, dass die Physik gerettet wird. Jemand, der keine Aussöhnung der Kirche mit der Wissenschaft will.«

Amirpour widersprach nicht.

Lombardi realisierte, dass Badalamenti genau das irgendwie geahnt haben musste.

Ich muss dringend mit ihm sprechen!

Er erwachte aus seiner Starre und sah zu dem Laptop auf Amirpours Schoß. »Wir müssen wissen, woran Sébastien zuletzt gearbeitet hat. Gibt es wirklich keine Möglichkeit, das Passwort dieses Laptops zu knacken?«

»Vielleicht doch«, sagte Amirpour prompt.

Lombardi horchte auf. »Sie können die Passwortabfrage umgehen?«

»Wenn wir Glück haben.« Sie legte den Laptop beiseite und kramte ihren eigenen Rechner aus einer Umhängetasche, die neben ihrem Sessel stand, hervor.

»Was tun Sie?«, fragte Lombardi. »Sagen Sie bloß, Sie können diesen Rechner hacken.«

Amirpour legte ihren Kopf schief. »*Hacken* wäre übertrieben.«

Sie fischte einen USB-Stick aus der Tasche und steckte ihn an, während sie ihren Laptop aus dem Standby holte.

»Haben Sie einen Computer, Herr Bischof?«, erkundigte sie sich, ohne den Monitor aus den Augen zu lassen.

Lombardi verwirrte die Frage. »Zuhause, in Rom. Einen alten Standrechner. Warum fragen Sie?«

»Haben Sie die Festplatte verschlüsselt?«

Er verstand nicht so recht. »Ich weiß nicht, was Sie meinen.«

Amirpour nickte. »Wenn Sie die Festplatte verschlüsselt hätten, wüssten Sie das. Sie ist also nicht verschlüsselt. Ich erstelle gerade einen Live-Boot-USB-Stick. Normalerweise nutzt man so einen, wenn das System instabil wird und sich ein Computer nicht mehr hochfahren lässt. Wenn das so ist, kann jemand Ihren Rechner einfach über ein externes Laufwerk booten. Dann kann ich die Daten von der Festplatte auslesen.«

»So einfach ist das?«, fragte Lombardi verblüfft. »Auch wenn ein Computer passwortgeschützt ist?«

Amirpour grinste verschwörerisch. »Es gibt Computer-Experten, die Ihnen allen Ernstes raten, die USB-Buchsen Ihres Computers mit Zement zu füllen. Ein richtig präparierter USB-Stick ist die einfachste Art, sich in einen Rechner zu hacken. Die einzige Möglichkeit, das zu verhindern, ist, den kompletten Inhalt der Festplatte Byte für Byte zu verschlüsseln.«

»Und Sie glauben, Sébastien hat das nicht getan?«

Amirpour zuckte mit den Schultern. »Wir werden es gleich wissen.«

Lombardi schwieg und beobachtete gebannt die geübten Handgriffe der Physikerin. Sie benutzte nur zwei-, dreimal das Touchpad, dann begann sie in atemberaubender Geschwindigkeit zu tippen. Wenige Minuten später ließ sie von der Tastatur ab. Sie legte ihren Laptop zur Seite, zog den USB-Stick heraus und nahm wieder Sébastiens Rechner zur Hand.

»Die Stunde der Wahrheit.« Sie steckte den Stick in den USB-Anschluss, schaltete den Laptop ein und wartete. Noch während der Computer hochfuhr, drückte sie eine Tastenkombination, dann drückte sie *Enter* und setzte das Hochfahren fort. Ihre Miene zeigte keine Regung.

»Voilà«, sagte sie schließlich, »wir sind drin.«

Lombardi glaubte, sich verhört zu haben. »Sie haben die Passwortabfrage geknackt?«

Amirpour drehte den Bildschirm triumphierend in Lombardis Richtung. »Ich sagte Ihnen doch, es ist nicht schwer.«

Er rückte seinen Sessel näher zu Amirpour heran.

»Mal sehen, was wir da haben«, murmelte sie und öffnete einige Ordner. »Sébastien nutzte ein sehr simples Linux-System. Kein Schnickschnack, nur das Wesentliche. Ein Texteditor, ein Compiler für die Programmiersprache FORTRAN, ein paar professionelle Mathematik-Tools zum Lösen von Gleichungen, wie ich sie ebenfalls verwende, ein E-Mail-Account. Keine aktuellen Mails. Seit Wochen hat er mit niemandem mehr kommuniziert.«

Das war allerdings seltsam. Stimmte das, was der Abt gesagt hatte? War Sébastien so in seine Arbeit vertieft gewesen?

»Können Sie sagen, woran er zuletzt gearbeitet hat?«, drängte Lombardi.

»Bin dabei. Er hat an einigen Textdateien Änderungen vorgenommen. Kein Microsoft Word, sondern LatcX, eigentlich ein Satzprogramm. Damit werden praktisch alle wissenschaftlichen Publikationen verfasst.«

Amirpour klickte sich durch die Dateien. »Das sind Publikationen, die Sébastien vorbereitete, aber bei diesen ist er nur Co-Autor. Es geht hier um die *Vereinheitlichung*. Aber auch die wurden seit Wochen nicht angerührt. Das ist nicht, was wir suchen.«

»Suchen Sie nach den Files, an denen er zuletzt gearbeitet hat.«

Amirpours Augenbrauen hoben sich. Aus verbissener Konzentration wurde Unglauben. »Hier ist alles voller Physik-Papers. Er hat sich durch die neuesten Forschungen in der Theoretischen Physik gearbeitet, aber keines der PDFs hat er im letzten halben Jahr angerührt. Es gibt aber einen anderen Ordner, der jüngeren Datums ist. Mit diesen Dateien hat er sich in den letzten Wochen intensiv beschäftigt.«

Sie zögerte. »Warten Sie, das ist seltsam.«

Lombardi horchte auf. »Was haben Sie?«

»Sébastiens Terminkalender. Ich dachte, er sei leer, aber das stimmt nicht. Es gibt einen einzigen Termin, heute Abend um sechs.«

»Wie spät ist es jetzt?«

»Halb zwölf.«

Lombardi überlegte. »Also haben wir noch etwas mehr als sechs Stunden – bis *was* passiert?«

Amirpour zuckte mit den Schultern.

»Da muss doch etwas stehen!«, platzte er heraus.

»Ich kenne dieses Wort nicht.«

»Geben Sie her.«

Sie gab Lombardi den Laptop, und er verstand, warum sie das Wort nicht verstanden hatte.

»*Liberatio*. Das ist Latein.« Er seufzte. »Das hilft uns nicht weiter.«

»Warum? Was bedeutet es?«

»Es bedeutet *Befreiung*.«

Sie schwiegen. Lombardi gab Amirpour den Laptop zurück. Befreiung – wovon? Das hier war wichtig, dessen war er sich sicher. Aber das Wort war zu kryptisch. Es konnte alles Mögliche bedeuten. Das brachte sie nicht weiter.

»Da ist es«, riss Amirpour ihn aus seinen Gedanken. Sie ballte eine Faust.

»Was?«

»Das letzte File, an dem Sébastien gearbeitet hat. Vier Gigabyte.«

Lombardis Hände wurden vor Aufregung schweißnass. Nun würden sie erfahren, warum der Mönch ermordet wurde. Er war felsenfest davon überzeugt.

»Was enthält es?«, fragte er gebannt.

Amirpour legte den Laptop entnervt vor sich auf den Tisch. »Kann ich nicht sagen. Es lässt sich nicht öffnen.«

23

Lombardi eilte durch die Korridore des Wohntrakts der Abtei und hielt dabei sein Handy in die Höhe. Er brauchte unbedingt Empfang. Er musste dringend Kontakt mit Alessandro Badalamenti aufnehmen. Alles andere konnte warten. Zuerst musste er seinem Freund die traurige Nachricht mitteilen. Danach würde er ihm von dem seltsamen Termin erzählen, und dann konnten sie gemeinsam überlegen, was zu tun war. Amirpour hatte versprochen, sich inzwischen um das verschlüsselte File zu kümmern.

Seit gut zehn Minuten lief Lombardi nun im Kreis, doch sein Gerät verweigerte ihm den Dienst. Nicht einmal Notrufe waren möglich. Das hatte er noch nie erlebt. Irgendwann sah er ein, dass es so keinen Sinn hatte. Er musste höher hinauf.

Grimmig steckte er sein Handy ein und machte sich auf den Weg zur Kirche. Als er sich dem Eingang näherte, hörte er eine monotone Stimme.

»*Pater hemon, ho en tois ouranois, hagiastheto to onoma sou* ...«

Die Worte klangen wie eine alte Beschwörungsformel. Jemand betete, aber auf eine Art, die Lombardi noch nie gehört hatte.

»... *eltheto he basileia sou, genetheto to thelema sou, hos en ourano kai epi tes ges* ...«

Oder hatte er es doch schon einmal gehört? Er brauchte einige Sekunden, bis er verstand, womit er es zu tun hatte. Da sah er auch, von wem die Worte stammten. Vor dem Altar lag ein Mönch auf dem Bauch und betete das griechische Vaterunser. Er hatte es nicht erkannt, weil die Sprachmelodie so fremd gewesen war. Kaum jemand betete es heute noch auf Griechisch. Latein, das schon. Aber nicht die ältere, griechische Version. Er hatte sie schon lange nicht mehr gehört. Lombardi glaubte zu wissen, wer das war.

Als er leise näher kam, sah er, dass er sich nicht getäuscht hatte. Der Mönch trug die Tonsur. An den Füßen hatte er Sandalen aus braunem Leder. Es handelte sich um Philipp. Lombardi war wie hypnotisiert von dem sonderbaren Mann. Während er leise über den Steinboden tappte, konnte er nicht anders, als dem typischen, seltsam unnatürlichen Singsang zu lauschen, der entstand, wenn jemand ein Gebet schon tausende Male rezitiert hatte und es den Charakter einer vertrauten Übung bekam. Der Ton war allerdings nicht verschämt leise, wie man das bei anderen Betenden beobachten konnte, sondern hatte einen stolzen Nachdruck.

»… *oti sou he basileia kai he dynamis kai he doxa eis tous aionas. Amen.*«

Das Gebet endete, und der Mönch richtete sich mühevoll und unter Schmerzen auf. Lombardi erschrak, als Philipp sich plötzlich zu ihm umdrehte. Er sah wache Augen, eine hohe, aufgeschürfte Stirn und ein ungewöhnlich breites Kinn mit markanten Wangenknochen, die nicht so recht zu dem fast femininen Mund passen wollten. Philipp mochte knapp dreißig Jahre alt sein, schätzte Lombardi.

»Grüß Gott. Suchen Sie nach mir?«

Lombardi fühlte sich ertappt. »Tut mir leid, ich wollte Sie nicht stören.«

»Es ist in Ordnung, ich war gerade fertig.« Philipp strahlte eine unerwartete Ruhe aus. War das wirklich derselbe Mönch, der vorhin nur knapp dem Tod entronnen war?

»Das griechische Vaterunser«, sagte Lombardi. »Ich habe es lange nicht mehr gehört.«

»Weil niemand es betet«, gab Philipp zurück. »Dabei ist das die einzig angemessene Sprache.«

»Im Vatikan beten wir oft auf Latein.«

In den Augen des Mönchs blitzte etwas auf, das wie Herablassung aussah. »Ich weiß. Alle sprechen Latein. Man tut so, als wäre es irgendwie heilig. Warum? Weil es die Amtssprache im Vatikan ist? Oder weil es so schön mystisch klingt? Das Vaterunser ist das einzige Gebet, das Jesus uns selbst gelehrt hat. Es wird sowohl bei Lukas als auch bei Matthäus wiedergegeben. Und wie Sie wissen, wurden diese Evangelien nicht auf Latein niedergeschrieben, sondern auf Griechisch. Sagen Sie mir: Warum sollte ich das Vaterunser auf Latein beten, wenn ich es in der ältesten, ursprünglichsten Form beten kann? So, wie Matthäus es aufgeschrieben hat, der es wahrscheinlich von Jesus selbst lernte? Ich kann diesen Hype um das Lateinische nicht verstehen.«

Lombardi war überrascht über die heftige Reaktion des Mönchs. »Ich bin sicher, dass Gott uns versteht, egal, in welcher Sprache wir beten.«

Philipp zuckte mit den Schultern. »Beten Sie, wie Sie möchten.«

»Wir kennen uns noch nicht«, sagte Lombardi. »Sie sind Pater Philipp, nicht wahr?«

Der Mönch neigte sein Haupt. »Eure Eminenz. Ich habe von Ihnen gehört. Sie sind Entwicklungshelfer.«

Lombardi winkte ab.

Der Mönch ließ sich nicht beirren. »Ich bewundere Leute, die diesen Antrieb haben. Ich könnte das nicht.«

Lombardi deutete auf Philipps einbandagierte Hände. »Wie geht es Ihnen?«

Philipp betrachtete seine Hände. »Es wird wieder heilen.«

»Ich habe gehört, Sie sind öfter unten in der Einsiedelei.«

»Ja. Die Einsamkeit tut mir gut. Weg von dem Trubel hier.«

Trubel? »Das klingt kritisch.«

Philipp legte den Kopf schief. Kurz sah es so aus, als wollte er etwas sagen, dann machte er eine beiläufige Geste. »Ich mache mir nicht viel aus Wissenschaft. Mir genügt der Glaube.«

Lombardi musterte ihn. Seine ruhige Miene hatte sich nicht verändert. »Sie haben gehört, was letzte Nacht passiert ist?«

Ein Schatten zog über sein Gesicht. »Ja, der Engel. Er ist gefallen.«

Er schien nicht überrascht. Lombardi sah ihn forschend an. »Haben Sie etwa damit gerechnet?«

Philipp lachte. Es wirkte fremd in seinem Gesicht. »Wie hätte man damit rechnen sollen?«

»Ich weiß auch nicht«, sagte Lombardi.

»Ich werde mich jetzt aufwärmen gehen, wenn Sie nichts dagegen haben.«

»Nein, natürlich nicht.« Lombardi zögerte. Er hatte das Gefühl, dass dieser Mönch ganz offen zu ihm war. Das wollte er nutzen.

»Darf ich Sie noch etwas fragen?«, begann er.

»Bitte.«

»Sie kennen doch Pater Sébastien.«

»Natürlich. Was ist mit ihm?«

Lombardi beobachtete Philipps Reaktion genau, doch der Mönch schien vom Tod seines Mitbruders nichts zu wissen.

»Ich habe gehört, dass Sébastien in letzter Zeit an etwas gearbeitet hat. Etwas, das seine ganze Zeit in Anspruch nahm. Haben Sie eine Ahnung, worum es sich da gehandelt hat?«

»Ach, das. Ja, er hat mir erzählt, dass er einen Durchbruch erzielt hat.« Philipp machte eine gekünstelte, theatralische Geste. »Die Lösung für das *große* Problem, von dem er immer redet.«

Lombardi horchte auf. »Glauben Sie, er hat es geschafft?«

»Es wird wohl so sein.«

Lombardi wunderte sich über die Beiläufigkeit, mit der Philipp das sagte. »Man hört, das wäre eine Jahrhundertentdeckung!«

Philipp zuckte mit den Schultern. »Wenn Sie es sagen. Ich bin Mönch. Ich interessiere mich nicht für Physik.«

Er bedachte Lombardi mit einem unergründlichen Blick, dann wandte er sich ab und ging.

24

Über einen finsteren Korridor erreichte Lombardi einen offenen Raum mit quadratischem Grundriss. Die Mauern waren auf allen vier Seiten von unverglasten Fenstern mit Rundbögen durchbrochen. In der Mitte war ein hölzernes Gerüst aus dicken Balken, das eine einzelne, mit Grünspan überzogene Glocke trug. An das Holz war eine Antenne geschraubt worden, auf dem Steinboden lagen Kabel. Der Wind hatte nachgelassen, nur noch ein Hauch drang durch die Öffnungen. Doch die Luft war kalt, und Lombardi schlang die Arme um den Bauch.

Er ging näher an eine der Maueröffnungen heran. Dann hielt er sein Handy in die Höhe. Hier musste er doch Empfang haben! Er öffnete das Menü für die Auswahl des Netzbetreibers, als er plötzlich neben sich die Präsenz einer Person wahrnahm und zusammenzuckte.

Es war Abt Shanti. Er sah aus, als hätte er geweint. »Herr Bischof, verzeihen Sie, ich bin Ihnen gefolgt.« Er stockte. »Ich muss Ihnen etwas mitteilen. Sie müssen es unbedingt erfahren, auch wenn ich nicht weiß, wie ich ...«

»Herr Abt, ich weiß alles«, unterbrach Lombardi ihn. »Ich habe ihn gesehen. Sie können nicht länger leugnen, was passiert ist.«

Im Blick des Abts lag kein Zorn, sondern nur unendliche Trauer. »Ich gebe zu, ich war nicht ehrlich zu Ihnen. Es tut mir leid.«

»Sébastien ist tot«, sagte Lombardi.

Shanti nickte. Er schnappte nach Luft. »Sie sind hierhergekommen, um Inspiration zu finden, doch stattdessen erleben Sie so etwas.«

Damit hatte Lombardi nicht gerechnet. Er war zornig auf den

Abt gewesen, weil dieser die Wahrheit verschwiegen hatte, doch als er ihn so sah, bekam er Mitleid. Einer seiner Mitbrüder war gerade ermordet worden. Lombardi konnte sich kaum ausmalen, wie er sich fühlen musste.

»Sie haben die Leiche vor mir und den anderen versteckt«, klagte er ihn an. »Sie wollten diesen Mord vertuschen.«

Der Abt starrte auf den Boden. »Sie müssen das verstehen. Ich wollte nicht, dass Panik ausbricht! Ich will nicht, dass jemand in Gefahr gerät.«

Die Reaktion schien ehrlich, aber Lombardi konnte sich nicht beruhigen.

»Jemand hat Sébastien im Computerraum gekreuzigt«, beharrte er. »Wer hat das getan? Wer ist überhaupt zu so etwas fähig? Das war keine Affekthandlung, sondern penibel geplant. Wir sind womöglich alle in Gefahr!«

»Ich weiß nicht, wer das getan hat!«, rief der Abt. »Ich bin genauso schockiert wie Sie.«

»Es muss jemand innerhalb dieser Abtei gewesen sein. Sie müssen doch irgendetwas wissen!«

Shanti sah zu Boden. Lombardi konnte nicht sagen, ob die Wahrheit zu ihm durchdrang oder ob sie einfach zu schrecklich war, also setzte er nach. »Sie müssen die Polizei einschalten!«

Der Abt machte eine abfällige Geste. »Das ist doch längst passiert. Die Polizei wird bald hier sein.«

Das überraschte Lombardi. »Sie konnten mit der Polizei Kontakt aufnehmen? Ich dachte, die Datenleitung wäre gekappt und niemand hat Empfang!«

»Ich habe meine Mittel und Wege«, erklärte der Abt kühl. »Bei der Polizei bereitet man sich darauf vor, mit Leitern zu uns vorzudringen. Der Wind hat bereits nachgelassen, es könnte bald eine Startfreigabe für den Hubschrauber geben. Es kann jeden Moment so weit sein. Inzwischen ist wichtig, dass Sie Ihr Zimmer nicht verlassen, bis die Behörden hier sind und wir alle evakuieren können.«

Lombardi war geneigt, dem Abt zu glauben. Er hatte also nur seine Mitbrüder schützen wollen, nichts weiter. Es gab keine Verschwörung. Bald würde die Polizei übernehmen und eine Mordermittlung einleiten. Badalamenti würde die Wahrheit aus den Medien erfahren, damit war seine Aufgabe hier getan. Lombardi war erleichtert. Doch vorher wollte er selbst mit seinem Freund sprechen.

»Wenn Sie eine funktionierende Telefonverbindung haben, dann lassen Sie mich bitte telefonieren«, forderte er. »Sie wissen, dass mein Freund Alessandro Badalamenti Sébastiens Ziehvater war. Ich muss ihm sagen, was passiert ist.«

Shantis Gesicht verzerrte sich vor Schmerz. »Machen Sie sich keine Sorgen, Herr Bischof, Herr Badalamenti weiß Bescheid. Ich habe ihm die traurige Nachricht bereits überbracht.«

Lombardis Brust zog sich zusammen. Er konnte sich kaum ausmalen, wie Badalamenti die schrecklichen Neuigkeiten aufgenommen hatte. Es musste ihm das Herz gebrochen haben.

»Ich habe mich um alles gekümmert, Herr Bischof. Bitte verzeihen Sie, dass ich Sie nicht eingeweiht habe.«

»Machen Sie sich keine Gedanken«, beruhigte Lombardi ihn. »Wer weiß außer Ihnen von Sébastiens Tod?«

»Nur Demetrios und Pater Blessings, der Arzt. Bitte, Herr Bischof, kein Wort zu irgendjemandem! Ich weiß, dass Sie mit der Physikerin befreundet sind. Frau Dr. Amirpour darf es nicht erfahren!«

Der Abt schien völlig verzweifelt, seine Reaktion war nicht gespielt. Lombardi glaubte ihm und wollte ihn nicht weiter bedrängen. »Ich verspreche es. Aber ich möchte Sie um etwas bitten: Darf ich mit Blessings und Demetrios sprechen? Ich tue es für Badalamenti. Er hat ein Recht darauf, zu erfahren, was genau passiert ist.«

Der Abt sah ihn entgeistert an. »Auf keinen Fall. Sie müssen in Ihrem Zimmer bleiben.«

So kam Lombardi nicht weiter. Also nickte er.

»Bitte!«, drängte der Abt, der Zweifel an Lombardis Folgsamkeit zu hegen schien. Immerhin war er als Bischof ranghöher, ob er sich daran hielt, lag allein an ihm.

Ihre Blicke trafen sich. Lombardi glaubte zu erkennen, dass da noch etwas anderes war.

»Das Projekt von Konstanz war ein Fehler«, sagte Shanti dann. »Wir hätten es nie umsetzen dürfen.«

Damit kehrte ihm Shanti den Rücken zu und verschwand. Als Lombardi auf den Horizont hinausblickte, war ihm, als ob dort in der Ferne eine neue schwarze Wolkenfront stand.

25

Lombardi klopfte an die Tür der Krankenstation. Er hatte sich auf die Suche nach dem Mönch namens Blessings gemacht. Zuerst hatte er sich zwar vorgenommen, den Anweisungen Shantis zu folgen. Doch die Sache ließ ihm keine Ruhe. Es sprach nun wirklich nichts dagegen, dem Arzt einen Besuch abzustatten. Er musste ja nicht direkt nach Sébastien fragen, vielleicht konnte er auch so etwas herausfinden.

»Herein«, sagte eine tiefe, melodische Stimme.

Der Raum, den er betrat, sah wie eine Arztpraxis aus. Drei weiße Krankenbetten standen an einer Wand, und an der anderen befanden sich Schränke, ein Waschbecken, Lampen, ein Behandlungstisch und darauf einige metallene Schalen. Am Waschbecken stand der Arzt, der sich gerade die Hände abtrocknete. Er war mittleren Alters, hatte eine Glatze und war schwarz, mit einer Hautfarbe, die fast so dunkel war wie seine Kutte. Sie begrüßten einander mit einem Nicken.

»Sie müssen Bischof Lombardi sein. Ich habe gehört, dass Sie hier sind. Ich bin Pater Blessings.«

Sie gaben sich die Hände.

Für einen Afrikaner war das kein ungewöhnlicher Name. Manche hießen Peace, andere Hope. Der leichte Akzent in der tiefen, melodischen Stimme passte auch dazu.

»Ich habe gehört, Sie waren als Entwicklungshelfer in Afrika«, fuhr Blessings fort. »Darf ich fragen, wo genau?«

»In Mombasa«, antwortete Lombardi.

Blessings nickte. »Ich stamme aus Lagos.«

»Sind Sie schon lange in Europa?«, wollte Lombardi wissen.

»Inzwischen sind es zehn Jahre. Nach dem Medizinstudium

engagierte ich mich in einem Forschungsprojekt mit europäischer Beteiligung. Als ich gerade im Begriff war, in ein Kloster nahe Lagos einzutreten, wurde Konstanz auf mich aufmerksam und holte mich hierher.«

»Ein Forschungsprojekt?«, hakte Lombardi nach.

»Eine Zusammenarbeit mit einem IT-Unternehmen, das auf Medizinprodukte spezialisiert ist. Ein Diagnosechip wird unter die Haut implantiert. Sie können die Daten mit dem Mobiltelefon auslesen.«

Die Diagnose-App, von der Amirpour gesprochen hatte.

»Das funktioniert?«, fragte Lombardi unschuldig.

»Sehr gut sogar. Hier hat fast jeder so einen Chip. Ich kann Ihnen auch einen geben. Es ist nur ein kleiner Stich.«

Lombardi wehrte ab. »Vielen Dank. Ich bin nicht so lange hier.«

Blessings zuckte mit den Schultern. »Wie Sie möchten.«

»Ist dieses Programm Teil der Kloster-App?«, bohrte Lombardi nach.

»Ja, warum?«

»Kann es sein, dass ich sie gestern versehentlich aktiviert habe?«

Blessings sah ihn fragend an. »Ausgeschlossen«, sagte er. »Nur ich habe die Freigabe dafür. Wie kommen Sie darauf?«

Lombardi suchte nach Zeichen von Nervosität, doch der Arzt sah ihm unschuldig in die Augen. Einen Moment lang hatte er geglaubt, Blessings könnte für die Fehlfunktion der App verantwortlich sein, aber es erschien ihm unwahrscheinlich.

»Ich habe etwas Seltsames auf meinem Display gesehen. Felder mit Zahlen und Wörter in einer Sprache, die ich nicht verstand.«

»Könnte es sich um *Yoruba* gehandelt haben?«

»Yoruba?«

»Es wird in Nigeria gesprochen. Das Diagnoseprogramm wurde speziell für den Einsatz in Lagos entwickelt. Wir wollten, dass es Angehörige alter Menschen verwenden können.«

»Ich weiß es nicht«, wich Lombardi aus, während er sich plötzlich sicher war, dass Amirpour recht gehabt hatte. Die unverständlichen Einblendungen waren in der afrikanischen Sprache Yoruba verfasst gewesen, deshalb hatte er sie nicht verstanden.

Blessings grinste und wischte all das mit einer Geste beiseite. »Ich glaube nicht, dass Sie versehentlich meine App aktiviert haben. Aber ich werde mit unseren Administratoren sprechen. Sind Sie darum gekommen? Oder haben Sie vielleicht Beschwerden?«

Lombardi war der Arzt sympathisch. Er beschloss, die Karten auf den Tisch zu legen. Shanti hatte sich das selbst eingebrockt, weil er nicht von Anfang an ehrlich gewesen war.

»Verzeihen Sie, dass ich so direkt bin«, begann er, »aber ich habe gerade mit dem Abt gesprochen. Ich weiß von Sébastien.«

Der Mönch sah ihn erstaunt an, dann wandte er nervös den Blick ab.

»Ich bin ein guter Freund von seinem Ziehvater, Alessandro Badalamenti«, erklärte Lombardi.

Blessings nickte. »Dann spricht es sich also bereits herum.«

»Von mir erfährt niemand etwas«, beteuerte Lombardi. »Wissen Sie, wie er gestorben ist?«

Blessings zuckte mit den Schultern. »Ich weiß nicht mehr als Sie.«

Lombardi musterte ihn. *Ich bin mir nicht sicher, ob ich das glaube.*

»Werden Sie sich den Toten ansehen?«, fragte er.

Blessings zögerte. »Ich untersuche lebende Menschen, Herr Bischof, nicht tote.«

»Das ist mir schon klar. Aber in diesem Fall ...«

»Shanti hat mich nicht darum gebeten.«

Lombardi seufzte. »Das ist wahrscheinlich auch klüger. Man sollte wirklich warten, bis die Polizei hier ist. Die werden alles genau untersuchen. Die Frage ist, wie lange die brauchen werden. Inzwischen muss alles dokumentiert werden. Ich bin sicher, Sie haben das längst getan.«

Blessings schwieg. Lombardi war alarmiert, ohne zu wissen, warum. »Es wird eine Untersuchung durch die Polizei geben. Das wird schwieriger sein, je mehr Zeit vergeht. Shanti weiß das, oder?«

»Mir ist das natürlich klar, Herr Bischof.«

Lombardi stutzte. Hieß das, es war dem Abt nicht klar? Lombardi wollte gerade nachfragen, als Blessings laut wurde.

»Was tun Sie eigentlich hier, Herr Bischof? Soviel ich weiß, hat der Abt alle außer den Mönchen gebeten, in ihren Zimmern zu bleiben.«

»Ich würde es auch tun«, hielt Lombardi dagegen, »wenn ich das Gefühl hätte, dass er mir reinen Wein einschenkt. Sie wissen genau, was ich meine, oder?«

Blessings biss die Zähne zusammen und schwieg.

»Ich will wissen, was vor sich geht«, beharrte Lombardi. »Entweder erfahre ich es von Ihnen, oder ich frage jemand anderen.«

Blessings kämpfte mit sich.

»Was ist nun? Sagen Sie mir die Wahrheit?«

»Ich verstehe auch nicht, warum er so reagiert«, antwortete der Mönch schließlich. »Eigentlich darf ich es Ihnen nicht zeigen. Shanti hat es mir verboten.«

Lombardi war überrascht. »Haben Sie sich die Leiche etwa doch angesehen?«

Blessings nickte. »Er darf nicht erfahren, dass ich es Ihnen gezeigt habe!«, betonte er. Dann führte er Lombardi in den hinteren Teil des Raums. Auf einem silbernen Schiebewagen stand neben einigen Skalpellen eine Schale aus hellem Metall. Darauf lag ein längliches, blutiges Etwas, ungefähr so lang wie ein kleiner Finger.

»Was ist das?«

»Das habe ich in einer Wunde auf Sébastiens Kopf gefunden. Ich habe eine Weile nachdenken müssen, bis ich verstanden habe, worum es sich handelt. Haben Sie in der Bibliothek die schweren Folianten gesehen? Die mit den dicken Ledereinbänden?«

Lombardi nickte.

»Manche davon haben Buchdeckel aus Holz mit Metallbeschlägen. Riegel, Schlösser und Ähnliches.«

»Und das ist so ein Metallbeschlag?«

»Genau. Die Frage ist: Wo ist das Buch dazu?«

Lombardi verstand, was das hieß. »Sie glauben, die Mordwaffe war ein Buch?«

»Genau das denke ich. Sébastien wurde mit einem Buch erschlagen, nachdem ihn jemand gekreuzigt hat.«

Lombardi schüttelte verzweifelt den Kopf. »Aber warum kreuzigt jemand einen Mönch?«

Schmerz verzerrte das Gesicht des Arztes. »Das kann ich Ihnen beim besten Willen nicht sagen.«

»Wussten Sie, dass er im Begriff war, eine neue Entdeckung zu publizieren?«

Blessings nickte. »Jeder kannte das Gerücht. Glauben Sie, dass er deshalb umgebracht wurde?« Seine Augen weiteten sich vor Schreck.

Lombardi widersprach nicht. »Manche hier scheinen nicht von dem Projekt zur Verständigung mit der Wissenschaft überzeugt zu sein.«

Noch vor Stunden hätte er das entschieden in Abrede gestellt. Aber seit er Sébastiens schrecklich zugerichtete Leiche gesehen hatte, wollte er nichts mehr ausschließen.

»Vielleicht könnten wir diese Frage beantworten, wenn wir wüssten, um welches Buch es sich gehandelt hat«, wandte er sich erneut an den Mönch.

Blessings schüttelte mutlos den Kopf. »Ich bin in die Bibliothek gegangen, aber dort fehlt kein Buch.«

»Gibt es hier im Kloster noch andere Bücher?«, erkundigte sich Lombardi.

»Nein«, sagte der Mönch ohne zu zögern. »Alle sind offen zugänglich. Das war die Idee von Konstanz.«

»Danke, Pater Blessings. Ich weiß das zu schätzen.«

Lombardi war bereits zur Tür hinaus, als Blessings hinter ihm noch etwas sagte.

»Herr Bischof? Bitte seien Sie vorsichtig.«

26

Der Diener stand ruhig da und lauschte. Alles war still, niemand war ihm gefolgt. Das war wichtig, denn er wollte nicht gestört werden, während er das fremde Zimmer durchsuchte.

Er hatte die anderen beobachtet und darauf gewartet, was passieren würde. Er war sicher gewesen, dass jemand die Spuren richtig lesen und ihn zur Rede stellen würde. Doch zu seiner Überraschung war nichts dergleichen passiert. Alle schienen nur verwirrt zu sein. Sie rätselten. Das war gut, es verschaffte ihm Zeit. Denn noch war nichts gelöst, im Gegenteil. Die Gefahr war immer noch präsent, und er musste auf der Hut sein.

Der Diener wandte sich dem Zimmer zu. Mit spitzen Fingern hob er Kleidungsstücke auf, öffnete Schubladen. Auf den ersten Blick schien nichts verdächtig, doch der Eindruck konnte täuschen.

Ein neues Problem war aufgetaucht. Es gab jemanden, der nicht ganz so ahnungslos war wie die anderen, einen Bischof. Er war in den Besitz von Sébastiens Arbeit gelangt, bevor er sie in Sicherheit hatte bringen können. Noch tappte der Mann im Dunkeln, aber wie lange das anhielt, wagte der Diener nicht zu sagen. Er hatte versucht, ihn einzuschüchtern, doch irgendwie hatte der Mann sich aus dem Geheimgang befreien können. Vielleicht war es einfach nur Glück, aber womöglich steckte auch mehr dahinter. Vielleicht bekam er Hilfe. Jedenfalls hatte er den Mann unterschätzt. Noch einmal durfte das nicht passieren.

Das Schlimmste war, dass der Mann gemeinsame Sache mit dem Feind machte. Deswegen war dem Diener ein Verdacht gekommen, den er nun überprüfen musste.

Im Badezimmer fand er, wonach er gesucht hatte. Dort lag ein

Halsband unter dem Spiegel. Er brauchte einen Moment, bis er das Motiv des Anhängers zuordnen konnte. Ein heidnisches Symbol.

Der Diener nickte. Der Versucher wählte immer die aus, deren Glaube schwach war. Er machte sie glauben, dass er nicht existierte. Auch dieser Bischof war schwach. Er wusste nicht, mit wem er sich verbündet hatte – dass sie eine Verräterin war, die ihn belog.

Der Diener wog das Halsband in seiner Hand. Ein Amulett, das einem afrikanischen Gott geweiht war, von einer alten, dunklen Religion, deren Lehre nur mündlich tradiert wurde.

Vielleicht wusste der Mann aber auch genau, worauf er sich einließ. Vielleicht war seine Bischofswürde nur Fassade. Er war gar kein richtiger Bischof. Der Gedanke gefiel dem Diener. Er musste diesen falschen Bischof im Auge behalten. Er durfte nicht zulassen, dass dieser das schreckliche Geheimnis enthüllte. Wenn die Zeichen sich weiter verdichteten, musste er handeln.

27

Bischof Lombardi erreichte die Bibliothek. Er hatte sich an etwas erinnert, und das wollte er unbedingt überprüfen. Vielleicht gab es einen ganz einfachen Weg, herauszufinden, wer Sébastien ermordet hatte.

Als er die Bücherregale sah, blieb er stehen. Blessings hatte beteuert, dass er die Bücher überprüft hätte, doch Lombardi wollte sichergehen. Er wandte sich den Buchrücken zu und versuchte sich zu erinnern, wie der Metallbeschlag ausgesehen hatte. Er konzentrierte sich auf die großen Folianten, die schwer genug waren, um die Verletzungen zu verursachen, die er an Sébastien gesehen hatte. Nach einer Weile erkannte er, dass der Mönch recht hatte: Keines dieser Bücher konnte die Mordwaffe sein. Eines von ihnen hätte beschädigt und blutverschmiert sein müssen. Und kein einziges Buch schien zu fehlen. Aber wenn Blessings recht hatte, woher stammte dann das Buch, mit dem Sébastien ermordet worden war?

Plötzlich sah Lombardi etwas im Augenwinkel. Als er sich umdrehte, erschrak er so sehr, dass er einen Schritt zurücksprang.

Pater Angelus stand so nahe bei ihm, dass Lombardi sich wunderte, warum er ihn nicht kommen gehört hatte. Der gebückte Mönch musste sich offenkundig anstrengen, um zu Lombardi aufzusehen. Sein Kopf zitterte, doch auf seinem pergamentenen Gesicht lag ein schwer zu deutendes Lächeln.

»Haben Sie mich erschreckt!« Lombardi lachte unsicher.

Angelus zeigte keine Reaktion, sondern sah ihn nur durchdringend an.

»Kann ich Ihnen helfen?«, fragte Lombardi, den dieser Blick irritierte. Irgendwo in diesen Augen war etwas sehr Lebendiges. Es leuchtete schwach unter hunderten Falten hervor.

Was will er von mir?, dachte Lombardi. Die Worte von Demetrios gingen ihm durch den Kopf. *Schrullig.* Wahrscheinlich hatte das hier nichts zu bedeuten.

Kaum hatte Lombardi den Gedanken zu Ende gedacht, wurde das Lächeln plötzlich tiefer, und die schlaffen Lider schlossen sich zu schmalen Schlitzen. Der Mönch wandte den Kopf und sah irgendetwas im Raum an. Lombardi konnte nicht sagen, was es war. Meinte er eines der Regale? Da sah der Alte den Bischof noch ein letztes Mal an, bevor er sich umdrehte und langsam wie eine Schildkröte davonschlurfte.

Lombardi war verwirrt.

Die Bücher. Er hat auf die Bücher gedeutet.

Wusste er, dass die Mordwaffe ein Buch gewesen war? Hatte er ihm das sagen wollen? Oder war es ein bestimmtes Buch gewesen, auf das er gedeutet hatte? Lombardi trat noch einmal an das Regal, das der Mönch angesehen hatte, und nahm einen der schweren Folianten in die Hand. Dieses Regal enthielt handgeschriebene Bibeln. Er löste einen Riegel aus Messing und klappte das Buch auf, was einigermaßen umständlich war, weil das Buch so schwer war. Der Text war in lateinischer Sprache verfasst und mit bunten Malereien verziert, doch es schien sich einfach nur um eine Bibel zu handeln. Er schloss den Riegel und stellte den Folianten ratlos wieder zurück. Er nahm noch weitere Bücher in die Hand, ohne etwas Verädchtiges zu entdecken.

Lombardi gab sich einen Ruck und ging weiter in den Leseraum, wo er die beiden Systemadministratoren kennengelernt hatte. Er musste unbedingt herausfinden, wer gestern Abend im Computerraum gewesen war.

28

Lombardi fand sie im Raum vor der Bibliothek, an zwei einander gegenüberliegenden Computern sitzend. Sie sprachen nicht, sondern waren ganz in ihre Monitore vertieft. Als sie Lombardi bemerkten, sprangen sie synchron auf.

»Herr Bischof«, sagte Petrus.

Lombardi erinnerte sich an die Worte des Abts. Die beiden wussten nichts von dem Mord. Er bemühte sich also um ein souveränes Lächeln. »Na, alles gut bei euch beiden?«

»Bestens, Herr Bischof«, antwortete Petrus und grinste schief wie ein Soldat, der sich bei seinem Vorgesetzten beliebt machen wollte.

»Ihr scheint das elektronische Monster ja gut im Griff zu haben. Ein ungewöhnliches Paar seid ihr beiden, wenn man das so sagen darf.«

Petrus nickte. »Ja, das sagen die Leute immer wieder.«

»Ihr scheint eine Menge Spaß zu haben. Oder täuscht das?«

»Gar nicht!«, erwiderte Petrus. »Ich dachte immer, ich müsste mich zwischen einem Leben als Mönch und meiner Leidenschaft für Computer entscheiden. Doch dann kam ich hierher und sah, dass ich beides haben kann.«

Lombardi bemerkte zufrieden, dass Petrus langsam auftaute. Die beiden hatten die Spuren des Mordes im Computerraum offenbar noch nicht bemerkt.

Er wandte sich an Pete. »Und was ist mit dir?«

Der Administrator lächelte verlegen und senkte den Blick.

»Sie zahlen gut«, erwiderte er mit leichtem amerikanischen Akzent. »Und so ein Supercomputer ist natürlich etwas Besonderes. Als wäre man Mechaniker für Autorennen. Das Arbeitsklima ist auch schwer okay.«

»Habt ihr auch mit Pater Sébastien zu tun? Ich habe gehört, dass er oft mit dem Computer arbeitet.«

Die beiden sahen einander an. Petrus antwortete. »Stimmt. Er macht dort seine Berechnungen.«

»Wisst ihr, was er berechnet?«, fragte Lombardi so beiläufig wie möglich.

Beide schüttelten den Kopf. »Er macht ein ziemliches Geheimnis daraus. Niemand weiß genau, woran er arbeitet, nicht einmal der Abt«, antwortete Pete.

»Er kennt sich mit dem Cluster sehr gut aus«, ergänzte Petrus. »Mindestens so gut wie wir beide. In letzter Zeit war er sehr oft im Computerraum, auch nachts. Als wollte er sehen, ob mit seinen Berechnungen alles in Ordnung ist.«

Lombardi wurde hellhörig. »Auch gestern?«

Die Frage schien den Mönch zu überraschen. »Ja. Es gab einen kleinen Defekt gestern Abend. Wir vermuteten ein lockeres Kabel. Einen Wackelkontakt. Nichts Schlimmes, aber zwei der Serverknoten waren hin und wieder offline.«

»Und diesen Schaden wollte er beheben? Gestern Abend?«

»Genau. Wir haben ihm gesagt, wir werden das erledigen, aber er wollte nicht bis zum nächsten Morgen warten.«

Lombardi blieb kurz die Luft weg. Als er in der Abtei eingetroffen war, war Sébastien also noch am Leben gewesen. Vermutlich war er in den Computerraum gegangen, als Lombardi mit Amirpour Wein getrunken hatte. Der Gedanke, dass er seinen Tod vielleicht hätte verhindern können, erschütterte den Bischof.

»Ich habe manchmal das Gefühl, dass er die Einsamkeit im Computerraum mag«, fuhr Petrus fort, der von Lombardis Erschütterung nichts mitbekommen hatte.

»So ähnlich wie Philipp unten in der Einsiedelei«, fügte Pete hinzu.

Lombardi versuchte, sich wieder zu konzentrieren. »Verstehen sich die beiden gut?«

Die Frage schien Petrus unangenehm zu sein. »Kann man so nicht sagen. Sie diskutieren immer wieder heftig.«

»Worüber?«

Petrus zögerte. »Sie haben unterschiedliche Zugänge«, sagte er dann. »Sébastien will sich mit den Naturwissenschaften versöhnen. Philipp glaubt nicht, dass das gelingen kann. Aber in ihrer Leidenschaft sind sie sich sehr ähnlich.«

»Sie sind also zerstritten«, stellte Lombardi fest. »Könnte man das so sagen?«

Er bemerkte, dass Petrus seinem Blick auswich. Lombardi fluchte innerlich. Überall Geheimnisse, niemand sagte ihm die Wahrheit. Er zwang sich zu einem Lächeln, bedankte sich bei den beiden und ging.

Als Lombardi die Bibliothek bereits verlassen hatte, lief Petrus ihm hinterher. »Bitte warten Sie!«

Lombardi blieb stehen und wartete, bis Petrus bei ihm war.

»Herr Bischof, der Abt will heute bei der Vesper eine Mitteilung machen. Wir glauben, dass etwas passiert ist. Wissen Sie etwas darüber?«

Die Vesper war das tägliche Abendgebet der Mönche. Lombardi war plötzlich aufgeregt. Konnte es sein, dass der Abt sie endlich über Sébastiens Tod informierte? Der Mönch sah ihn erwartungsvoll an. Lombardi log ungern, doch wenn es notwendig war, war er ein ausgezeichneter Lügner.

»Was soll passiert sein?«, spielte er den Ahnungslosen. »Geht es um den Sturm?«

Petrus wandte den Blick ab und biss sich auf die Lippe.

»Wann trefft ihr euch zur Vesper?«, bohrte Lombardi nach.

»In einer halben Stunde. Werden Sie auch kommen?«

Er hat nur die Mönche eingeladen. Nicht mich.

Lombardi formulierte in Gedanken ein Stoßgebet für die Naivität des Mönchs.

»Danke«, sagte er, »ich werde kommen.«

Er wollte gerade gehen, als er sah, dass der Administrator noch etwas sagen wollte. »Ja?«

»Warum fragen Sie nach Sébastien?«, flüsterte Petrus. »Ist etwas mit ihm?«

Lombardi schüttelte den Kopf. »Ich hätte ihn gern getroffen. Er ist der Ziehsohn meines besten Freundes. Aber man weicht mir aus.«

»Uns auch!«, sagte Petrus.

»Ach ja?«

Der Mönch nickte eifrig. »Gestern Abend«, erzählte er. »Ich hatte den Defekt eigentlich schon behoben.«

Lombardi wartete auf eine Erklärung. »Wusste Sébastien davon?«

Petrus nickte. Lombardi hatte ins Schwarze getroffen. »Warum sollte Sébastien dann in den Computerraum gehen?«

»Ich verstehe es auch nicht, Herr Bischof. Aber ich glaube, der Herr Abt weiß etwas.«

29

Auf dem Weg zur Kirche spürte Lombardi, wie das Telefon in seiner Tasche brummte. Er war gerade in dem Korridor mit den großen Ölbildern. Hier war er schon einmal vorbeigekommen, erinnerte er sich. Sein Telefon hatte ihm eine virtuelle Führung angeboten.

Lombardi blieb stehen und holte das Gerät aus der Tasche. Mit seinem Handy ging etwas vor sich. Nachrichten kamen und verschwanden ohne Vorwarnung, und auf dem Display sah er Dinge, die manchmal real waren, manchmal nicht. Er war sich nicht sicher, ob er wissen wollte, was nun schon wieder los war.

Abt Konstanz, teilte ihm das Gerät mit.

Lombardi war kurz verwirrt, dann glaubte er zu verstehen. Die Gemälde zeigten die Äbte von Saint Michel á la gorge. Sie waren alle recht ähnlich, klassisch und dunkel, in schweren Holzrahmen. Lauter ehrwürdige alte Männer, die stolz dieses Amt bekleidet hatten. Die Rahmen und die Leinwände schienen älter zu werden, je weiter sie von ihm entfernt waren. Konstanz war der letzte Abt vor Shanti gewesen, erinnerte sich Lombardi. Er drehte sich um und fand ein Porträtbild, auf dessen Messingplakette der Name *Konstanz* stand.

Lombardi musterte den Mönch, der dort saß. Ein alter Mann mit weißem Haar, der eine Ausstrahlung hatte, die den Betrachter sofort in seinen Bann zog. Die Männer auf den Gemälden weiter vorn im Gang waren zum Teil in prunkvolle Gewänder gekleidet. Dieser Mönch hier trug eine einfache Kutte, die an manchen Stellen fadenscheinig war. Selbst das war auf dem Bild zu erkennen. Sein Lächeln war bescheiden, doch in den Augen glänzte etwas, das Lombardi Respekt abverlangte. Dieses Lächeln wirkte seltsam vertraut. Er versuchte gerade zu verstehen, woher dieser Eindruck stammte, als sich plötzlich etwas Großes in seinem Augenwinkel bewegte. Er zuckte zusammen, als mit einem ohrenbetäubenden Krachen das schwere Porträtbild neben dem Gemälde von Konstanz zu Boden krachte.

Lombardi wich vor den Gemälden zurück und betrachtete ungläubig die Trümmer des herabgefallenen Bildes.

Ich bin nur wegen der Nachricht hier stehen geblieben!

Irritiert ging er weiter und schlich beklommen und mit größtmöglichem Abstand an den Porträts vorbei.

30

Lombardi war so mit dem beschäftigt, was ihm gerade passiert war, dass er Samira Amirpour nicht bemerkte, die ihm auf dem Weg zur Kirche entgegenkam.

»Bischof Lombardi, da sind Sie ja!«, platzte sie heraus. »Ich muss mit Ihnen reden.«

Sie deutete auf ihre Umhängetasche. Sébastiens codierte Datei – Amirpour hatte versucht, sie zu entschlüsseln. Das hatte er beinahe vergessen.

»Ist alles in Ordnung mit Ihnen?«, fragte die Physikerin. Der Schreck stand ihm offenbar noch ins Gesicht geschrieben.

»Ja, alles in Ordnung. Haben Sie Fortschritte gemacht, was die Datei angeht?«

Amirpour sah sich um, ob jemand in Hörweite war. »Kann sein, ich weiß es noch nicht. Konnten Sie telefonieren?«

Lombardi schüttelte den Kopf.

»Sie haben nirgends Empfang?« Sie stieß einen leisen Fluch aus. »Glauben Sie, dass es einen bestimmten Grund dafür gibt? Dass jemand das Mobilfunknetz sabotiert? Ist so etwas möglich?«

»Ich weiß es nicht. Aber man hat mir gesagt, dass ich in mein Zimmer gehen soll.«

»Das hat man mir auch gesagt.«

Sie standen einander gegenüber, und Amirpour schien seine Unruhe zu spüren. Er wollte schnell in die Kirche, bevor sie ohne ihn anfingen.

»Was haben Sie die ganze Zeit gemacht?«, wollte sie wissen. »Haben Sie bis jetzt ein Signal gesucht?«

Lombardi zögerte. Shanti wusste ja nicht, dass Amirpour ohnehin über Sébastien Bescheid wusste.

»Es tut mir leid«, wiegelte Lombardi trotzdem schnell ab. Er musste jetzt in die Kirche. »Ich bin in Eile. Ich erzähle es Ihnen später.«

»Wohin wollen Sie denn?«

»Der Abt macht eine Mitteilung«, begann er.

»Großartig!«, sagte sie. »Das bedeutet, wir erfahren gleich mehr, oder?«

»Ich ... es ist nur ...«

»Ja?«

Er wusste nicht, wie er es sagen sollte, ohne dass es seltsam klang.

»Ich kann Sie nicht mitnehmen«, platzte er heraus.

»Warum nicht?«, fragte sie staunend.

»Ein Stundengebet ... ich erkläre Ihnen später alles, in Ordnung?«

»Na dann«, sagte sie schnippisch, »sehen Sie zu, dass Sie nicht zu spät kommen!«

Sie machte auf der Stelle kehrt und stapfte steif davon.

Lombardi blieb stehen und sah ihr nach. Er verfluchte seine Unbeholfenheit.

Die Glocken läuteten, als Lombardi das düstere Hauptschiff der Abteikirche betrat. Obwohl es gerade erst früher Nachmittag war, drang kaum noch Licht in die Kirche. Lombardi dachte an die Wolken, die er vom Turm aus gesehen hatte, und ein mulmiges Gefühl überkam ihn. Waren sie etwa schon hier? So schnell?

Der Chor war beleuchtet. Hunderte Kerzen standen auf bronzenen Leuchtern. Die gotischen Ornamente warfen im warmen Schein der Flammen, die in der zugigen Luft flackerten, lange Schatten. Vor dem Altar standen Vasen mit Pfingstrosen und anderen Blumen aus dem Garten im Kreuzgang. Als er näher kam, konnte er das geschmolzene Wachs riechen. In der Vierung war eine stattliche Gruppe Mönche versammelt. Lombardis Hals wurde eng, und er musste unwillkürlich schlucken. Er hatte keinen Zweifel, was den Zweck der Feier anging. Dies war nicht einfach nur eine Vesper, es war eine Totenwache. Nun würden auch die anderen von Sébastiens Tod erfahren.

Irgendwo hinter ihm fiel die Kirchentür zu, und als das Glockengeläut verhallte, wurde es ruhig. In diesem Moment trat der Novize Weiwei hervor. Er trug ein gerahmtes Foto. Als er den Rahmen mit zitternden Händen an eine der Vasen lehnte und gebückt und schwerfällig wieder zurückging, erkannte Lombardi Sébastiens Gesichtszüge. Zugleich ging ein Raunen durch die Anwesenden.

Da entdeckte er Abt Shanti, der ein purpurnes Messgewand mit einer goldbestickten Stola trug, dem langen, prunkvollen Priesterschal. Shanti ging zum Altar und begann zu sprechen.

»Meine lieben Mitbrüder, bevor wir beten, habe ich die schwere Aufgabe, euch eine Mitteilung zu machen. Einige von euch haben schon gehört, was passiert ist. Pater Sébastien wurde gestern völlig unerwartet von uns genommen.«

Als die Worte verhallt waren, herrschte absolute Stille in der Kirche. Lombardi konnte sehen, dass viele es noch nicht gehört hatten. Sie drehten sich mit streckensstarren Gesichtern zueinander um. Lombardi bemerkte den Schmerz um ihn herum. Die Trauer der Mönche wühlte ihn auf, und er fühlte sich elend, wie ein Eindringling. Doch niemand schien Notiz von ihm zu nehmen. Er war ein Bischof, seine Anwesenheit wurde akzeptiert.

Die Worte von Blessings kamen ihm in den Sinn. *Seien Sie vorsichtig.*

»Diese Tatsache ist für uns alle schwer zu begreifen«, fuhr der Abt fort. »Ihr müsst mir glauben, dass ich ebenso erschüttert bin wie ihr. Und ich will euch nichts vormachen, es kommt noch schlimmer. Sébastien ist keines natürlichen Todes gestorben, er wurde gewaltsam aus unserer Mitte gerissen.«

Gemurmel schwoll an, ein Wehklagen war zu hören.

»Aber warum?«, rief jemand aus. Der Abt brachte ihn mit einer Geste zum Schweigen.

»Wir sind Menschen, wir stellen Fragen. Wir wollen einen Grund wissen. Auch wenn es noch so schwer ist für uns, wir werden uns gedulden müssen. Wir können nichts tun, als einander in unserer Trauer beizustehen. Ich verstehe, wenn einige von euch verunsichert oder sogar verängstigt sind, und bitte glaubt mir, wenn ich euch sage, dass es mir genauso geht. Es ist offensichtlich: Der Herr prüft uns in diesen Stunden. Wir dürfen dieses Ereignis als Zeichen betrachten. Wir sind der Gnade des Herrn ausgeliefert.«

Bei den letzten Worten war Shanti ganz leise geworden und hatte das Haupt gesenkt, als würde er zu sich selbst sprechen. Als er weitersprach, blickte er auf, und seine Stimme wurde laut, fast aggressiv.

»Wir müssen uns fragen, ob wir seine Gnade vielleicht überstrapaziert haben. Waren wir überheblich? Haben wir uns schuldig gemacht? Nur im Gebet können wir Christen Erlösung finden. Ich bitte euch daher, für Pater Sébastien zu beten.«

Lombardi lauschte gespannt. Der Abt musste irgendeinen Hinweis geben, wie man weiter vorgehen wollte. Nun hatte er alle geistlichen Bewohner des Klosters versammelt. Hier und jetzt musste er das weitere Prozedere mit ihnen besprechen, ihnen sagen, dass die Polizei informiert und auf dem Weg war. Doch der Abt fuhr im gleichen, leidenschaftlichen Ton fort.

»Ich weiß, eure Erschütterung ist groß. Ich bin ebenso erschüttert. Aber wir müssen stark sein. Nun müssen wir uns auf das Wesentliche besinnen, das mönchische Leben aufnehmen, so wie der heilige Benedikt es vorgelebt hat. Habt keine Angst! Mit Gottes Hilfe werden wir diese dunkle Zeit überstehen. Zeigen wir ihm, dass wir bei ihm sind. Er wird uns nicht abweisen, vertrauen wir darauf. Geben wir ihm ein Beispiel unseres Glaubens. Lasst uns also gemeinsam beten.«

Er senkte den Kopf. Es sah aus, als müsste er seine ganze Kraft zusammennehmen.

»Das, was geschehen ist, geht über unser Fassungsvermögen.

Unser Verstand kann es nicht begreifen, die Ratio versagt. Wir müssen uns nun ganz Gott zuwenden. Nur ihm können wir vertrauen, nur er kann uns retten.« Shantis Stimme verhallte.

»Und wenn das nicht genügt?«, fragte jemand in die Stille hinein. Alle drehten sich reflexartig nach dem Sprecher um. Es handelte sich um Pater Philipp.

»Was, wenn wir uns wirklich schuldig gemacht haben, wir alle?«, fuhr er fort. »Weil wir zu lange zugesehen haben?«

Shantis Gestalt krümmte sich, seine Augen funkelten. Seine Trauer hatte sich in Zorn verwandelt.

»Wem steht zu, das zu entscheiden?«, fragte er. »Etwa dir?«

Philipp ließ sich nicht aus der Ruhe bringen. »Sind die Zeichen nicht überdeutlich? Die Signale, dass wir uns verlaufen haben? Wir alle wissen, dass Konstanz ein Visionär war. Aber vielleicht waren seine Ideen zu kühn. Vielleicht wollte er etwas Unmögliches.«

»Welche Signale?«, rief Shanti. »Das war ein Mord!«

»Es war eine Sünde«, gab Philipp zurück. »Eine von vielen Sünden hier in diesen Mauern. Ich frage dich noch einmal, Bruder: Was willst du tun?«

Shanti hatte die Fäuste geballt und den Kopf eingezogen. Er sah aus, als wollte er auf Philipp losgehen. Dann warf er seine Stola zu Boden und stürmte mitten durch die versammelte Gruppe zum Ausgang.

Lombardi sah sich unauffällig um. Es fiel ihm schwer, aus den Gesichtern etwas herauszulesen. Ihre Züge waren wie in Entsetzen erstarrt. Man tuschelte. Niemand wusste, was nun passieren sollte. Nur der alte Angelus sah irgendwie zufrieden aus, so, als hätte er längst gewusst, was der Abt sagen würde. Als hätte er dieses Streitgespräch vorhergesehen.

In diesem Moment hörte Lombardi, wie Shanti die Tür der Kirche öffnete. Zugleich spürte er einen Luftzug im Gesicht, und alle Kerzen erloschen auf einmal.

31

Alle hielten die Luft an, das Tuscheln war verschwunden. Nur der Wind war zu hören. Das Pfeifen und Sausen war wieder da. Es war Lombardi beim Eintreten nicht aufgefallen. Oder hatte es erst während der Messe begonnen? War der Sturm in ebenjenem Moment zurückgekommen, als Philipp seine Anschuldigungen aussprach, und hatte die Kerzen gelöscht?

Lombardi drängte den Gedanken beiseite. Shanti hatte die Tür geöffnet. Er hatte den Luftzug ausgelöst, das war alles.

Doch etwas in ihm ließ sich nicht so leicht beruhigen. Den Mönchen ging es ebenso. Mit eingezogenen Köpfen standen sie da. Nur Philipp schien entspannt und trug sein Haupt hoch erhoben. Lombardi glaubte sogar, den Ansatz eines Lächelns auf seinem Gesicht zu sehen. Philipp trat vor an den Altar.

Da blieb Lombardis Blick an Pater Demetrios hängen. Auch dessen zusammengekniffene Augen passten nicht zu der echten Erschütterung, die die anderen erfüllte. Ihre Blicke trafen sich. Kurz riss der Mönch die Augen auf, dann wandte er sich ab, als wäre er ertappt worden, und eilte aus der Kirche. Nach kurzem Zögern folgte Lombardi ihm, während Philipp vor dem Altar die Hände ausbreitete und mit der Vesper begann.

Lombardi entdeckte Demetrios, als er gerade um eine Ecke bog. Der Cellerar legte ein enormes Tempo an den Tag, als wollte er Lombardi abschütteln. Sie erreichten den Wohntrakt, und als Demetrios sich einer Tür näherte, sprach Lombardi ihn an. »Pater! Bitte, auf ein Wort!«

»Was denn?«, fuhr der Mönch ihn an.

»Ich frage mich, was nun passiert. Haben Sie mit dem Abt gesprochen? Was wird jetzt unternommen?«

Demetrios rang sich ein Lächeln ab. »Alles, was nötig ist, Herr Bischof. Machen Sie sich keine Sorgen.«

»Davon gehe ich aus. Wir müssen die Behörden unterstützen, so gut wir können. Bis die Polizei alles untersuchen kann.«

Dafür erntete Lombardi einen finsteren Blick, der ihn alarmierte.

»Ihnen ist klar, dass wir nicht wissen, warum Sébastien gestorben ist! Das muss geklärt werden! Wir können nicht ausschließen ...«

»Was tun Sie eigentlich hier? Gehen Sie auf Ihr Zimmer, wie man es Ihnen befohlen hat.« Demetrios kehrte ihm den Rücken zu, öffnete die Tür vor ihm und verschwand.

Lombardi war wütend, als er zurück zu seinem Zimmer ging.

Was ich hier tue? Ich versuche zu verstehen, was geschieht!

Ihm wurde schmerzhaft bewusst, dass er niemandem mehr vertrauen konnte. Er hatte Amirpour abgewimmelt, und das bereute er zutiefst. Sie war die vernünftigste Person, die er hier getroffen hatte. Es war traurig, das zugeben zu müssen.

Ich bin aus dem Vatikan geflüchtet, und jetzt ist der einzige Mensch, dem ich vertraue, eine Naturwissenschaftlerin.

Er fühlte sich sehr allein.

Als er kurze Zeit später an ihre Tür klopfte, dauerte es einige Sekunden, bis sie ihn hereinbat. Als hätte sie überlegen müssen, ob sie überhaupt antworten wollte.

Bevor er eintrat, drehte er sich noch einmal um.

Er starrte den leeren Korridor hinab. Niemand war hier. Kurz hatte er geglaubt, ein Geräusch gehört zu haben.

32

»Frau Amirpour, es tut mir so leid wegen vorhin«, sagte er, während er die Tür hinter sich schloss. »Ich muss Ihnen unbedingt erzählen, was ich herausgefunden habe.«

Amirpour saß am kleinen Tisch des Zimmers, hatte die Beine übereinandergeschlagen und las ein Buch. Sie ließ sich nicht anmerken, was sie davon hielt.

»Erzählen Sie mir, was Sie möchten«, sagte sie scheinbar beiläufig.

Lombardi berichtete alles, die seltsame Begegnung mit Philipp, das Gespräch mit dem Abt, die Unterhaltungen mit Blessings und den Systemadministratoren und die bizarre Totenmesse, die in ein seltsames Kräftemessen der Mönche ausgeartet war.

»Ich glaube, dass Abt Shanti unter Druck steht«, stellte Lombardi abschließend fest. »Ich bin mir nicht sicher, was er wirklich denkt.«

»Das Projekt hat also Gegner unter den Mönchen«, rekapitulierte Amirpour. »Eigentlich wundert es mich nicht.«

»Ihnen hat er immer noch nichts von Sébastiens Tod gesagt?«, vergewisserte sich Lombardi.

Amirpour verneinte. »Ich muss Ihnen auch etwas berichten«, ergänzte sie.

Sie schlug ihr Buch zu, ohne ein Lesezeichen einzulegen. Sie hatte wohl nicht wirklich gelesen. »Haben Sie irgendeine Vorstellung davon, wie schwer es war, niemandem etwas davon sagen zu dürfen? Es hat mich fast verrückt gemacht!«

Lombardi lachte vor Erleichterung, als er sah, wie fahrig sie war, als sie ihre Umhängetasche aufhob. Sie schien vor Aufregung fast zu platzen.

»Haben Sie das File etwa entschlüsseln können?«, fragte er ungläubig.

»Das nicht«, sagte sie. »Es ist besser, ich zeige es Ihnen. Kommen Sie mit!« Amirpour stand auf und führte Lombardi aus ihrem Zimmer in die dunklen Korridore der Abtei.

Erst nach einer Weile dämmerte Lombardi, wohin sie gingen. »Doch nicht etwa in den Computerraum?«

Amirpour lächelte geheimnisvoll. »Ich habe Ihnen auch etwas zu erzählen, das eigentlich geheim ist.«

»Was ist geheim?«, fragte Lombardi.

»Ich habe Ihnen erklärt, dass ich hier auf dem Supercomputer meine Berechnungen durchführe. Nun, das war nicht die ganze Wahrheit. Eigentlich bin ich wegen etwas anderem hier. Und eigentlich habe ich meinen Forscherkollegen hoch und heilig versprochen, nicht darüber zu sprechen.«

Amirpour erreichte die Luftschleuse und gab den Code ein. Die Schleuse öffnete sich, und Lombardi folgte ihr ins Innere.

Sie durchquerten den Raum und hielten auf eine kleine Tür zu. Ein weiteres Tastenfeld verlangte einen neuen Code, dann schwang die Tür auf, und dahinter ging automatisch Licht an. Drei ausgetretene Steinstufen führten nach unten in einen winzigen Raum, der etwas von einem Weinkeller hatte, abgesehen von einer Klimaanlage unter der Decke und einem Gerät in der Mitte des Raums, das aussah wie aus einem Science-Fiction-Film. Lombardi entdeckte eine turmförmige Anordnung von golden schimmernden Apparaturen, in die etwa zwanzig gläsernen Kugeln integriert waren. Auf einem Tisch daneben waren verschiedene Laser, Linsen und Glasprismen fixiert. Er glaubte sich an etwas zu erinnern, das Amirpour gesagt hatte. »Warten Sie ... Sind das nicht diese gläsernen Fußbälle, die Sie erwähnt haben? Vakuumkammern?«

»Sehr richtig, Herr Bischof. Gut aufgepasst. Es sind Glaskugeln, aus denen wir die Luft entfernt haben.«

»Sie führen hier Experimente durch?«, fragte er verblüfft.

Amirpour strahlte übers ganze Gesicht. »Kein Experiment. Das, Bischof Lombardi, ist ein Quantencomputer.«

33

Alessandro Badalamenti saß auf einem alten Holzstuhl in einem langen Flur eines der Verwaltungsgebäudes im Vatikan. Hier war die Präfektur untergebracht, die für die Wirtschaftsangelegenheiten des Kirchenstaats verantwortlich zeichnete. Seine Ferse klopfte einen leisen, schnellen Rhythmus auf den Parkettboden, ohne dass er Notiz davon nahm. Von Zeit zu Zeit brummte das Telefon in seiner Tasche. Sein Sekretär versuchte immer verzweifelter, ihn zu erreichen, obwohl er klargemacht hatte, dass er nicht gestört werden wollte. Badalamenti nahm es kaum wahr. Heute mussten seine Angestellten die Dinge zur Abwechslung ohne ihn regeln.

Vor ihm hing ein übergroßes Gemälde, das Jesus in einem strahlend weißen Gewand zeigte, wie er auf einem Berggipfel über seinen Jüngern schwebte – ein Ereignis, das in der Bibel die *Verklärung* genannt wurde. Es handelte sich um eine Kopie eines berühmten Bildes des Renaissance-Malers Raffael. Ein Bild von außergewöhnlicher Intensität, nahm er am Rande wahr. Der Vatikan war ein riesiges Museum, und man stieß überall auf Schätze, wenn man die Augen offen hielt. Dieses hier war ihm noch nie aufgefallen, und normalerweise hätte er sich Zeit genommen, den Moment zu genießen und es auf sich wirken zu lassen, sich in den Details zu verlieren. Doch heute konnte er nicht hinsehen. Das Bild ging ihm auf eine Weise nahe, die er noch nie erlebt hatte. Das ging so weit, dass er einen Anflug von Angst verspürte. Diese Empfindsamkeit war gekommen, als er heute Morgen wieder versucht hatte, Sébastien anzurufen. Er wusste, dass Lombardi inzwischen sein Ziel erreicht haben musste, doch auch dessen Telefon war tot. Schließlich hatte er in einem Dorf nahe des Klosters angerufen und erfahren, dass dieses bei einem Sturm beschädigt worden und jeder Kontakt unterbrochen war. Seither war er tief erschüttert.

Sébastien. Hoffentlich geht es dir gut.

Schlechtes Gewissen lag wie ein tonnenschweres Gewicht auf seinen Schultern. Er selbst hatte großen Anteil daran, dass Sébastien in die Abtei Saint Michel gegangen war. Er hatte ihn aufwachsen sehen und dabei beobachten können, wie aus dem fußballbegeisterten Knirps ein Suchender geworden war. Es war normal, dass junge Menschen den Glauben ihrer Eltern hinterfragten, aber bei Sébastien hatte diese Beschäftigung eine völlig andere Dimension bekommen. Er hatte sich in die Wissenschaft gestürzt, mit der felsenfesten Überzeugung, dort Antworten auf seine Fragen zu finden. Badalamenti hatte es geschmerzt, als der junge Mann aufgehört hatte, das Gespräch mit ihm zu suchen. Als Kind hatte er ihn mit Fragen gelöchert. Dann hatte er sich irgendwann selbst auf die Suche gemacht. Er hatte verstanden, dass der alte Badalamenti ihm dabei nicht mehr helfen konnte.

Er war gerade einmal dreizehn gewesen!

Badalamenti hatte seine Entwicklung mit zunehmender Sorge beobachtet. Sébastien schien Antworten auf seine Fragen erzwingen zu wollen. Der junge Mann sah, dass viele Menschen glaubten, sich zwischen dem Verständnis der Natur und dem Glauben entscheiden zu müssen, und das ließ ihm keine Ruhe. Er verstand nicht, wie es dazu kam, sondern nur, dass diese Entwicklung eine Bedrohung darstellte. Dass es keine Lösung gab, wollte er nicht akzeptieren. Doch seine Suche war ein Tanz auf der Rasierklinge.

Einmal fasste Badalamenti sich ein Herz und riss den Kleinen von seinen Büchern los.

»Du wirst Gott dort nicht finden«, hatte er gesagt. »Es gibt Dinge, die wir einfach glauben müssen.«

Aber seine Worte blieben wirkungslos.

»Ich werde zeigen, dass das nicht stimmt«, hatte Sébastien fröhlich erklärt.

Dann kam eine dunkle Zeit. Sébastien arbeitete am Kernforschungszentrum CERN. Er war überzeugt, dass Gott ebenso real war wie die Dinge, die wir sehen und anfassen konnten. Daraus folgerte er, dass man sich ihm mit rationalen Mitteln nähern konnte wie der Natur. Er wurde also Physiker, doch obwohl alle ihn aufgrund seiner fachlichen Kompetenz respektierten, ja sogar bewunderten, hatte er nie das Gefühl, dass sie ihn wirklich verstanden. Niemand teilte seine Vision. Damals hatte Badalamenti ihm vorgeschlagen, Konstanz in der Abtei Saint Michel à la gorge zu besuchen. Er hatte die Hoffnung, dass Sébastien dort das Verständnis finden würde, das er suchte. Und die Rechnung war aufgegangen. Zumindest hatte es bis vor wenigen Wochen so ausgesehen.

Badalamenti musste an sein letztes Telefongespräch mit Sébastien denken. An den Verfolgungswahn, der womöglich keiner gewesen war. Sein Ziehsohn hatte neue Ergebnisse präsentieren wollen. So aufgeregt hatte er ihn noch nie erlebt. Doch warum ging er unmittelbar davor auf Tauchstation?

Vielleicht hatte er Sébastiens Befürchtungen zu wenig ernst genommen. Aber er hatte einfach nicht glauben können, was sein Ziehsohn da angedeutet hatte.

Hätte er Lombardi mehr erzählen sollen?

Das, was er aus dem Dorf gehört hatte, ging ihm nicht mehr aus dem Kopf. Angeblich war die Engelsstatue herabgestürzt. Badalamenti vermutete, dass es auf den Sturm zurückzuführen war, und dennoch konnte er nicht aufhören, darüber nachzudenken.

Sébastien. Was hast du getan? Hast du die Mächte des Himmels gegen dich aufgebracht?

Hinter ihm ging die Tür auf. Ein Priester sprach ihn an, Kardinal Turilli habe nun Zeit für ihn. Turilli, mit dem ihn eine tiefe Freundschaft verband, seit der Kardinal noch einfacher Priester im Vatikan und Badalamenti sein Ministrant gewesen war. Später hatten Turillis Kontakte unter katholischen Industriellen seinen Aufstieg als Unternehmer ermöglicht. Der Geistliche würde unangenehme Fragen stellen. Warum er nicht schon viel früher den Vatikan informiert hatte. Und Badalamenti wusste nicht, was er ihm antworten würde.

Der Kardinal erhob sich von seinem riesigen Schreibtisch. Hinter ihm schien die Sonne durch das Fenster, und der Kirchenmann war nur eine dunkle Silhouette vor dem Licht. Als Badalamenti näher kam, sah er, dass das Gesicht des Kardinals von Sorgenfalten gezeichnet war. Kardinal Turilli umrundete seinen Tisch, um Badalamenti die Hand zu geben, bevor er mit einer Geste auf einen der stoffbezogenen Holzsessel deutete und sich selbst wieder hinter seinen Schreibtisch setzte.

»Alessandro«, begann Turilli. »Was bedrückt dich?«

»Eminenz. Alter Freund. Ich muss dir ein Geständnis machen.«

34

Lombardis Gedanken rotierten, als er zusah, wie Amirpour einen Schreibtischstuhl heranzog und sich an einen Tisch neben der Anlage setzte, auf dem ein Monitor, eine Tastatur und eine Computermaus standen.

Ein *Quantencomputer* – den Begriff hatte er schon einmal gehört. An Details konnte er sich nicht erinnern, allerdings war von einem theoretischen Konzept die Rede gewesen, nicht von einer realen Anlage.

»Ich dachte, so etwas gibt es nicht. Das ist Zukunftsmusik.«

Amirpour sah verwundert zu ihm hoch. »Lesen Sie keine Zeitungen?«

Plötzlich glaubte er sich zu erinnern. »Sie meinen die Sache mit Google, nicht wahr?«

»Richtig. Google ging mit der Meldung an die Öffentlichkeit, sie hätten einen funktionierenden Quantencomputer gebaut. Uns, die wir in dem Bereich arbeiten, kostete das eher ein müdes Lächeln.«

»Warum?«

»Die Sache war eher ein technisch aufwändiger PR-Gag. Ja, sie haben etwas gebaut, das technisch als Quantencomputer durchgeht. Und ja, es kann schneller rechnen als jeder andere Computer auf der Welt.«

Lombardi war verblüfft, mit welcher Beiläufigkeit sie das sagte. »Schneller als *jeder* andere Computer, sagen Sie?«

»Ja, das ist die Idee von Quantencomputern. Das Problem ist nur, dass die Maschine genau für eine bestimmte Aufgabe gebaut wurde. Für eine äußerst theoretische, schwer zu erklärende Aufgabe, die keinerlei Nutzen bringt und nur den Zweck hat, von eben jener Google-Maschine schnell gelöst werden zu können. Das wäre so, als würden Sie eine Bischof-Lombardi-Doppelgänger-Weltmeisterschaft ausrufen. Wer würde die wohl gewinnen?«

Lombardi musste lachen. »Ich, vermutlich. Sie sagen also, die Maschine ist wertlos?«

Amirpour verzog das Gesicht. »Nein, natürlich nicht. Was Google gezeigt hat, war eine Eigenschaft, die *Quantum Supremacy* genannt wird. Es beweist, dass Quantencomputer wirklich völlig anders funktionieren als herkömmliche Computer, egal welcher Größe. Und dass sie deutlich leistungsfähiger sein können.«

»Ich verstehe immer noch rein gar nichts«, gestand Lombardi.

Amirpour lächelte verschwörerisch. »Die Idee trat erstmals in den Sechzigern auf. Größere Aufmerksamkeit erlangte sie erst in den Achtzigern, als ein gewisser Richard Feynman einen Vortrag darüber hielt.«

»Der Schlösserknacker.«

»Sie haben es erfasst! Eigentlich ging es in dem Vortrag gar nicht primär um Computer. Er machte darauf aufmerksam, dass bestimmte physikalische Probleme so komplex sind, dass ein herkömmlicher Computer sie nie simulieren könne. Quantenmechanische Systeme enthalten einfach viel mehr Informationen als die Welt unseres Alltags. Wir können das Verhalten solcher Systeme nie wirklich erklären.«

Lombardi rieb sich die Stirn. Er hatte immer noch Mühe, ihr zu folgen.

»Der revolutionäre Schritt bestand darin, den Spieß umzudrehen«, fuhr Amirpour fort. »Wenn Quantensysteme wirklich so viel komplexer sind, warum nutzen wir sie nicht, um mit ihrer Hilfe unsere alltägliche Welt zu simulieren?«

Da hob Lombardi resigniert die Hände. »Erklären Sie es so, dass ich es verstehe. Wie ist es möglich, dass Quantensysteme komplexer sind? Wie kann ich mir das vorstellen? Was verstehen Sie überhaupt unter einem Quantensystem?«

Amirpour hielt kurz inne, dann senkte sie spitzbübisch die Augenlider. »Haben Sie sich je gefragt, was mit Dingen passiert, wenn Sie nicht hinsehen?«

Lombardi dachte nach. »Als Kind. Ich dachte, sie könnten vielleicht verschwinden, wenn ich mir die Augen zuhalte. Doch natürlich sind sie auch da, wenn ich nicht hinsehe.«

»Genau, so lernen wir es als Kinder. Die Dinge existieren, unabhängig davon, ob wir sie sehen oder nicht. Nur gilt das nicht immer, wenn wir sehr kleine, sehr kalte und sehr gut von der Außenwelt abgeschirmte Objekte betrachten. Zum Beispiel die Atome in diesen Vakuumkammern. Die Objekte unseres Alltags sind in ständigem Austausch mit uns, ob wir nun hinsehen oder nicht. Sie sind warm, senden also Infrarotstrahlung aus. Sie brechen Schallwellen, die auf sie treffen, und das können wir hören. Kurz: Große Objekte sind nie völlig unbeobachtet. Sehr kleine Objekte können aber so abgeschirmt werden, dass sie für sehr kurze Momente völlig isoliert sind.«

»Sie haben doch gerade gesagt, das ist nicht möglich!«

»Doch, ist es, wenn die Wechselwirkung mit der Umgebung sehr, sehr klein wird. Jede Wechselwirkung zwischen Objekten ist *quantisiert*. Wenn Sie ein Objekt etwa sehr gut gegen Licht abschirmen, dringen irgendwann nur noch einzelne Photonen zu ihm durch. Was passiert in der Zwischenzeit? Während gerade kein Photon auftrifft?«

»Sagen Sie es mir.«

»Etwas völlig Neues. Und dieses Verhalten beschreibt die Quantenphysik.«

Lombardi dachte einen Moment nach, bevor er nickte. Dieser Aspekt war ihm neu. In der Alltagswelt, die er so gut zu kennen glaubte, gab es winzige Lücken, die er übersehen hatte.

»In Ordnung«, sagte er. »Und was hat das mit dieser Maschine hier zu tun?«

»Ein Objekt, das in keinerlei Austausch mit seiner Umgebung

steht – etwa die sehr kalten Atome in diesen Vakuumkammern –, hat gewisse Freiheiten. Es legt sich nicht sofort fest.«

Lombardi schüttelte den Kopf. »Konkreter, bitte.«

»Sie kennen doch sicher das Gedankenexperiment mit Schrödingers Katze, nicht wahr?«

»Ja, die Katze ist zugleich lebendig und tot. Ich habe es nie verstanden.«

Amirpour lachte. »Das glaube ich Ihnen. Es spricht für Sie. Eine Katze in einer Kiste ist ja etwas sehr Großes. Sie können von außen hören, ob die Katze miaut. Selbst ihre Körperwärme könnten Sie von außen nachweisen. Ein Lebewesen von der Größe einer Katze ließe sich nie so gut abschirmen wie ein einzelnes Atom. So wissen Sie natürlich immer, ob die Katze lebt. Schrödingers Katze ist leider ein ganz schreckliches Beispiel.«

Lombardi dachte nach. »Sie meinen, die Katze ist nicht gut genug von der Außenwelt abgeschirmt?«

»Genau das meine ich.«

»Und wenn sie es wäre?«

»Gut abgeschirmte Dinge entscheiden sich nicht sofort, wie sie sich verhalten. Sie lassen sich mehrere Optionen offen.«

Lombardi stutzte. »Ist das Ihr Ernst?«

»Mein voller Ernst. Erst wenn ich genauer hinsehe, legen sie sich fest. Überlegen Sie, was das für meinen Quantencomputer hier bedeutet!«

»Sagen Sie es mir«, bat Lombardi, dem zunehmend schwindlig wurde.

»Ein Quantencomputer kann mehrere Programmierungen gleichzeitig haben. Er kann eine Vielzahl von Möglichkeiten in einem einzigen Rechengang erledigen. Und das ist der Grund, warum Quantencomputer so viel schneller sind.«

Schweigend ließ Lombardi die neuen Informationen sacken. Objekte in Glaskugeln, die vor neugierigen Blicken abgeschirmt waren. Die darin geheime, nie beobachtete Tänze aufführten. Und die fremdgingen, mit mehreren verschiedenen Wirklichkeiten flirteten, bevor man sie dazu zwang, sich festzulegen. Er bekam langsam ein Bild von der Sache.

»Nur eines verstehe ich nicht: Was tun wir hier? Sie sagten, der Quantencomputer von Google ist ein PR-Gag. Er hat keinen praktischen Nutzen.«

Amirpour grinste breit. »Ich sprach von Googles Quantencomputer, nicht von diesem hier.«

Lombardi begann zu verstehen. »Und was kann dieser Computer?«

»Wissen Sie, wie das Konzept des Verschlüsselns funktioniert?«, fragte Amirpour.

Lombardi war von dem Themenwechsel überrumpelt. Er musste kurz nachdenken. »Man will eine Nachricht unleserlich machen?«

»Fast. Was man will, ist, mit *wenig* Aufwand eine Nachricht so zu verändern, dass sie nur mit *großem* Aufwand lesbar gemacht werden kann. Es sei denn, man hat den Schlüssel. Jede Verschlüsselung lässt sich knacken, es ist nur eine Frage der Rechenleistung.«

Lombardi dämmerte, worauf sie hinauswollte.

»Sie wollen den Quantencomputer benutzen, um die Verschlüsselung der Datei auf Sébastiens Rechner zu knacken?«, fragte er ungläubig.

»Falsch, Herr Bischof. Ich *habe* es bereits getan. Preisfrage: Worauf basieren einige der wichtigsten Verschlüsselungsverfahren?«

»Keine Ahnung«, antwortete er wahrheitsgemäß.

»Zwei sehr große Zahlen werden miteinander multipliziert. Zahlen, die teilweise aus vielen tausend Ziffern bestehen. Wenn man die beiden Zahlen kennt, kann man die Nachricht lesen. Aber man kennt nur das *Produkt* der beiden Zahlen, und die Zerlegung ist enorm aufwändig. Wissen Sie, welches eines der ersten Programme für Quantencomputer war?«

»Ich habe nicht den blassesten Schimmer.«

»Die Zerlegung großer Produktzahlen. Verstehen Sie? Quantencomputer sind wie geschaffen dafür, Codes zu knacken.«

Lombardi war verblüfft. »Klingt irgendwie gefährlich.«

»Können Sie laut sagen«, bestätigte Amirpour verschwörerisch. »Kryptologen in aller Welt arbeiten fieberhaft daran, die gängigen Verschlüsselungsverfahren zu reparieren, es gibt globale Ausschreibungen, aber all das ist erst in Entwicklung.«

»Und jetzt sagen Sie bloß, das hier ist so ein Quantencomputer?«

Amirpour sah ihn triumphierend an. »Ich führe noch einige Tests durch, aber im Prinzip funktioniert alles.«

»Aber ...« Lombardi stockte. »Wie ist es möglich, dass wir hier eine solche Maschine haben, während Google nur einen Computer für eine nutzlose Aufgabe bauen konnte?«

»Machen Sie Witze?«, fragte Amirpour beleidigt. »Wir haben in Innsbruck zig Jahre Erfahrung mit dem Zeug! Google investiert viel Geld, aber dieses Knowhow können Sie nicht kaufen.«

»Na dann, legen Sie los! Ich will wissen, was in der verschlüsselten Datei ist.«

Ihre Finger flogen wie wild über die Tasten. »Ich habe die Berechnung gestartet, während Sie unterwegs waren. Der Raum war dabei natürlich luftdicht verschlossen und abgedunkelt. Dieser Prozess ist inzwischen abgeschlossen. Es handelt sich um eine Reihe von Messungen, die äußerst präzise durchgeführt werden müssen. Ich muss überprüfen, ob alles geklappt hat.«

»Und mit dem Supercomputer nebenan wäre das nicht möglich gewesen?«

»Doch, natürlich. Aber es hätte Jahre gedauert.«

Lombardi verkniff sich weitere Fragen und ließ sie tippen. Plötzlich fesselte etwas auf dem Monitor ihre Aufmerksamkeit, und sie verstummte.

»Was ist los?«, fragte Lombardi, der nur etwas auf ihrem Bildschirm blinken sah.

Sie antwortete nicht, sondern griff in ihre Umhängetasche und holte Sébastiens Laptop hervor. Sie klappte ihn auf, wartete, bis das Display zum Leben erwachte, und tippte eine komplizierte Zeichenfolge ein. Lombardi konnte ihren Gesichtsausdruck nicht deuten. Er kam zu dem Schluss, dass es nicht funktioniert hatte. Doch da begannen ihre Augen zu leuchten.

»Herr Bischof«, sagte sie, »wir sind drin.«

35

Lombardi hatte Mühe, sich auf das kleine Video auf dem Monitor zu konzentrieren. Aber er erkannte, dass dies definitiv das Gesicht von Sébastien war. Er war zu einem ausgesprochen gutaussehenden jungen Mann herangewachsen, aber die Augen waren immer noch die des Kindes, das Lombardi in Badalamentis Garten Fußball hatte spielen sehen. Der Gedanke an das malträtierte Gesicht der Leiche zerriss ihm das Herz.

Die verschlüsselte Datei war ein Zip-File gewesen, das neben einigen Pdf-Dokumenten dieses Video enthalten hatte.

Sébastien trug seine Benediktinerkutte, eine Haarsträhne hing ihm über die Stirn. Er hatte offenbar nicht in den Spiegel gesehen, bevor er diese Aufnahme gestartet hatte. Es schien ihm egal zu sein. Überhaupt wirkte er sehr gelassen. Nichts deutete darauf hin, dass ihm etwas zustoßen könnte.

Als er zu sprechen begann, hielt Lombardi den Atem an.

»Ich habe eine Ankündigung von großer Wichtigkeit zu machen. Was ich gleich berichten werde, wird für viele erschütternd sein. Ich möchte betonen, dass das nicht meine Absicht ist. Aber ich kann nicht mehr schweigen.

Mein ganzes Leben lang suche ich schon nach Gott. Mir wurde immer gesagt, dass diese Suche nie ein Ende finden wird, dass wir die Natur Gottes nie ganz fassen können. Aber ich kann inzwischen zeigen, dass das nicht stimmt. Ich habe etwas gefunden, von dem alle erfahren müssen. Jeder muss wissen, dass die Suche beendet ist.

Ich werde diese Entdeckung also mit der Welt teilen. Jeder mag selbst entscheiden, wie er damit umgehen will. In diesem Moment wird auf einem Server ein Datenpaket zum Download freigegeben.«

Lombardi schluckte. Sébastien hatte diese Nachricht offenbar nur Stunden vor seinem Tod aufgenommen.

»Das Datenpaket wird automatisch an alle wichtigen Universitäten und Nachrichtenredaktionen der Welt verschickt. Sehen Sie es sich an. Denken Sie darüber nach, sprechen Sie mit Ihren Liebsten. Und machen Sie sich bereit für die Veränderung, die auch Ihr Leben erfassen wird. Die Trennung zwischen unterschiedlichen Formen der Wahrheit, zwischen wissenschaftlicher Realität und der Glaubenswelt der Religionen, existiert nicht mehr. Die Lehrstühle des Glaubens und des Wissens werden in sich zusammenstürzen, und es wird nur noch eine Wahrheit geben. Das hier betrifft nicht nur die christliche Welt. Auch Juden, Muslime und Hindus werden die Augen öffnen. Niemand wird mehr kämpfen müssen, weil alle sehen werden, was wahr ist.«

Sébastien machte eine Pause. Er schien ganz in Gedanken versunken zu sein, fast, als würde er tagträumen.

»Ich weiß, dass manche von euch voller Zorn sein werden. Ihr wolltet diesen Krieg, den ihr nicht begonnen habt, unbedingt gewinnen. Die Religion sollte über die Wissenschaft siegen. Doch Gewalt kann keine Lösung sein, nicht für uns Christen. Auch ihr werdet verstehen, dass die Logik keinen Spielraum lässt. Der Krieg ist vorbei.

Ich freue mich, wenn wir uns wiedersehen. In einer neuen Welt. Ab morgen wird alles anders sein. Und es wird gut sein. Mit der Zeit werdet ihr das verstehen.«

Sébastiens Hand griff zu der Kamera, und das Bild verschwand.

Amirpour war wie versteinert, und auch Lombardi war unfähig, sich zu bewegen. Die Nachricht war wie aus einer anderen Dimension gewesen, eine letzte Botschaft des Getöteten aus dem Jenseits. Was sie gehört hatten, bestätigte Lombardis schlimmsten Befürchtungen.

»Sie wollten einen Grund für einen Mord«, flüsterte Amirpour. »Wie wäre es damit?«

Lombardi versuchte immer noch, die Tragweite der Nachricht zu erfassen. »Er hat von Zorn gesprochen. Was hat er damit gemeint? Er muss gewusst haben, dass er in Gefahr ist! Und trotzdem war er ganz ruhig.«

»Er muss geplant haben, dieses Video auf Youtube hochzuladen«, überlegte Amirpour. »Oder er hat das längst getan. Bestimmt wird es zu einer bestimmten Zeit automatisch aktiviert.«

Lombardi wusste sofort, welcher Zeitpunkt das sein würde.

Der Termin in Sébastiens Kalender.

Liberatio.

Amirpour sah auf die Uhr des Laptops. »Jetzt ist es fünfzehn Uhr. Uns bleiben noch drei Stunden.«

»Sébastien hat von Umwälzungen gesprochen«, sagte Lombardi, »dass Lehrstühle einstürzen würden. Was hat er damit gemeint? Doch nicht Quantengravitation?«

Amirpour schüttelte energisch den Kopf. »Hier geht es um viel mehr.«

Sie klickte eines der Pdf-Files in dem entschlüsselten Ordner an und atmete scharf ein.

»Was ist los?«, fragte Lombardi.

»Das ist unmöglich«, sagte Amirpour plötzlich.

»Was?«, wiederholte Lombardi alarmiert. »Sagen Sie schon, was ist sonst noch in dem Ordner?«

»Programme für den Supercomputer. Ich verstehe nur nicht ... sagt Ihnen der Name Kurt Gödel etwas?«

Lombardi glaubte, den Namen schon einmal gehört zu haben. Er wusste nur nicht mehr, in welchem Zusammenhang.

»Einer der größten Mathematiker aller Zeiten«, erklärte Amirpour.

»Und mit ihm hat Sébastien sich beschäftigt? Kannte er sich denn mit Mathematik aus?«

»Theoretische Physiker müssen sich mit Mathematik auskennen, sie sind praktisch halbe Mathematiker. Es ist ein großer Teil ihres Studiums. Trotzdem ...«

Die Physikerin zeigte auf einige Ordner, die sie geöffnet hatte. »Hier sind mehrere Arbeiten von Gödel, die ich nicht kenne. Ich verstehe das nicht. Sébastien hat sich mit Mathematik befasst? Das ergibt keinen Sinn!«

Lombardi warf einen Blick über ihre Schulter. Die etwa zwanzig Dateien trugen zum Teil kryptische Bezeichnungen, die hauptsächlich aus Zahlen bestanden. Doch dann fand auch er den Namen *Gödel* in einigen der Filenamen.

Er überflog die Dateien weiter und stolperte plötzlich über einen anderen Namen.

»*Canterbury*«, las er laut vor. »Wissen Sie, was damit gemeint ist?«

Amirpour schüttelte den Kopf. »Die Stadt Canterbury? Ich habe keine Ahnung. Sie etwa?«

»Leider nicht«, antwortete Lombardi.

Doch das stimmte nicht. Er kannte diesen Namen. Nur ergab sein Auftauchen hier keinerlei Sinn.

Neben ihm stieß Amirpour einen gezischten Fluch aus.

»Was ist los?«, wollte Lombardi wissen.

»Diese Datei kann ich nicht lesen.« Sie zeigte mit dem Finger auf den Bildschirm. Die Datei hieß *deconstructio_totalis*. Als Amirpour sie öffnete, waren dort nur wirre Zeichenfolgen.

»Verschlüsselt«, stellte Amirpour fest. »Aber das ist unlogisch.«

»Was ist unlogisch? Können Sie den Code knacken?«

»Kann ich nicht sagen, damit kenne ich mich nicht aus.«

Als er nicht verstand, fügte sie hinzu: »Lombardi, diese Nachricht wurde Buchstabe für Buchstabe verschlüsselt. Das bedeutet, die Verschlüsselungsmethode ist antik! Ich kann eine Häufigkeitsanalyse der Buchstaben machen ...« Sie tippte in atemberaubender Geschwindigkeit in die Tasten. »Nein, das hat keinen Zweck. Da wurde ein langer Schlüssel verwendet.«

Sébastien und seine Vorliebe für alte Codes ...

Und wieder liefen sie gegen eine Wand, dachte Lombardi.

»Es gibt hier eine weitere Datei, die *deconstructio* heißt. Sie scheint auf dieselbe Weise verschlüsselt zu sein. *deconstructio_totalis* ist umfangreicher. Wenn ich raten müsste, würde ich sagen, dass es sich dabei um die vollständige Arbeit handelt.«

»Kann Ihr Quantencomputer das knacken?«

Amirpour legte den Kopf schief. »Nicht, wenn es sich um einen langen Schlüssel handelt. Und das scheint hier der Fall zu sein. Manche dieser alten Methoden sind unknackbar.«

Sie hob hilflos die Hände. »Ich weiß nur, dass das, was immer sich in dieser Textdatei befindet, äußerst brisant ist. Und dass er mit ziemlicher Sicherheit deshalb umgebracht wurde. Solange sich diese Arbeit in unserem Besitz befindet, sind wir ebenfalls in Gefahr. Wir müssen diesen Laptop so schnell wie möglich von hier wegbringen. Entschlüsseln können wir das später.«

Die Physikerin sprach Lombardi aus der Seele. Er sprang auf.

36

Sie hatten vereinbart, dass er sie in fünf Minuten in ihrem Zimmer abholen würde. Sie wollten getrennt auf ihre Zimmer gehen, um keinen Verdacht zu erregen. Er würde nur ein paar warme Kleider einpacken, und danach mussten sie einen Weg aus dem Kloster finden. Das war der Plan.

Doch als Lombardi auf dem Weg aus einem Fenster blickte, sah er schwere, niedrige Wolken, die sich viel zu schnell bewegten. Der Wind rüttelte an der Glasscheibe, als wollte er sie eindrücken.

Der Sturm war offenbar zurückgekehrt, und er schien um nichts weniger heftig zu sein als letzte Nacht. Alles in Lombardi wehrte sich gegen die Vorstellung, bei diesem Wetter vor die Tür zu treten, und doch mussten sie genau das tun. Sie mussten irgendwie das Tal erreichen. Aber er hatte immer noch keine Idee, wie sie das Kloster verlassen konnten. Ihm graute vor dem Gedanken an die eingestürzte Brücke. Er hatte sein Zimmer beinah erreicht, als er glaubte, vor sich eine Bewegung zu sehen.

Lombardi blieb abrupt stehen und hielt den Atem an.

Alles war ruhig, der Gang lag still vor ihm. Dennoch war er sicher, sich nicht getäuscht zu haben. Etwas war zu seiner Tür gehuscht. Die Türöffnungen waren tief in die Mauern geschnitten, die Türen selbst waren vor seinen Blicken verborgen. Und dort bei der Tür versteckte sich jemand.

Lombardi strengte seine Augen an. Er verfluchte die Tatsache, dass er sich bisher dem Tragen einer Brille verweigert hatte. Nicht aus Eitelkeit – bei Sonnenlicht sah er nämlich hervorragend. In Afrika war ihm eine Brille einfach zu unpraktisch erschienen.

Lombardi war wie gelähmt. Alles in ihm wehrte sich dagegen weiterzugehen.

Plötzlich sah er erneut eine Bewegung. Ein halbes Gesicht tauchte auf und verschwand wieder. Er hatte recht gehabt, dort war jemand.

Sein Herz schlug schneller.

Das muss er sein. Der Dämon, der uns auf den Fersen ist.

Lombardi widerstand der Versuchung zurückzuweichen. Er ballte die Fäuste und machte einen Schritt, dann noch einen. In seiner Tasche kramte er nach etwas, das er zu seiner Verteidigung benutzten konnte, doch er fand nichts. Sein Puls raste wie wild, als im Türrahmen eine dunkle Gestalt sichtbar wurde. Die Gestalt sah ihn an und schien ebenso verängstigt zu sein wie er.

Die Spannung wich aus Lombardis Körper. Es handelte sich um Pater Blessings.

»Sie haben mir vielleicht einen Schrecken eingejagt!«

Doch Blessings zuckte zusammen und hielt den Zeigefinger an seine Lippen. »Psssst! Nicht so laut!«

»Was tun Sie hier?«

»Der Abt schickt mich. Er entschuldigt sich bei Ihnen. Er wollte, dass ich Ihnen sage, wie leid es ihm tut. Herr Bischof, Sie müssen hier weg!«

»Wer sagt das?«, fragte Lombardi scharf.

Der Mönch rang die Hände. »Sehen Sie es denn nicht? Hier geschehen Dinge! Gefährliche Dinge. Sie dürfen da nicht hineingezogen werden.«

»Wovon reden Sie? Drücken Sie sich klar aus!«

Blessings zögerte.

»Sie wissen etwas! Sagen Sie es mir, wer hat Sébastien umgebracht?«, forderte Lombardi.

»Bitte, Herr Bischof«, flehte der Mönch, »Sie müssen sich beeilen! Shanti trifft Sie in zehn Minuten beim Lastenaufzug.«

Lombardi verstand nicht. »Wie bitte? Wo?«

Doch Blessings hatte sich bereits abgewandt und war in der Dunkelheit verschwunden.

Eilig trat Lombardi vor seine Zimmertür und hörte, wie sie sich automatisch entriegelte. Drinnen war es warm, und er fand das Bett vor, wie er es hinterlassen hatte. Doch als er seinen Trolley sah, stutzte er. Kleidungsstücke hingen heraus, ein Paar Socken lag daneben auf dem Fußboden.

Lombardi versuchte, sich an den Morgen zu erinnern. Er hatte ein frisches Hemd herausgeholt, in Eile, weil Demetrios auf ihn gewartet hatte. Aber hatte er wirklich so darin herumgewühlt?

Er verscheuchte den Gedanken und stopfte alles, was heraushing, zurück in den Koffer. Er holte seine Zahnbürste aus dem Badezimmer und verstaute sie ebenfalls. Als er glaubte, alles eingepackt zu haben, schloss er die Reißverschlüsse.

Doch dann fiel ihm etwas ein. Er tastete nach dem Hemd an seiner Brust.

Der Anhänger.

Das Halsband mit dem geschnitzten Speckstein war nicht da. Hatte er es letzte Nacht abgelegt?

Lombardi ging ins Badezimmer, aber da war nichts. Also wandte er sich erneut dem Koffer zu. Das Band musste irgendwo zwischen den Kleidungsstücken liegen. Doch dann fesselte etwas auf dem kleinen Tisch seine Aufmerksamkeit.

Dort lag das Halsband.

Lombardi ging dorthin und wollte nach dem Schmuckstück greifen, als er zögerte.

Ich kann mich nicht erinnern, es hierhergelegt zu haben. Normalerweise lasse ich es im Badezimmer.

Ein Schauer lief ihm über den Rücken.

Was wollte Blessings eigentlich bei meinem Zimmer? Ging es wirklich darum, mir eine Nachricht zu bringen?

Er drehte sich einmal um die eigene Achse und nahm das Zimmer genau in Augenschein. Nichts deutete darauf hin, dass jemand hier gewesen war. Doch Lombardi war nicht beruhigt. Je länger er darüber nachdachte, desto sicherer war er, dass er das Halsband nachts nach seinem Irrlauf durch das Kloster ins Badezimmer gelegt hatte. Aber nun lag es auf dem Tisch.

Es gab keinen Zweifel. *Jemand war hier gewesen.*

Als sein Blick auf das Kreuz an der Wand fiel, wich er vor Schreck einen Schritt zurück.

Das Kreuz hing verkehrt herum.

In Lombardis Handflächen sammelte sich kalter Schweiß. Er zwang sich, näher hinzugehen und das Kreuz von der Wand zu nehmen. Als er es umdrehte, sah er, dass jemand am langen Ende des Kreuzes mit Klebeband eine Schlaufe aus einem Stück Kabel fixiert hatte.

Schnell warf Lombardi das Kreuz auf den Tisch, als könnte er sich die Finger verbrennen. Dann griff er nach dem dünnen Lederriemen mit dem Anhänger und legte ihn sich um den Hals, wobei er den Anhänger zwischen Kragen und Hals hindurchzwängte, bevor er sich der Tür zuwandte. Den Koffer ließ er stehen.

»Herr Bischof, was ist los? Ist etwas passiert?«, fragte Amirpour, als sie ihm die Tür öffnete.

»Nein. Doch. Ich weiß nicht.«

»Wo ist Ihr Gepäck?«

»Ich brauche kein Gepäck«, antwortete er ungeduldig. »Hören Sie, gibt es hier im Kloster einen Lastenaufzug?«

Amirpour sah ihn verwirrt an. »Sie meinen doch nicht etwa den, der zum Gefängnis gehörte?«

»Welches Gefängnis?«

»Ein Teil der Abtei wurde von den französischen Königen als Gefängnis genutzt. Wussten Sie das nicht?«

Lombardi schüttelte den Kopf. *Na toll. Und wir müssen ausbrechen.*

»Und das Gefängnis hatte einen Lastenaufzug?«

»Ja, ein ziemlich kurioses Ding. Kennen Sie diese riesigen Laufräder, die im Mittelalter üblich waren?«

Lombardi erinnerte sich, so etwas einmal im Fernsehen gesehen zu haben.

»Wissen Sie, wo wir ihn finden?«

»Ich denke schon.«

»Dann los! Dort müssen wir hin!«

»Aber warum ...«

»Ich erkläre es Ihnen auf dem Weg«, sagte Lombardi.

Amirpour zögerte nicht. Sie sprang auf und ließ ihr Gepäck ebenfalls stehen. Nur eine Windjacke nahm sie aus einem der Koffer, dann folgte sie ihm.

37

Der Diener schnaufte vor Erregung. Der Plan war gefasst, alles war bereit. Die Zeit drängte, doch er wollte nicht ohne den Segen des Engels beginnen.

Er starrte in die Dunkelheit, aus der gedämpfte Stimmen zu ihm drangen, kaum hörbar neben dem schwachen Stöhnen der Person neben ihm, aber er wusste, dass sie da waren. Ein Flüstern, das ihm süße Dinge einredete. Er solle warten, die Dinge geschehen lassen. Alles würde gut werden. Die Stimmen wollten ihn in Versuchung führen, Zweifel säen. Aber er zweifelte nicht mehr. Die Nebel hatten sich gelichtet.

Sein ganzes Leben lang hatte er die Präsenz des Versuchers gespürt. In seinem Kinderzimmer, in seiner Studentenwohnung. Ungreifbar, ein Schatten, der verschwand, wenn man sich auf ihn konzentrierte. Nun wagte der Versucher sich aus der Deckung. Er hatte sich ein neues Opfer gesucht und eine weitere schwache Seele für seine Zwecke missbraucht. Gern hätte der Diener sich mit einem Gebet beruhigt, doch dafür war keine Zeit. Er musste handeln, und dafür brauchte er die Kraft, die von dem heiligen Gewand ausging.

Der Diener ließ seine Kleider zu Boden fallen und hob vorsichtig den tausend Jahre alten Mantel auf. Er zitterte vor Ehrfurcht, als er ihn sich um die Schultern legte, spürte, wie Energie ihn durchströmte. Dann räumte er den Beutel aus, in den er alles gepackt hatte, was er für das Ritual benötigte. Auch die Waffe, die er vor Tagen mit Teilen aus dem 3D-Drucker gebaut hatte, war mit dabei und ein altes Mobiltelefon, das er als Fernzünder benutzte. Er dachte an die Kiste mit dem Gefahrenzeichen, die in der Ecke seines Refugiums stand, und spürte ein Kribbeln. Nur das Buch fehlte, es befand sich nicht mehr in seinem Besitz. Doch mit der Kraft des Mantels würde er es auch so schaffen.

»Heiliger Michael, steh mir bei«, flüsterte er. Dann wandte er sich dem gefesselten Menschen neben ihm zu.

38

»Hier entlang«, sagte Amirpour schnaufend, während sie vorauslief. »Wollen Sie mir nicht sagen, was wir dort suchen?«

Er erzählte ihr, was vorhin passiert war. Amirpour blieb stehen. »Sie sagen, der Mönch war vielleicht in Ihrem Zimmer? Und Sie trauen ihm?«

Darauf wusste Lombardi keine Antwort. »Wir brauchen einen Fluchtweg«, erinnerte er sie.

»Aber der Aufzug ist seit hundert Jahren nicht mehr funktionstüchtig!«

»Haben Sie eine bessere Idee?«

Amirpour lief weiter. Sie konnten hören, dass sie sich einer Maueröffnung näherten. Das Toben des Windes war ohrenbetäubend. Als sie vor einem Durchgang mit gotischem Gewölbe standen, spürte Lombardi den Druck des Windes, der ihn zurückhielt. Er hob einen Arm, um sein Gesicht zu schützen, dann betrat er den Raum.

Lombardi sah den Lastenaufzug sofort. Ein mehrere Meter messendes hölzernes Rad, das neben einer Säule hing. Es ähnelte einem überdimensionalen Hamsterrad, das in seinem Inneren Platz für mehrere Menschen bot. Über mehrere Rollen verlief ein dickes Seil zu einem Durchbruch in der Wand. Lombardi spürte Schneeflocken im Gesicht, die der Sturm hereintrug. Der Steinboden und das Holz waren vereist. Und dort auf dem Boden lag etwas.

»Wonach suchen wir?«, fragte Amirpour.

Lombardi hörte ihre Frage nicht, so gebannt war er, als er näher trat. Auf dem Boden lagen abgeschnittene Pfingstrosen. Der Wind trug sie ihm entgegen.

Er hob den Blick. Alles in ihm wehrte sich dagegen, sich dem

Mauerdurchbruch zu nähern, doch er stemmte sich gegen die Windböen.

Das ist kein Fluchtweg. Das ist eine Falle.

Es war ein Fehler gewesen, den Anweisungen von Blessings zu folgen. Sie sollten nicht hier sein. Er drehte sich zu Amirpour um, die hinter ihm stand, und wollte ihr etwas zurufen, als er ihren gebannten Gesichtsausdruck sah. Als er sich wieder dem Rad zuwandte, sah er es auch.

Auf der anderen Seite des Rades hing ein Mensch.

39

Als Lombardi das Rad umrundete, sah er sofort, dass jede Hilfe zu spät kam. Die Person war nackt und hing kopfüber. Es handelte sich um einen Mann, der an die Holzstreben gebunden worden war. Dünne Kabel gruben sich ins Fleisch des Toten. Die Person hing in der unteren Hälfte des Rades, die Beine waren links und rechts der Achse nach oben gespreizt. Aus mehreren Stichwunden an Bauch und Brust war Blut geronnen, das seinen Weg über Arme und Kopf genommen hatte. Es glänzte und schien noch ganz frisch zu sein. Ein Tropfen löste sich vom Haar des Mannes.

Die Szene war völlig surreal, und Lombardi vergaß einen Moment seine Angst vor der Maueröffnung. Das Bild erinnerte ihn an den vitruvianischen Menschen Leonardo da Vincis. Doch was er vor sich hatte, war eine absurde Karikatur dieses Bildes. Diese Aufmachung stellte etwas völlig anderes dar.

Dieser Mann war gekreuzigt worden.

Das Gesicht war sehr dunkel vom klebrigen Blut, aber als Lombardi näher trat, erkannte er es trotzdem.

Der Tote vor ihm war Abt Shanti.

»*NEIN!*«, rief Lombardi verzweifelt in den Sturm hinein.

Er berührte Shantis Arm, dessen Haut noch warm war.

Blessings hatte recht gehabt. Shanti hatte ihnen helfen wollen. Doch nun war er tot, Opfer der Verschwörung, die dieses Kloster erfasst hatte und deren Ausmaße viel größer zu sein schienen, als sie vermutet hatten.

Er spürte Amirpours Hand auf seiner Schulter. »Lombardi, wir können nichts mehr für ihn tun.«

Er schüttelte ihre Hand ab. Natürlich hatte sie recht. Es war zu spät. Doch die Information drang nicht zu ihm durch. Er konnte nicht verstehen, dass der Mönch, mit dem er vorhin noch gesprochen hatte, nun nicht mehr war. Dass er erst vor Minuten zu atmen aufgehört hatte.

Lombardi bemerkte, dass das Blut an manchen Stellen verwischt war. An einer Stelle sah er sogar Fingerabdrücke und blutige Linien, als hätte jemand etwas auf die Haut gemalt, zittrig und schief. Hatte nicht die Leiche im Computerraum eine ganz ähnliche Zeichnung aufgewiesen?

»Bitte!«, rief Amirpour hinter ihm. »Wir müssen weg, der Mörder könnte noch hier sein!«

Lombardi spürte, wie sie an seinem Arm zog, und er erwachte aus seiner Erstarrung.

»Aber wo sollen wir hin?«, rief er.

»Egal, nur weg von hier!«

In diesem Moment erzitterte der Boden unter Lombardis Füßen. Es war ein Vibrieren, als würde ein Zug auf ihn zukommen.

Was in Gottes Namen ist das?

Nun war es Amirpour, die wie erstarrt stehen blieb. Er nahm ihre Hand und lief los. Sie rannten durch die zunehmende Dunkelheit. Draußen hinter den Sturmwolken musste es gerade dämmern, das Licht wurde immer schwächer und diffuser. Amirpour schien den Weg zu kennen, sie führte ihn durch Gänge tiefer im Berg, in denen das Windgeräusch nur noch fern zu hören war. Lombardi war dankbar, dass sie den Weg suchte. Die schrecklichen Bilder waren wie auf seine Netzhaut gebrannt, und er wurde sie nicht los.

Sie hatten sich darüber verständigt, dass sie es beim Haupttor versuchen würden. Lombardi musste an Pater Philipp denken, der auf der Brücke beinah sein Leben gelassen hätte, aber er versuchte, den Gedanken beiseitezuschieben. Es musste eine Möglichkeit geben, die Schlucht zu überqueren.

Doch als sie durch eine Tür ins Freie traten, blieb Amirpour wie angewurzelt stehen. Lombardi bemerkte sofort, dass etwas nicht stimmte. Als er sich umsah, erkannte er, wo sie sich befanden. Sie standen auf der Treppe, die vom Haupttor hinauf zum Vorplatz der Kirche führte. Zu ihrer Rechten hätten eigentlich Wohngebäude sein sollen. Aber stattdessen war die Sicht rechts vor ihnen auf das Tal frei, und der Wind peitschte ungehemmt Schnee gegen den Berg, der sich auf der Treppe sammelte. Lombardi kniff die Augen zusammen und entdeckte Mauerreste, die wie Ruinen ins Leere standen. Auf den Stufen vor ihnen lag Geröll, das ihnen den Weg versperrte.

Sein schrecklicher Verdacht wurde zur Gewissheit.

Das Rumpeln! Ich habe mich nicht getäuscht!

Ein Teil des Wohntrakts war eingestürzt. Amirpour starrte hinab zum Tor. Sie schien abzuwägen, ob es das Risiko wert war, über den Schutt zu klettern.

»Lassen Sie das!«, rief Lombardi ihr zu und fasste sie am Arm. »Wir müssen zurück, das hier ist zu gefährlich!«

Doch Amirpour schüttelte ihn ab. In ihrem Gesicht spiegelte sich Wut. Sie schien nicht fassen zu können, dass auch dieser Weg versperrt war. Die Forscherin in ihr wollte nicht wahrhaben, dass sich die Natur gegen sie verschworen hatte.

Dass Lombardi gerade in diesem Moment nach oben blickte, war vermutlich purer Zufall. Vielleicht war es aber mehr, ein noch nicht erforschter sechster Sinn des Menschen, wie der magnetische Kompass von Vögeln, den die Wissenschaft erst vor wenigen Jahren entdeckt hatte.

Lombardi reagierte keine Millisekunde zu früh. Er sah gerade noch einen dunklen Schatten, der auf sie zukam, dann gab er Amirpour einen Stoß und hechtete hinterher. Im nächsten Augenblick krachte ein Stück Mauer neben ihm auf die Stufen.

Er sah kein weiteres Mal nach oben. Sofort rappelte er sich auf und ignorierte den stechenden Schmerz in seiner Hüfte. Lombardi legte einen Arm um Amirpour, die immer noch auf dem Boden kauerte, und riss sie hoch, bevor er losrannte. Er hielt auf den Ausgang zu, aus dem sie gekommen waren, aber unmittelbar darüber balancierten weitere lose Mauerstücke. Kurz zögerte er und sah zu, wie eines davon von einem Windstoß erfasst wurde und vor der noch immer offenen Tür niederkrachte. Dann wandte er sich ab und zerrte Amirpour weiter die Treppe hinauf. Der Sturm warf ihm Eiskristalle ins Gesicht. Er drängte sich an die Felswand zu seiner Rechten und arbeitete sich Schritt für Schritt vorwärts. Amirpour hatte sich inzwischen gefangen und folgte ihm auf den Fuß. Sie mussten sich mit der Schulter an der Wand abstützen, so stark war der Druck des Windes. Anfangs hatte Lombardi Angst gehabt, die Luft könnte ihn aus dem Gleichgewicht bringen und vom Berg wehen, doch die Böen trafen frontal auf den Fels und drückten sie darauf zu. Alle paar Sekunden ließ der Wind nach, und sie kletterten einige Stufen höher. Als sie das Plateau vor der Kirche erreichten, wo immer noch der Engel lag, wurde der Wind abermals stärker. Sie robbten nun auf allen vieren.

So muss es sich anfühlen, wenn die Tore der Hölle aufgehen. Kein Feuer, sondern Eis.

Lombardi sah sich um und blickte in Amirpours Gesicht. Angst und Entschlossenheit waren darin zu sehen.

»Wir sind gleich da!«, schrie er.

Sie erreichten das Kirchenportal, das unversperrt war. Lombardi ließ zuerst die Physikerin ins Innere, dann folgte er ihr. Gemeinsam gelang es ihnen, das Portal gegen den Druck des Windes zu schließen. Dort sanken sie erschöpft auf den Steinboden.

40

Lombardi und Amirpour lagen in einer Ecke der Klosterkirche und hielten sich aneinander fest. Sie lauschten der Gewalt des Windes, der gegen die Kirchenfenster schlug. Noch vor Tagen hätte er es absurd gefunden, einer Frau, die er kaum kannte, so nahezukommen. Er wäre ihm unpassend erschienen. Doch in dieser Ausnahmesituation, in der sie sich befanden, war es das einzig Richtige. Zwei Menschen, die einander Halt gaben, sonst nichts.

Lombardi konnte immer noch nicht fassen, was geschehen war. Die abstrakte, formlose Bedrohung, die von dem Mord an Sébastien ausgegangen war, war konkret geworden. Wenn Blessings sie nicht zum Lastenaufzug geschickt hätte, wären sie in ihren Zimmern gewesen, die nun nicht mehr existierten.

Warum hatte Shanti sterben müssen? War es, weil er ihnen zur Flucht verhelfen wollte? Oder steckte etwas anderes dahinter? Waren sie Zeugen einer teuflischen Intrige, deren Ausmaß sie noch nicht abschätzen konnten?

Lombardi löste sich vorsichtig von Amirpour. Ihm war der Arm eingeschlafen. Er stand auf, stieg vorsichtig über ihre Umhängetasche mit dem Laptop und wandte sich den Kirchenfenstern zu. Gern hätte er einen Blick nach draußen erhascht, doch die Fenster waren zu hoch oben. Undeutlich hörte er Rufe. Offenbar hatten sich einige Mönche an der Unglücksstelle eingefunden.

Er dachte mit Schrecken an die Verwüstungen. Ein riesiger Gebäudeteil war eingestürzt. Wie viele der Mönche hatten die Trümmer in die Tiefe gerissen? Wie konnte ein Sturm solche Verwüstungen auslösen? Demetrios hatte erwähnt, dass über die Jahrhunderte immer wieder Gebäudeteile kollabiert waren. Aber das Kloster war doch mehrfach renoviert worden und verfügte über modernste Gebäudetechnik. Ein Sturm dürfte nicht solche Verwüstungen auslösen.

Und wenn es nicht der Sturm gewesen war?

Lombardi fand keine Erklärung. Er hoffte nur, dass die Mönche sich hatten in Sicherheit bringen können.

»Was geschieht jetzt?«, fragte Amirpour.

»Solang der Sturm so stark ist, können wir nichts tun«, antwortete er. »Es ist zu gefährlich. Wenn er nachlässt, werden wir einen Weg finden, wie wir von diesem Berg herunterkommen.«

Er versuchte, so viel Zuversicht wie möglich in seine Stimme zu legen. Es hörte sich gut an, und er fühlte sich etwas besser.

Er schüttelte seinen Arm und dachte an das Video auf Sébastiens Rechner. Zumindest an einer Sache bestand kein Zweifel: Sébastien und seine Entdeckung standen im Zentrum der Vorgänge hier. Er hatte geglaubt, etwas Wichtiges gefunden zu haben, und das war ihm so brisant erschienen, dass er es mehrfach verschlüsselt gespeichert hatte. Badalamenti hatte gespürt, dass etwas nicht in Ordnung gewesen war, doch Lombardi bezweifelte, dass er die volle Tragweite erahnt hatte. Sébastien war womöglich für den Inhalt dieser Files ermordet worden.

Lombardi ballte die Fäuste. »Das gibt es einfach nicht!«

Amirpour sah erschrocken zu ihm auf.

»Das hier ist ein Forschungszentrum!«, rief er. »Es geht um Grundlagenforschung, um Theorie! Wie kann man dafür jemanden umbringen?«

»Sind Sie wirklich so naiv?«, fragte Amirpour.

»Ich bin naiv?«

»Und wie. Schon immer wurde für die Wahrheit gemordet. Und hier geht es um die Wahrheit! Es geht um das, was wirklich ist.«

»Ich weiß, was wirklich ist«, sagte Lombardi. »Sébastien ist tot. Das ist wirklich!«

Sie hielt seinem zornigen Blick stand. »Und wenn es nicht in den Zeitungen steht? Wenn niemand außer Ihnen von Sébastiens Tod weiß, ist es dann auch wirklich?«

»Natürlich! Was wirklich ist, hat doch nichts damit zu tun, ob man es sieht oder nicht. Worauf wollen Sie hinaus?«

Amirpour lächelte traurig. »Sehen Sie, und da liegen Sie falsch. Um sich mit anderen Menschen über das zu verständigen, was wirklich ist, brauchen Sie die Naturwissenschaften. Sie liefern das Fundament, so wie die Religionen das Fundament für die Ethik liefern. Und diese Fundamente brechen gerade weg.«

Lombardi war irritiert. »Die Naturwissenschaften brechen weg? Wovon reden Sie?«

Amirpour atmete tief durch. »Sagt Ihnen der Wiener Kreis etwas?«

Lombardi schüttelte den Kopf.

»Eine Gruppe von Philosophen«, erklärte sie. »Sie versuchten, um die Wende zum 20. Jahrhundert ein Weltbild zu entwickeln, das alles Unklare entfernt. Ein Weltbild, das so überzeugend ist, dass wir uns alle darüber einig werden können.«

»Das ist doch unrealistisch«, schnaubte Lombardi.

»Überhaupt nicht! Sie versuchten, alles, was unser Leben betrifft, aus einfachen Begriffen abzuleiten.«

»Davon habe ich noch nie gehört. Warum ist das wichtig?«

»Von einigen Leuten, die damals dabei waren, haben Sie schon mal gehört. Ludwig Wittgenstein, Ernst Mach.«

Diese Namen kannte Lombardi tatsächlich. »Aber warum kennt heute niemand mehr den Wiener Kreis?«

»Weil ihr Vorhaben gescheitert ist. Sie gingen von falschen Voraussetzungen aus. Und dann entwickelte einer, der eigentlich gar nicht Teil des Wiener Kreises war, aber an einigen ihrer Treffen teilnahm, eine philosophische Theorie, die so genial war, dass sie das Programm des Wiener Kreises obsolet machte. Es war Karl Popper, ein österreichischer Philosoph. Er zeigte, wie wir uns darüber einig werden können, ob etwas wahr ist oder nicht. Wenn wir Zweifel haben, machen wir ein Experiment. Man kann eine Idee oder eine wissenschaftliche Theorie oder irgendeine andere Behauptung mit einem Experiment prüfen. Wenn das Experiment die Behauptung bestätigt und man keine bessere hat, kann man sie so stehenlassen. Aber die Behauptung ist damit nicht *bewiesen*! Sie ist nur nicht widerlegt. Verstehen Sie den Unterschied?«

Lombardi glaubte, ihr folgen zu können.

»Man kann also eine Theorie nie beweisen, sondern Theorien nur widerlegen. Wir nennen das *falsifizieren*. Das ist die aktuelle Lehrmeinung.«

»Worauf wollen Sie hinaus?«, fragte Lombardi.

»Unsere ganze Gesellschaft, die Medien, das Rechtssystem, alles basiert darauf, dass wir uns darüber einig werden können, woran wir glauben. Wenn wir uns unsicher sind, greifen wir auf die Wissenschaft zurück. Das war auch die Idee des Wiener Kreises. Doch seit Karl Popper wissen wir, dass auch wissenschaftliche Theorien nie *bewiesen* werden können. Sie können nur möglichst gut geprüft werden.«

Lombardi wurde ungeduldig. »Wo liegt das Problem?«

Amirpour verschränkte die Arme. »Versuchen Sie einmal, einem Anhänger einer Verschwörungstheorie oder einem religiösen Fanatiker, der Ihnen den Kopf abschneiden will, zu erklären, dass er unrecht hat, wenn Sie zugeben müssen, dass Sie Ihre eigenen Theorien nicht beweisen können.«

Langsam verstand Lombardi, worauf Amirpour hinauswollte. »Von mir aus, aber es ist doch offensichtlich, dass die wissenschaftlichen Theorien, auf denen unsere gesamte Technologie basiert, wahr sein müssen.«

Amirpour schwieg kurz. »So einfach ist es nicht. Erinnern Sie sich, was ich über Dunkle Materie gesagt habe?«

Er nickte ungeduldig. »Was hat Dunkle Materie damit zu tun?«

»Der Begriff der Dunklen Materie soll über die vielleicht größte

Krise der Naturwissenschaft seit ihrem Bestehen hinwegtäuschen. Achtzig Prozent der Materie im Universum verhält sich anders, als unsere Modelle es behaupten. Unsere besten Theorien, die Früchte von jahrtausendelanger Beschäftigung mit Naturphilosophie, sind nicht nur nicht bewiesen, sondern genau genommen *falsifiziert*. In gewissem Sinn sind sie nicht besser als jede Verschwörungstheorie. Doch das ist nur die Spitze des Eisbergs. Das Problem liegt tiefer. Eigentlich verfolgt es uns seit hundert Jahren. Wir wissen immer noch nicht, wie Relativitätstheorie und Quantenphysik zusammenpassen. Sie widersprechen einander. Beide können nicht wahr sein. Sie sind nützliche Werkzeuge, nicht mehr.«

Lombardi wurde klar, was sie ihm sagen wollte. All das war ihm nicht bewusst gewesen. Offenbar hatte die Wissenschaft viel schwerwiegendere Probleme, als allgemein bekannt war. »Sie meinen also, diese Krise der Wissenschaft hat Auswirkungen auf die Gesellschaft. Ist es das, was Sie sagen wollen?«

»Denken Sie an Verschwörungstheorien, Fake News, *alternative* Fakten. Diese Dinge können sich nur deshalb so ungehindert ausbreiten, weil die Wissenschaft dem so wenig entgegenzusetzen hat. Das Rationale hat einen so schlechten Ruf wie schon lange nicht mehr. Die Menschen hören wieder auf ihr Gefühl.«

»Das ist doch auch etwas Gutes«, gab Lombardi zu bedenken.

»Nicht, wenn jemand falsche Fakten streut, weil er einen Krieg beginnen will! Oder weil jemand eine Wahl manipulieren möchte.«

»Und das alles könnte die Wissenschaft lösen?«

»Ja, eine Wissenschaft, die so funktioniert, wie sie sollte. Die den Anspruch stellt, die Wahrheit herauszufinden.«

Lombardi schwieg. Es widerstrebte ihm zuzugeben, dass sie recht hatte.

»Es geht hier um die Grundlagen all unseres Wissens«, fuhr sie fort. »Wenn wir glauben, dass die Welt um uns herum wirklich ist und dass wir gemeinsam in ihr leben, brauchen wir ein Verständnis der Gesetze, nach denen sie sich verhält. An dieser Frage hängt unsere gesamte Gesellschaftsordnung, die Demokratie, der Friede in der westlichen Welt.«

»Meinen Sie?«, fragte Lombardi, immer noch skeptisch.

»Erklären Sie mir, wie Sie sonst einen Verbrecher verurteilen wollen, der mit seinem Handy den Auftrag für einen Mord gibt. Es muss Übereinkunft darüber bestehen, nach welchen physikalischen Gesetzen die Halbleiterbauteile in dem Gerät funktionieren, wenn Sie nicht wollen, dass der Verteidiger sich auf abenteuerliche Weise herauswindet. Und die Halbleitertechnik nutzt Wissen aus der Quantenphysik. Also erzählen Sie mir nicht, für die Wahrheit könnte man nicht morden!«

»Von mir aus«, gab er zu. »Aber wie hilft uns das weiter?«

Amirpour seufzte und richtete sich in eine sitzende Position auf. »Ich sagte doch schon, ich habe keine Ahnung!«

»Sie meinten, Sébastien habe sich mit Kurt Gödel beschäftigt. Könnte das ein Anhaltspunkt sein?«

»Gödel war Mathematiker«, antwortete sie verärgert, als würde sie mit einem Kind schimpfen, das zum hundertsten Mal dieselbe Frage stellt. »Er hatte mit der *Vereinheitlichung* nichts zu schaffen. Es gibt keine Berührungspunkte zu Sébastiens Forschungen! Und es erklärt nicht, was Sébastien in dem Video erwähnte.«

»Wenn es so ungewöhnlich ist, bedeutet es etwas. Erzählen Sie mir von Gödel.«

Sie schluckte ihren Ärger hinunter. »Kurt Gödel war einer der größten Wissenschaftler des 20. Jahrhunderts«, gestand sie widerwillig. »Er war übrigens Mitglied des Wiener Kreises.«

Lombardi stutzte. »Das erwähnen Sie erst jetzt?«

Sie biss die Zähne zusammen. »Er spielte dort keine große Rolle. Seine größten Errungenschaften betreffen die Mathematik, aber er arbeitete auch mit Einstein an der Relativitätstheorie. Als Mensch war er äußerst widersprüchlich.«

»Inwiefern?«

»Er war ein Genie, aber auch geisteskrank.«

»Sie meinen, verrückt? Im Sinne von exzentrisch?«

Amirpour stieß ein Lachen aus. »Nein, im Sinne von *krank*. Gödel war schwer paranoid. Er war von der Idee besessen, jemand wolle ihn vergiften. Das kostete ihn schließlich auch das Leben.«

Lombardi wartete auf eine Erklärung.

»Er ist verhungert!«, sagte Amirpour. »Ob Sie es glauben oder nicht, seine Angst wurde am Ende so groß, dass er nichts mehr zu sich nahm. Als seine Frau wegen einer Krankheit nicht bei ihm sein konnte, fand man ihn wenige Tage später tot auf.«

Lombardi schüttelte den Kopf. »Verrückt.«

Er musste wieder an Badalamentis Worte denken. *Verfolgungswahn.* Eine Parallele, die ihm nicht gefiel.

»Vor allem tragisch«, meinte Amirpour. »Besonders, wenn Sie sich ansehen, wie genial er als Mathematiker war.«

»Woran hat er gearbeitet?«

»Mathematische Logik«, erklärte sie. »Dabei wendet man die Mathematik auf sich selbst an.«

»Ich verstehe kein Wort.«

Sie wurde sichtlich ungeduldig. »Mathematik besteht aus Aussagen über Zahlen. Und diese Aussagen bestehen aus Wörtern, richtig?«

»Ja.«

»Wörter bestehen wiederum aus Buchstaben. Was passiert, wenn Sie die Buchstaben des Alphabets durchnummerieren und jeden Buchstaben durch die dazugehörige Zahl ersetzen?«

Lombardi dachte nach. Er versuchte zu erraten, worauf sie hinauswollte. »Wörter werden zu Zahlen?«, probierte er.

»So ist es. Sie können also jede Aussage als Zahl darstellen. Auch Aussagen über die Mathematik – Sätze, Beweise. Verstehen Sie, worauf ich hinauswill?«

Lombardi glaubte, den Gedanken fassen zu können. »Man kann mit Worten rechnen wie mit Zahlen … die Mathematik kann also etwas über mathematische Aussagen sagen?«

Amirpour nickte zufrieden.

Doch Lombardi wusste immer noch nicht, ob er ihr richtig folgte. »Was soll das bringen?«

»Kurt Gödel war nicht der Erfinder dieses Ansatzes. Es gab im 19. Jahrhundert intensive Bestrebungen, die Mathematik auf ein sicheres Fundament zu stellen. Die Mathematik ist eine besondere Wissenschaft. Sie ist die einzige, die echte *Sicherheit* bietet. Nur dort kann man Dinge *beweisen*. Vergessen Sie Karl Popper, er hat hier nichts zu sagen. Doch wer bestätigt, dass die *Beweismethoden* sicher sind?« Amirpour sah Lombardi fordernd an.

»Man wollte also beweisen, dass Beweise sicher sind?«

»Exakt!«, rief sie aus.

Lombardi atmete geräuschvoll aus. »Ziemlich abstrakt.«

»Es wird noch besser. Kurt Gödel brachte eine Hiobsbotschaft. Er konnte nämlich zeigen, dass nicht jede wahre Aussage beweisbar ist.«

Lombardi erinnerte sich, dass sie etwas Derartiges bereits erwähnt hatte. »Der Unvollständigkeitssatz?«

»Richtig, Sie wissen es also noch.«

Er nickte. Ihm erschien der Gedanke nicht abwegig, aber er versuchte, sich vorzustellen, wie Mathematiker das sahen. »Wie will man so etwas zeigen?«

»Indem man eine mathematische Aussage formuliert, die sagt: *Ich bin nicht beweisbar.*«

Lombardi war verblüfft. »Das geht?«

»Es ist sehr schwierig, aber Gödel hat es geschafft. Er konnte eine solche Aussage mathematisch korrekt formulieren. Und nun frage ich Sie: Ist der Satz wahr? Oder ist er falsch?«

Er brauchte einen Moment, um zu verstehen. »Wenn der Satz wahr ist ... dann bedeutet das, dass er sich nicht beweisen lässt. Und wenn er sich doch beweisen lässt ...«

»... ist er falsch!«, fiel ihm Amirpour ins Wort. »Überlegen Sie, was das über die Mathematik aussagt.«

»Da ist eine Lücke«, stellte Lombardi fest.

»Genau das hat Gödel gezeigt«, schloss Amirpour.

Lombardi ließ die Informationen auf sich wirken. Ein Mathematiker, der das Fundament der Mathematik infrage gestellt hatte. Der die Grenzen des Verstandes aufgezeigt hatte. Seine Aufregung stieg. Das war eine Erkenntnis, die vielen Wissenschaftlern vermutlich gar nicht schmeckte. Sie zeigte, dass auch Wissenschaft in mancher Hinsicht eine Glaubensfrage war. Die viel beschworene Sicherheit gab es nicht.

»Das klingt brisant«, sagte er.

»Nicht unbedingt. Gödels Forschungen sind seit bald hundert Jahren etabliertes Wissen. Das ist nichts Neues.«

»Warum beschäftigte Sébastien sich dann damit?«

Amirpour zögerte. Lombardi hatte den Eindruck, dass sie eine Idee hatte. »Was ist los?«

Sie schüttelte den Kopf. »Nichts.«

»Kommen Sie schon«, drängte Lombardi. »Wissen Sie etwas?«

»Ich weiß gar nichts«, gab Amirpour verärgert zurück, »was sollte ich wissen?«

Lombardi verschränkte die Arme. Er spürte Zorn in sich aufsteigen. »Ich dachte, zumindest wir beide wären ehrlich zueinander.

»Ich bin ehrlich zu Ihnen!«, beteuerte sie. »Aber bei Ihnen bin ich mir nicht ganz sicher.«

»Was soll das heißen?«

Amirpours Miene war eisig wie der Schnee vor den Fenstern.

»Was?«, setzte Lombardi nach. »Verdächtigen Sie mich etwa?«

»Sollte ich?«, entgegnete sie. »Sie tauchen auf, und ganz zufällig werden kurz darauf zwei Mönche umgebracht.«

Lombardi war erschüttert über das, was sie da andeutete. Aber er musste ihr recht geben, es war wirklich seltsam.

»Etwas beschäftigt Sie, Herr Bischof«, fuhr Amirpour fort. »Etwas, das Sie mir nicht erzählen. Ich habe es Ihnen gleich angesehen, schon als wir uns im Refektorium getroffen haben. Es hat nichts mit Sébastien zu tun. Da ist etwas anderes.«

Sie durchschaute ihn und wartete auf eine Antwort. Dies war ein Angebot ihrerseits. Ein Zeichen, dass es an der Zeit war, einander zu vertrauen, wenn sie das gemeinsam durchstehen wollten. Doch Lombardi zögerte. Wie sollte er ihr erklären, was ihn beschäftigte? Wenn er nicht einmal gewusst hatte, wie er es Badalamenti sagen sollte? Fast eine Minute verstrich, quälend lang zog sie sich hin.

»Sie wollen nicht darüber reden«, sagte Amirpour schließlich. »In Ordnung.«

»Ich ...«

Sie bedeutete ihm mit einer Geste zu schweigen. Das Thema war erledigt. Aber er spürte ihre Enttäuschung.

Er richtete sich mühevoll auf. Seine Hüfte tat ihm weh. Er musste sie verletzt haben, als er sich vorhin auf die Stufen geworfen hatte.

»Lombardi«, flüsterte Amirpour plötzlich. »Jetzt ist es passiert.«
»Was?«
»Der Termin in Sébastiens Kalender. Er ist soeben verstrichen.«

Im diesem Moment hörten sie Schritte durch das Pfeifen des Sturms.

41

Der Diener war verwirrt. Die Angst war zurückgekehrt, diesmal übermächtig. Sie lähmte seinen Körper und seinen Geist.

Er hatte mit zitternden Fingern den Mantel abgelegt. Wieder war Blut an seinen Händen, und auch der heilige Mantel war blutverschmiert. Doch diesmal wusch er das Blut nicht ab, sondern betrachtete seine Hände und sah zu, wie es trocknete.

Ihm wurde bewusst, dass Tränen über seine Wangen liefen. Ihm war nicht klar gewesen, dass er weinte. Er hatte das Gefühl, etwas Schreckliches getan zu haben. Der Abt hatte ihn mit einem Blick angesehen, aus dem Unschuld sprach. Doch er war nicht unschuldig gewesen, er hatte das Werk des Versuchers ausgeführt und den Feinden zur Flucht verhelfen wollen. Das Geheimnis wäre ans Licht gekommen, wenn der Diener nicht etwas unternommen hätte. Aber wieder war das Ritual gescheitert. Er hatte versagt.

Vielleicht lag es an dem Buch. Es war vermessen gewesen zu glauben, dass er es auch ohne dessen Anleitungen schaffen könnte. Er war eben nur ein Diener, kein Heiliger. Auch der Mantel konnte daran nichts ändern.

Zumindest hatte er die Flucht des falschen Bischofs verhindert. Und auch die Reinigung hatte er fortsetzen können. Es war überfällig gewesen.

Doch er durfte sich nichts darauf einbilden. Er wischte sich die Tränen aus den Augen und sah den Mantel an, der auf dem Tisch lag. Den Mantel des Heiligen, den er fortan nicht mehr berühren würde. Denn er war nur ein Diener, seiner nicht würdig.

42

»Wohin gehen wir?«, fragte Badalamenti seinen Freund, Kardinal Turilli.

Turilli eilte trotz seiner Körperfülle in rasantem Tempo durch die vatikanischen Gärten. Die Sonne war gerade untergegangen, der Himmel hatte sich dunkelblau verfärbt. Badalamenti hatte Mühe, ihm zu folgen. Die Gärten nahmen einen großen Teil der Fläche der Vatikanstadt ein, kunstvoll gepflegte Anlagen aus mediterranen Bäumen und Pflanzen mit großzügigen Rasenflächen direkt hinter dem Petersdom. Es gab sogar einen kleinen Fußballplatz, der Vatikanstaat hatte ein eigenes Nationalteam.

»Kannst du das, was du mir vorhin erzählt hast, noch einmal wiederholen?«, fragte Turilli. »Genau so, nichts beschönigen, nichts verwässern, einfach die Wahrheit.«

»Wenn du darauf bestehst.«

Vor wenigen Minuten hatten sie das bizarre Video angesehen, das einen völlig veränderten Sébastien zeigte. Als Badalamenti das Gesicht seines Schützlings erblickt hatte, war ihm klar geworden, dass er den Menschen auf dem Bildschirm nicht mehr kannte. Etwas war in den letzten Jahren passiert, das ihn nachhaltig verändert hatte. Die Kompromisslosigkeit war noch da, aber diese für Sébastien so typische Sanftmut war verschwunden. An ihre Stelle war etwas getreten, das er noch nicht verstand. Er und Turilli hatten versucht, Sébastien und Abt Shanti telefonisch zu erreichen, doch die Leitungen waren immer noch tot. Daraufhin hatte Turilli einige Anrufe getätigt und war immer nervöser geworden, bevor er aufgesprungen war und Badalamenti befohlen hatte, ihm zu folgen.

Sie hielten auf eine offene Rasenfläche hinter dem Petersdom zu, als Badalamenti im Dämmerlicht zwei Männer entdeckte, die nebeneinander hergingen, offenbar in ein Gespräch vertieft. Einer der beiden trug eine schwarze Kardinalskluft wie Turilli. Der andere war ganz in Weiß gekleidet. Die Sache war also ernst. Sein Gefühl hatte ihn nicht getrogen.

Der schwarz Gekleidete war der Kardinalstaatssekretär Valentino Gnerro. Der Mann in Weiß war der Papst.

Es war Gnerro, der die beiden Ankommenden bemerkte und sich umdrehte. Er begrüßte sie mit einem Nicken. Badalamenti entnahm ihren sorgenvollen Gesichtern, dass sie das Video bereits gesehen hatten.

»Meine Herren, danke, dass Sie Zeit haben. Gehen wir hinein.«

Sie ließen den Petersdom hinter sich und betraten die *Casa Santa Marta*, das Gästehaus des Vatikans, in dem während der Papstwahl die Kardinäle untergebracht wurden. Badalamenti versuchte, einen Blick auf das Gesicht des Heiligen Vaters zu erhaschen, um zu sehen, was er dachte. Doch der Papst wirkte verschlossen.

Sie betraten ein Wohnzimmer mit alten Möbeln und ließen sich auf einer ledernen Sitzgarnitur nieder. Es war abermals Gnerro, der das Wort ergriff.

»Herr Badalamenti, mein Freund Kardinal Turilli hat mir erzählt, dass Sie zu ihm gekommen sind. Er hat gesagt, Sie machen sich Sorgen. Ihr Ziehsohn ist Mönch in der Abtei L'Archange Michel. Ist das richtig?«

Gnerros Ton war außergewöhnlich freundlich. Das irritierte Badalamenti. Der Kardinalstaatssekretär war als äußerst streng bekannt. Badalamenti nahm sich vor, wachsam zu sein.

»Das stimmt. Ich habe Sébastien Mondet adoptiert, als er acht war. Er lebte in einem Heim in Paris, das ich finanziell unterstütze. Später trat er auf meine Vermittlung hin in die Abtei ein.«

»Ich habe natürlich von dem Projekt dieser Abtei gehört. Wir verfolgen die Sache mit großem Interesse. Welche Rolle spielt Sébastien dabei?«

»Er ist Forscher«, erklärte Badalamenti. »Ein Physiker. Er bekleidet kein offizielles Amt, falls Sie das meinen. Er ist ein einfacher Mönch.«

»Er arbeitete also autonom?«, fuhr Gnerro unvermindert freundlich fort.

Badalamenti konnte sehen, dass Turilli neben ihm nervös eine Hand mit der anderen knetete.

»Ja«, bestätigte Badalamenti. »Als Forscher arbeitet er eigenständig. Er beschäftigt sich mit einem bekannten Problem der modernen Physik, der Verbindung aus Gravitationstheorie und Quantenphysik. Diese Verbindung wird *Große Vereinheitlichung* genannt. Er arbeitet seit mehr als zehn Jahren an dem Problem.«

Gnerro bedeutete ihm zu schweigen. Badalamenti bemerkte, dass hinter der Freundlichkeit andere Emotionen steckten. Der Kardinalstaatssekretär wirkte angespannt.

»Womit beschäftigte er sich zuletzt? Hat er mit Ihnen darüber gesprochen?«

Badalamenti wusste, dass er auf Glatteis geführt wurde. Er warf einen Blick auf den Papst, der mit verschränkten Armen neben Gnerro saß, ohne sich anmerken zu lassen, was er über all das dachte.

»Sébastien hat kürzlich Kontakt zu mir aufgenommen. Wir hatten uns lange nicht gesehen, und ich versuchte schon seit Wochen, ein Treffen zu vereinbaren. Doch ich hatte den Eindruck, dass er mir auswich. Dann rief er mich aus dem Nichts heraus an. Er war euphorisch, eine Eigenschaft, die ich sonst nicht an ihm kenne, aber auch verängstigt, geradezu paranoid. Er sagte mir, er habe etwas entdeckt. Etwas Wichtiges, das er demnächst präsentieren wollte. Seither habe ich nichts mehr von ihm gehört.«

»Und dabei handelte es sich um Physik?«

Badalamenti musste kurz nachdenken. Sébastien war leidenschaftlicher Naturwissenschaftler, aber Badalamenti hatte immer gewusst, dass es seinem Ziehsohn in Wirklichkeit um mehr ging. Wäre er so euphorisch gewesen, hätte er ein physikalisches Gesetz entdeckt?

»Ich glaube nicht, dass es dabei um Physik ging«, antwortete Badalamenti schließlich. »Sébastien hatte seit seiner Jugend einen Lebenstraum. Er war der Meinung, dass Glaube und Verstand keine Gegensätze sind. Was wahr ist, lässt sich mit dem Kopf und mit dem Herzen gleichermaßen wahrnehmen – das war seine Hypothese. Deshalb war er Forscher. Er glaubt, in der Schöpfung Gott finden zu können.«

»Was wollen Sie andeuten?«, drängte Gnerro.

Badalamenti atmete tief durch. »Es könnte sich um eine naturwissenschaftliche Untersuchung Gottes handeln.«

»Eine Untersuchung – Sie meinen, ein Gottesbeweis?«

Badalamenti nickte. »Vielleicht.«

Gnerro warf einen Seitenblick auf den Papst. Er wirkte zufrieden. »Uns ist auch etwas zu Ohren gekommen«, sagte er. »Ein Video – seine Eminenz Turilli sagte mir, Sie kennen es bereits. Es verbreitet sich im Internet wie ein Lauffeuer. Das Video eines Mönchs, der behauptet, die *Lehrstühle* der Kirche und der Wissenschaft einzureißen.«

Badalamentis Hände schwitzten. Er tauschte einen Blick mit Turilli aus, der fast unmerklich mit den Schultern zuckte.

»Ja, wir haben es soeben angesehen«, gestand der Industrielle.

Gnerro nickte. »Was denken Sie darüber?«

»Ich weiß nicht, was ich davon halten soll!«, beteuerte Badalamenti. »So habe ich ihn noch nie erlebt.«

»Sie wissen also nicht, worauf er anspielt?«

Badalamenti sah sich hilfesuchend zu Turilli um, der seinen Blick nicht erwiderte.

»Sie sitzen hier vor dem Heiligen Vater«, fuhr Gnerro fort. »Es ist äußerst wichtig, dass Sie hier und jetzt alles berichten, was Sie wissen.«

»Das ist alles, was ich weiß. Es kann sein, dass Sébastien glaubt, wissenschaftliche Entdeckungen über die Existenz Gottes gemacht zu haben.«

»Haben Sie seither etwas von ihm gehört?«

»Nein, das sagte ich Ihnen doch!«, jammerte Badalamenti. »Was wollen Sie andeuten? Wissen Sie etwas über ihn? Bitte sagen Sie es mir! Ich mache mir Sorgen!«

»Was ich andeuten will, Herr Badalamenti, ist Folgendes«, antwortete Gnerro leise. »Wenn Sébastien einen Gottesbeweis gefunden hat, warum braut sich dann ein biblischer Sturm über L'Archange Michel zusammen? Warum stürzt die Statue des Erzengels herab?«

Nun ergriff der Papst das Wort. Seine Stimme war im Vergleich zu Gnerros hartem Ton sanft und melodisch. »Herr Badalamenti, es gibt das Gerücht, dass sich die Mönche in der Abtei schrecklich verirrt haben könnten. Dass dort eine Verschwörung stattfindet, aus der ein Schaden für die Kirche entstehen könnte. Wir wollen verstehen, womit wir es zu tun haben. Könnte Ihr Ziehsohn darin verwickelt sein?«

Badalamenti war kurz sprachlos. Es war nicht seine erste Audienz bei dem Papst, aber ein wirklich persönliches Gespräch hatten sie bisher nicht geführt. Er schluckte, bevor er sprach. »Heiliger Vater, das halte ich für undenkbar. Ich kenne ihn gut. Er würde nie etwas tun, was der Kirche schadet.«

Gnerro lachte verächtlich. »Wir haben da etwas anderes gehört.«

Turillis Handy klingelte. Er erntete einen bösen Blick von Gnerro.

»Warum kontaktieren Sie die Abtei nicht? Ich bin sicher, dass Abt Shanti Ihnen über alles Auskunft geben kann«, schlug Badalamenti nach der Unterbrechung vor.

»Shanti wimmelt uns ab«, stellte Gnerro eisig fest.

»Wie bitte?«

»Er behauptet, sie hätten alles im Griff und das Video sei nur ein Irrtum, der sich bald aufklären werde.«

»Sie haben mit ihm gesprochen?«

Gnerros Kiefer mahlten. »Er hat uns eine Textnachricht geschickt.«

Badalamenti verstand langsam die aufgeheizte Stimmung. Welch ein Affront für den Kardinalstaatssekretär! Badalamenti hingegen fiel ein Stein vom Herzen. Er kannte Shanti persönlich und betrachtete ihn als Freund. Niemals würde der Abt den Vatikan belügen. Wenn er sagte, dass alles gut war, dann konnte man darauf vertrauen, dass es stimmte.

Er fragte sich, ob er erwähnen sollte, dass er bereits jemanden zur Abtei geschickt hatte. Doch dann hätte er auch zugeben müssen, dass er schon länger dunkle Vorahnungen gehabt hatte. Gnerro würde ihn in der Luft zerreißen, wenn er erfuhr, dass Badalamenti einfach einen Freund hingeschickt hatte, statt den Heiligen Stuhl von seinen Befürchtungen zu informieren – einen Freund, der ebenfalls nicht erreichbar war.

»Heiliger Vater«, wandte er sich an den Papst, »Sébastien ist getrieben von dem Wunsch, Gott und den Menschen zu dienen. Nie würde er der Kirche schaden!«

»Das wird sich zeigen«, fuhr Gnerro dazwischen. »Zeitgleich mit dem Video wurde eine Datei mit dem schönen Titel *deconstructio* zum Download freigegeben. Offenbar eine theoretische, naturwissenschaftliche Arbeit. Wir wissen noch nicht genau, womit wir es zu tun haben. Ist Ihnen diese Arbeit bekannt?«

Badalamenti verneinte.

»Wir werden Ihnen eine Kopie zukommen lassen. Vielleicht verstehen Sie ja, worum es sich handelt. Fakt ist, dass das Projekt auf L'Archange Michel ein Experiment ist, das innerhalb dieser Mauern durchaus für Diskussionen sorgt. Abt Konstanz hat einige außergewöhnliche Privilegien erstritten, die kein anderes Kloster genießt. All das geschah in dem Vertrauen, dass das, was in der

Abtei passiert, im Interesse der Kirche ist. Und da haben wir inzwischen unsere Zweifel.«

»Ich weiß nicht, wovon Sie sprechen, Eure Eminenz!«, beteuerte Badalamenti. »Ich verstehe nicht, was Sie Sébastien hier vorwerfen.«

Gnerros Blick schien ihn zu durchbohren. Fast hatte er den Eindruck, dass dem Kardinal dieses Kreuzverhör Spaß machte.

»Herr Badalamenti, seit einiger Zeit geht das Gerücht um, dass sich das Kloster L'Archange Michel von Gott abgewandt haben könnte.«

43

Lombardi hielt den Atem an. Er hatte sich nicht getäuscht, jemand lief auf sie zu. Er trat einen Schritt zurück und stellte sich mit dem Rücken zur Wand. Amirpour hatte es ebenfalls gehört. Sie stand auf und trat vor, um sich umzusehen.

»Nicht!«, flüsterte Lombardi.

Doch sie hörte nicht auf ihn.

Die Schritte waren nun sehr nah und verlangsamten sich. Lombardis Puls beschleunigte sich. In diesem Moment tauchte Weiwei auf. Als er sie sah, war ihm die Erleichterung ins Gesicht geschrieben.

»Herr Bischof, Frau Amirpour, was tun Sie denn hier? Geht es Ihnen gut?«

»Danke, wir sind entkommen, um Haaresbreite«, antwortete Lombardi. »Es tut so gut, Sie auch wohlauf zu sehen! War jemand im Wohntrakt, als er einstürzte?«

»Wir glauben nicht.«

Lombardi atmete vor Erleichterung auf.

Weiweis Gesicht verzerrte sich vor Schmerz. »Der Abt«, begann er.

Lombardi hatte keine Lust, ihm etwas vorzuspielen. »Wir wissen Bescheid«, gab er zu. »Es tut mir so leid.«

Weiwei nickte, dankbar für die Anteilnahme. Dann blickte er sich unsicher um.

»Herr Bischof«, sagte er, »Sie beide sollten nicht hier sein. Die Statik der ganzen Abtei hat sich durch den Einsturz verändert. Wir wissen nicht, ob noch weitere Gebäude instabil sind. Niemand ist hier mehr sicher.«

Weiwei hatte selbstverständlich recht. Lombardi wurde außerdem bewusst, dass das Kloster nun führungslos war. Ein unangenehmer Gedanke angesichts ihrer Situation. Es stimmte, alle Menschen hier waren in Gefahr. »Was schlagen Sie vor?«

»Es ist ein Zimmer für Sie vorbereitet. Ich kann Ihnen den Weg zeigen.«

Lombardi nickte. »Nur zu.«

»Nicht Sie, Herr Bischof. Nur die Physikerin. Sie müssen mit mir mitkommen.«

Lombardi und Amirpour sahen sich an. »Wohin bringen Sie mich?«, fragte Lombardi.

»In die alte Kirche.«

»Ich dachte, in der alten Kirche steht der Computercluster!«

»Genau«, bestätigte Weiwei.

»Na, dann los!«, sagte er. »Aber Frau Amirpour kommt mit.«

Er wollte losgehen, doch Weiwei zögerte.

»Was?«, fragte Lombardi.

»Nur Sie, Herr Bischof.«

»Wer sagt das?«

»Philipp meinte ...«, begann der Novize und verstummte.

Lombardi beschlich eine Vorahnung. Er verschränkte die Arme und wartete. Weiweis Blick pendelte zwischen ihm und Amirpour, und er verstand, dass Lombardi fest entschlossen war.

»Hier entlang«, sagte er schließlich.

Als Lombardi ihm folgte, fiel sein Blick auf die Nische, wo der verhüllte Altar mit den arabischen Schriftzeichen gestanden hatte. Der Altar war nicht mehr da.

Sie waren noch nicht weit gegangen, als Lombardi Gesänge hörte. Ein einfacher, einstimmiger lateinischer Choral wurde rezitiert, schwebend und feierlich. Im Näherkommen roch Lombardi Weihrauch. Sie hielten auf eine Tür zu, aus der ein gelber Lichtschein drang.

»Was ist das hier?«, fragte er.

»Ein Gottesdienst, für den Herrn Abt.«

»Eine Totenmesse«, flüsterte Lombardi. »Jetzt schon?«

Sie blieben vor der offenen Tür stehen.

»Das auch«, bestätigte Weiwei. »Aber eigentlich ist es die Weihe für den neuen Abt.«

»Es gibt einen neuen Abt?«, fragte Lombardi verblüfft.

»Noch nicht. Die Wahl soll in wenigen Minuten stattfinden.«

»Aber der Prior kann doch ...«

»Demetrios will die Verantwortung nicht übernehmen, nicht in dieser Situation.«

Als sie eintraten, erwartete Lombardi ein Bild voller Widersprüche. Er sah goldbestickte Teppiche, die von rauen Steinwänden hingen, und unzählige Fackeln, deren Licht ihn nach der Dunkelheit des Korridors blendete. Nur etwa ein Dutzend der Benediktinermönche waren gekommen. Sie standen zwischen den Serverschränken des Supercomputers verteilt.

Der Computerraum sah vollkommen verändert aus. Eine Wand hinter dem Kreuz war eingerissen worden. Dahinter befand sich ein Altar, den man mit bestickten Tüchern bedeckt hatte, die Hunderte Jahre alt zu sein schienen. Darauf stand eine prunkvolle goldene Truhe, mit Edelsteinen verziert. Dies war die Reliquie des heiligen Michael, der heiligste Gegenstand der Abtei. Ein Teil seines Gewands, wenn man der Broschüre glauben durfte. Eine von vielen Michaelsreliquien, deren Herkunft ungeklärt war. Lombardi warf einen Seitenblick auf Amirpour, deren Augen weit aufgerissen waren.

Plötzlich verstummte der Choral. Alle Blicke richteten sich auf die Physikerin. Manche der Mönche schienen überrascht, manche skeptisch. Lombardi entdeckte Philipp, der hinter dem Altar stand. Dieser trug die Stola von Abt Shanti. Seine Miene hellte sich auf, als er Lombardi sah.

»Herr Bischof, welche Erleichterung, Sie wohlauf zu sehen! Wir konnten Sie nirgends finden und haben schon das Schlimmste befürchtet.«

»Es geht uns gut«, sagte Lombardi knapp. »Aber leider gilt das nicht für Shanti.«

Im Raum wurde es totenstill. Die Mönche wichen seinen Blicken aus, einige sahen zu Boden. Sie wussten es alle. Das machte ihn wütend. »Sie wollen einen neuen Abt wählen? Finden Sie das nicht geschmacklos?«

Niemand wagte zu antworten.

»Wir sind in Gefahr«, sagte Demetrios schließlich entschuldigend. »Jemand muss etwas unternehmen.«

»Genau«, gab Lombardi zurück. »Sie alle gemeinsam! Sie müssen eine Verbindung nach außen herstellen und Hilfe holen!«

Lombardi wartete, doch seine Worte schienen keine Wirkung zu zeigen.

»Unsere Trauer ist grenzenlos«, meldete Philipp sich zu Wort. »Abt Shanti tritt in diesem Moment dem Herrn gegenüber, um Rechenschaft für sein Leben abzulegen. Wir beten für ihn, mehr können wir nicht mehr tun. Aber dennoch ist es in diesen Stunden umso wichtiger, handlungsfähig zu bleiben. Schwere Entscheidungen stehen uns bevor.«

»Welche Entscheidungen?«, gab Lombardi zurück. Doch er erkannte seinen Fehler sofort, denn Philipps Ton wurde schärfer.

»Herr Bischof, falls Sie es noch nicht bemerkt haben, die Abtei ist mit einer noch nie dagewesenen Bedrohung konfrontiert. Nicht nur unser Leben, unser Seelenheil ist in Gefahr. Die Zeichen verdichten sich.«

»Zeichen?«, hakte Lombardi nach.

»Die Symbole, Herr Bischof. Sie haben sie doch selbst gesehen, oder etwa nicht?«

Lombardi dachte an die verkehrten Kreuze, den verkehrt herum hängenden Körper Sébastiens. Auch Shanti war verkehrt herum gekreuzigt worden. Und auf beiden Toten hatte er eine Chiffre gesehen, die wie drei Sechsen ausgesehen hatte. Philipp wusste also Bescheid.

»Sie glauben doch nicht, dass dieser Sturm Zufall ist, oder?«, fuhr Philipp fort. »Der Sturm, der den Engel herabstürzen lässt und Gebäude einreißt. Wir alle wissen, dass die Dinge, die hier passieren, nicht von heute auf morgen begannen. Sie kündigten sich schon seit langer Zeit an.«

Lombardi schüttelte energisch den Kopf. »Ein Mensch ist für das verantwortlich, was Sébastien und Shanti angetan wurde. Womöglich jemand in diesem Raum. Nur weil er wirre Symbole hinterlässt, heißt das noch lange nicht, dass der Teufel umgeht. Sie machen sich lächerlich, Pater Philipp.«

Philipp verengte die Augen zu schmalen Schlitzen. »Der Teufel ist für uns gläubige Christen etwas sehr Reales. Für Sie etwa nicht? Und überhaupt, woher wissen Sie von Shantis Tod?«

»Wir haben ihn gefunden«, erklärte Lombardi kämpferisch.

Er wollte nicht zugeben, dass Shanti ihm zur Flucht verhelfen wollte, doch er war entschlossen, sich keine Unsicherheit anmerken zu lassen.

»Wie steht es eigentlich um Ihre Nachforschungen?«, bemerkte Philipp süffisant. »Sie bewegen sich in der Abtei, als wären Sie hier zu Hause und nicht nur ein Gast. Obwohl Sie ausdrücklich gebeten wurden, in Ihrem Zimmer zu bleiben.«

Lombardi sah, wie schockiert einige der Mönche wegen Philipps Worten waren. Lombardi war immerhin Bischof und Philipp nur ein einfacher Mönch. Es wäre für sie undenkbar gewesen, Lombardi so zu behandeln. Doch Philipp war noch nicht fertig.

»Ich weiß, dass Sie Sébastien kannten, Herr Bischof. Ich weiß auch, dass Alessandro Badalamenti ein guter Freund von Ihnen ist und dass Sie vermutlich auf sein Geheiß hier sind. Ich kenne Badalamenti, er hat das Projekt von Konstanz immer gefördert. Aber inzwischen müsste selbst er einsehen, dass es gescheitert ist. Wer wirklich glaubt, kann keinen zweiten Gott zulassen. Die Wissenschaft hat in der Kirche keinen Platz. Ich weiß, dass viele im Vatikan es ähnlich sehen.«

»Wie können Sie es wagen, angesichts dessen, was Sébastien und Shanti angetan wurde!«, schimpfte Lombardi.

Amirpour berührte ihn am Arm. Ihr schien dieser Streit Angst zu machen.

Philipps Miene veränderte sich. Seine Geduld schien erschöpft zu sein. »Ihr heiliger Zorn in Ehren, Herr Bischof, aber Sie können alles Weitere mit dem neuen Abt besprechen.«

Er hob das Kinn, als ob er sich im Licht der Fackeln sonnen wollte. »Ich stelle mich hiermit zur Wahl«, erklärte er feierlich. »Ich will zusehen, dass für euer aller Sicherheit und euer Seelenheil gesorgt ist. Das ist jetzt das Wichtigste. Ich will L'Archange Michel durch diese Krise führen. Wir müssen retten, was zu retten ist. Ich appelliere an euren Glauben.« Fragend sah er in die Runde. »Gibt es einen Gegenkandidaten?«

Lombardi blickte gebannt die versammelten Mönche an. Alle starrten zu Boden, niemand wagte zu sprechen. Er fing einen Blick von Demetrios auf, der verängstigt schien und sich schnell wieder abwandte. Philipp ließ ihnen fast eine Minute Zeit, in der nichts zu hören war außer dem Knistern der Fackeln und einem fernen Sausen von Wind. Schließlich nickte er. »Dann lasst uns jetzt abstimmen. Wer ist dafür, dass ich der neue Abt werde? Ich verspreche, euch nicht im Stich zu lassen. Ich werde nicht schwach werden wie Shanti, der fremde Mächte bis ins Herz dieser Abtei geführt hat.«

Er machte eine ausladende Geste und deutete auf die Serverschränke, die fast den ganzen Kirchenraum einnahmen. »Ich werde mein Leben für euch und diese Abtei geben, wenn es zum Äußersten kommen sollte. Es ist die einzige Möglichkeit, und ihr wisst es. Wer also für mich stimmt, hebe jetzt die Hand.«

Niemand rührte sich. Lombardi überkam große Erleichterung. Und er konnte sich eine gewisse Genugtuung nicht verkneifen, als er den Mönch mit seiner Anmaßung scheitern sah. Philipps Miene verfinsterte sich, und in seinen Augen blitzte blanke Wut auf.

»Ihr Feiglinge«, zischte er. Dann schrie er so laut, dass die Fackeln zu flackern schienen. »Wer ist für mich?!«

Da hob sich eine einsame Hand. Es war Weiwei. Alle starrten ihn an. Eine weitere Hand hob sich, jene von Petrus, dann auch Blessings. Niemand wagte es, Lombardi in die Augen zu sehen. Am Ende war nur noch Demetrios übrig. Er zögerte lange, dann hob auch er seine Hand.

Amirpour drückte seinen Arm. »Kommen Sie, es ist besser, wir gehen.«

Er bebte vor Zorn, aber er sah ein, dass Amirpour recht hatte. Sie mussten weg von hier, so schnell wie möglich. Er wandte sich der Tür zu, als er hinter sich Philipps Stimme hörte.

»Wo gehen Sie hin?«

»Ich habe genug gehört«, erwiderte Lombardi, ohne Philipp noch eines Blickes zu würdigen.

Aber nun tauchte Weiwei neben ihm auf und stellte sich vor die Tür, um ihnen den Weg zu versperren.

»Sie können nicht gehen«, sagte Philipp hinter ihm.

Lombardi wirbelte herum. »Warum nicht?«

»Ich bin gewählter Abt«, erklärte der Mönch. »Ich brauche die Weihe eines Bischofs.«

44

Lombardi wusste, dass Philipp recht hatte. Der neue Abt eines Klosters musste geweiht werden. Diese Aufgabe fiel dem örtlichen Bischof zu, doch sie waren von der Außenwelt abgeschnitten. Ein anderer Bischof musste die Weihe durchführen. Das war der Grund, warum Weiwei ihn geholt hatte.

Lombardi drehte sich um und sah Philipp an, wie er dastand. Ein Mönch mit mittelalterlicher Frisur, in einer der ältesten Kirchen des Abendlandes, die als Computerraum genutzt wurde und die nun *seine* Kirche war. Er hatte diesen Ort nicht nur gewählt, weil er tiefer im Berg lag und sicherer war. Die Wandteppiche, die aufgehängt worden waren, die Michaelsreliquie, die offenbar seit langer Zeit nicht mehr hier gelegen hatte, all das sollte Philipps Anspruch unterstreichen. Für ihn war die Verständigung mit der Wissenschaft ein Fehler – nicht nur sie, die Verständigung der Kirche mit der modernen Welt insgesamt. Ein Fehler, den er korrigieren wollte, indem er sich auf Tausende Jahre alte Traditionen berief. Er wollte nicht etwa einen Mörder finden und weitere Schäden am Kloster verhindern, er wollte das Böse an sich bekämpfen. Und dieser Gedanke machte Lombardi Angst.

»Worauf warten Sie noch?«, rief Philipp. »Wollen Sie das Chaos? Es wird über uns alle kommen, wenn Sie mich nicht zum Abt weihen! Wollen Sie sich schuldig machen?«

Lombardi hörte Amirpours Stimme neben sich. »Tun Sie es nicht.«

Sein Blick blieb an Demetrios hängen, der einen Bischofsstab in der Hand hielt. Über seinen Arm hatte er einen kunstvoll bestickten Vespermantel geworfen, bereit, den neuen Abt damit einzukleiden.

»Oder wollen Sie vielleicht gar kein Bischof mehr sein?«, sagte Philipp plötzlich. »Was ist in Afrika passiert? Haben Sie Dinge gesehen, die Ihren Glauben erschüttert haben? Wurden Sie in Versuchung geführt? Es würde mich nicht überraschen. Haben Sie standgehalten? Oder sind Sie schwach geworden?«

Alle starrten Lombardi an. Er wollte dagegenhalten, ihnen sagen, wie lächerlich das war, was sie sich überhaupt einbildeten. Doch die Worte wollten nicht aus seinem Mund, seine Zunge war taub. Er war plötzlich vor einem Tribunal gelandet und musste sich verteidigen. Die meisten der Mönche hatte er als freundlich und offen erlebt, aber eben hatten sie einen Mann zum Abt gewählt, der gerade erst begann, sein wahres Gesicht zu zeigen. Und was zum Vorschein kam, irritierte ihn zutiefst.

Wenn ich ihn zum Abt weihe, werde ich das bereuen.

Doch welchen Unterschied machte es? Philipp hatte die Mönche hinter sich. Er und Amirpour waren hier mit ihnen eingeschlossen. Was Philipp sagte, war nicht ganz abwegig. Einer von ihnen musste für die Sicherheit der Menschen sorgen. Sie mussten den Sturm überstehen und dann die Tore öffnen. Niemand außer Philipp hatte sich dafür angeboten. Vielleicht war alles nur Koketterie. Philipp sorgte sich einfach um seine Mitbrüder. Wenn er ihn nicht weihte, zog er den Zorn aller auf sich, und das in dieser ohnehin sensiblen Situation.

Lombardi sah auf dem Altar einen Tiegel mit Chrisam stehen, das zur Salbung verwendet wurde. Er atmete tief durch, dann trat er nach vorn. Weiwei holte eilig das Öl. Lombardi ging zu Philipp, der die Hände gefaltet hatte und auf die Knie fiel. Der Mönch schloss die Augen, und seine Lippen murmelten ein stilles Gebet.

Lombardi bat Weiwei, den Behälter mit dem Öl zu öffnen. Die Augen des Novizen leuchteten vor Begeisterung, als Lombardi zwei Finger eintauchte, bevor er sich Philipp zuwandte.

»Gib auf sie acht.«

Er machte mit dem Öl ein Kreuzzeichen auf Philipps Stirn.

Ohne weiteren Kommentar ging er zu Amirpour zurück. Er nickte ihr zu, zum Zeichen, dass sie verschwinden sollten. Aus dem Augenwinkel sah er, wie Demetrios mit dem Hirtenstab und dem Vespermantel dastand, ohne sich zu rühren.

»Worauf wartest du?«, schrie Philipp ihn an und entriss ihm die beiden Insignien.

Philipps Blick war verklärt, als er sich den Mantel umhing, und Lombardi wusste sofort, dass er einen Fehler gemacht hatte. Im Hinausgehen hörte er, wie Philipp die Stimme erhob.

»Mein Leitspruch soll *Contra Hostis* sein, gegen die Feinde! Der Kampf hat gerade erst begonnen. Aber wir werden siegen, meine Brüder, ich verspreche es euch!«

45

»Warum zur Hölle haben Sie das getan?«, fuhr Amirpour ihn an, während sie davonrannten. Weiwei hatte sich angeschickt, ihnen zu folgen, um ihnen die Zimmer zu zeigen, doch ein Blick von Lombardi hatte genügt, um ihn davon abzubringen.

»Ich hatte keine Wahl! Was hätte es gebracht, wenn ich mich Philipp entgegengestellt hätte? Seine Mitbrüder haben ihn gewählt, Sie haben es selbst gesehen.«

»Diese Männer waren eingeschüchtert!«, hielt sie dagegen. »Sie hätten jemanden gebraucht, der ihnen zeigt, dass sie keine Angst haben müssen!«

Keine Angst haben? In dieser Situation?

»Ich habe alles versucht«, sagte Lombardi.

Doch Amirpour ließ sich nicht beruhigen. »Haben Sie es nicht gehört? Er glaubt, dass der Teufel umgeht!«

Lombardi wusste keine Antwort. Er musste zugeben, dass seltsame, unerklärliche Dinge passierten.

Ein biblischer Sturm. Einstürzende Gebäude.

Aber er stimmte ihr zu, dass es für all das eine rationale Erklärung geben musste, auch wenn er sie noch nicht verstand.

»Und was sollen das für Zeichen sein, von denen er sprach? Ich habe keine gesehen«, überlegte Amirpour weiter.

Die seltsame Zahl auf der Haut. »Jemand hat bei den Toten ein Zeichen hinterlassen. Ich habe Ihnen davon erzählt. Bei Shanti habe ich es auch gesehen. Es sah aus wie drei Sechsen. Nur dass eine davon gespiegelt war.«

Er hob seine linke Hand und zeichnete mit der rechten ein Symbol in die Handfläche:

Sie blieb stehen und sah ihn an. »Drei Sechsen? Bitte sagen Sie nicht, Sie glauben auch, dass es der Teufel war! Bin ich denn nur von Verrückten umgeben?«

»Nein, es war natürlich nicht der Teufel«, entgegnete Lombardi schnell. »Aber das Zeichen war da!«

»Wir müssen verstehen, was hier geschieht«, drängte Amirpour.

»Das sehe ich auch so. Und ich weiß auch, was wir tun werden. Dafür brauche ich wieder Ihre Expertise als Einbrecherin.«

Nachdem Amirpour in unter einer Minute das Schloss geöffnet hatte, betrat Lombardi mit einem Gefühl der Ehrfurcht den Raum.

»Und was suchen wir hier?«, fragte sie.

Lombardi wusste es selbst nicht genau. Doch Shanti hatte immer mehr gewusst, als er zugegeben hatte. In seinem Büro würden sie Antworten finden.

»Wir wissen, dass Shanti nicht die französischen Behörden informiert hat, richtig? Sie wären bestimmt längst hier. Aber er muss einen Plan gehabt haben.«

Shanti hatte für das Amt des Abts sein Leben gelassen. Nun würden sie womöglich sehen, woran er zuletzt gearbeitet hatte. Im Zimmer war es dunkel. Lombardi sah die Umrisse einer Schreibtischlampe. Als er sie einschaltete, war er überrascht.

Das Büro war so, wie er es von seinem ersten Gespräch mit Shanti in Erinnerung hatte. Er bemerkte einen Schrank, dessen Tür einen Spalt offen stand, doch sein Blick wurde von dem gefesselt, was auf dem Schreibtisch lag. Auf dem Arbeitsplatz Shantis stapelten sich Bücher. Und keines davon sah jünger als dreihundert Jahre aus. Langsam trat er näher und bemühte sich, alle Eindrücke in sich aufzunehmen. Vor ihm lag ein wahrer Schatz.

Er erkannte eine Ausgabe der *Summa Theologica* von Thomas von Aquin, ein Buch namens *Corpus Aeropagiticum* von einem

Mann namens *Pseudo-Dionysius*, weiter ein Buch des andalusischen Philosophen Averroes sowie ein Werk von Anselm von Canterbury, dessen lateinischer Titel nahelegte, dass es von der Allmacht Gottes handelte.

Anselm von Canterbury.

Lombardi erinnerte sich, diesen Namen in den Dateien auf Sébastiens Rechner gelesen zu haben.

»Ich kenne diese Bücher nicht«, sagte Amirpour hinter ihm. »Wovon handeln sie?«

»Es sind theologische Bücher«, erklärte er. »Ich hätte es wissen müssen.«

Er drehte sich zu Amirpour um. »Sagt Ihnen der Name Anselm von Canterbury etwas?«

Lombardi sah sofort, dass ihr der Name geläufig war.

»Ein Gelehrter aus dem elften Jahrhundert. Mönch, Abt, Bischof, heiliggesprochen. Und wissen Sie auch, wo ich diesen Namen gesehen habe?«

Amirpour zögerte, doch Lombardi erkannte, dass auch sie den Namen in Sébastiens Dateien entdeckt hatte.

»Sébastien hat sich nicht nur mit Kurt Gödel auseinandergesetzt, sondern mit einem der Begründer der Scholastik. Und Shanti hat es ebenfalls getan. Der Abt muss versucht haben, Sébastiens Arbeit nachzuvollziehen.«

Er sah Amirpour in die Augen. Sie hielt seinem Blick nicht stand.

»Sie wissen etwas. Ich habe es vorhin schon bemerkt. Etwas, das Kurt Gödel und diesen Anselm von Canterbury verbindet. Warum sagen Sie es mir nicht?«

Amirpour hob den Blick und sah ihn kühl an. »Weil es absurd ist, deshalb.«

»Was ist absurd?«

Sie seufzte resignierend. »Kurz bevor Gödel endgültig den Verstand verlor, hat er versucht, die Existenz Gottes zu beweisen.«

46

Lombardi glaubte, sich verhört zu haben.

»Sie nehmen mich auf den Arm.«

»Leider nicht. Kurt Gödel hat einen mathematischen Gottesbeweis geführt.«

»Das sagen Sie mir erst *jetzt*?«

Amirpour rang die Hände. »Warum hätte ich es Ihnen früher sagen sollen? Es ergibt keinen Sinn! Ja, Gödel hat in seinen Notizen einen Gottesbeweis niedergeschrieben, aber er hat ihn nie veröffentlicht. Das war eine Fingerübung, nichts weiter. Er wollte nur zeigen, dass man ein solches Argument auch in der modernen Sprache der Logik niederschreiben kann. Soweit ich weiß, basierte er auf einem Gottesbeweis aus dem Mittelalter und ist bislang als einziger der bekannten Gottesbeweise nicht widerlegt.«

Ein Gottesbeweis als Fingerübung? Das klang alles andere als plausibel.

»Auf dem Gottesbeweis des Anselm von Canterbury«, präzisierte er grimmig. »Einem der ältesten und umstrittensten Gottesbeweise, die es gibt. *Gott ist etwas, zu dem es kein Größeres gibt. Der Mensch kann sich Dinge denken, die real sind, und solche, die nur in seinem Kopf existieren. Der Mensch kann sich Gott denken. Wenn Gott aber nur in seinem Kopf existieren würde und nicht real wäre, wäre er nicht das Größte. Also muss er existieren.*«

Amirpour nickte widerwillig. »Ich habe davon gelesen. Gödel hat ihn in eine moderne Form gebracht. Aber das hat nichts zu bedeuten.«

Lombardi trat einen Schritt auf sie zu. »Ach nein? Ein genialer Wissenschaftler beschäftigt sich mit einem der wichtigsten Mathematiker der Geschichte, der zufällig einen Gottesbeweis führte.

Und dann behauptet dieser Wissenschaftler, der zufällig Mönch ist, etwas Bahnbrechendes gefunden zu haben, bevor er auf bestialische Art und Weise ermordet wird. Sie glauben wirklich, dass das Zufall ist?«

»Ich weiß es nicht!«, hielt sie dagegen. »Aber Sébastien hat von einer neuen Entdeckung gesprochen. Gödels Gottesbeweis ist seit langer Zeit bekannt. Das kann er nicht gemeint haben.«

Damit hatte Amirpour zwar recht, aber so schnell gab Lombardi nicht auf. »Gibt es keine aktuellen Forschungen dazu?«

»Doch«, gestand sie, »unlängst wurde der Beweis mit Computermethoden geprüft. Dabei hat man sogar einen Fehler gefunden, der sich aber korrigieren ließ.«

Lombardi stutzte. »Warten Sie – man hat einen Gottesbeweis, der auf Argumenten aus dem Mittelalter beruht, in einen Computer geladen? Und dieser Computer hat einen Fehler gefunden?«

Amirpour zog eine Grimasse, widersprach aber nicht.

»Sie sagten doch, Sébastien hätte Programme für den Supercomputer in dem verschlüsselten Ordner gehabt«, fuhr Lombardi fort.

»Und?«

»Das bedeutet, er hat den Supercomputer benutzt, um den Beweis weiterzuentwickeln.«

Amirpour verschränkte die Arme. »Das ist Spekulation.«

»*Spekulation?*«, wiederholte Lombardi.

Amirpour wollte es immer noch nicht wahrhaben. »Vielleicht hat Shanti etwas herausgefunden«, überlegte er. »Kommen Sie, wir müssen den Schreibtisch durchsuchen. Vielleicht finden wir hier etwas.«

Amirpour war offensichtlich froh, der Diskussion zu entkommen, und ließ sich nicht zweimal bitten. Während Lombardi die schweren Folianten vorsichtig aufhob und handschriftliche Notizen auf losen Papierblättern entzifferte, ging sie deutlich gröber ans Werk.

Lombardi war seltsam erleichtert. Was auch immer es war, mit dem Shanti sich hier beschäftigt hatte, es hatte nichts mit dem Teufel zu tun. Hier ging es um Philosophie, genauso wie in Sébastiens Arbeit. Philipp hatte also unrecht.

In diesem Moment stieß Amirpour einen spitzen Schrei aus, und Lombardi wurde aus seinen Gedanken gerissen. Sie hatte einen Schritt nach hinten gemacht und die Hände vor Nase und Mund gehoben.

»Lombardi, sehen Sie nur!«

Er umrundete den Schreibtisch. Dort lag ein aufgeschlagenes Buch, das sich auf den ersten Blick nicht von den anderen unterschied. Es war eine Handschrift mit schweren, hölzernen Buchdeckeln, die auf dem Tisch kaum noch Platz hatte und etwas über die Tischplatte hinausstand. Dies schien das Buch gewesen zu sein, das Shanti zuletzt gelesen hatte, bevor er zum Lastenaufzug gegangen war, um ihre Flucht vorzubereiten.

Und da sah Lombardi, was Amirpour so erschreckt hatte.

An dem Buch klebte getrocknetes Blut.

47

Lombardi wagte nicht, das Buch zu berühren. Zuerst glaubte er, es müsse das Blut des Abts sein, dass er hier angegriffen worden war. Doch die Tischplatte war sauber. Als er sich bückte, um den Boden genauer anzusehen, sah er, dass dort ebenfalls kein Blut klebte.

Er sah sich die Unterseite des Buchs an und entdeckte, dass das Holz der Buchdeckel mit Messing beschlagen war. Diese Ornamente waren an einer Stelle beschädigt. Ein Teil schien zu fehlen. Lombardi erkannte das Muster wieder.

Es war identisch mit dem Metallteil, das ihm Pater Blessings in der Krankenstation gezeigt hatte. Das er aus der Kopfwunde von Sébastiens Leiche entfernt hatte.

»Es passt, oder?«, fragte Amirpour hinter ihm.

Lombardi stand auf und nickte. »Dieses Buch muss die Mordwaffe sein. Damit wurde Sébastien erschlagen.«

»Shanti hat uns belogen«, sagte Amirpour. »Er hat viel mehr gewusst, als er zugegeben hat.«

»Er wollte selbst herausfinden, was in seinem Kloster passierte«, stellte Lombardi fest. »Und dafür hat er sein Leben gelassen.«

Amirpour trat einen Schritt näher und streckte die Hand nach dem Buch aus.

»Nicht anfassen!«, warnte Lombardi.

»Aber wir müssen doch wissen, was er gelesen hat.«

»Lassen Sie mich.« Lombardi beugte sich über die Buchseiten und versuchte, die handgeschriebenen Worte zu entziffern. Auch dieser Text war in Latein verfasst, doch er erkannte gleich, dass es sich nicht um einen wissenschaftlichen Text handelte. Dieser hier las sich eher wie ein Gebet. Lombardi zog den Ärmel seines Hemds über die rechte Hand und blätterte um. Da fielen ihm Namen ins Auge, die er kannte. Alle Kraft schien plötzlich aus ihm zu weichen.

Nein. Das ist unmöglich!

In diesem Moment hörte er neben sich ein Geräusch. Er und Amirpour drehten sich synchron um. Die Laute kamen vom Wandschrank her. Dessen Tür war aufgegangen, und vor ihnen stand eine Gestalt mit einer Kapuze. Und diese Gestalt stürzte sich auf ihn.

Bevor Lombardi reagieren konnte, rammte ihn der Angreifer zu Boden. Lombardi schlug mit dem Rücken auf und zog instinktiv den Kopf ein, um ihn zu schützen, doch die Wucht war so groß, dass sein Hinterkopf auf den Boden prallte. Kurz war er betäubt, alle Geräusche schienen gedämpft, und Sterne tanzten vor seinen Augen. Dann spürte er einen Unterarm, der gegen seinen Kehlkopf drückte und ihm die Luft abschnürte. Hilflos pumpte Lombardis Zwerchfell gegen den Widerstand. Nur mit Mühe konnte er seine Lider einen Spalt öffnen. Der Angreifer trug eine Mönchskutte, und die Kapuze warf einen Schatten auf das Gesicht, sodass Lombardi nur das Kinn und den aufgerissenen Mund erkennen konnte.

In diesem Moment krachte etwas auf die Gestalt nieder, und sie kippte zur Seite weg. Amirpour stand da und hatte einen der antiken Folianten in den Händen, der riesig war und sehr schwer aussah. Lombardi schnappte gierig nach Luft und hustete. Erst nach einigen Sekunden strömte wieder Luft in seine Lungen. Amirpour legte das Buch unsanft auf den Boden und beugte sich über ihn. Sie nahm seinen Kopf in ihre Hände und schien sich zu vergewissern, dass er atmete.

»*Hinter Ihnen!*«, brachte er hervor, als er sah, dass die niedergeschlagene Gestalt sich rührte.

Amirpour drehte sich um, doch bevor sie reagieren konnte, war der Mönch bereits beim Schreibtisch und hatte das metallbeschlagene Buch an sich gerissen.

»Halt!«, rief sie und sprang auf.

Aber er war bereits an der Tür und verschwand mit dem Buch auf dem Arm ins Freie. Sie lief ihm nach.

»Nicht!«, krächzte Lombardi. »Es ist zu gefährlich!«

Er versuchte, sich aufzurichten, doch sein Körper versagte ihm den Dienst. Sofort überkam ihn Schwindel. Er stützte sich auf die Ellbogen, versuchte ruhig zu atmen und lauschte. Draußen auf dem Gang verhallten Schritte.

Samira, tu es nicht. Denk daran, wer das ist. Was er getan hat.

Er spürte, wie seine Atmung sich beruhigte, doch sein Puls galoppierte weiterhin wie wahnsinnig.

Eine Weile war es still, dann hörte er von draußen erneut Schritte, ruhiger diesmal. Jemand kam auf das Büro zu.

Als Lombardi sah, wie Amirpour in der Tür auftauchte, machte sein Herz vor Erleichterung einen Sprung. Sie kniete sich zu ihm.

»Lombardi! Geht es Ihnen gut?«

»Ich glaube schon«, antwortete er.

»Ich habe ihn verloren«, berichtete sie aufgebracht und deutete zur Tür. »Wir hätten ihn aufhalten müssen, das Buch war vielleicht wichtig.«

»Seien Sie froh, dass wir beide am Leben sind«, entgegnete er.

»Wie konnten wir nur so dumm sein? Er war die ganze Zeit hier im Raum! Konnten Sie ihn erkennen?«

Lombardi schüttelte den Kopf.

Amirpour verschränkte die Arme. Ihre Wut ließ nicht nach.

»Haben Sie gesehen, was das für ein Buch war?«, fragte sie.

»Leider nicht. Es ging alles zu schnell.«

Lombardi wollte nicht erzählen, was er während des kurzen Blicks, den er in das Buch hatte werfen können, darin gelesen hatte. Es war einfach zu absurd, und er hoffte immer noch, sich getäuscht zu haben.

»Das Buch muss wichtig sein! Sonst hätte er es nicht mitgenommen.«

Lombardi nickte. Sie hatte recht. Doch nun war das Buch fort.

»Erst einmal müssen wir hier weg«, sagte er. »Vielleicht kommt er zurück.«

Das sah Amirpour ein. Sie nahm ihr Handy aus der Tasche und begann, die Bücher auf dem Tisch zu fotografieren. Währenddessen versuchte Lombardi aufzustehen. Er stellte fest, dass seine Kraft langsam wieder zurückkam. Wankend kam er auf die Beine und musste sich an der Tischplatte abstützen, doch nach ein paar Sekunden hatte er sein Gleichgewicht wiedergefunden. Nur sein Hals tat ihm weh, wenn er schluckte. Er hoffte, dass sein Kehlkopf nicht verletzt war.

Als Amirpour die Bücher von allen Seiten fotografiert hatte, steckte sie ihr Telefon ein. Vorsichtig spähte sie auf den Gang. Dann trat sie hinaus.

»Wohin jetzt?«, fragte sie.

»Folgen Sie mir. Wir müssen etwas überprüfen.«

48

»Was wollen Sie in der Bibliothek?«, wollte Amirpour wissen, als sie den nach Staub riechenden Raum betraten. Doch als sie das Chaos sah, verstummte sie. Die Regale waren zu einem guten Teil leergeräumt. Auf dem Boden stapelten sich ungeordnet kostbare Bücher.

»Was bedeutet das?«, fragte Amirpour.

Lombardi trat näher und ließ seine Finger über einen der Buchrücken streifen. Er erkannte Newtons *Principia* wieder, ein außergewöhnlich kostbares Buch, wie Demetrios ihm erklärt hatte. Es lag nun einfach so auf diesem Stapel.

»Ich habe keine Ahnung.«

Er warf einen Blick auf die Bücher, die in den Regalen verblieben waren, und versuchte, die Titel zu entziffern.

»Vielleicht hat jemand etwas gesucht«, mutmaßte Amirpour. »Kann Shanti das getan haben?«

Lombardi konnte es nicht ausschließen, doch er hatte nicht den Eindruck, dass jemand etwas gesucht hatte. Es schien eher so, als wären bestimmte Bücher nach einem ihm unbekannten System aus den Regalen entfernt worden. Aber wozu?

»Wir haben keine Zeit«, sagte er. »Sie haben die Bücher in Shantis Büro fotografiert. Können Sie mir die Bilder zeigen?«

Sie nahm ihr Handy heraus. Lombardi zählte die Bücher auf dem Schreibtisch. Es waren sechs Stück.

»Er muss die Bücher von hier geholt haben«, erklärte Lombardi. »Kommen Sie, wir müssen nachsehen, woher er sie genommen hat.«

»Warum?«, fragte Amirpour.

»Tun Sie es einfach, bitte!«

Sie teilten sich auf und begannen, den düsteren Raum zu untersuchen. Durch die runden Fenster fiel kaum noch Licht. Doch auch im schwachen Schein gelang es Lombardi, Buch für Buch zu identifizieren.

»Darf man die Bücher eigentlich ausleihen?«, fragte er. »Wie ist das hier geregelt?«

»Nicht alle«, antwortete Amirpour vom anderen Ende des Raums, wo sie einen der Stapel auf dem Boden begutachtete. »Es gibt aktuelle Bücher, die Sie ausleihen können, aber die alten Werke müssen Sie hier lesen. Manche davon gehören eigentlich in einen Panzerschrank. Aber Abt Konstanz wollte, dass alle für jeden zugänglich sind.«

»Also hätte Shanti die Bücher gar nicht entwenden dürfen?«

»Nein«, bestätigte Amirpour und drehte sich zu Lombardi um. »Aber er war schließlich Abt. Wollen Sie mir wirklich nicht verraten, was wir hier tun?«

»Ich will wissen, ob Shantis Bücher alle aus der Bibliothek waren.«

Amirpour sah ihn fragend an. »Warum denn nicht?«

»Als Blessings mir den Metallbeschlag gezeigt hat, habe ich ihn gefragt, ob es so ein Buch in der Bibliothek gibt. Er hat das ausgeschlossen. Und als ich wissen wollte, ob es irgendwo noch mehr Bücher gibt, hat er das verneint. Er war sehr bestimmt.« Er ließ seine Worte wirken. »Aber das ist seltsam, nicht wahr? Woher soll es denn stammen, wenn nicht aus der Bibliothek?«

Amirpour schien zu verstehen, worauf er hinauswollte. »Bei dem Chaos hier wird es schwer sein, das zu entscheiden. Warten Sie, ich habe hier das Gesamtverzeichnis der Bibliothek.« Sie kam zu ihm, während sie etwas in ihr Handy tippte.

Gemeinsam verglichen sie das Verzeichnis mit den Fotos, die Amirpour gemacht hatte. *Summa Theologica ... Corpus Aeropagiticum... Tahāfut al-Tahāfut ...* Werk für Werk konnten sie die Auswahl aus Shantis Büro mit den fehlenden Büchern in der Bibliothek identifizieren. Alles passte zusammen, bis auf das Buch, das der Mönch entwendet hatte und dessen Titel sie nicht kannten. Lombardi fluchte leise.

»Was denken Sie?«, fragte Amirpour.

Lombardi seufzte.

Dass es hier weitere Bücher gibt. Bücher, die nicht in der Bibliothek stehen. Bücher über Hexerei, über Schwarze Magie, über Dämonen.

Das war es, was Lombardi in dem Buch gesehen hatte: die Namen von Dämonen der christlichen Mystik. *Beelzebub. Belial. Asmodäus.*

»Lombardi, jetzt verschweigen Sie mir wieder etwas, ich merke es genau.«

Er schüttelte den Kopf. Es war zu absurd. Er konnte ihr nicht davon erzählen, noch nicht.

Hat Shanti etwa auch geglaubt, der Teufel gehe in der Abtei um?

In diesem Moment hörten sie, wie sich eine Tür öffnete. Schnell gingen sie hinter Bücherstapeln in Deckung.

49

»Wo bleibt er denn, dein verdammter Experte?«, fragte Badalamenti schroffer, als er beabsichtigt hatte.

Er saß am Schreibtisch in Turillis Büro und starrte auf sein Tablet. Er hielt das Warten nicht mehr aus.

Der Kardinal hob seinen rechten Zeigefinger. »Pass auf deinen Ton auf, alter Freund!«

Badalamenti biss sich auf die Lippen und schluckte alle zynischen Kommentare hinunter.

»Ich weiß nur nicht, was ich damit anfangen soll«, erklärte Badalamenti verzweifelt.

Seit zwanzig Minuten arbeitete er sich nun schon durch das PDF-Dokument auf seinem Tablet, das gemeinsam mit dem verstörenden Video von Sébastien online gegangen war und den verwirrenden Titel *Deconstructio* trug, der nahelegte, dass etwas *auseinandergenommen* werden sollte.

Das zwanzigseitige Dokument selbst war in lateinischer Sprache geschrieben, was kein Problem darstellte. Badalamenti beherrschte die alte Sprache gut. Im Vatikan war Latein sogar nach wie vor die Amtssprache, und manche Kardinäle konnten darin zwanglos Unterhaltungen führen. Dazu reichte es bei ihm nicht, zum Lesen aber allemal. Das Problem an dem Dokument war eher, dass es kaum Text enthielt, sondern fast vollständig aus mathematischen Symbolen bestand. Für ihn war es so kryptisch wie ein mesopotamischer Keilschrifttext.

»Hab Geduld«, sagte Turilli. »Bald wissen wir mehr.«

»Du glaubst, dein Experte wird uns helfen können?«

»Sie ist die Beste«, erklärte er.

Badalamenti sah von seinem Tablet auf. »Sie?«

»Claudia studiert Theologie, Philosophie und Mathematik im fünften Semester. Glaub mir, wenn sie es nicht versteht, versteht es niemand. Ich kenne ihren Professor gut, er lobt sie in den höchsten Tönen. Professore d'Emilia ist übrigens gerade bei Gnerro, wie ich gehört habe.«

Da rumorte es auch schon vor Turillis Büro. Als die Tür aufsprang, stand dort ein blasses blondes Mädchen mit einem Träger-T-Shirt und einer Tätowierung mit einem Katzenmotiv auf der Schulter.

»Tut mir leid, Eminenz, ich bin zu spät.«

»Macht nichts«, sagte Turilli und zog einen Stuhl heran. »Das ist Signore Badalamenti, ein Freund von mir.«

Badalamenti gab der jungen Frau die Hand. Ihr Händedruck war fest. Sie setzte sich.

»Konnten Sie es sich schon ansehen?«, fragte Turilli.

»Nur flüchtig«, erklärte sie und holte ihren Laptop hervor, der mit unzähligen bunten Aufklebern verziert war und nach dem Aufklappen zum Leben erwachte.

»Und was halten Sie davon?«

»Es handelt sich um ein formales System der Aussagenlogik zweiter Ordnung«, sagte sie, als wäre es das Selbstverständlichste auf der Welt. »Das ist nicht die gängige Schreibweise, deshalb habe ich es nicht gleich verstanden. Mir scheint, als sei es für die Verwendung in Computerprogrammen optimiert. Oder in einem Kalkül.«

Badalamenti hob die Hände. »Langsam. Ein *Kalkül?*«

Claudia sandte Turilli einen abschätzigen Blick – *Wer ist dieser Kerl?* Der Kardinal schmunzelte. »Versuchen Sie, es kurz zu machen.«

»Ich bin mir ziemlich sicher, dass er die Arbeit teilweise mit dem Computer durchgeführt hat. Mit einem Programm wie *Isabelle*.«

»Was ist das?«, wollte Turilli wissen.

»Ein Programm, mit dem man mathematische Beweise führen kann.«

»Warten Sie«, fuhr Badalamenti dazwischen, »Sie wollen mir sagen, Computer können Beweise führen?«

Claudia sah ungeduldig zu Turilli. »Das gibt es seit den Achtzigern.«

»Bleiben Sie einfach beim Wesentlichen«, bat der Kardinal. »Was haben Sie herausgefunden?«

Sie fuhr fort und klang so beiläufig, als lese sie den Wetterbericht vor. »Es handelt sich um eine modale Logik. Darin gibt es nicht nur Wahrheit und Unwahrheit, sondern auch das Konzept der Möglichkeit. Der Autor benutzt undefinierte Begriffe in seinen Axiomen. Das bedeutet, er erklärt nicht, wovon er spricht. Weil es nicht nötig ist, die Verwendung der Begriffe in den Axiomen erklärt alles, was man über sie wissen muss.«

Sie sah Badalamentis fragenden Blick.

»Das ist wie im Glaubensbekenntnis. *Ich glaube an Gott den Vater, den Allmächtigen, den Schöpfer des Himmels und der Erde.* Sie können das Wort *Gott* durch ein *X* ersetzen, und es funktioniert trotzdem. Sie müssen nicht erst erklären, *was* Gott ist, sondern beginnen gleich mit der Aussage, dass Sie an ihn glauben. Die Axiome und die modale Logik dieser Arbeit hier erinnern stark an Dinge, die ich bei Kurt Gödel gesehen habe. Und zwar in seinem ontologischen Gottesbeweis. Die Arbeit handelt von Gott, so viel kann ich sagen.«

Badalamenti hielt den Atem an.

Ich wusste es!

»Es ist also ein Gottesbeweis?«, fragte Badalamenti.

»Das habe ich nicht gesagt«, erwiderte sie schnell. »Außerdem handelt es sich nicht um einen vollständigen Beweis, nur um eine Skizze.«

»Sie sind aber sicher, dass es um Gott geht?«, hakte Turilli nach.

Da nickte sie. »Herr Kardinal, was wir hier haben, ist auf jeden

Fall außergewöhnlich. Da stecken viele Jahre Arbeit drin. Ich habe das Video gesehen. Wer ist das? Stimmt es, dass es sich um einen Mönch handelt? Warum habe ich noch nie von ihm gehört?«

Badalamenti seufzte. »Er war mein Ziehsohn.«

In diesem Moment brummte Turillis Handy. Badalamenti zuckte unwillkürlich zusammen.

Bitte keine weitere Katastrophenmeldung!

Doch als Turilli sein Handy hervorholte, zeigte sein Gesicht weniger Erschütterung als vielmehr Verwirrung.

»Was ist?«, fragte Badalamenti.

»Die großen Nachrichtenagenturen haben gerade eine Meldung herausgegeben. Sie wird derzeit überall geteilt. Alle Zeitungen aktualisieren ihre Schlagzeilen.«

Badalamenti griff zu seinem Tablet und öffnete ein Browserfenster. Schon bei der ersten Tageszeitung, die er anwählte, blieb ihm vor Schreck die Luft weg.

»Aber das ist unmöglich!«, hauchte er.

Er öffnete eine weitere, dann noch eine. Alle übernahmen die neue Meldung. Badalamenti musste an den Titel des Dokuments denken.

Deconstructio.

»Es ist nicht unmöglich«, erklärte Claudia bestimmt. »Es ist genau das, was ich Ihnen auch gerade sagen wollte.«

50

Der Diener zwang sich, das Buch loszulassen. Die Angst ließ langsam nach, die Stimmen aus der Dunkelheit waren verstummt, vorerst. Er spürte, dass er nun wieder die Kontrolle zurückerlangte. Die ganze Zeit über war er dem Versucher einen Schritt hinterher gewesen, ausgetrickst von seiner Verschlagenheit. Nun schien sich das Blatt zu wenden.

Noch immer war viel zu tun. Jemand musste etwas gegen den falschen Bischof unternehmen. Noch immer hatten er und die Verräterin das schreckliche Geheimnis nicht enthüllen können, doch sie waren nah dran, zu nah. Er konnte nicht warten, ob er Unterstützung bekam, das dauerte zu lang. Dieses Problem musste er selbst lösen.

Die Nachricht von dem Geheimnis war nach außen gedrungen. Sébastien hatte das in die Wege geleitet, der Diener hatte es nicht verhindern können. Doch es war weniger schlimm, als er befürchtet hatte. Nicht die ganze Wahrheit war an die Öffentlichkeit gelangt, nur ein wertloses Fragment. Das schreckliche Geheimnis blieb vorerst gewahrt. Der falsche Bischof und die Verräterin waren im Besitz dieses Wissens, aber sie verstanden es nicht und vermochten damit keinen Schaden anzurichten, solange sie nicht mit der Außenwelt kommunizieren konnten. Das musste er unbedingt verhindern.

Seine Aufregung wuchs.

Etwas Wunderbares war passiert. Etwas, dessen Bedeutung er noch nicht ganz verstand. Die Abtei hatte einen neuen Weg eingeschlagen. Er spürte, dass etwas in Bewegung kam. Vielleicht hatte er bald Verbündete in seinem Kampf.

Vielleicht konnte er sich so als würdig erweisen, erneut das heilige Gewand überzustreifen.

51

Was macht er hier?

Aus ihrem Versteck beobachteten Lombardi und Amirpour, wie Demetrios die Bibliothek betrat und vor sich einen Rollwagen herschob. Er hielt neben einem der Bücherstapel und begann, Bücher daraufzupacken.

Lombardi tauschte einen Blick mit Amirpour. Diese Bücher waren aus den Regalen geräumt worden, weil sie weggebracht werden sollten. Doch wohin? Und warum?

Es war irritierend, wie Demetrios die Bücher stapelte, als wären es Ziegel. Der Cellerar wusste doch, dass man diese wertvollen Bücher nicht so behandeln konnte. Als der Wagen voll beladen war, setzte Demetrios ihn mit einem Ruck in Bewegung.

»Kommen Sie«, flüsterte Lombardi seiner Begleiterin zu, *»wir müssen sehen, wohin er sie bringt.«*

Amirpour nickte, und als der Mönch außer Sichtweite war, setzten sie sich in Bewegung.

Es war nicht besonders schwierig, Demetrios zu folgen. Mit seinem schwer beladenen Wagen kam er nur langsam voran, und die Rollen aus Hartplastik holperten geräuschvoll über die alten Fliesen. Lombardi hoffte nur, dass ihnen niemand begegnete. Seine Angst erwies sich als unbegründet, denn Demetrios hielt auf die Schleusentür des Computerraums zu, die seit der Abtwahl permanent geöffnet zu sein schien. Der Duft von Kerzenwachs wehte ihnen entgegen. Lombardi blieb neben dem Eingang stehen. Von drinnen hörten sie Stimmen. Jemand machte seinem Unmut Luft. Es handelte sich um Philipp.

»Wie konnte das passieren?«, schimpfte der neue Abt. »Es muss dir doch aufgefallen sein!«

Lombardi stand mit dem Rücken zur Mauer und spähte um die Ecke. Die großen Fackeln waren längst heruntergebrannt, nun waren überall Kerzen auf den Serverschränken verteilt. Ihr Wachs rann über die glatten Oberflächen. Philipp konnte er nicht sehen, doch er erhaschte einen Blick auf Weiwei, der mit gesenktem Kopf dastand. Vor ihm auf dem Altar befand sich die mit Edelsteinen besetzte Truhe für die Michaelsreliquie. Der Deckel der Truhe war geöffnet, und ein Tuch hing heraus, das wie ein Handtuch aussah. Lombardi traute seinen Augen nicht.

»Aber Pater Philipp – Herr Abt! Ich sagte doch, dass ich die Truhe nicht angerührt habe! Jemand muss die Reliquie herausgenommen haben.«

»Und warum sollte jemand das tun?«

»Ich weiß es nicht!«, beteuerte Weiwei.

»Ich merke es, wenn du lügst!«, polterte Philipp. »Sag mir, war es eine Ungeschicklichkeit? Ist etwas mit dem Mantel passiert? Du hast ihn beschädigt, und jetzt willst du dich aus der Affäre ziehen. Ist es nicht so?«

Lombardi verstand nun. Die Michaelsreliquie war verschwunden. Jemand hatte das wertvolle Stück durch einen einfachen Lappen ersetzt.

»Nein, ich schwöre bei Gott ...«

Philipp schlug Weiwei ins Gesicht. Es traf diesen völlig unvorbereitet, und er ging zu Boden.

»Verhöhne nie wieder in meiner Gegenwart den Namen des Herrn!«

Demetrios, der inzwischen beim Altar angekommen war, räusperte sich. »Herr Abt.«

»Bist du endlich fertig?«, wollte Philipp wissen. »Wie lange braucht das denn?«

»Es sind sehr viele«, rechtfertigte sich Demetrios.

»Dann beeil dich gefälligst!«

Demetrios zögerte.

»Was?«, fragte Philipp scharf.

»Es gäbe andere Dinge zu tun. Einige Mitbrüder haben noch persönliche Gegenstände in der Nähe der Einsturzzone, die geborgen werden müssen.«

»Das kann warten. Zuerst die Bücher.«

Demetrios zögerte. »Philipp, dieses Wissen verschwindet nicht, wenn du es versteckst.«

»Du tust, was ich dir befohlen habe!«, schrie Philipp.

Endlich verstand Lombardi. Die Bücher auf den Stapeln – Newtons wertvolle *Principia* –, es waren nur die wissenschaftlichen Bücher, die Philipp wegbringen ließ. Er säuberte die Abtei von allem, was an das Projekt von Konstanz erinnerte. Lombardi hörte, wie der Cellerar den Wagen erneut in Bewegung setzte.

»Und was dich angeht«, wandte Philipp sich an Weiwei, der inzwischen wieder stand, »über deine Strafe sprechen wir noch.«

»Aber Herr Abt ...«

Philipp sagte etwas, das Lombardi nicht verstand. Ihm fiel nämlich auf, dass er Demetrios nicht mehr sah. Das Rollengeräusch war inzwischen verstummt. Ihm fiel auf, dass etwas daran seltsam war. Was wollte Demetrios mit den Büchern hier im Computerraum? Lombardi streckte sich, um mehr von dem Raum sehen zu können. Philipp und Weiwei waren so miteinander beschäftigt, dass er sich aus seiner Deckung wagte.

»*Nicht!*«, flüsterte Amirpour hinter ihm.

Doch er wollte sehen, wohin Demetrios seinen Wagen geschoben hatte. Der Gang, durch den Lombardi den Computerraum zum ersten Mal betreten hatte, konnte es nicht sein, denn dort war eine steile Treppe. Auf allen vieren robbte er voran, aber sosehr er seinen Hals verrenkte, der Cellerar war nirgends mehr zu sehen.

In diesem Moment brummte plötzlich Lombardis Handy. Vor Schreck wäre er beinahe aufgesprungen. Er beherrschte sich im letzten Moment und robbte sofort zurück.

»Wer ist da?«, fragte Philipp.

Den Rest hörte Lombardi nicht mehr. Er und Amirpour rannten davon, ohne sich umzudrehen.

Nach einigen Minuten fanden sie schnaufend und keuchend in einer Mauernische Schutz und warteten. Erst als einige Minuten vergangen waren und sie sicher waren, dass niemand ihnen gefolgt war, nahm Lombardi sein Telefon aus der Tasche und entsperrte es.

»Was ist?«, fragte Amirpour.

Lombardi schüttelte ungläubig den Kopf. »Jemand will beichten. Ich soll in die Kirche kommen.«

52

Der Beichtstuhl stand in einer Nische der dunklen Abteikirche. Lombardi saß auf einer hölzernen Bank und hatte das Zeitgefühl verloren. Es war zugig, als wäre irgendwo eine Tür offen. Lombardi hörte immer noch das Pfeifen des Sturms. Dennoch glaubte er zu hören, dass der Wind schwächer geworden war. Er versuchte, nicht an das zu denken, was Weiwei über die Statik des Klosters gesagt hatte, und bildete sich immer wieder winzige Erschütterungen des Bodens ein.

»Das ist eine Falle! Gehen Sie nicht hin«, hatte Amirpour ihn gewarnt, als er ihr die anonyme Nachricht vorgelesen hatte, die er über den Messenger-Dienst der Kloster-App bekommen hatte. *Bitte um Abnahme der heiligen Beichte. 10 min in der Kirche.*

Lombardi war immer noch unschlüssig. Aber wenn jemand ihnen eine Falle stellen wollte, gab es bestimmt andere Möglichkeiten. Ihre Unwissenheit war ebenfalls gefährlich, und ein Beichtgespräch war die beste Gelegenheit, mehr über die Vorgänge im Kloster zu erfahren, auch wenn er danach niemandem davon erzählen durfte. Also war er hier, während Amirpour sich versteckt hatte.

Der Beichtstuhl der Kirche bestand aus dunklem Holz und war nach barocker Bauart mit drei Abteilen ausgeführt. Über dem mittleren Abteil befand sich eine Holzplakette mit einer seltsamen Schnitzerei. Es handelte sich um ein Auge in einem Dreieck, von dem Strahlen in alle Richtungen ausgingen. Lombardi kannte das Motiv: das allsehende Auge, ein Symbol, das in der christlichen Welt als das Auge Gottes interpretiert wurde, aber auch in anderen Religionen üblich war und bis ins alte Ägypten zurückverfolgt werden konnte. Durch seine Verwendung bei den

Freimaurern und Illuminaten hatte es einen fragwürdigen Beigeschmack bekommen, spätestens, seit es die amerikanischen Dollarscheine zierte. Hier auf dem Beichtstuhl stand es für eine versteckte Drohung: *Gott sieht alles, keine deiner Sünden bleibt ihm verborgen.*

Lombardi bereute zunehmend, der Bitte des Unbekannten nachgekommen zu sein. Es gab nur eine Erklärung, warum jemand nicht bei den Patern aus dem Kloster beichten wollte: Jemand misstraute ihnen. Lombardi hingegen war ein Außenstehender. Doch je länger er im Beichtstuhl saß, desto größer wurde seine Anspannung. Der Raum beengte ihn, er war auf sich selbst zurückgeworfen, in seiner eigenen kleinen Echokammer, die jeden seiner negativen Gedanken zu verstärken schien. Fast schien es ihm, als wäre er derjenige, der beichten musste, doch was?

Andererseits hatte er Angst davor, was er erfahren könnte. Warum hatte ihn derjenige nicht einfach persönlich um die Beichte gebeten? War das hier wirklich eine Falle? Bei dem Gedanken wurde ihm übel. Etwas stimmte hier nicht, da hatte Amirpour recht.

Sie hielt sich inzwischen in einer Zelle neben der Bibliothek versteckt. Er machte sich Sorgen um sie. Er kam mehr und mehr zu dem Schluss, dass es eine dumme Idee gewesen war hierherzukommen.

Lombardi wollte gerade aufstehen, als sich auf der anderen Seite etwas regte. Es war zu spät, da war jemand. Lombardi war so in Gedanken gewesen, dass er ihn nicht kommen gehört hatte. Die Person begann leise zu sprechen. *»In nomine patris, et filii, et spiritus sancti.«*

Die Stimme klang seltsam fremd und verzerrt. Tonlos, als wäre es kein Mensch, der da sprach.

»Gott schenke dir Erkenntnis deiner Sünden und seiner Barmherzigkeit«, antwortete Lombardi.

Auf der anderen Seite war es still. Lombardi wagte kaum zu atmen.

»Sie wollen beichten?«, fragte er.

»Ja, Exzellenz«, sagte die Person leise. »Ich habe gesündigt.«

Kurz glaubte Lombardi, dass der Mann vor ihm der Mörder sein musste. Welchen Grund konnte es sonst geben, ihn auf diese Weise um die Beichte zu bitten? Einer der Mönche hatte seine Mitbrüder umgebracht und wollte seine Seele erleichtern, bevor er etwas noch Schrecklicheres anstellte. Doch die Stimme des Mannes klang brüchig, als hätte er geweint. Das passte nicht.

»Sind Sie sicher, dass es das Sakrament der Beichte sein muss?«, erkundigte sich Lombardi vorsichtig. »Manchmal ist ein einfaches Gespräch sehr befreiend.«

Ein undefinierbares Zischen kam von der anderen Seite.

»Exzellenz, sparen Sie sich das«, sagte die Stimme, »ich brauche das Sakrament der Absolution, nicht Ihr Verständnis.«

Lombardi war irritiert. »Dann weiß ich nicht, ob das hier eine gute Idee ist.«

Er war erschrocken über den harten Klang seiner Worte. Er hatte noch nie jemandem die Beichte verweigert. Die Absolution der Sünden war eine der wichtigsten rituellen Handlungen in der katholischen Gemeinschaft. Es ging um nichts Geringeres als das Seelenheil eines Menschen. Dennoch hatte Lombardi das Gefühl, dass er benutzt wurde.

»Bereuen Sie denn, was Sie getan haben?«, fragte er. »Sie wissen, dass Ihnen nur vergeben werden kann, wenn Sie bereuen.«

»Ich weiß, dass ich mich schuldig gemacht habe«, antwortete der andere. »Und ich bin nicht der Einzige. Aber ich bin zum Gehorsam verpflichtet! Ich dachte, dass es richtig ist.«

Lombardi nickte bei sich. *Ein Mönch. Nur welcher?* Sosehr er sich auch bemühte, er konnte die Stimme nicht zuordnen.

Lombardi war hochkonzentriert. Er wollte wissen, wer da neben ihm saß, aber er wollte ihn nicht verschrecken.

»Und doch halten Sie es für eine Sünde, sonst wären Sie nicht hier«, sagte er.

»Kann es denn eine Sünde sein, die Kirche zu retten?«

»Wovor wollen Sie die Kirche retten?«

»Vor dem Bösen, wovor sonst.«

Lombardi wartete gebannt darauf, dass der andere weitersprach.

»Sie wissen sehr gut, wovon ich rede«, fuhr der Mann auf der anderen Seite des Beichtstuhls fort. »Das Projekt dieser Abtei hat sich zu einer Gefahr für die Kirche entwickelt. Etwas musste unternommen werden.«

Lombardi kroch die Kälte in die Glieder. »Sie sprechen von Sébastien? Finden Sie den Mord etwa gerechtfertigt?«

»Natürlich nicht!«

Die heftige Reaktion beruhigte Lombardi paradoxerweise. Neben ihm saß ein Mensch mit einem Gewissen. »Wussten Sie, dass er in Gefahr war?«

»Wir hätten es wissen müssen. Es war nur eine Frage der Zeit, bis etwas Schreckliches passiert.«

»Helfen Sie mir zu verstehen«, drängte Lombardi. »Sébastien hat eine Veröffentlichung vorbereitet. Aber es gibt Grund zur Annahme, dass er sich mit einer mathematischen Form eines Gottesbeweises auseinandersetzte. Er wollte Gott mit dem Verstand fassen, die Wunder der Schöpfung. Warum sollte ihn dafür jemand umbringen?«

Ein bitteres Lachen auf der anderen Seite. »Exzellenz, Sie haben nichts verstanden. Sébastien wollte Gott nicht beweisen.«

»Was dann?«

»Bitte, Exzellenz! Die Beichte!«, drängte der andere.

Die Kälte war nun weg, Lombardi spürte, dass der Mann Angst hatte.

»Sie müssen bereuen«, sagte Lombardi hart.

»Wie naiv Sie sind, Herr Bischof«, erwiderte der Mann resigniert.

»Warum bin ich naiv?«

»Glauben Sie ja nicht, dass Sie allein eine Chance haben.«

Lombardi wartete, aber der andere antwortete nicht mehr. Als er aus dem Beichtstuhl stürmte, um ihn zu Rede zu stellen, lag auf dem Kniebrett nur ein eingeschaltetes Smartphone.

53

Amirpour machte ein sorgenvolles Gesicht, als er die Zelle betrat, in der sie sich versteckte.

»Herr Bischof, geht es Ihnen gut?« Sie sah das Smartphone in seiner Hand. »Wo haben Sie denn das her?«

Er gab ihr das Telefon, ohne sie anzusehen, dann setzte er sich auf den Boden und lehnte den Rücken an die Wand.

»Was ist passiert?«, fragte sie. »Wer kam zur Beichte?«

»Ich weiß es nicht«, sagte er.

»Was soll das heißen, Sie wissen es nicht?«

Lombardi deutete verärgert auf das Telefon. »Wie hätte ich es sehen sollen? Ich war im Beichtstuhl! Auf der anderen Seite lag nur das Telefon. Er wollte nicht, dass ich ihn erkenne.«

Amirpour starrte verblüfft das Gerät an. »Und was hat er gesagt?«

Lombardi schüttelte den Kopf.

Sie seufzte. »Beichtgeheimnis, ich verstehe.«

»Das ist es nicht«, beteuerte er. »Aber was ich gehört habe, ergibt keinen Sinn.«

Sie verschränkte die Arme. »Sehr erhellend, danke.«

Er wollte etwas erwidern, doch er hatte keine Kraft zu streiten. Sie wandte sich ab wie ein beleidigtes Kind und begann, das Smartphone zu bearbeiten.

»Aha«, sagte sie nach einer Weile.

Lombardi sah auf. »Was?«

Sie sandte ihm einen abschätzigen Blick. »Sie wollen wissen, was ich gefunden habe? Ich dachte, wir reden nicht miteinander.«

»Seien Sie nicht kindisch«, bat Lombardi.

Sie brummte etwas Unverständliches. »Es gibt einen Störsender hier im Kloster«, erklärte sie dann.

»Einen Störsender?«

»Sie haben ja schon bemerkt, dass niemand hier Empfang hat.«

»Ja, weil wir in den Bergen sind. Worauf wollen Sie hinaus?«

Amirpour grinste triumphierend. »Falsch! Die Mobilfunksignale werden bewusst gestört. Das ist nicht einmal besonders schwierig, solche Anlagen kann man im Internet bestellen. Und man kann dafür sorgen, dass bestimmte Geräte weiterhin funktionieren.«

Lombardi verstand kein Wort. »Ein Störsender? Woher wollen Sie das wissen?«

»Weil dieses Gerät sehr wohl Empfang hat. Vor einigen Minuten hat jemand damit telefoniert. Wer auch immer mit Ihnen in diesem Beichtstuhl gesprochen hat, hat das über eine gewöhnliche Telefonverbindung getan.«

»Langsam«, bat Lombardi. »Sie haben das Gerät entsperrt? Das ist doch durch einen Pin-Code geschützt! Ich habe es versucht, da kommt man nicht rein.«

Amirpour schien sich darüber zu amüsieren. »Falsch. *Sie* kommen da nicht rein.«

»Aber wie …«, begann Lombardi.

Sie wurde ungeduldig. »Haben Sie sich noch nie das Display Ihres Handys genauer angesehen?«

»Was sollte ich dort sehen?«

»Finger hinterlassen Fettflecken. Besonders an den Stellen, die oft gedrückt werden. Weil man zum Entsperren den Code eingeben muss. Ich sehe hier vier Flecken. Einer davon ist rechts unten, dort ist der OK-Knopf. Darüber sind zwei kleinere Flecken und ein großer. Wie lang ist ein Pin-Code?«

»Vier Ziffern?«

»Genau. Und wenn ich diese Flecken anschaue, dann vermute ich, dass die Drei und die Sieben jeweils einmal gedrückt werden müssen, die Zwei hingegen zweimal. Wenn das Gerät ausgeschaltet gewesen wäre, hätte ich ein Problem. Aber hier war nur die Bildschirmsperre aktiviert, und die war ebenfalls mit dem Pin gesichert. Ich kann so oft probieren, wie ich möchte. Wären es vier unterschiedliche Ziffern, müsste ich vierundzwanzig Möglichkeiten durchprobieren. Aber das ist in diesem Fall gar nicht nötig, weil eine Ziffer zweimal vorkommt. Also genügen zwölf Versuche. Ich hatte Glück, der vierte Versuch war erfolgreich.«

Sie starrte auf den Bildschirm. »Leider kann ich nicht sagen, wem es gehört. Alle Daten wurden gelöscht.«

Lombardi fühlte sich entmutigt. Doch dann musste er an das denken, was sie über die Störsender gesagt hatte.

»Warten Sie … können wir damit nach draußen telefonieren?«

Amirpour lächelte. »Wen wollen Sie anrufen?«

54

Lombardi hatte Mühe, seine Hand ruhig zu halten, so aufgeregt war er, als er das vertraute Tuten hörte, das ihm anzeigte, dass es am anderen Ende der Leitung läutete.

»Badalamenti«, meldete sich eine müde Stimme. »Wer spricht?«

»Alessandro!«, rief Lombardi aus.

Sein Freund schwieg einige Sekunden.

»Stefano? Bist du es?« Ein undefinierbares Grunzen war zu hören, bevor Badalamenti aufgeregt losplapperte. »Geht es dir gut? Ich habe mir solche Sorgen gemacht! Was ist denn los? Habt ihr alle eure Handys ausgeschaltet?«

»Hier ist nirgends Empfang!«, beteuerte Lombardi.

»Ich hatte dort immer Empfang.«

»Es soll einen Störsender geben …« Lombardi brach mitten im Satz ab. Sein Herz war plötzlich schwer, und auch Badalamenti schwieg. Sie beide hatten sich so viel zu sagen, und doch wussten sie nicht, wie sie es tun sollten.

»Stefano, wie geht es euch? Wir haben widersprüchliche Dinge gehört. Im Vatikan sind alle ratlos.«

»Ihr wisst also gar nichts?«

»Der Abt hat heute Morgen eine kurze Nachricht an den Heiligen Stuhl geschickt. Er schrieb nur, dass er bereits mit der Gemeinde in Kontakt stehe. Wir sollten uns keine Sorgen machen.«

Das bestätigte Lombardis Verdacht. Shanti hatte ihnen nicht die ganze Wahrheit gesagt. Niemand wusste, was genau passiert war.

»Du weißt es also nicht, oder?«, fragte Lombardi.

»Was weiß ich?«

Lombardi musste all seine Kraft zusammennehmen. Es war

furchtbar, diese Nachricht am Telefon zu überbringen. »Hier sind schreckliche Dinge passiert, Alessandro. Du hast keine Vorstellung. Wir sind von der Außenwelt abgeschnitten, aber das ist noch nicht alles.«

Er gab sich einen Ruck. »Er ist tot«, sagte er. »Der Abt ebenfalls. Es tut mir so leid.«

Badalamenti schien nicht mehr zu atmen. »Wie ist es passiert?«, fragte er nach einer Weile.

Doch Lombardi hatte das Gefühl, dass er es bereits wusste. »Jemand hat sie umgebracht. Nicht nur das, sie wurden gekreuzigt.«

Badalamenti brauchte einige Sekunden, um diese Ungeheuerlichkeit zu verdauen.

»Ich hätte selbst fahren sollen«, murmelte er. Seine Stimme hatte kaum noch Kraft. »Ich werde mir das niemals verzeihen.«

»Das darfst du nicht sagen«, widersprach Lombardi energisch. »Du hättest nichts tun können. Etwas geschieht hier, das ich nicht verstehe. Du weißt, dass Sébastien an einer Veröffentlichung arbeitete, das hast du selbst gesagt. Hast du wirklich keine Idee, worum es sich handelte?«

»Du hast dort oben keine Nachrichten gehört, oder?«

»Nein. Ich weiß nur, dass Sébastien seine Arbeit publizieren wollte. Weißt du schon etwas darüber?«

»Die Meldung geht gerade um die Welt. Es ist auf allen Titelseiten.«

Lombardi lauschte gebannt. Sébastien hatte die Ankündigung aus seinem Video also wahr gemacht.

»Wir stehen unter enormem Druck, Stefano«, fuhr Badalamenti fort. »Ich hatte eine Audienz beim Papst, der Kardinalstaatssekretär will Antworten von mir. Auf dem Petersplatz stehen Demonstranten. Sie haben Steine auf die Fenster des Petersdoms geworfen. Die Polizei wagt nicht, den Platz zu räumen.«

»Aber ich verstehe nicht«, sagte Lombardi. »Wovon handelt Sébastiens Arbeit? Ich habe Hinweise gefunden, dass er an einem völlig neuen Gottesbeweis arbeitete. Warum demonstrieren die Leute?«

Badalamenti lachte bitter. »Sébastien hat eine Skizze für einen Beweis veröffentlicht. Auf den ersten Blick sieht es aus wie ein Gottesbeweis, doch das täuscht. Die besten Theologen des Vatikans ackern den Text gerade durch, aber es ist nicht ganz einfach. Einige Medien haben bereits ihre Schlüsse gezogen. Wir konnten es nicht verhindern.«

»Alessandro, bitte sag mir, was bei euch los ist. Was hat er gefunden?«

»Es geht nicht um einen Gottesbeweis«, sagte Badalamenti. »Die Zeitungen schreiben, Sébastien hätte Gott widerlegt. Alle Medien berichten darüber. Sie sagen, mein Sébastien hätte bewiesen, dass Gott nicht existiert.«

55

»Und Sie glauben das wirklich?«, fragte Amirpour, die neben Lombardi herlief.

Die Verbindung war plötzlich unterbrochen worden. Lombardi hatte das Handy fallengelassen und war zur Tür hinaus. Amirpour hatte Mühe, mit ihm Schritt zu halten.

»Überlegen Sie doch!«, sagte er. »Welche Bücher lagen auf Shantis Tisch? Sie hatten eine Gemeinsamkeit. Ich bin ein Idiot, dass ich nicht gleich dahintergekommen bin.«

»Welche Gemeinsamkeit?«

Lombardi plapperte weiter, ohne stehen zu bleiben. »All diese Bücher beschäftigen sich mit unterschiedlichen philosophischen Fragen zu Gott. Ich dachte, es gehe um einen Gottesbeweis, doch das stimmt nicht. Es gibt nur eine Gemeinsamkeit: Sie befassen sich mit Argumenten, die zeigen, dass Gott eigentlich nicht existieren kann.«

»So etwas gibt es?«, fragte sie verblüfft.

»Sie kennen diese Argumente! Es sind Paradoxien. Zum Beispiel: *Kann Gott einen Stein erschaffen, der so schwer ist, dass er ihn nicht heben kann?* Eine Frage, die zu einem Widerspruch führt. Das soll zeigen, dass die Idee eines allmächtigen Gottes falsch ist.«

»Ich habe davon gehört. Aber diese Paradoxien wurden doch alle entkräftet, oder nicht?«

»Ja und nein«, antwortete Lombardi. »Es gibt verschiedene Lösungsvorschläge, aber sie sind allesamt umstritten.«

Lombardi blieb stehen und stützte die Hände auf die Knie, um zu Atem zu kommen. »Der schwerwiegendste Einwand ist unter dem Begriff der Theodizee bekannt. Er geht auf die Antike zurück, aber soweit ich weiß, hat Leibniz sich intensiv damit beschäftigt.«

»Sie meinen Gottfried Wilhelm Leibniz, der Wissenschaftler, Isaac Newtons Erzfeind?«

»Genau der. Das Argument ist besonders mächtig, weil es Gottes Allmacht mit dem Übel in der Welt in Verbindung bringt. Die Frage ist, warum Gott Leiden nicht verhindert, wenn er doch allmächtig ist.«

Amirpour schien sich zu erinnern.

»Diese Frage hat eine ganz andere Drastik als die Idee eines unmöglichen Steins«, fuhr Lombardi fort. »Sie betrifft den Kern der Religion überhaupt. Wir wenden uns oft gerade dann zu Gott hin, wenn wir bedroht sind und leiden. Wir beten, dass Gott uns hilft. Aber ob er das überhaupt tut, ist ja fraglich.«

»Sprechen wir doch aus, wie es ist: Die Wissenschaft sagt, er tut es nicht. Statistisch ist kein göttliches Eingreifen nachweisbar.«

Lombardi nickte. »Es ist der eine wunde Punkt, um den sich alles dreht, wenn Sie mich fragen. Das Leiden in der Welt stellt Gott infrage. Ist er gut, so kann er nicht allmächtig sein, sonst würde er es verhindern. Das will ich mir noch eher vorstellen als das Gegenteil: Ist er allmächtig, dann kann er nicht gut sein. Das würde bedeuten, dass er die Menschen absichtlich leiden lässt.«

»Klingt schrecklich, so wie Sie das sagen.«

»Finde ich auch. Der christliche Glaube ist ohne einen guten Gott hinfällig. Wenn also jemand Gott widerlegen wollte, würde er womöglich dieses Argument in eine mathematische Form bringen. Und dann zeigen, dass daraus zwingend folgt, dass Gott nicht existieren kann. Wie ein Gottesbeweis, womöglich sogar mit ähnlichen Methoden, nur eben mit umgekehrtem Ergebnis.«

Das schien Amirpour einzuleuchten. »Hat die Kirche dazu eine Meinung?«

»Ich erinnere mich, dass es verschiedene Ideen von Allmacht gibt. Manche davon sagen, Gott könne nicht über der Logik stehen, er sei praktisch selbst die Logik. Etwas, das gegen die Logik ist, ist also keine wirkliche Möglichkeit, sondern ein sprachliches Konstrukt.«

Amirpour sah skeptisch aus. »Und die andere Möglichkeit?«

»Manche meinen, Gott stehe über der Logik.« Nun fiel ihm alles wieder ein. »Der andalusische Philosoph Averroes war ein Anhänger dieser Vorstellung. Es ging irgendwie um Dreiecke, um ihre Winkel. Ich weiß es nicht mehr.«

»Die Winkelsumme?«, probierte Amirpour.

Lombardi wischte es mit einer Geste beiseite. »Jedenfalls löst dieser Zugang die Probleme des Allmachtsparadoxons. Wenn Gott sich nicht an die Logik halten muss, kann er allmächtig sein und das Paradoxon löst sich auf. Dieser Zugang ist allerdings umstritten.«

»Aber ich verstehe nicht«, sagte Amirpour, »was haben diese Paradoxien mit Sébastiens Arbeit zu tun?«

»Sehen Sie es wirklich nicht? Sébastien beschäftigte sich mit wissenschaftlichen Methoden, um die Existenz Gottes zu untersuchen. Er wählte dazu den am höchsten entwickelten Zugang, den die Wissenschaft zu bieten hat, den formalen Gottesbeweis des Mathematikers Kurt Gödel. Doch er nutzte diese Methoden, um die berühmten Paradoxien zu Gott zu untersuchen – Paradoxien, die Gott infrage stellen. Wenn man Gott widerlegen wollte, müsste man das Rad nicht neu erfinden, man könnte die wichtigsten Argumente gegen die Existenz Gottes sammeln und daraus einen Beweis konstruieren. Etwa die Theodizee. Sébastien hat offensichtlich genau das versucht.«

Amirpour wirkte immer noch skeptisch, aber sie schien einzusehen, dass Lombardi recht hatte. »Und Sie wollten mir allen Ernstes erzählen, Sie wären ein reiner Praktiker?«

Er wusste nicht, was er darauf antworten sollte.

»Was wollen wir jetzt tun?«, fragte sie.

»Ich sehe nur eine Möglichkeit«, erklärte er. »Mir ist etwas aufgefallen, als wir Demetrios gefolgt sind. Sie haben Philipp gehört, die Bücher sollten weggebracht werden.«

»Ich glaube schon.«

»Wohin bringt er sie?«, fragte Lombardi.

»Was meinen Sie, wohin?«

»Demetrios hat die Bücher in den Computerraum gebracht. Doch dann war er plötzlich nicht mehr da. Er war weg, mitsamt seinem Wagen.«

Sie schien immer noch nicht zu verstehen.

»Erinnern Sie sich: Das Buch, mit dem Sébastien erschlagen wurde, war nicht im Verzeichnis der Bibliothek. Es gibt also noch einen anderen Ort, wo Bücher aufbewahrt werden.«

»Sie meinen, Demetrios karrt die Bücher dorthin?«

»Wohin sonst? Diesen Ort müssen wir finden, er ist der Schlüssel zu allem.«

Da dämmerte ihr, was er sagen wollte. »Sie glauben, es gibt einen Zugang zu diesem Ort durch den Computerraum?«

Er nickte. »Und Blessings wird uns das sagen können.«

Amirpours Augen weiteten sich vor Schreck. »Sie wollen sich an die Mönche wenden?«

»Blessings hat mir schon einmal geholfen!«, sagte Lombardi. »Wenn wir ihm die Wahrheit sagen, wird er richtig entscheiden. Mein Freund Badalamenti wird den Vatikan informieren, dort wird man alles in die Wege leiten, um Hilfe zu holen. Inzwischen können wir hier vielleicht das Schlimmste verhindern.«

Er wartete nicht auf ihre Antwort, sondern hielt mit riesigen Schritten auf die Krankenstation zu. Sie hatte Mühe, mit ihm Schritt zu halten. Als er die Tür erreichte, fand er sie versperrt vor. Er klopfte an, doch nichts rührte sich. Inzwischen hatte Amirpour ihn erreicht. Sie sah zu, wie Lombardi noch einmal klopfte.

»Es ist niemand hier«, stellte sie fest.

»Das sehe ich auch.«

Sie schien erleichtert zu sein. »Ich sagte gleich, dass das eine schlechte Idee ist. Es muss einen anderen Weg geben.«

Lombardi nickte. Den gab es.

Das war immer mein Problem. Ich glaube zu sehr an Menschen und zu wenig an höhere Mächte.

»Ich will mich nicht verstecken«, sagte er, dann machte er sich auf den Weg.

56

Als Amirpour erkannte, wohin er wollte, hielt sie ihn energisch zurück. »Bitte nicht. Das ist ein schwerer Fehler.«

Doch Lombardi riss sich los. Er erreichte den Eingang des Computerraums. Das flackernde Licht der Kerzen erhellte einen Bereich vor dem Altar, wo ein Sessel stand, der wie ein Thron aussah. Darauf saß Philipp. Er war ganz in den schweren purpurnen Vespermantel gehüllt. Philipp hatte das Kinn in seine Hand gestützt und sah aus, als würde er in die Ferne blicken. Er rührte sich nicht, als sie eintraten, sondern schien tief in Gedanken zu sein. Ein König, der vor einer schweren Entscheidung steht.

Gebannt trat Lombardi näher, während Amirpour im Eingang stehen blieb.

»Philipp«, begann Lombardi. »Herr Abt.«

Als Philipp ihn hörte, schaute er hoch. Sein Blick war verklärt.

»Herr Bischof«, sagte er leise.

Die Ruhe war gespenstisch. Die Euphorie der Wahl war verflogen, nun schien er völlig verändert.

»Jetzt ist es geschehen«, murmelte er.

»Was meinen Sie?«, fragte Lombardi.

»Ich wollte es ihm ausreden, wissen Sie?«, erwiderte Philipp. »Sébastien. Ich habe ihn beschworen, seine Entwürfe nicht zu veröffentlichen. Er sollte sie zuerst einem kleinen Kreis zeigen. Doch er wollte nicht hören. Wir haben gestritten.«

In seinen Worten war eine Traurigkeit, die Lombardi noch nicht bei ihm wahrgenommen hatte. Bisher war ihm Philipp so kalt vorgekommen, aber er schien von einer tiefen Trauer erfüllt zu sein.

»Er hat Ihnen gezeigt, woran er arbeitete?«, hakte Lombardi nach.

Philipp schüttelte den Kopf. »Er wollte es mir zeigen. Aber ich habe seine Arbeit nie verstanden. Warum er Gott unbedingt mit dem Verstand zu fassen kriegen wollte. Er konnte nicht aufhören, und jetzt nimmt das Unheil seinen Lauf.«

»Ich kannte ihn auch, müssen Sie wissen. Ich kann mir immer noch nicht vorstellen, dass er etwas Böses wollte. Es muss eine andere Erklärung geben.«

»Seien Sie still!«, fuhr Philipp ihn an. »Sie haben nicht die geringste Ahnung. Sie wissen nicht, wie er war. Wie er sich allen Warnungen widersetzte. Wir wollten ihn retten, aber wir mussten scheitern. Wie können Sie sich anmaßen, so zu tun, als würden Sie das verstehen?«

»Sie mussten ihn stoppen, nicht wahr?«, fragte Amirpour kalt.

Lombardi zuckte zusammen.

Was tut sie? Sieht sie nicht, dass alles auf der Kippe steht?

Philipp sah sie mit spürbarer Herablassung an.

»Es war ohnehin längst zu spät«, erwiderte er. »Was geschehen wird, hat sich schon lange angekündigt. Wir können es nicht aufhalten. Wir können uns nur wappnen, für das, was auf uns zukommt.«

»Was kommt Ihrer Meinung nach auf uns zu?«, wollte Lombardi wissen.

»Ist das nicht offensichtlich? Es wird Krieg geben. Einen Krieg zwischen Überzeugungen, der so alt ist wie die Menschen selbst. Er wird erneut ausbrechen, und er wird die Welt hinwegfegen, die wir kennen.«

Aber Philipp sprach nur in Bildern. Lombardi musste in die Offensive gehen, bevor ihm die Situation entglitt.

»Herr Abt, es gibt inzwischen Gerüchte, woran Sébastien gearbeitet hat. Und mir ist klar, dass Sie diese Arbeit als Sakrileg betrachten müssen. Aber noch ist nicht alles verloren. Im Vatikan weiß man Bescheid, Hilfe ist auf dem Weg. Wichtig ist jetzt, dass wir hier das Schlimmste verhindern.«

Philipp sah ihn abschätzig an. »Sie haben mit dem Vatikan gesprochen? Hinter meinem Rücken?«

Lombardi biss sich auf die Zunge. Ihm dämmerte, dass er die Situation falsch eingeschätzt hatte.

»Ja, weil ich jedes Recht dazu habe«, entgegnete er dennoch trotzig.

»Der Vatikan kann uns nicht helfen«, antwortete Philipp. »Auch er ist von Feinden der Kirche unterwandert. Wir müssen uns auf uns selbst besinnen.«

Amirpour lachte verächtlich. »Also hinter Mauern verstecken und Mittelalter spielen – ist es das?«

»Das Mittelalter!«, ätzte Philipp. »Ja, vielleicht! Manches war damals besser. Die Menschen haben Sehnsucht nach dem Mittelalter.«

Er schien das ernst zu meinen. Lombardi war fassungslos.

»Damals wurden Kathedralen des Glaubens errichtet, weithin sichtbar«, fuhr der Mönch mit donnernder Stimme fort. »Überlegen Sie doch, welche Tempel heute errichtet werden. Glastürme von Banken, Weihestätten des Geldes, die jede Kirche in den Schatten stellen. Sie fragen mich, ob ich zurück zum Glauben von damals will? Die Antwort ist *Ja*!«

Lombardi unternahm einen letzten Versuch, das Gespräch in die richtige Richtung zu lenken. »Ich habe gesehen, dass Pater Demetrios Bücher aus der Bibliothek holt. Wohin bringt er sie?«

Lombardi und Philipp sahen sich in die Augen. Keiner der beiden blinzelte.

»Ich weiß, dass Sébastien mit einem Buch erschlagen wurde, das nicht in der Bibliothek steht«, fuhr Lombardi fort. »Es gibt hier im Kloster noch weitere Bücher, verbotene Bücher, versteckt an einem geheimen Ort. Ist es nicht so?«

Bücher, die von unheiligen Dingen handeln. Und die Sébastien vielleicht vom Weg abgebracht haben.

»Bitte, wir müssen diesen Ort sehen! Vielleicht finden wir dort eine Erklärung für die Dinge, die hier passieren, und können diesen Wahnsinn stoppen.«

Mit Schrecken realisierte Lombardi, dass Philipp genau wusste, wovon Lombardi sprach, und diese Tatsache nicht einmal zu verbergen versuchte.

»Herr Bischof, ich war sehr geduldig mit Ihnen. Es geschah aus Respekt vor Ihrem Amt. Aber jetzt ist es genug. Ich habe Ihnen befohlen, Ihre Zimmer nicht zu verlassen. Und da Sie sich offenbar weigern, meine Anweisungen zu befolgen, bleibt mir nichts anderes übrig.«

Er gab jemandem ein Zeichen. Aus einer Ecke des Raums traten Pater Blessings und Pater Demetrios ins Licht. Er hatte sich verschätzt. Amirpour hatte recht gehabt, wieder einmal. Er spürte, wie sie nach seinem Arm griff und kurz zudrückte. Lombardi verstand sofort, was sie ihm sagen wollte. Er nickte ihr fast unmerklich zu, dann rannten sie los.

57

Rom

Auf dem Petersplatz spitzt sich die Lage weiter zu. Immer mehr Demonstranten strömen vor die heiligste Kirche der Katholiken, die lautstark ihren Unmut über das vor wenigen Stunden veröffentlichte und viral gewordene Video kundtun, das von Experten als Versuch einer Widerlegung Gottes interpretiert wird. Bisher lässt sich nicht mit Sicherheit feststellen, wie sich die offenbar unkoordinierte Gruppe der Demonstrierenden zusammensetzt. Es scheint sich um Personen unterschiedlicher Glaubensrichtungen zu handeln. Noch ist die Demonstration friedlich, doch die italienische Polizei hat Barrieren aufgestellt, um die Demonstranten vom Petersdom fernzuhalten.

Noch immer prüfen Experten den vor wenigen Stunden veröffentlichten mutmaßlichen Beweis. Logiker von der Universität in Cambridge zeigten sich von der Arbeit beeindruckt, man sprach wörtlich von einem »Wunder«. Gerüchte, dass es sich um einen Versuch handelt, Gott zu widerlegen, wollte der Vatikan bislang nicht bestätigen. Allerdings veröffentlichte man weitere Details über den Benediktinermönch, von dem der Beweis stammen soll. Er soll ein naturwissenschaftliches Studium absolviert haben und einige Jahre am Kernforschungszentrum CERN bei Genf gearbeitet haben. Wo er sich zuletzt aufhielt, konnte man nicht sagen. Seine Arbeit sei jedenfalls nicht mit der Kirchenführung abgestimmt gewesen und spiegle nicht deren Meinung wider.

Auch vor dem Hauptgebäude des CERN hat sich inzwischen eine kleine Gruppe von Demonstranten eingefunden, die versucht, Wissenschaftlern den Zugang zu verwehren.

Derweil äußern sich immer mehr Menschen verschiedener Profes-

sionen, die den Beweis geprüft haben. In sozialen Medien ist eine hitzige Diskussion darüber entbrannt, wie die Arbeit zu bewerten sei. Vor den wissenschaftlichen Teleskopen auf dem Gipfel des Mauna Kea auf Hawaii feiert eine Gruppe von Astronomen ausgelassen den Sieg der Wissenschaft über die Religion. Eine US-amerikanische Astronautin auf der ISS hat in sozialen Medien ein Bild des mysteriösen Mönchs geteilt, um ihre Unterstützung zu signalisieren.

Alle warten darauf, dass der Mönch ein Statement abgibt, das die Lage beruhigen könnte, doch sein Aufenthaltsort ist nach wie vor unbekannt.

Mary Anne Walker aus Texas, dreißig Jahre alt und Mutter von sieben Kindern, blickte vom Display des Handys ihres Mannes auf, der ihr laufend die neuesten Nachrichten zeigte. Sie war wütend. Sie konnte sich nicht erinnern, überhaupt jemals so wütend gewesen zu sein. Die Wut war mit dem gekommen, was sie in den Fernsehbildern gesehen hatte. Sie befand sich mit ihrem Mann auf einer Pilgerreise. Obwohl die Bruderschaft, der sie beide angehörten, nicht mit der Kirchenführung und ihren Prinzipien einverstanden war, so war der Petersdom immer noch eine der heiligsten Stätten, also hatten sie die Kinder zu ihrer Schwiegermutter gegeben und sich den Traum erfüllt, den Dom einmal mit eigenen Augen zu sehen. Als sie gestern zum ersten Mal davorgestanden hatte, war die Kirche ihr wie eine belagerte Burg vorgekommen, die von einer Zwangsherrschaft befreit werden musste. Eigentlich hatten sie heute nach Assisi weiterreisen wollen, doch als sie die Nachrichten gehört hatten, hatten sie Rücksprache mit ihrem Priester gehalten und waren erneut zum Petersplatz gekommen, wo sie mit Genugtuung festgestellt hatten, dass sie nicht die Einzigen waren.

Es war richtig gewesen, die Pilgerreise zu unterbrechen. Ihr Mann sah das genauso. Sie und die anderen Mitglieder ihrer Gemeinschaft sorgten sich schon seit langer Zeit um das Wohl der Kirche, und nun schienen sich die Befürchtungen zu bestätigen.

»Diesmal helfen keine Beschwichtigungen«, sagte ihr Ehemann neben ihr. »Das muss den Menschen die Augen öffnen.«

Er hatte recht. Ein Mönch als Naturwissenschaftler? Sie hatte nicht gewusst, dass es so etwas gab. Dass ein solcher Mensch zu allen möglichen Verirrungen fähig war, überraschte sie nicht, und auch nicht, dass die Gottlosen feierten. Doch dass die Kirche es zuließ, war ihr unbegreiflich. Dieser Meinung war auch ihr Priester. Er hatte außerdem gesagt, dass es in Ordnung war, wütend zu sein. Dass ihr Herr Jesus Christus ebenfalls wütend war. Deshalb ließ sie das Gefühl zu, und es fühlte sich richtig an. Stark und rein.

»Es werden immer mehr, siehst du?«, sagte ihr Mann mit glänzenden Augen. »Die Menschen denken wie wir.«

Mary Anne nickte. Schon lange war sie nicht mehr so einer Meinung mit ihrem Mann gewesen. Er war ein guter Mann, der Beste, den Gott für sie hätte aussuchen können. Doch manchmal musste sie all ihren Glauben aufbieten, um das auch zu sehen. Diesmal hatte er recht. Sie wusste, dass es in aller Welt nicht nur Gläubige gab, die wie sie dachten, sondern auch viele Bischöfe und Kardinäle, sogar in hohen Positionen im Vatikan. Sie sahen, dass jahrtausendealte Traditionen sich nicht mit dem Zeitgeist vereinbaren ließen.

Doch der Papst schwieg.

Verstohlen blickte sie hinüber zu einer anderen Gruppe. Dort standen Männer mit langen Bärten und Frauen mit Kopftüchern. Auch Muslime waren hier, um zu demonstrieren. Anfangs waren es nur drei Leute, doch seither war die Gruppe auf über ein Dutzend angewachsen. Die Leute verunsicherten sie. Ihren Mann schien das nicht zu belasten. Er amüsierte sich geradezu über sie.

»Siehst du? Das wird ihnen eine Lehre sein, die Kirche weiter zu öffnen. Man kann es nicht allen recht machen.«

»Bleib nur bitte weg von ihnen«, murmelte sie.

Doch ihr Mann hörte sie nicht mehr. Er hatte sein Handy aus der Tasche geholt und starrte hinein. Das tat er in letzter Zeit sehr oft, auch am Mittagstisch. Mary Anne wagte nicht, ihn deshalb zu kritisieren. Gerade er, der immer von dieser Hütte im Wald sprach, die sie beim Wandern entdeckt hatten. So würde er gern wohnen, hatte er gesagt, ohne Strom, ohne Computer, wie damals. Ausgerechnet er verbrachte immer mehr Zeit in verschiedenen Telegram-Gruppen, wo er sich mit Menschen austauschte, die ihre Idee einer sich auf Tradition besinnende Kirche teilten. So hatten sie auch von dieser Demonstration erfahren.

Plötzlich erstarrte ihr Mann neben ihr. Sie kannte diesen Blick. Normalerweise sah sie zu, dass sie auf Abstand ging, wenn sein Gesicht diesen Ausdruck annahm. Er war ein jähzorniger Mann, der ständig damit rang, ein guter Christ zu sein. Manchmal gelang es ihm nicht. Doch diesmal galt sein Zorn nicht ihr.

»Du wirst nicht glauben, was gerade passiert ist«, sagte er mit bebender Stimme. »Es ist so, wie wir vermutet haben. Die Relativisten – sie wollen die Kirche zerstören.«

58

»Können Sie sich nicht etwas mehr beeilen?«, sagte Turilli zu Claudia, die noch immer in das kryptische Manuskript vertieft war. Sie hatte um ein paar Bögen Papier gebeten und mit der goldenen Füllfeder des Kardinals drei davon mit unleserlichen Skizzen gefüllt.

»Nein«, antwortete sie genervt. »Schneller geht es nicht. Und je öfter Sie mich unterbrechen, desto länger dauert es.«

Turilli setzte zu einer entrüsteten Entgegnung an, doch Badalamenti legte ihm die Hand auf die Schulter.

»Entschuldigung«, sagte Turilli kleinlaut.

Die beiden Männer wandten sich wieder den Nachrichtenseiten zu. Vor einer halben Stunde hatten sie Kardinalstaatssekretär Gnerro von dem Telefonat mit Saint Michel à la gorge informiert, nun konnten sie nichts tun als warten. Durch die Fensterscheibe hörten sie gedämpft die Rufe der Demonstranten.

»Ich verstehe es immer noch nicht«, setzte Badalamenti an. »Sébastien mag sich verrannt haben, aber das hier? Es muss eine andere Erklärung geben.«

»Die Medien interessiert das doch gar nicht«, erwiderte Turilli. »Sie haben ihre Schlagzeilen, das ist alles, was für sie zählt.«

»Aber sie heizen die Stimmung nur noch weiter auf!«

In diesem Moment war von draußen ein Knall zu hören. Dann noch einer. Badalamenti wusste sofort, womit er es zu tun hatte, aber etwas in ihm wollte es einfach nicht glauben. Als die gerade geöffnete Nachrichtenseite weniger als eine Minute später aktualisiert wurde und er die neue Schlagzeile las, musste er seine Zweifel begraben.

»Was ist los?«, fragte Claudia mit verängstigtem Blick. »Was war das?

»Das waren Schüsse«, flüsterte Badalamenti. »Die Demonstranten wollten die Absperrungen durchbrechen, und die Polizei hat Warnschüsse abgegeben.«

»Aber ich verstehe nicht«, sagte Claudia. »Was hat sie so aufgebracht?«

»Es ist völlig lächerlich!«, rief Badalamenti. »Sie schreiben, der Urheber des Beweises sei in Wirklichkeit hier im Vatikan und handle im Auftrag des Heiligen Stuhls.«

59

»Ich habe Ihnen gesagt, dass das eine schwachsinnige Idee ist«, sagte Amirpour, als sie im Kreuzgang innehielten, um Luft zu holen. »Aber Sie hören ja nicht mehr auf mich.«

Es war ihnen gelungen, ihre Verfolger abzuschütteln, doch er wusste, dass diese Ruhe trügerisch war.

»Kommen Sie, wir müssen uns verstecken«, drängte er.

Aber Amirpour ließ sich nicht beruhigen. »Verstehen Sie denn nicht? Die sind alle wahnsinnig geworden! Sie müssen gewusst haben, dass Sébastien Gott widerlegen wollte, und da haben sie ihn umgebracht. Und Shanti dazu, weil er ihm helfen wollte.«

Lombardi schüttelte den Kopf. Was sie sagte, schockierte ihn. Blessings und Demetrios konnten unmöglich in die Morde verwickelt sein. Das wollte er nicht glauben.

»Sie tun ihnen unrecht. Das sind gläubige Männer.«

»Denen ihre tausend Jahre alten Traditionen wichtiger sind als Menschlichkeit«, hielt Amirpour dagegen.

»Das ist nicht wahr! Die Menschlichkeit ist der Kern unseres Glaubens.«

Die Augen der Physikerin funkelten ihn wütend an. »Sie haben Sébastien selbst gesehen. Was man ihm angetan hat. Auf wessen Seite stehen Sie eigentlich, Herr Bischof?«

In diesem Moment hörten sie Schritte, die erschreckend nah klangen.

»Wir müssen hier weg«, sagte Lombardi und zog sie am Arm mit sich. Er nahm eine Tür, die wieder ins Innere des Gebäudes führte. Als er sich gerade orientieren wollte, hörte er weitere hallende Schritte, die von der anderen Seite kamen.

Wir sind umzingelt.

Vor ihnen befand sich eine Reihe von alten, vermorschten Holztüren. Lombardi rannte zu einer hin, doch sie war versperrt. Verzweifelt probierte er die Tür daneben, und zu seiner Überraschung ließ sie sich öffnen.

»Hier entlang«, flüsterte er.

»Wohin führt die?«, fragte Amirpour.

Statt einer Antwort drängte er sie in den dunklen, feucht riechenden Raum. Amirpour nutzte ihr Handy als Lichtquelle. Es handelte sich um einen weiteren Geheimgang. Als die Physikerin nicht reagierte, nahm Lombardi ihr das Handy aus der Hand.

»Los!«, sagte er und ging voran. Er wusste nicht, wohin dieser Gang führte. Er wusste nur, dass es keine bessere Möglichkeit gab. Die Schritte waren viel zu nah gewesen.

Doch als er spürte, wie die Luft kühler wurde, und Windgeräusche hörte, begann er daran zu zweifeln, ob es eine gute Idee gewesen war. Hier musste es ein Fenster geben. Als sie geduckt weiterhasteten, sah er tatsächlich vor sich einen schwachen blauen Schein. Er gab Amirpour ihr Handy zurück und tastete sich weiter vor. Lombardi musste seine Augen anstrengen, um zu sehen, woher das Licht kam.

»Verdammt«, sagte Amirpour hinter ihm.

Da sah er es auch. Vor ihnen tat sich Leere auf, der Weg endete an einem Abgrund. Sie blieben stehen und horchten. Alles schien ruhig. Falls jemand sie verfolgt hatte, mussten sie ihn abgehängt haben. Hier war es kalt und zugig, aber sie waren sicher, vorerst. Der Sturm arbeitete sich an der Außenmauer ab.

»Es ist vorbei«, sagte sie leise und ließ sich auf den Boden sinken. »Wir kommen nie hier raus. Wir werden so enden wie Sébastien und Shanti.«

Lombardi wollte ihr widersprechen, doch er fand keine Worte, die er selbst geglaubt hätte. Ihre Frage hatte ihn schwer getroffen.

Auf wessen Seiten stehen Sie eigentlich?

Er wusste es nicht mehr. Alles war nur noch falsch. Er war ein

Bischof, der seinen Weg verloren hatte und verzweifelt nach Orientierung suchte. Die Brücken zu seiner Vergangenheit waren eingestürzt, aber vor ihm lag ein Labyrinth, dessen Ausgänge alle an einem Abgrund endeten. Kurz hatte er geglaubt, in einer ungläubigen Physikerin eine Mitstreiterin gefunden zu haben. Jemanden, der ihm vielleicht bei seiner Suche helfen konnte. Doch er hätte sehen müssen, wie absurd das war.

Er setzte sich ihr gegenüber auf den Boden.

Er war gescheitert. Ein Bischof mit einem Problem, über das er mit niemandem sprechen konnte. Ganz allein in einer Welt, die gerade auseinanderbrach.

»Sie haben recht«, sagte Lombardi. »Wir sind am Ende.«

In diesem Moment hörte er, wie sich eine Tür öffnete. Kurz darauf blendete sie ein helles Licht.

60

»Wohin gehen wir?«, fragte Badalamenti.

Eine halbe Stunde war seit den Schüssen auf dem Petersplatz vergangen. Nur tröpfchenweise kamen die Informationen herein. Es gab keine offizielle Stellungnahme der italienischen Polizei, die Nachrichtenseiten stellten eigene Spekulationen an. Unbestritten war nur, dass mehrere Menschen in einem Rettungswagen versorgt werden mussten. Die Meldung, die zu der Eskalation geführt hatte, war nirgends mehr auffindbar, ihr Ursprung ließ sich nicht zurückverfolgen. Eine Falschmeldung, dennoch beruhigte sich die Lage nicht. Ein Bote hatte Turilli die Information gebracht, dass der Vatikan komplett abgeriegelt war. Die Polizei versuchte derzeit, die Demonstranten vom Petersplatz zurückzudrängen, nachdem Steine auf Fenster des Doms geworfen worden waren. Auf der gegenüberliegenden Seite der Vatikanstadt hatten Unbekannte versucht, die Mauern zu überwinden. Ein Gefühl der Unwirklichkeit und Beklemmung war fast mit Händen zu greifen gewesen, als Turilli einen Anruf bekommen hatte. Dann hatten sie sich mit Claudia im Schlepptau auf den Weg gemacht, nachdem diese sich trotz der lauen Temperaturen einen Kapuzenpulli übergezogen hatte.

»Gnerro hat alle Kardinäle, die sich derzeit im Vatikan aufhalten, zu einem Treffen geladen. Warum, hat er nicht gesagt. Vielleicht ist sein Experte zu einem Ergebnis gekommen.«

»Das glaube ich nicht«, sagte Claudia im Hintergrund, die überhastet ihre Notizen zusammengepackt hatte und nun einzelne Zettel zu verlieren drohte.

Badalamenti war unwohl bei dem Gedanken an ein neues Zusammentreffen mit Gnerro. »Muss ich dabei sein?«

»Keine Widerrede«, sagte Turilli streng. »Niemand außer dir kennt Sébastien. Du wirst ihn verteidigen müssen.«

»Und wohin gehen wir?«

»Zur Päpstlichen Akademie der Wissenschaften.«

Badalamenti war voller Ehrfurcht, als sie einen Vorplatz in Form einer perfekten Ellipse überquerten und ein schneeweißes, über und über mit kunstvollen Stuckaturen geschmücktes Gebäude betraten. Zwischen den Stuckverzierungen befanden sich auch einige Skulpturen aus römischer Zeit, die in die Fassade integriert worden waren. Die Casina Pio IV war Sitz der im 17. Jahrhundert gegründeten Päpstlichen Akademie der Wissenschaften. Ihr Zweck war es, tiefer in die Geheimnisse der Natur einzudringen und den Austausch zwischen Wissenschaft und Kirche zu fördern. Die Liste ihrer Mitglieder las sich wie ein *Who is who* der Naturwissenschaften: Niels Bohr, Stephen Hawking, Werner Heisenberg, Erwin Schrödinger, Max Planck.

Turilli hatte erklärt, Gnerro wollte die Wichtigkeit des Treffens unterstreichen. Dafür gab es keinen besseren Ort auf der Welt.

Das Palais war im Inneren nicht weniger prunkvoll als außen. Der Vatikan hatte wie immer die besten Maler engagiert, um die Fresken zu gestalten, die heute im Dunkeln lagen. Die drei betraten einen Saal mit Tonnengewölbe, der nur dezent beleuchtet war. Zu beiden Längsseiten des Raums waren Tische aufgestellt, etwa ein Dutzend Personen war anwesend. Das Treffen war bereits im Gange. Ein Kardinal, den Badalamenti flüchtig kannte, sprach gerade. Der Papst schien nicht dabei zu sein. Sie schlichen sich an ihre Plätze und versuchten, keine Aufmerksamkeit zu erregen.

»... und ich denke, viele von Ihnen unterschätzen den Ernst der Lage. Diese Enthüllung kommt zur Unzeit. Die Situation ist angespannt wie noch nie. Erinnern Sie sich an das Urteil des Europäischen Gerichtshofs für Menschenrechte! Einer Niederländerin wurde Schadenersatz zugesprochen, weil im Klassenzimmer ihres Kindes ein Kreuz hing. In verschiedenen Ländern wird diskutiert, ob man die Kreuze aus den Gerichtssälen entfernen soll. Viele Menschen sind der Meinung, dass sie keine Religion mehr brauchen. Sie alle wissen, dass die Kirchenaustrittszahlen in Europa seit Jahren konstant hoch sind. Wenn es so weitergeht, gibt es hier in hundert Jahren keine Christen mehr. Aber das ist nicht das eigentliche Problem. Schauen Sie sich die Lage in Deutschland an. Nur noch knapp die Hälfte der Menschen ist Mitglied in einer christlichen Glaubensgemeinschaft, ein Viertel katholisch. Noch zwei, drei Jahre, und die Christen sind in der Minderheit. Bereits jetzt legen manche Umfragen nahe, dass die überwiegende Mehrheit der Menschen eher zum Agnostizismus neigt. Und in vielen Ländern glaubt nicht einmal die Hälfte der Menschen an ein Leben nach dem Tod. Fragen Sie sich selbst, wie viele Katholiken heute noch das Glaubensbekenntnis aus voller Überzeugung beten können! Wer glaubt daran, dass Jesus vom *Heiligen Geist empfangen* und von der *Jungfrau Maria* geboren wurde? Wer glaubt an die *heilige katholische Kirche*? In Wirklichkeit ist die Gruppe derer, die unsere Glaubensgrundsätze teilen, nur noch verschwindend klein. Die Menschen haben Sehnsucht nach Spiritualität, aber sie befriedigen dieses Bedürfnis inzwischen lieber anderswo.«

Der Kardinal blickte zu Boden. Badalamenti konnte sehen, dass er seine Emotionen nur mit Mühe zügeln konnte.

»Wir haben uns viele Jahre lang gefragt, wo das hinführen mag. Bis jetzt ist es gut gegangen. Doch dabei haben wir unterschätzt, wie verletzlich wir geworden sind. Dinge, die wir früher mit einem Lachen abgetan haben, können inzwischen zu einer echten Bedrohung werden. Wir können diesem Sébastien nicht mit Exkommunikation drohen, wie wir es damals mit Galilei gemacht haben. Unmittelbar vor unseren Mauern droht die Lage zu eskalieren. Und inzwischen gibt es mehrere Petitionen von Atheisten-Verbänden, die allen Ernstes Unterschriften sammeln mit dem Ziel, die etablierten Religionen gesetzlich verbieten zu lassen.«

Kardinalstaatssekretär Gnerro räusperte sich

»All das wissen wir doch«, warf er ein. »Das sind Probleme, die wir nicht von heute auf morgen lösen können. Aber wie Sie wissen, wird auf dem Petersplatz geschossen. Die Lage ist angespannt. Wir müssen handeln, mein Freund. Sagen Sie uns lieber, was wir tun sollen.«

»Jemand von der italienischen Regierung ist in diesen Minuten auf dem Weg hierher«, mischte sich ein junger Mann mit blondem Seitenscheitel und Schweizer Akzent ein, den Badalamenti als den Kommandanten der Schweizergarde, einen Mann namens Frédéric Witz, identifizierte. »Ich habe gehört, er will uns über alle Einzelheiten der Bedrohung unterrichten.«

Gnerro nickte. »Was ist mit diesem angeblichen Beweis, den die Medien so aufbauschen?«

Er wandte sich an einen kleinen, adrett gekleideten Mann mit lichtem Haar und buschigen, grau werdenden Augenbrauen.

»Professore d'Emilia, Sie haben das Papier geprüft. Was halten Sie davon?«

Die angespannten Kiefermuskeln des Mannes waren selbst aus der Ferne sichtbar. »Wir sind noch nicht so weit«, erklärte er. »Das ist alles ausgesprochen technisch. Wir haben hier im Haus nicht die nötigen Experten, um das zu prüfen.«

»*Unsinn*«, sagte Claudia laut neben Badalamenti.

Ein Dutzend mit roten Kardinalshüten bedeckter Köpfe wandte sich ihr zu.

Gnerros Gesicht lief rot an. Er holte gerade Luft, um sie zurechtzuweisen, doch d'Emilia kam ihm zuvor. »Haben Sie etwas herausfinden können, Claudia?«

Nun zögerte die Studentin. Es war aus ihr herausgeplatzt, aber nun schien sie zu bereuen, dass sie sich eingemischt hatte.

»Es tut mir leid«, sagte sie. »Ich wollte Sie nicht unterbrechen.«

»Aber nein«, mischte Gnerro sich ein. »Wir alle wollen hören, was Sie zu sagen haben. Bitte, Sie haben unsere volle Aufmerksamkeit.«

Gnerros Lächeln war eiskalt. Claudia zögerte kurz. Dann holte sie tief Luft.

»Auf den ersten Blick sieht es so aus, wie die Medien behaupten«, erklärte sie. »Sébastien scheint in dem Papier die Nicht-Existenz Gottes demonstrieren zu wollen.«

Die Stille im Saal war lähmend. Gnerro warf Professor D'Emilia einen Blick zu, doch als er dessen Erschütterung sah, verkniff er sich einen Kommentar.

»Bitte erklären Sie das«, sagte Gnerro stattdessen zu Claudia.

»Die Arbeit basiert auf einem Gottesbeweis des Mathematikers Kurt Gödel. Gödel wollte beweisen, dass es ein Wesen gibt, das alle positiven Eigenschaften in sich vereint. Vielen von Ihnen wird dieser moderne Gottesbeweis bekannt sein. Logisch gibt es daran nichts auszusetzen. Der Beweis scheint korrekt zu sein. Bis jetzt. Die Arbeit, von der hier die Rede ist, geht von der gegenteiligen Annahme aus. Dass es *kein* Wesen gibt, das alle positiven Eigenschaften in sich vereint.«

»Und Sie wollen mir sagen, dass dieser Beweis ebenfalls korrekt ist«, bemerkte Gnerro betont beiläufig.

»Sie irren sich«, hielt Claudia dagegen, die sich von Sekunde zu Sekunde sicherer fühlte. »Was wir hier vor uns haben, ist nur eine Skizze. Und ich bin mir auch nicht sicher, ob es sich um einen Beweis handelt.«

»Worum denn sonst? Handelt die Arbeit nicht von der Dekonstruktion Gottes?«

»Doch, so ist der Titel«, stimmte Claudia zu. »Und es stimmt, dass die Argumentation an die Theodizee von Leibniz erinnert. Sie befasst sich mit der Frage, ob Gott zugleich allmächtig und gütig sein kann. Dennoch ist mein Eindruck, dass die Arbeit *davon ausgeht*, dass Gott nicht existiert. Sie versucht nicht, es zu beweisen.«

Alle versuchten zu verstehen, was sie damit meinte.

»Die Arbeit ist unvollständig?«, fragte Gnerro. »Das heißt, Sie können den Beweis gar nicht prüfen?«

Sie schien verärgert über den Themenwechsel. Offensichtlich verstand Gnerro sie nicht. »Das ist korrekt«, sagte sie trotzdem. »Wir können den Beweis so nicht prüfen. Aber es wurden auch computergestützte Beweismethoden verwendet. Solange ich diese Programme nicht kenne, kann ich dazu ohnehin nicht mehr sagen. Es kann außerdem Jahre brauchen, eine Arbeit von dieser Komplexität zu prüfen.«

Gnerro nickte grimmig, als hätte er sich das schon gedacht.

»Ich danke Ihnen vielmals für diese Ausführungen«, stichelte er. »Auch wenn ich es vorgezogen hätte, in dieser heiklen Frage ein Statement unserer offiziellen Experten zur Verfügung zu haben.«

Claudia würdigte ihn keiner Antwort.

»Ich habe Ihnen gleich gesagt, Sie müssen einen meiner Studenten fragen«, warf d'Emilia ein. »Claudia kennt sich mit diesen technischen Dingen viel besser aus als ich.«

Da verschränkte Gnerro die Arme und schwieg.

In diesem Moment hörten sie laute Stimmen aus dem Nebenraum. Es gab eine hitzige Auseinandersetzung. Jemand fluchte laut. Schließlich öffnete ein Soldat der Schweizergarde die Tür, und eine Frau mit kurzen Haaren stürmte in den Raum. Sie trug eine Anspannung vor sich her, als würde sie in den Krieg ziehen.

»Wer ist hier verantwortlich?«, fragte sie an die versammelten Kardinäle gewandt.

»Das bin ich. Wer sind Sie?«, entgegnete Gnerro unwirsch.

»Sylvia Rogora. Die Regierung schickt mich.«

»Und da platzen Sie einfach so hier herein?«

Sie funkelte Gnerro wütend an. »Ich werde nicht zum Heiligen Vater vorgelassen. Stattdessen schickt man mich hierher.«

»Und was ist so wichtig, dass Sie es direkt dem Heiligen Vater vorbringen müssen?«

»Ich wurde beauftragt, die Nachricht diskret zu behandeln«, schnaubte sie. »Aber ich habe keine Lust, auch noch eine Sekunde an wertvoller Zeit zu verlieren. Ich ersuche Sie alle, Ihre Sachen zu packen. Sie müssen von hier weg.«

»Was soll das heißen?«, fragte Gnerro.

»Das heißt, dass wir die Meldung bekommen haben, in der Nähe des Petersplatzes sei vor einer halben Stunde ein Demonstrant von mehreren Soldaten der Schweizergarde verprügelt worden, sodass er im Krankenhaus in künstliches Koma versetzt werden musste.«

»Das ist eine Lüge!«, rief Frédéric Witz.

»Davon gehe ich aus«, antwortete Rogora. »Aber die Leute scheinen es zu glauben. Und das ist noch nicht alles.«

Sie atmete tief durch. »In einer Lagerhalle südlich der Stadt wurde vor wenigen Minuten der Diebstahl großer Mengen Düngemittel entdeckt.«

Alle versuchten zu verstehen, was sie sagen wollte.

»Sind Sie wirklich so begriffsstutzig?«, setzte sie nach. »Es handelt sich um eine Substanz, die von Terroristen verwendet wird, um Bomben zu bauen!«

61

Mary Anne bekam es zunehmend mit der Angst zu tun. Schon wieder hielt ihr Mann einen Stein in der Hand. An seiner Seite stand ein Mann mit langem Bart und arabischem Akzent, und beide schrien sich vor Wut die Kehlen wund. Vorhin hatte sie gesehen, wie die beiden einander zugenickt hatten. Als die Schüsse zu hören gewesen waren, waren sie auch erschrocken, doch sie hatten ihren Mut wiedergefunden und waren sogar noch ausgelassener als zuvor.

Mary Anne sah sich um. Die Gruppe war weitergewachsen. Es mussten inzwischen über hundert Personen sein, und sie war noch bunter zusammengesetzt als noch vor einer Stunde. Zu ihnen hatten sich Christen einer afrikanischen Kirche gesellt, Protestanten aus England und inzwischen auch orthodoxe Juden.

Unmittelbar vor ihr standen zwei Jugendliche, einer mit langem, lockigem Haar, die italienische Sprüche skandierten und aussahen, als kämen sie dirckt aus cincm Fußballstadion. Weiter links standen zwei alte Nonnen. Sie bebten vor Erregung, fühlten sich sichtlich unwohl und bedachten die Umstehenden mit skeptischen Blicken, doch ihr Zorn war größer als ihre Unsicherheit.

In einigem Abstand hatte sich noch eine zweite Gruppe gebildet, ruhiger, mit Transparenten. Mary Anne erkannte ein Bild von Albert Einstein. Es handelte sich um Atheisten, die hier Seite an Seite mit ihnen standen. Ein verwirrender Gedanke.

Es war die Geschichte aus dem Internet, die alle so aufgestachelt hatte, die Sache mit dem verprügelten Demonstranten, in einer Gasse nur wenige hundert Meter von hier. Sie hatte ein komisches Gefühl bei der Sache und hatte ihren Mann fragen wollen, ob er sicher war, dass das stimmte. Doch sie hatte nicht gewagt, es auszusprechen, und nun warf er Steine auf Polizisten. Ob ihr Priester das gutgeheißen hätte, konnte sie nicht sagen.

»Unsere Männer scheinen sich zu verstehen«, hörte sie eine Stimme neben sich. Mary Anne drehte sich um. Da stand eine sehr kleine verschleierte Frau. Mary Anne nickte zerstreut. Sie wollte nicht mit der fremden Frau reden.

»Es ist gut, dass Sie auch demonstrieren«, fuhr die Frau fort. »Was der Mönch getan hat, ist falsch.«

»Ist es«, nickte Mary Anne.

»Glauben Sie, wir können etwas bewirken?«, fragte die Frau.

»Der Heilige Vater wird reagieren«, antwortete Mary Anne. »Er muss.«

»Hoffen wir, dass Sie recht haben«, meinte die Frau und sah sorgenvoll zu den beiden Männern hinüber, die noch mehr in Rage gerieten. Mary Anne fragte sich, was passieren würde, wenn ihr Mann eine neue Schreckensnachricht im Internet finden würde.

»Die Sache mit dem verletzten Demonstranten«, begann Mary Anne, »glauben Sie, das stimmt?«

Die verschleierte Frau schwieg, und das sagte genug.

»Es wird nichts Schlimmes passieren«, meinte die Frau schließlich. »Wir demonstrieren ja nur.«

Mary Anne hoffte, dass sie recht behielt. Aus den Augenwinkeln beobachtete sie ihren Gatten. Er sprach mit jemandem, den sie nicht kannte. Oder doch? Hatte sie diesen jungen Mann nicht vorhin bei dem Einstein-Transparent gesehen? Ihr Mann war ruhig und hörte dem Mann konzentriert zu. Als er wieder zu ihr kam, schien er zu grübeln.

»Wer war das?«, fragte sie.

»Ich weiß es nicht.«

»Und was wollte er?«

»Er rekrutiert Leute«, antwortete ihr Mann.

»Wofür?«

Sie sah hinüber zu dem jungen Mann, der gerade mit dem bärtigen Freund ihres Gatten sprach. Dessen verschleierte Frau ging plötzlich dazwischen. Ein Streit zwischen ihr und ihrem Mann entbrannte.

»Ich weiß es nicht genau, aber es scheint etwas Großes zu sein. Er sagt, er hat einen Plan, wie wir ins Innere des Vatikans kommen.«

Mary Anne war schockiert, als sie feststellte, dass ihr Mann das ernsthaft zu erwägen schien.

»Tu's nicht«, bat sie. »Du weißt nicht, wer das ist und ob du ihm vertrauen kannst.«

Zu ihrer Überraschung widersprach er nicht. Er hielt sein Handy mit der Faust fest umklammert, so fest, dass sie Angst hatte, es könnte zerbrechen. In diesem Moment konnte sie hören, wie es vibrierte. Er öffnete eine Nachricht. Sein Gesicht gefror.

Was jetzt?

»Liebling? Alles in Ordnung?«

Sie wollte die Frage wiederholen, als er von seinem Telefon aufblickte und aus seinen Gedanken zu erwachen schien.

»Der Demonstrant. Im Krankenhaus. Sie versuchen es zu vertuschen, aber ein Mitarbeiter des Krankenhauses hat es geleakt.«

»Was ist mit ihm?«

»Er ist gerade gestorben.«

62

Lombardi hob die Hand vor das blendende Licht. Er konnte nicht erkennen, wer sie da entdeckt hatte, aber es war auch egal.

Sie haben uns gefunden. Jetzt ist es vorbei.

Der Mensch mit der Lampe bewegte sich nicht. Es schien sich nur um eine einzige Person zu handeln. Eine Person, die zögerte.

Lombardi sah in die andere Richtung, wo sich das Loch zum Abgrund hin auftat. Sein Puls beschleunigte sich.

Er will uns hinabstoßen. Wir sind ihm in die Falle gegangen.

»Sie dürfen das nicht tun«, sagte er. »Bitte. Es ist schon zu viel Schreckliches passiert.«

Da senkte der andere seine Taschenlampe. Eine Geste der Resignation. Und Lombardi erkannte ihn. »Demetrios? Sind Sie das?«

Der Mönch sah sich um. Hinter ihm war alles ruhig – noch.

Lombardis Gedanken rasten. Er erinnerte sich, wie zurückhaltend der Cellerar bisher gewesen war. Vielleicht konnten sie ihn überreden, sie nicht zu verraten. »Pater Demetrios, ich bitte Sie. Sie müssen uns helfen.«

»Nicht schon wieder, das bringt doch nichts«, zischte Amirpour.

Aber Lombardi ignorierte sie. »Die anderen dürfen uns nicht finden!«, drängte er. »Wir sind in großer Gefahr.«

»Was soll ich denn tun?«, fragte Demetrios. »Wir sind immer noch isoliert. Sie können sich nicht auf Dauer verstecken.«

Lombardi glaubte ihm, dass er es ernst meinte. »Dann müssen wir Ihre Mitbrüder zur Vernunft bringen.«

»Und uns dem Abt widersetzen«, lachte Demetrios freudlos. »Ich soll ein tausend Jahre altes Gelübde brechen?«

»Jemand innerhalb dieser Mauern hat Sébastien und Shanti ermordet«, erinnerte ihn Lombardi. »Und wir wissen immer noch nicht, warum. Sagen Sie mir: Wohin bringen Sie die Bücher aus der Bibliothek?«

Demetrios zögerte. Lombardi hatte Schwierigkeiten, seine Miene in dem Licht zu lesen. »Warum interessiert Sie das?«, fragte der Mönch.

»Sébastien wurde mit einem Buch erschlagen, das nicht aus der Bibliothek stammt«, erklärte Lombardi. »Bestimmt finden wir dort einen Hinweis darauf, wer ihn ermordet hat.«

»Unsinn. Sie werden dort nichts finden.«

»Ich bin überzeugt, dass die Bücher etwas mit der Arbeit von Sébastien zu tun haben.«

»Und selbst wenn – was erwarten Sie sich davon?«

»Vielleicht finden wir dort den Schlüssel zu seinen Dokumenten.«

Demetrios schien einem Moment zu brauchen, bis er verstand.

»Sie haben Sébastiens Laptop?«, fragte er ungläubig.

»Ja. Wir wissen, dass er sich mit Gottesbeweisen auseinandersetzte. Und noch mit etwas anderem. Vielleicht finden wir einen Hinweis, um das Dokument zu entschlüsseln. Und wenn wir Ihren Mitbrüdern beweisen können, dass Sébastien sich nicht mit den Feinden der Kirche verbündet hat, kommen sie womöglich zur Vernunft.«

»Feinde der Kirche?«, fragte Demetrios. »Was reden Sie da?«

»Als ich in der Nacht nach meiner Ankunft in den Computerraum geführt wurde, sah ich ihn verkehrt herum hängen«, erzählte Lombardi. »Auf die Leiche war mit Blut ein seltsames Symbol gemalt, das an drei Sechsen erinnerte. Und in Shantis Büro fanden wir ein Buch, das von Dämonen der christlichen und jüdischen Mythologie handelte. Ein Buch, das nicht aus der Bibliothek stammt. Außerdem hängt hier im Kloster jemand Kreuze verkehrt herum auf. Ich glaube, dass Shanti die Bedeutung der Zeichen verstanden hatte.«

»Auf die Leiche?«, wiederholte Demetrios. »Was soll das für ein Symbol gewesen sein?«

»Wir fanden es auch auf beiden Leichen. Es sah aus wie drei Sechsen. Nur war die erste Ziffer gespiegelt. Sie sah aus wie ein *P*.«

»Sie fanden das auf Shantis Leiche?«, fragte Demetrios verblüfft.

»Ein mit Blut geschriebener Hinweis. Wir wissen nicht, was er bedeutet.«

Demetrios schüttelte den Kopf. »Lombardi, ich kann Ihnen sagen, was dieses Kürzel bedeutet. Und es hat nicht das Geringste mit dem Teufel zu tun.«

63

In der Casina herrschte eisige Stille. Selbst Kardinalstaatssekretär Gnerro hatte seine Selbstsicherheit verloren und wirkte eingeschüchtert.

»Bitte geben Sie uns einen genauen Überblick über die Lage«, sagte er.

»Gehen Sie hinüber zum Apostolischen Palast und schauen Sie aus dem Fenster«, antwortete Rogora. »Die Leute sind rasend, auch sie haben die Nachrichten gehört. Es sind sogar noch mehr Leute da als vorhin. Ich kann Ihnen nur sagen, dass sich nun auch viele Katholiken gegen Sie wenden. Sie fordern die Exkommunikation des Mönchs aus dem Video. Wenn ich Ihnen einen Rat geben soll, dann sehen Sie zu, dass der gute Mann bald etwas zur Klärung beiträgt. Vielleicht können wir dann verhindern, dass es wirklich Tote gibt. Und dass für die Kirche ein dauerhafter Schaden entsteht.«

»Das wird leider nicht möglich sein«, erwiderte Gnerro und kniff die Augen zusammen. »Nach meinen Informationen ist der Mönch tot.«

»Wer sagt das?«, fragte Rogora sofort. »Sie wissen, wer das ist? Wir konnten es nicht in Erfahrung bringen.«

Gnerros Blick richtete sich auf Turilli, der Badalamenti mit dem Ellbogen einen Stoß gab.

Badalamenti schluckte. »Seine Eminenz hat recht. Es ist mir gelungen, mit einem Freund in Kontakt zu treten, der sich in diesem Moment auf dem Klosterberg von Saint Michel à la gorge in den französischen Alpen aufhält.«

Badalamenti erzählte knapp, was er erfahren hatte. Als er geendet hatte, wurde es sehr still. Er hatte erwartet, dass man ihn zurechtweisen, einen Lügner nennen würde, doch nichts dergleichen passierte. Manche schienen sich auch noch an Bischof Lombardi zu erinnern. Niemand stellte seine Aussagen infrage.

»Sie machen ihn zu einem Märtyrer«, sagte schließlich jemand. »Das ist ein gefundenes Fressen für die Atheisten.«

Badalamenti spürte, wie das Atmen schwerer wurde, als würde jemand der Casina die Luft entziehen.

»Ich nehme an, viele von Ihnen wissen, dass Pater Sébastien mein Ziehsohn war«, redete er in die gedrückte Atmosphäre hinein. »Ich kann immer noch nicht fassen, was ich am Telefon erfahren habe. Unser Verhältnis war zuletzt nicht gut. Er hat mir vieles verschwiegen. Und er hat mir nie gesagt, woran er arbeitet.«

Badalamentis Stimme wurde kräftiger. Er wischte sich eine Träne aus dem Augenwinkel. »Aber ich weiß, dass er seinen Glauben nicht verloren hat. Ich kenne ihn, das ist nicht möglich. Wir müssen uns seine gesamte Arbeit ansehen. Vielleicht überrascht uns die Antwort.«

Gnerro kniff die Augen vor Skepsis zusammen. »Und wie sollen wir das machen?«

»Ganz einfach«, sagte Badalamenti, »ich werde so schnell wie möglich zur Abtei Saint Michel à la gorge reisen.«

64

»Bitte wiederholen Sie das!«, flüsterte Lombardi.

»Sébastien war ein frommer Mann, er beschäftigte sich mit den Psalmen! Sein Lieblingspsalm war jener mit der Nummer 66. Dieser Psalm geht auf David zurück und ist ein Lobpreis für Gott. Man singt ihn, wenn man ihm für die Errettung aus einer Notlage dankt.«

»Aber warum stand er auf Shantis Haut?«

»Woher soll ich das wissen?«, rief Demetrios. »Vielleicht wollte jemand Ihnen einen Hinweis geben. Vielleicht stammt die Nachricht von Shanti selbst.«

Lombardi blieb die Luft weg.

Sébastien hat es selbst mit seinem Blut auf die Haut geschrieben, bevor seine Hände gebunden wurden. Shanti verstand den Sinn des Zeichens und hat es ihm nachgemacht. Sie wollten uns zeigen, wie wir das Dokument entschlüsseln können.

Wie hatte er so blind sein können?

»Kennen Sie den genauen Wortlaut des Psalms?«, fragte Lombardi.

»Vielleicht«, sagte Demetrios. »Ich denke schon. Warum?«

»Amirpour, starten Sie den Laptop«, forderte Lombardi.

»Was immer Sie sagen, Lombardi.«

Er hörte, wie sie den Laptop hervorkramte. Sofort wurden die Steinmauern in bläuliches Licht getaucht. »Okay. Was jetzt?«

»Öffnen Sie das verschlüsselte Dokument«, befahl Lombardi.

»Welchen Sinn soll das haben?«

»Sie sagten doch, dass es sich um eine alte Verschlüsselungsmethode handeln könnte«, erklärte er, »um eine Nachricht, die Buchstabe für Buchstabe verschlüsselt wurde.«

»Und?«

»Psalm 66 ist der Schlüssel.«

Amirpour seufzte. »Also Vigenère-Verschlüsselung. Versuchen können wir es.«

»Wie funktioniert das?«

»Dabei ist der Schlüssel ein Wort oder ein Satz. Man schreibt unter die Nachricht, die man verschlüsseln will, einfach den Schlüsselsatz, Buchstabe für Buchstabe. Zum Verschlüsseln verwendet man eine Tabelle, die aus untereinandergeschriebenen Alphabeten besteht, jeweils um eine Zeile verschoben. Man beginnt mit ABCD und so weiter. Eine Zeile darunter schreibt man ein Alphabet, das um eine Stelle verrückt wurde, also beginnend mit BCDE. Eine Zeile darunter verrückt man es noch eine Stelle weiter, also CDEF und so weiter. Wenn man fertig ist, hat diese Tabelle also oben quer und ganz links je ein vollständiges Alphabet beginnend mit A.«

Lombardi nickte zögernd. Er versuchte, sich die fertige Tabelle vorzustellen. »Und dann?«

»Damit verschlüsselt man den Text. Man hat ja zu jedem Buchstaben des Texts einen zweiten Buchstaben, jenen des Schlüssels. Man sucht also in der Tabelle im Alphabet oben den einen Buchstaben, und im Alphabet links den anderen.«

Lombardi glaubte zu verstehen. »Und wie entschlüsselt man das?«

»So ein Code kann sehr schwer zu knacken sein, wenn der Schlüssel sehr lang ist. Ist der Schlüssel gleich lang wie der Text, kann es sogar unmöglich sein.«

»Es sei denn, man kennt den Schlüssel.«

»Lombardi, Sie wissen schon, dass das sehr unwahrscheinlich ist.«

»Machen Sie einen besseren Vorschlag.«

Widerwillig begann Amirpour auf dem Laptop zu tippen. Es dauerte nicht einmal eine Minute, bis sie eine Tabelle von Buchstaben erstellt hatte, wie sie es beschrieben hatte.

»Und jetzt den Psalm«, sagte Lombardi aufgeregt. »Demetrios, Sie sagten, Sie wüssten, wie er lautet.«

»Nur ungefähr«, gab der Mönch verärgert zurück.

»Ich brauche den genauen Wortlaut«, erwiderte Amirpour.

»Dann kommen wir nicht weiter«, sagte Lombardi entmutigt.

»Ich verstehe ohnehin nicht, was das bringen soll«, murrte Demetrios. »Kommen Sie mit, bevor die anderen Sie finden. Dann kann ich nichts für Sie tun.«

»Bitte!«, flehte Lombardi. Er konnte es nicht fassen – sie waren so nah dran.

Demetrios seufzte. »Sébastien hatte immer eine lateinische Bibel auf seinem Laptop«, sagte er. »Sehen Sie da nach.«

Amirpour ließ ihre Finger über die Tasten fliegen, dann nickte sie.

»Worauf warten Sie noch?«, fragte Lombardi.

Amirpour kopierte die erste Zeile aus Sébastiens Datei und fügte sie in ein Textfile ein. Es handele sich um eine völlig sinnlose Zeichenfolge.

pwh mfe axhz yp zibdjex sfgtinf kqulnd ...

Dann gab sie den Psalm unmittelbar darunter ein, Buchstabe für Buchstabe, die Leerzeichen des Psalms ignorierend.

Inf ine minh ym nisPsal muscant iciDav ...

Zwei Minuten vergingen. Sie öffnete ein Fenster, das voller Programmcode war, und änderte einige Zeilen. Plötzlich hielt sie inne.

»Was ist los?«, fragte Lombardi. »Funktioniert es nicht?«

»Im Gegenteil«, flüsterte sie. Nun sah er auch, wie ihre Augen im Schein des Monitors leuchteten. Lombardis Nerven waren zum Zerreißen gespannt.

»Beeilen Sie sich!«, drängte Demetrios. »Es ist nur eine Frage der Zeit, bis die anderen uns finden.«

Doch Amirpour ließ sich nicht aus der Ruhe bringen.

»Demetrios, ich glaube, Sie haben recht«, sagte sie schließlich. »Diese Arbeit ist nicht das, wofür wir sie halten.«

»Was wollen Sie damit sagen?«, hakte Lombardi nach.

»Das hier ist wie die Arbeit von Franz Taurinus zur hyperbolischen Geometrie.«

Lombardi verstand kein Wort. Als er nachfragen wollte, hörte er, wie am anderen Ende des Gangs die Tür aufging.

65

Badalamenti hatte den Saal mit Gnerro und Rogora verlassen. Als der Kardinalstaatssekretär sich auf dem Vorplatz zu ihm umdrehte, erwartete er eine Standpauke, doch dessen Miene war nachdenklich. Gnerro sah ihm nicht in die Augen.

»Es tut mir so leid für Ihren Ziehsohn«, sagte er. »Das muss schrecklich für Sie sein.«

Badalamenti wartete auf ein »aber«, doch es kam keines. Er war überrascht festzustellen, dass der Kardinalstaatssekretär seine Beileidsbekundungen ernst meinte, und bedankte sich.

»Was Sie gerade angeboten haben, ist sehr ehrenhaft«, fuhr Gnerro fort. »Aber Sie müssen das nicht tun. Wir können jemanden von uns mitschicken.«

Badalamenti schüttelte den Kopf. »Ich möchte selbst gehen. Ich bin ein Förderer des Klosters, also muss ich auch Verantwortung übernehmen. Sie hatten recht, es war ein überhebliches Projekt. Der Friede zwischen Kirche und Wissenschaft war nicht mehr als ein Waffenstillstand. Jeder sollte in seinem Gebiet bleiben. So funktionierte es Jahrhunderte lang. Konstanz wollte einen echten Frieden, doch es war ein Fehler. Er hätte innerhalb der angestammten Grenzen der Kirche bleiben sollen. Ich weiß nicht, welche Ideen er meinem Ziehsohn in den Kopf gesetzt hat, aber es scheint zu viel gewesen zu sein. Er war noch jung. Er ist vom Weg abgekommen.«

Gnerro wiegte nachdenklich den Kopf. »Sie sind zu streng mit ihm«, sagte er.

Badalamenti horchte auf. »Meinen Sie?«

»Ich habe Konstanz als sehr mutigen Mann kennengelernt. Vielleicht zu mutig.«

»Ich wusste nicht, dass Sie ihn kannten.«

Gnerro lächelte. Ein seltenes, ehrliches Lächeln. »Ich habe leidenschaftlich mit ihm gestritten. Aber er ließ sich nicht von seiner Idee abbringen, also ließen wir ihn gewähren. Ich dachte, es könnte vielleicht funktionieren. Es ist auch meine Schuld, dass ich nicht auf mein Gefühl gehört habe.«

Badalamenti spürte, wie ihm Tränen in die Augen stiegen. »Danke.«

Gnerro nickte, dann wandte er sich ab. Rogora wartete schon ungeduldig.

»Sie sagten, Ihr Ziehsohn war Mönch in Saint Michel a la gorge?«, erkundigte sie sich.

»Das ist richtig«, antwortete Badalamenti und wischte sich die Tränen aus den Augen. »Kennen Sie die Abtei?«

Rogora nickte zögerlich.

»Wir beobachten sie seit einer Weile«, berichtete sie. »Wir und die französischen Behörden.«

»Warum denn das?«, fragte Badalamenti verblüfft.

»Es gibt dort eine Person, die wir einem fremden Geheimdienst zurechnen.«

Badalamenti brauchte einen Moment, um diese Information zu erfassen. »Sie meinen, einen Spion?«

»Nicht Sébastien. Ich darf Ihnen das eigentlich nicht sagen.«

»Aber warum …?«

»Es gibt noch andere Hinweise. Wir konnten mehrere Netzwerke von falschen Social-Media-Accounts identifizieren, die versuchen, die Stimmung anzuheizen. Erinnern Sie sich an die Sache mit dem angeschossenen Priester? Das war eine Falschmeldung. Sie wurde bewusst hochgespielt.«

»Was wollen Sie damit andeuten?«

»Es könnte sein, dass diese Krise kein Zufall ist«, erklärte sie. »Vielleicht hat jemand sie absichtlich herbeigeführt. Jemand in dieser Abtei.«

Während Badalamenti die ganze Tragweite dessen zu erfassen versuchte, holte sie ihn ins Hier und Jetzt zurück.

»Gehen Sie schon einmal zum Hubschrauber. Ich werde jetzt mit dem Papst sprechen. Und danach fliegen wir los.«

66

Lombardi hob die Hand vors Gesicht. Auf seiner Netzhaut hatten sich rote Schemen eingebrannt. Am Geräusch hörte er, dass eine einzelne Person den Tunnel betreten hatte.

»Demetrios? Was tust du da?« Lombardi erkannte Weiweis Stimme.

»Ich habe alles im Griff«, antwortete Demetrios. »Warte draußen. Ich komme gleich.«

»Aber ...«, begann Weiwei. Er schien zu spüren, dass etwas faul war. »Wir sollen sie doch zu Philipp bringen«, sagte er dann.

»Ja«, gab Demetrios zurück.

Sie schwiegen sich an. Weiwei wich nicht zurück.

»Du hilfst ihnen«, stellte Weiwei fest.

»Unsinn!«, rief Demetrios. Doch seine Stimme klang nicht überzeugend. Weiwei drehte sich um und rannte davon.

»Warum hört eigentlich niemand auf mich?«, beschwerte sich Demetrios.

»Bitte«, flehte Lombardi, »Sie müssen uns helfen, von hier zu verschwinden.«

»Dafür ist es zu spät. Es gibt keinen Ausweg. Sie werden gleich hier sein.«

»Dann helfen Sie uns wenigstens, den Laptop in Sicherheit zu bringen.«

Demetrios schien darüber nachzudenken, doch in diesem Moment sahen sie neue flackernde Lichter. Diesmal kamen mehrere Personen auf sie zu. Nun war es endgültig vorbei, sie saßen in der Falle.

»Aus dem Weg«, sagte jemand, offenbar an Demetrios gerichtet. Dann: »Nimm den Laptop.« Lombardi erkannte Blessings' vollen Bariton.

Jemand beugte sich über sie und entriss Amirpour das Gerät, die vor Wut aufschrie.

»Haben Sie geglaubt, Sie könnten sich verstecken?«, fragte eine kalte Stimme. »In meinem Kloster?«

Das war Philipp. Ein leises, trauriges Lachen war zu hören. »Wir Benediktiner leben seit tausend Jahren hier. Es gibt keine Ecke, die wir nicht kennen.«

Der Lichtstrahl senkte sich kurz, und Lombardi erkannte zwei Mönche neben Philipp, Pater Blessings und die schmale Gestalt von Weiwei. Die beiden hatten etwas in ihren Händen, das sie auf ihn und Amirpour richteten. Waren das Waffen?

»Blessings, was tun Sie da?«, fragte Lombardi. »Das kann doch nicht Ihr Ernst sein!«

»Seien Sie still, Herr Bischof. Tun Sie einfach, was man Ihnen sagt.« Er klang müde.

»Sie machen einen Fehler, Philipp«, sagte Lombardi beruhigend. »Sie sehen überall Feinde der Kirche, aber das stimmt nicht. Wir sind nicht Ihre Feinde, Sébastien war nicht Ihr Feind. Es gibt für alles eine Erklärung.«

Lombardi nahm die Waffen genauer unter die Lupe. Deren Oberflächen waren rau und wiesen seltsame Muster auf. Sie sahen aus wie Kunststoff, nicht wie Metall. Er hatte einmal so eine Oberfläche gesehen, bei der Nachbildung einer gotischen Heiligenstatue, die ein Forschungsinstitut mit einem 3D-Drucker hergestellt hatte.

»Konstanz war gegen diesen Notfallplan«, sagte Philipp. »Er war viel zu blauäugig. Es waren seine Mitbrüder, die ihn dazu überredeten. Er sah nicht, was Wissenschaft eigentlich bedeutet. Wissenschaft, die keine Macht erzeugt, ist irrelevant. Wenn sie relevant ist, ist sie gefährlich. Die Quantenphysik brachte die Atombombe hervor. Im Kalten Krieg waren wir kurz davor, damit alles menschliche Leben auszulöschen und die Erde unbewohnbar zu machen. Diese Naivität! Zu glauben, Forschung hätte keine

Folgen. Ich warnte immer davor, zu tief in Gottes Schöpfung zu schauen. Ich bin überzeugt, es gibt furchtbare Dinge in den Weiten des Alls. Wir haben doch alles, was wir zum Leben brauchen. Technologie ist nur ein Versuch des Menschen, sich göttlich zu fühlen.«

Ein Notfallplan? Lombardi verstand nicht. »Von welchem Plan sprechen Sie?«

»Falls hier in der Abtei etwas Gefährliches entdeckt würde, sollte eine Reihe von Schritten unternommen werden. Die Kommunikation zur Außenwelt sollte unterbrochen werden, um eine Verbreitung gefährlichen Wissens zu verhindern.«

»Mit Gewalt?«, platzte Lombardi heraus.

Philipp lachte. »Wir sollen also die andere Wange hinhalten, wenn die Welt vor die Hunde geht? Ist es das, was Sie meinen? Sie haben das falsch verstanden, Herr Bischof. Christus verlangt von uns, auf Gegenwehr zu verzichten, wenn wir persönlich angegriffen werden. Aber doch nicht, wenn die Kirche in Gefahr ist. Die Kirche müssen wir verteidigen, mit allen Mitteln!«

»Ich habe Ihnen doch schon gesagt, die Kirche ist nicht in Gefahr. Es geht hier um etwas anderes. Amirpour, sagen Sie es ihm. Sie haben das Dokument gelesen. Was steht darin?«

»Sie haben unrecht, Herr Bischof«, unterbrach ihn Philipp. »Die Kirche ist schon seit sehr langer Zeit von der Auslöschung bedroht. Statt uns zu verteidigen, haben wir die Tore für unsere Feinde geöffnet. Wir haben ihre Denkweisen übernommen und versucht, uns an eine sterbende Gesellschaftsordnung anzubiedern. Das hat jetzt ein Ende.«

»Sie können die Entwicklungen nicht aufhalten, Philipp. Niemand kann das.«

»Wir werden sehen. Sie werden Zeit haben, darüber nachzudenken. Kommen Sie mit.«

»Was machen Sie mit uns?«, wollte Lombardi wissen.

»Sie in Sicherheit bringen.«

»Danke, sehr liebenswürdig. Aber wir verzichten.«

Nun lachte Philipp laut auf. »Herr Bischof, Sie sind es, den ich in Sicherheit bringen will, nicht Ihre Physiker-Freundin.«

»Wie meinen Sie das?«

»Haben Sie sich nie gefragt, wer Ihre App manipuliert hat?«

»Mit solchen Dingen kenne ich mich nicht aus. Ich hatte keine Möglichkeit, das zu überprüfen.«

»Wir schon«, sagte der Abt. »Glauben Sie, wir wären untätig? Es fehlt Ihnen an Vertrauen, Herr Bischof. Es gibt jemanden, der sowohl die nötigen Kenntnisse als auch das Interesse hatte, Sie in diese Sache hineinzuziehen.«

»Wen?«

»Denken Sie nach«, sagte Philipp lächelnd.

Neben ihm rührte sich Amirpour. »Das ist eine haltlose Unterstellung«, sagte sie.

»Lassen Sie es gut sein«, beruhigte sie Lombardi. »Er meint nicht Sie.«

»Natürlich meint er mich«, gab sie scharf zurück. »Aber das ist Unsinn. Wie kommen Sie darauf, ich könnte dafür verantwortlich sein?«

»Sie hatten Zugang zu allen Computersystemen. Es gab einige Änderungen, die wir zuerst nicht verstanden. Diese Änderungen führten zu dem Fehlverhalten der App auf Lombardis Telefon. Und die Änderungen wurden von Ihrem Account durchgeführt.«

»Das ist eine Lüge!«, rief sie. »Ich wusste nichts von Sébastiens Tod. Und auch nicht von Shantis.«

»Nein? Wie erklären Sie sich dann, dass sich Ihre Spuren an beiden Tatorten finden?«

Philipp schien die Auseinandersetzung zu genießen. Lombardi war verblüfft. Philipp hatte die Tatorte untersuchen lassen?

»Sie werden meine Spuren auch an den Tatorten finden«, mischte er sich ein »Das liegt daran, dass wir gemeinsam dort waren.«

»Lassen Sie sich nicht von ihr täuschen, Herr Bischof. Diese Frau ist nicht, wer sie zu sein vorgibt. Hat sie Ihnen auch erzählt, dass Religion und Wissenschaft nicht im Widerspruch zueinander stehen? Das ist nur leider nicht, was sie wirklich denkt.«

Lombardi sah Amirpour entsetzt an. Sie war voller Wut, aber er bemerkte, dass sie verunsichert war.

»Worauf spielen Sie an?«, fragte sie, aber es klang so, als wüsste sie das sehr genau.

»Wollen Sie Ihrem Freund nicht erzählen, für wen dieser Quantencomputer wirklich gedacht ist? Ein Gerät, perfekt zum Knacken von Codes. Pure Wissenschaft, nur für Forschungszwecke. Warum gestehen Sie nicht, für wen Sie wirklich arbeiten?«

»Dass Sie es wagen!«

Lombardi nahm mit Schrecken die Unsicherheit in ihrer Stimme wahr.

»Wovon spricht er?«, fragte er. »Sie haben mich doch nicht angelogen?«

»Ich habe Sie nicht angelogen!« Er sah im Licht der Taschenlampen, dass sie den Tränen nahe war.

»Dann sagen Sie mir, was er meint. Für wen arbeiten Sie?«

»Denken Sie nach«, forderte Philipp. »Eine muslimische Frau, die ein Gerät baut, mit dem man sämtliche Verschlüsselungssysteme der Welt knacken kann.«

Lombardi schüttelte den Kopf. »Das kann nicht sein.«

»Wir wissen nicht einmal, ob Samira Amirpour ihr richtiger Name ist«, fuhr der Mönch fort. »Aber sie arbeitet für eine fremde Macht. Sie glaubte, ihre Wundermaschine hier verstecken zu können und ganz nebenbei noch etwas Forschungsgeld von der Kirche zu erschleichen.«

»Das ist eine Lüge!«, gab sie zurück. »Ich arbeite für niemanden!«

»Ach ja?«, wandte Philipp sich an sie. »Und wer finanziert Ihre Maschine?«

Plötzlich zögerte sie. Ihr Mund blieb offen stehen, als hätte man sie ertappt.

»Sie intriganter Teufel«, flüsterte sie. Dann wurde sie wieder laut. »Ich bin auf Sie zugegangen, wir Wissenschaftler sind alle über unseren Schatten gesprungen! Sie sind erbärmlich, wissen Sie das? Ich dachte wirklich, die christliche Religion könnte eine Chance haben, wenn sie sich öffnet, wie Ihre Mitbrüder das getan haben. Aber nicht so. So werden Sie nicht überleben, Sie werden von fernöstlicher Spiritualität verdrängt werden. Das sind Philosophien, die den Menschen als etwas Wunderbares begreifen, nicht als unwürdig! Es geschieht Ihnen recht. Sie werden verschwinden. Und wissen Sie was? Ich freue mich darauf!«

Amirpour war ganz außer Atem, so sehr hatte sie sich in Rage geredet. Und während Philipp den Moment zu genießen schien, hatte Lombardi das Gefühl, dass etwas in ihm zerbrach.

»Da, Lombardi. Sehen Sie nun, mit wem Sie sich verbündet haben? Oder wussten Sie es die ganze Zeit über? Sind Sie von derselben Krankheit infiziert, die der Teufel in so viele schwache Geister gesetzt hat?«, wandte Philipp sich wieder an ihn.

Lombardi wusste nicht, was er erwidern sollte. Er fühlte sich taub, als hätte man ihn geschlagen.

»Ich kenne Sie besser, als Sie vielleicht glauben«, fuhr Philipp fort. »Sie sind wie Sébastien. Ihr Glaube ist nicht gefestigt. Glauben Sie überhaupt noch? Ich habe es gleich gesehen, als Sie in die Kirche kamen. Ihr schlechtes Gewissen an diesem heiligen Ort, als hätten Sie ein Gewicht auf den Schultern. Ich mache Ihnen deshalb keine Vorwürfe. Sie sind eine tragische Figur, Lombardi. Ein Mann in Ihrer Position, der seinen Glauben verliert. Man hätte Sie nie zum Bischof machen dürfen. Mir ist es ein Rätsel, wie das passieren konnte. Sie sind zu einem Relativisten geworden, wie so viele andere. Aber ich werde für Sie beten. Noch ist es nicht zu spät für Sie.«

»Sie haben Sébastien und Shanti ermordet«, sagte Amirpour kalt.

»Wie soll ich das getan haben?«, fragte er. »Ich war doch gar nicht im Kloster.«

Dann wandte er sich an seine beiden Begleiter. »Es reicht. Nehmt sie mit. Bringt sie in die Zellen.«

67

Badalamenti zog unwillkürlich den Kopf ein, als er sich mit Sylvia Rogora dem Hubschrauber näherte, der auf dem Heliport im westlichsten Teil der Vatikanstadt stand. Die Rotoren liefen und erzeugten einen Luftzug, der Badalamenti in der kühlen Abendluft frösteln ließ. Rogora hielt den Kopf aufrecht. Das Fliegen mit dem Hubschrauber schien für sie pure Routine zu sein.

Mit mulmigem Gefühl stieg er in den Eurocopter der italienischen Armee. Der Pilot nickte ihnen zu, dann schloss Rogora die Tür. Die Turbinen heulten laut auf, und ein Rucken ging durch den Sitz, als der Hubschrauber startete.

Als sie sich über die Stadtmauer erhoben, wurden die Lichter Roms sichtbar. Dann öffnete sich der Blick auf den hell erleuchteten Petersplatz, und er war gebannt von dem, was er sah.

Die Menschenmenge war auf Hunderte Personen angewachsen, und sie war wütend. Zwischen ihr und dem Petersdom stand ein Dutzend Einsatzfahrzeuge, darunter gepanzerte Polizeiwagen. Eine Reihe von Polizisten mit Kampfmontur und durchsichtigen Schilden versuchte, die Menge zurückzuhalten. Die Leute hatten die Hände erhoben, Badalamenti sah geballte Fäuste. Einige trugen rauchende Leuchtfeuer. Irgendwo in der Mitte des Petersplatzes hatten sich die Massen gelichtet. Dort gingen Menschen aufeinander los. Die Polizei griff nicht in das Geschehen ein. Man war offenbar völlig damit beschäftigt, die heiligen Stätten des Vatikan zu schützen. Badalamenti und Rogora tauschten einen Blick. Er sah die Sorge in ihren Augen.

Ist das die Gewalt, deren Opfer du wurdest, Sébastien? Du, der du alle Konflikte mit dem Verstand lösen wolltest?

Plötzlich tat sich etwas an der Absperrung. Zwei Personen brachen durch die Reihe der Polizisten. Noch einer folgte ihnen. Als die Menge das bemerkte, konzentrierten die Demonstranten ihre Kräfte auf die Schwachstelle. Die Menschenkette der Uniformierten verlor ihren Zusammenhalt. Sie brach wie ein Damm, und die Menge strömte hindurch. Die Demonstranten rannten auf den Petersdom zu.

Der Hubschrauber drehte ab, und sie ließen den Vatikan hinter sich.

68

Lombardi fror. Er hatte sich zusammengekauert, sonst gab es nichts, das er gegen die Kälte tun konnte, die langsam in jede Faser seines Körpers kroch. Der Sturm vor dem vergitterten, offenen Fenster schien stärker als je zuvor zu sein. Auf dem Steinboden hatte sich eine dünne Schicht Schnee angesammelt, die an den Rändern langsam schmolz.

Und er wollte nichts tun, das war ihm nun klar. Es genügte, die Rauheit der Steine an der Wand zu spüren, die Taubheit der Füße, die immer weiter die Beine hinaufkroch. Er ließ alles geschehen.

Die Mönche hatten ihn in diese Zelle gesperrt. Nachdem sich seine Augen an die Dunkelheit gewöhnt hatten, hatte er festgestellt, dass sie sich seit der Zeit, in der die Abtei als Gefängnis gedient hatte, nicht verändert zu haben schien: eine hölzerne Pritsche mit dünner Matratze, Stroh auf dem Boden, das tief in der Mauer liegende Fenster vergittert. Amirpour war in eine andere Zelle gebracht worden. Gerade waren die Geräusche der Mönche verstummt, jetzt war es ruhig. Er hatte alles getan, was er tun konnte. Er war gescheitert.

Philipp hatte also die Wahrheit erkannt. Er hatte ausgesprochen, was Lombardi noch keiner Menschenseele erzählt hatte. Es tat weh, das aus dem Mund eines Fremden zu hören. Etwas, das er noch nicht einmal Badalamenti hatte gestehen können.

Lombardi hatte in seinem Leben viele Atheisten kennengelernt und sich die Gründe für ihren fehlenden Glauben erklären lassen. Manche hatten gemeint, dass sie sich nicht vorstellen konnten, all das Schreckliche in der Welt sei Teil eines »Plans«, den Gott für die Menschen habe. Andere glaubten, dass alle Fragen, die nicht durch Wissenschaft zu beantworten waren, unsinnig seien, also auch jene nach Gott. Lombardi waren diese Gedanken fremd gewesen. Er hatte kein Problem damit gehabt, sich etwas wissenschaftlich nicht Erklärbares vorzustellen, und wenn er sah, wie viel Gutes die in der Bibel geforderte Gewaltlosigkeit bringen konnte, so sie nur befolgt wurde, dann war er geneigt zu glauben, dass allein die Schlechtigkeit der Menschen für das Übel in der Welt verantwortlich war. Gott hatte seinen Teil getan, nicht nur in den christlichen Schriften.

Dass er ein Problem hatte, war Lombardi daher erst sehr spät aufgefallen, als Badalamenti ihn in die Welt des Vatikans eingeführt hatte. Er hatte den Vatikan immer als ein Wunder erlebt – mysteriös und mit allerhand Abgründen, aber auch groß und erhaben. Doch als er auf Badalamentis Betreiben hin plötzlich Teil dieser Welt hätte werden sollen, hatten sich unangenehme Gedanken geregt. Er hatte realisiert, dass es nur der Glaube seiner Bewohner war, der die museumshaften Gebäude mit Leben füllte – nicht die Geschichte, nicht der kunsthistorische Prunk und nicht die Traditionen. Künftig also auch sein Glaube, und dieser Gedanke hatte ihn nicht losgelassen. Er hatte sich zusehends zurückgezogen, ohne Badalamenti erklären zu können, wo das Problem lag.

Seine Reise nach Afrika war eine Flucht gewesen. Er hatte gemeint, Abstand gewinnen zu müssen, dass er noch nicht bereit war. In Afrika hatte er gehofft, den Mut für das zu finden, was Badalamenti für ihn vorgezeichnet hatte, seit er ihm mittels seiner Kontakte eine Stelle als Ministrant im Petersdom verschafft hatte, als Lombardi keine sechzehn Jahre alt gewesen war. Eine Karriere im Zentrum der Kirche. Eine Funktion, wo er unendlich viel Positives bewirken konnte. Das war es, was er wollte, aber noch nicht sofort. Tief in seinem Inneren hatte er gewusst, dass er sich etwas vormachte. Die Probleme waren in Afrika nur noch drängender geworden. Erst da hatte er verstanden, dass ihn Badalamentis Anspruch überfordert hatte. Lombardi hätte sich seines Glaubens völlig sicher sein müssen, für das, was Badalamenti ihm in Aussicht stellte. Die Erkenntnis, dass er diese Sicherheit nicht besaß, war ein Schock für ihn gewesen. Eine Leere war entstanden, die er nicht zu füllen vermocht hatte. So hatte er die Erfüllung seines Glaubens in der karitativen Praxis gesucht und alles andere ausgeblendet. Er hatte schließlich irgendwann aufgehört zu beten. Bis etwas passiert war, mit dem er nicht im Geringsten gerechnet hatte. Er hatte jemanden kennengelernt, und sein Leben war auf den Kopf gestellt worden.

Philipp hatte recht gehabt. Er hatte seinen Glauben verloren, und Amirpour hatte das ausgenutzt. Sie hatte ihm gesagt, was er hören wollte. Und er hatte sich an die Hoffnung geklammert, dass es einen Mittelweg gab, einen Kompromiss zwischen Glauben und Verstand. Er hatte gemeint, von Amirpour etwas darüber lernen zu können. Doch die Illusion war zerplatzt. Das, was er gesucht hatte, gab es nicht. Er befand sich im Niemandsland, haltlos und isoliert.

Philipp hatte gewonnen. Er hatte diese Krise ausgenutzt, und nun versuchte er, seine Vision des Glaubens zu realisieren. Vielleicht stimmte es sogar, vielleicht hatte er Sébastien und Shanti ermordet. Seine Mitbrüder hatte er offenbar so unter Druck gesetzt, dass sie die Wahrheit nicht erkannten. So musste es sein. Und Lombardi konnte nichts dagegen tun.

Er dachte an Amirpour. Philipp hatte sie beschuldigt, eine Mörderin zu sein. War das denkbar? Es stimmte, dass Lombardi sie nicht wirklich kannte. Zwar hatte sie geleugnet, für einen Geheimdienst zu arbeiten, doch sie war verunsichert gewesen, als Philipp ihr das unterstellt hatte. Vielleicht hatte sie wirklich aus einem bestimmten Grund die App auf Lombardis Handy manipuliert, auch wenn er nicht verstand, warum sie das hätte tun sollen. Er wusste nicht, ob er ihr einen Mord zutraute, aber die seltsame Zurschaustellung der Leichen konnte nicht ihr Werk sein.

Bei Philipp lagen die Dinge anders. Philipp traute er alles zu. Und dass er sich so auf Amirpour eingeschossen hatte, bedeutete, dass sie in Gefahr war. Nicht zuletzt, weil sie den Inhalt des Dokuments gesehen hatte. Sie hatte das gesehen, was Philipp unbedingt geheim halten wollte.

In diesem Moment hörte er durch die Tür gedämpften Lärm. Jemand schrie. Lombardi starrte erschrocken zur Tür. Draußen schien es eine Auseinandersetzung zu geben.

Samira.

Er drehte sich um und sah das vergitterte Fenster an. Grübeln konnte er später immer noch. Er musste versuchen, ihr zu helfen, auch wenn es hoffnungslos erschien.

69

Kardinalstaatssekretär Valentino Gnerro steckte sein Mobiltelefon ein und schlang die Arme um seinen Körper. Er musste dringend zurück in die Casina. Dort wartete man auf ihn. Doch er wollte nicht, dass dieser Moment allein in der kalten Luft verging.

Er hatte sich einige Dutzend Schritte vom Gebäude der Akademie der Wissenschaften entfernt, um mit seiner Schwester zu telefonieren. Sie führte ein Wirtschaftsprüfungsunternehmen in Mailand. Clara war einer der wenigen Menschen, zu denen er ein inniges Verhältnis hatte. Sein Amt nahm fast sein ganzes Leben ein, er unterhielt zu allen Menschen offizielle Beziehungen – manchmal herzlich, manchmal weniger, doch immer ging es um sein Amt, nicht um seine Person. Nur seine ältere Schwester war ihm als Freundin geblieben. Ihr konnte er alles erzählen und tat es auch. Gerade hatte er das Bedürfnis dazu gehabt. Nun ging es ihm etwas besser. Er hatte sich sammeln können und war bereit für die Herausforderungen, die diese Affäre für ihn bereithalten mochte. Er ahnte, dass die Sache noch nicht ausgestanden war.

Gnerro rieb sich die Hände, um sie zu wärmen. In diesem Moment kam aus der Schwärze der Nacht jemand auf ihn zugeeilt. Es war ein junger Mann von der Schweizergarde, der in Zivil mit einigen seiner Kollegen die Sicherheit rund um die Casina im Auge hatte.

»Eminenz!«, flüsterte er. »Da sind Sie ja. Ich dachte schon ...«

»Ich gehe gleich zurück«, erklärte Gnerro. »Ich musste nur kurz telefonieren.«

Der junge Mann schien nicht zuzuhören. »Eminenz, Sie dürfen nicht dorthin zurück. Sie müssen mir folgen. Ich bringe Sie in Sicherheit.«

Gnerro war irritiert. Er widerstand dem Drang, den Soldaten lautstark zurechtzuweisen. »Wenn Sie auf die Evakuierung anspielen, dann müssen Sie sich noch einen Moment gedulden. Wir werden das gleich besprechen. Aber ich befürchte inzwischen auch, dass eine Evakuierung unvermeidlich ist.«

Der junge Mann schüttelte heftig den Kopf.

»Wollen Sie mir nicht erst einmal erklären, was los ist?«, fragte Gnerro.

»Herr Kardinal, soeben ist am Bahnhof Alarm ausgelöst worden. Ein Tor wurde aufgebrochen.«

Der Bahnhof am Rand der vatikanischen Mauern.

»Die Demonstranten?«, fragte Gnerro.

»Wir wissen es nicht. Aber wir dürfen kein Risiko eingehen. Die Versammlung in der Casina wurde soeben aufgelöst.«

Der Kardinalstaatssekretär erfasste die Situation blitzschnell. »Bitte. Gehen Sie voraus.«

Sie waren noch nicht weit gegangen, als sie in den Büschen neben sich ein Geräusch hörten.

70

Der Diener war so außer sich, dass er kaum noch klar denken konnte. Er hatte soeben gehört, was draußen in der Welt passierte. Das Fragment des Geheimnisses zog weitere Kreise, als er vermutet hatte. Es hatte genügt, um Chaos zu verbreiten. Welche Wirkung hätte dann erst die ganze Wahrheit? Wenn die Medien recht hatten, war die Lage höchst instabil. Das Geheimnis könnte genügen, um sie kippen zu lassen. Das befeuerte seine Nervosität aufs Äußerste.

Leider hatte der Diener nicht verhindern können, dass der falsche Bischof Kontakt mit der Außenwelt aufnahm. Aufgrund der Dummheit eines Mönchs war er in den Besitz eines Telefons mit Netzverbindung gelangt. Er hatte telefoniert, bevor es dem Diener gelungen war, das Störsignal anzupassen. Mit wem der falsche Bischof gesprochen hatte, wusste er nicht. Aber er bezweifelte, dass echter Schaden entstanden war. Der falsche Bischof und seine Begleiterin wussten immer noch zu wenig.

Und selbst wenn die Welt draußen in die Brüche ging, innerhalb dieser Mauern konnten sie ausharren. Genau zu diesem Zweck waren sie erbaut worden. Vielleicht verdiente die Welt das Chaos und wurde davon gereinigt. Und sie würden danach den Glauben von Neuem zu den Menschen hinaustragen. Aber zuvor musste die Reinigung innerhalb des Klosters abgeschlossen werden.

Der Diener hob seine selbst gebaute Waffe auf, dann sah er zum Mantel hinüber, der immer noch voller Blutflecken war. Der falsche Bischof und die Verräterin waren nun in den Zellen des alten Gefängnisbereichs eingeschlossen. Das war die Gelegenheit, das Problem zu beseitigen. Er durfte keine Zeit verlieren. Er musste sicherstellen, dass das Geheimnis gewahrt blieb. Alles lief nun in die richtige Richtung, doch dies war keine Aufgabe für einen Diener. Es war eine Aufgabe für einen Engel, der Dämonen bekämpft.

Der Diener betrachtete sich im Spiegel, nackt, mit dünnen, um die Brust geschlungenen Armen. Er sah, wie schwach und zerbrechlich er war. Kein Engel, nur ein unwürdiger Mensch. So würde er es nicht schaffen.

Für das, was er vorhatte, musste er aufhören, ein Diener zu sein. Er musste selbst zu Michael werden, der Luzifer in die Unterwelt verbannte. Mit zitternder Hand griff der Diener nach dem Mantel.

71

Das bringt nichts! Selbst wenn du das Gitter bewegen kannst!

Lombardi rüttelte an den stählernen Gitterstäben, und Staub rieselte herab. Er versuchte nun seit einigen Minuten, das Gitter zu lockern. Seine Finger waren klamm und gefühllos, doch einer der Stäbe ließ sich um fast einen Zentimeter vor und zurück bewegen, so verwittert war das Gestein, in dem er steckte. Lombardi hatte das Gefühl, dass es ihm mit viel Geduld gelingen könnte, ihn herauszubrechen.

Und was dann?

Von draußen zog eiskalte Luft herein. Er hatte sich so weit vorgebeugt, wie es das Gitter erlaubte, doch er hatte nichts erkennen können. Vielleicht befand sich darunter ja eine Plattform, und er konnte sich fallenlassen. Aber das, was er im schwachen Streulicht irgendwelcher Außenscheinwerfer hatte ausmachen können, deutete nicht darauf hin. Unter ihm verlor sich die Mauer in der Dunkelheit. Vermutlich befand sich das Fenster mitten in einer nackten Wand.

Die Geräusche waren inzwischen verebbt, alles war wieder ruhig. Was immer auch geschehen war, war längst vorüber. Er konnte nichts mehr daran ändern. Dennoch probierte er es weiter. An der Tür hatte er ebenfalls gerüttelt, doch sie rührte sich keinen Millimeter. Er hatte beim Eintreten einen großen Verriegelungsmechanismus gesehen, ein Museumsstück, das offenbar frisch geölt war und nicht die Spur eines Quietschens von sich gegeben hatte, als man die Tür hinter ihm abgeschlossen hatte. Das Gitter war seine einzige Chance. Wenn es ihm gelang, den einen Stab zu entfernen, konnte er zumindest sehen, was sich draußen befand. Und auch wenn es nicht funktionieren sollte, an diesem Stab zu rütteln half ihm, sich nicht ganz so hilflos zu fühlen.

Doch es dauerte nicht lange, bis sich das Knirschen des Metalls im Fels veränderte. Lombardi war sich zuerst nicht sicher, ob er sich täuschte, aber dann spürte er, wie der Stab lockerer wurde, bis er auf einer Seite nachgab und sich herausziehen ließ.

Sein erstes Gefühl war freudiger Unglauben, als er mit dem Stück Metall in der Hand vor dem Fenster stand. Er ließ es zu Boden fallen, wo es einen hellen Ton von sich gab, und beugte sich vor, um nach der entstandenen Öffnung zu tasten.

Vergiss es. Du passt da nie durch.

Aber das stimmte nicht. In Afrika war er schlank geworden. Es schien möglich, sich auf der Schulter liegend zwischen dem steinernen Fensterrahmen und dem übriggebliebenen Gitterstab hindurchzuzwängen.

Und dann?

Lombardi konnte immer noch nicht erkennen, was sich draußen befand. Und er wusste nicht, ob er umkehren konnte, wenn er erst einmal durch die Öffnung gekrochen war.

Er dachte an den Tumult, den er gehört hatte, und an Amirpours Worte. *Diese Arbeit ist nicht, wofür wir sie halten.* Lombardi trat an das Gitter und begann, sich durch die Öffnung zu zwängen.

72

»Laufen Sie! Jetzt!«

Gnerro war völlig perplex, als der junge Soldat plötzlich losrannte und in der Dunkelheit verschwand. Nachdem sie das Geräusch gehört hatten, hatten sie einige Sekunden regungslos dagestanden. Gnerro vermutete, dass es sich um ein Tier handelte. Falscher Alarm. Doch dann reagierte der Soldat blitzschnell. Auf einmal war da ein neues Rascheln neben ihm.

Da rannte Gnerro los. Keine Sekunde zu früh, denn sofort hörte er Schritte dicht hinter sich. Instinktiv schlug er einen Haken, und die Person hinter ihm stolperte und stieß einen Fluch aus.

Gnerro wusste nicht, wohin er rannte. Es gab keine Zeit, sich zu orientieren. Als vor ihm plötzlich eine Wasserfläche glitzerte, dachte er nicht lange nach. Er sprang über eine Brüstung und spürte, wie eisiges Wasser durch seine Soutane drang. Er ging in die Knie und tauchte bis zum Hals unter. Die Kälte war wie ein Schock, seine Muskeln verkrampften, und er bekam keine Luft. Um ihn herum schlugen Wellen an den Beckenrand. Es klang schrecklich laut.

Dies war das Becken des Adlerbrunnens, der zwischen der Casina und dem Kloster Mater Ecclesiae lag. Gnerro hörte, dass ganz in der Nähe schwere Stiefel über das Kopfsteinpflaster der Wege trampelten. Er schnappte nach Luft und versuchte verzweifelt, dabei so wenig Lärm wie möglich zu machen.

Der Soldat hatte nicht gelogen.

Sie waren innerhalb der Mauern!

Gnerro hatte die Vorgänge auf dem Petersplatz mit Sorge beobachtet, aber hier in den Gärten hatte er sich sicher gefühlt. Ein schrecklicher Trugschluss, wie ihm nun klar wurde. Aus einer abstrakten Bedrohung war ein Kampf um Leben und Tod geworden.

Was wollen sie von uns?

Gnerro konnte darauf keine Antwort geben. Er wusste nur, dass er sich irgendwie bis in die Kaserne der Schweizergarde hinter dem Apostolischen Palast durchschlagen musste. Dort wäre er in Sicherheit und könnte gemeinsam mit den päpstlichen Soldaten die nächsten Schritte koordinieren.

Doch dazu musste er erst einmal seine Verfolger abschütteln, die wortlos nach ihm suchten. Immer wieder hörte er Schritte in der Nähe. Das waren nicht einfach wütende Demonstranten, diese Männer bewegten sich eher wie erfahrene Jäger. Gnerro musste an das denken, was die Regierungsbeamtin gesagt hatte.

Terroristen.

In diesem Moment griff jemand nach dem Kragen seiner Soutane und riss ihn hoch. Gnerro stieß einen Entsetzensschrei aus, aber eine behandschuhte Hand tastete nach seinem Gesicht und hielt ihm den Mund zu. Dann wurde ihm etwas über den Kopf gezogen.

73

Bischof Lombardi stand mit dem Rücken zur Wand auf einem Sims, der vielleicht einen halben Meter breit war. Vom Fenster aus hatte er größer ausgesehen. Eine abschüssige, bemooste Rampe aus feuchtem Granit. Zentimeter für Zentimeter tastete er sich seitwärts, während Böen an seinen Kleidern zerrten. Nach unten zu blicken wagte er nicht. Er hatte vorhin einen kurzen Blick riskiert, doch die formlose Schwärze hatte ihn magisch angezogen, und beinahe hätte er das Gleichgewicht verloren.

Er bereute seinen dummen Einfall bereits zutiefst. Es hätte eine andere Lösung geben müssen. Wenn er sich mehr Zeit gelassen hätte, wäre ihm bestimmt etwas eingefallen.

Lombardi tastete mit den Fingerspitzen die Wand neben sich ab. Ihm war, als wäre er schon viel zu lang unterwegs. Irgendwann, so seine Theorie, musste er auf ein weiteres Fenster stoßen, ähnlich dem, durch das er geflohen war. Ob die Gitterstäbe dort ähnlich locker waren wie in seiner Zelle, wusste er nicht – ein weiterer Schwachpunkt dieses waghalsigen Plans.

Ich müsste doch längst da sein!

Lombardi machte sich lang und streckte seine Hand noch weiter zur Seite. Und glaubte plötzlich, mit seinen Fingerkuppen eine Kante zu spüren. Womöglich handelte es sich nur um eine Fuge zwischen zwei Mauersteinen. Wenn er nur einen winzigen Schritt zur Seite machte ...

In diesem Moment glitt Lombardis Schuhsohle auf dem Moos aus. Verzweifelt verrenkte er seine Arme, um irgendwo Halt zu finden, doch die Wand war zu glatt.

Wie lächerlich, dachte er noch. Das ist die Verschwörung des Jahrhunderts – und meine Dummheit kostet mich nun das Leben.

74

Kardinal Valentino Gnerro atmete seine eigene, warme Atemluft ein. Der Sack über seinem Kopf war glatt und roch nach Plastik. Zuerst hatte Gnerro Angst gehabt zu ersticken, doch der Sack schien Löcher zu haben, durch die er atmen konnte. Seine Hände waren auf den Rücken gefesselt. Was immer sie verwendet hatten, schnitt tief in seine Haut ein. Seine Kleider trieften vor Nässe.

»Wohin bringen Sie mich?«, fragte er, ohne mit einer Antwort zu rechnen. Bisher hatte er auf keine seiner Fragen eine Antwort bekommen.

Es war so schnell gegangen, eben noch hatte er sich stark gefühlt und im Befehlston mit den anderen Kardinälen gesprochen. Er war überzeugt gewesen, dieser Krise Herr zu werden. Nun wurde er wie ein Verbrecher mitgeschleift. Mit dieser Situation konnte er nicht umgehen. Er war nicht wütend, sondern nur ängstlich und verwirrt.

Sie bringen mich aus dem Vatikan. Ich bin verloren.

Doch noch befanden sie sich in den Gärten. Gnerro spürte das vertraute Kopfsteinpflaster unter seinen Schuhen.

Plötzlich blieben sie stehen. Er hörte das Quietschen einer Tür, die geöffnet wurde, dann wurde er über die Schwelle geführt. Gnerro versuchte, am Untergrund zu erkennen, welches Gebäude es war. Wahrscheinlich durchquerten sie gerade die Mauern, die den Vatikanstaat umgaben.

Gnerro wurde eine Treppe hinuntergeführt. Die Luft wurde kalt und feucht. Dann wurde er zu Boden gestoßen. Es kam so überraschend, dass er zu spät reagierte und den Aufprall auf dem Steinboden nicht verhindern konnte. Er landete hart auf seiner

Schulter, in der etwas knackte. Stöhnend drehte er sich auf den Rücken. Dann hörte er, wie sich eine Tür schloss.

Das ist ein Verlies. Sie bringen mich gar nicht hinaus. Sie behalten mich hier.

»Warten Sie!«, rief er. »Bitte sagen Sie mir, warum Sie das tun!« Doch er bekam keine Antwort mehr.

75

Ich bin noch da.

Lombardi wiederholte den Satz im Geist mehrere Male, um sich davon zu überzeugen, dass es die Wahrheit war.

Er war mit seiner lädierten Hüfte hart auf dem Sims aufgeschlagen, und von dem überwältigenden Schmerz war ihm kurz schwarz vor Augen geworden. Doch dann hatte er festgestellt, dass er wie durch ein Wunder auf dem Absatz liegengeblieben war. Seine Faust umfasste kaltes Metall. Er hatte tatsächlich das nächste Fenster erreicht und hielt einen Gitterstab in der Hand.

Lombardi zwang sich dazu, keine schnellen Bewegungen zu machen. Er rüttelte vorsichtig an dem Eisenstab, der fest zu sein schien, dann blickte er zu seinen Beinen, um sich zu orientieren. Als er versuchte, ein Bein zu bewegen, fuhr ein spitzer Schmerz in seine Hüfte und raubte ihm den Atem. So konnte er nicht aufstehen. Also versuchte er, sich mit der Hand näher an das Fenster zu ziehen, wo etwas mehr Platz war. Auch das schmerzte, doch es gelang ihm, sein Knie anzuwinkeln. Er brauchte mehrere Minuten, um sich langsam aufzurichten und zu Atem zu kommen. Als er einen Blick in den Raum vor ihm warf, erstarrte er.

Die Zelle vor ihm war leer, die Tür am anderen Ende stand offen. Aber das war es nicht, was seine Aufmerksamkeit fesselte. Auf dem Boden war eine schwarz glänzende Lache mit einer Flüssigkeit.

Schwarz? Oder war es nur das schwache Licht, das dem, was dort über den Boden geronnen war, seine Farbe raubte?

Von der Lache führten Fußabdrücke zur Tür. Und da sah Lombardi, dass es sich bei dem Schwarz in Wirklichkeit um dunkles Rot handelte.

Es gab einen Kampf. Das war es, was ich gehört habe.

Lombardi vergaß den Abgrund hinter sich. Er rüttelte heftig an den Gitterstäben, doch diese waren in besserem Zustand als die in seiner Zelle. Keiner von ihnen ließ sich auch nur einen Millimeter bewegen.

Es war bestimmt nicht ihre Zelle.

Aber Lombardi glaubte sich selbst nicht. Es war die Nachbarzelle, und dieses Blut war ganz frisch. Wer sonst sollte in dieser Zelle gewesen sein?

Hast du sie umgebracht, Philipp? War sie eine zu große Gefahr für dich?

Lombardis Hals zog sich zusammen. Vielleicht war das gar nicht ihr Blut? Er musste so schnell wie möglich einen Weg in diese Zelle finden. Doch dazu brauchte er ein Fenster, durch das er einsteigen konnte. Und die Erkenntnis, dass die anderen Zellen intakte Gitterstäbe hatten, entmutigte ihn.

Aber dann fiel ihm der Geheimgang ein, in dem sie sich vor Philipp versteckt hatten. Der Gang, der ins Leere führte. Dieser war auf jeden Fall unverschlossen. Nur wo war er gewesen?

Lombardi hielt sich an den Gitterstäben fest und streckte den Kopf hinaus, um sich einen Überblick zu verschaffen. Zentimeter für Zentimeter lehnte er sich weiter zurück und kämpfte seine Angst nieder, während er einen immer besseren Blick auf die Mauer bekam. Plötzlich glaubte er, ein Loch in der Mauer zu entdecken, dessen Form zu passen schien.

76

Lombardi ließ sich auf den kalten Steinboden des Geheimgangs sinken. Er fühlte sich so erschöpft wie nie zuvor in seinem Leben. Kurz glaubte er, das Bewusstsein verlieren zu müssen, doch sein Körper versagte ihm diese Gnade. Er gönnte sich also nur ein paar Sekunden, um seinen Atem zu beruhigen, bevor er sich hochrappelte und einen Schritt machte, nur um gleich wieder zu fallen, weil er sein verletztes Hüftgelenk vergessen hatte. Stöhnend richtete er sich erneut auf und belastete vorsichtig das lädierte Bein. Zuerst fürchtete er, sich etwas gebrochen zu haben, aber das Bein schien sein Gewicht zu tragen, auch wenn es höllisch wehtat.

Tastend bewegte er sich tiefer in den dunklen Gang, in der Hoffnung, dass sie die Tür nicht versperrt hatten. Zu seiner Erleichterung ließ sie sich öffnen, und Lombardi befand sich wieder im Inneren der Abtei. Schnell rekapitulierte er den Weg zu den Zellen, dann humpelte er los.

Er sah die halboffene Zellentür schon von Weitem. Als er näher kam, stellte er fest, dass das Schloss unbeschädigt war. Lombardi stieß die Tür auf und sah die Lache vor sich. Die Hoffnung, dass er sich vielleicht täusche, schwand.

Er bückte sich umständlich und tastete mit zwei Fingern nach der Flüssigkeit, die auf den Steinboden gelaufen war. Er war nun sicher, dass es sich um Blut handelte. Es war inzwischen ausgekühlt und eingedickt. Die Menge war erheblich, aber weniger, als es von draußen ausgesehen hatte. Sein Gefühl sagte ihm, dass es sich nicht um einen lebensgefährlichen Blutverlust handelte. Lombardi sah sich um, doch außer dem Blut entdeckte er nichts Auffälliges.

Was war hier vorgefallen? Im Geist spielte er mehrere Szenarien durch, doch keines schien ihm überzeugend.

Da fielen Lombardi die Fußspuren wieder ein, die er vom Fenster aus gesehen hatte. Jemand war in das Blut getreten. Er musterte sie genau. Zu seiner Enttäuschung handelte es sich nicht um Abdrücke der Damenstiefel, die Amirpour trug, sondern um einen größeren Schuh, der eindeutig einem Mönch gehören musste.

Lombardi richtete sich wieder auf und stützte sich an der Wand ab, bis der Schmerz in seiner Seite nachließ und er zurück zur Tür wankte. Die Fußspuren führten von der Zelle weg in die Dunkelheit hinein, doch er sah schnell, dass sie mit jedem Meter schwächer wurden. Schon bald verloren sie sich.

Lombardi fluchte still. Er musste Amirpour finden, aber er hatte nicht die geringste Ahnung, wo er suchen sollte. Und die Wahrscheinlichkeit, dass er entdeckt wurde, war viel zu groß. Es war an der Zeit, den Mönchen hier eine letzte Chance zu geben.

77

Demetrios lümmelte auf dem Schreibtisch und spielte mit dem bunten Armband an seinem Handgelenk. Seine Finger bewegten sich unbeholfen, als ob sie in dicken Handschuhen steckten, durch die er nichts spürte. Alles erschien gedämpft.

Er wusste, dass er ein einfacher Mensch war. Früher hatte es in der Welt einen Platz für einfache Menschen gegeben, heute nicht mehr. Früher konnte man einen Beruf lernen, einer Arbeit nachgehen, heiraten und eine Familie gründen. Seinen Teil beitragen und seinen Teil bekommen. Heute ging das nicht mehr so einfach. Man musste effizient sein, die Balance zwischen Job und Leben hinbekommen. Das Leben war voller neuer, fremder Risiken, weil die Welt sich rasend schnell änderte und niemand wirklich wusste, wo das hinführen würde. Deshalb war er ins Kloster gegangen, um ein aufrichtiges Leben zu leben, in Klarheit. Er wusste nicht, was daran so falsch sein sollte.

Die Seuche, die den Rest der Welt erfasst hatte, war nun auch in seine Abtei eingedrungen. Was richtig und falsch war, konnte niemand mehr genau sagen. Es verschwand zusehends im Nebel. Die Dinge hatten keine Bedeutung mehr – sobald man sie darauf festnageln wollte, wurde alles beliebig kompliziert. Shanti war einer von jenen gewesen, die versucht hatten, Klarheit zu schaffen, die Dinge wieder einfacher zu machen. Doch er sah nun ein, dass jemand wie Shanti allein dafür zu schwach war. Es war vielleicht möglich, aber es überstieg ihre Kräfte. Seine Kräfte.

Demetrios richtete sich mühsam auf und griff nach einer der Weinflaschen auf seinem Schreibtisch. Er musste dreimal probieren, bis er eine fand, in der noch ein Rest Wein war. Edle Tropfen, hatte er sich sagen lassen. Von seiner Tochter. Er mochte eigentlich keinen Wein, aber er hatte es ihr nie gesagt. Sie wollte ihm eine Freude machen, und das war ihm Geschenk genug. Er hatte die Flaschen alle aufgehoben und in seinem Schrank aufgereiht, wie Siegerpokale. Nun waren nicht mehr viele übrig. Er leerte gierig die Flasche.

Selbst sein Versuch zu beichten war kläglich gescheitert. Er hatte das Gespräch abbrechen müssen, sonst hätte der Bischof ihn erkannt. Da erst hatte er verstanden, dass er mit seinen Zweifeln völlig allein war.

Wenn er doch nur das Wissen aus seinem Kopf spülen könnte. Dieses schreckliche Wissen, das ihm das Leben zur Hölle machte. Wie sollte er so weitermachen?

Sein Blick ging nach oben zu dem Seil, das von der Deckenlampe hing. Der Haken war stark, er würde sein Gewicht halten. Das Aufhängen des Seils war ein Test gewesen. Er hatte wissen wollen, wie sich das anfühlte. Er hatte nicht geglaubt, wirklich dazu fähig zu sein, doch plötzlich war er sich nicht mehr sicher.

Ein Geräusch, das von seiner Tür kam, riss ihn aus seinen Gedanken.

78

»Demetrios!«, zischte Lombardi. »Ich kann Sie hören, bitte machen Sie die Tür auf!«

Lombardi hatte verzweifelt einen Weg zu dem Zimmer gesucht, in dem er Demetrios vor einigen Stunden hatte verschwinden sehen. Er war sich nicht sicher gewesen, ob dieser Raum noch existierte. Doch der Wohnbereich der Mönche lag etwas weiter im Inneren der Abtei – vielleicht war er bei dem Einsturz verschont geblieben. Tatsächlich bestätigte sich seine Vermutung, und er fand das Zimmer des Cellerars. Die Szenerie war gespenstisch, nur knapp zwanzig Meter weiter endete der Korridor im Nichts. Luftwirbel trugen Schneeflocken bis vor Lombardis Füße.

Nun hämmerte er bereits seit Minuten mit den Fäusten gegen die Holztür, aber der Mönch reagierte nicht auf ihn. Vorhin hatte Lombardi etwas klirren gehört, als wäre ein Glas zu Boden gefallen. Dann hatte jemand etwas gerufen. Er war also sicher, dass sich eine Person in dem Zimmer befand. Ihn irritierte, dass der Mönch nicht auf ihn reagierte. Er musste das Klopfen doch hören!

Auf einmal hörte er von drinnen ein Knarren wie von altem Holz und schließlich ein schweres Plumpsen.

Lombardi wusste nicht, was gerade passiert war. Aber ohne lang darüber nachzudenken, nahm er Anlauf und warf sich mit der Schulter gegen die Tür. Der Schmerz nahm ihm die Luft, doch er probierte es noch einmal. Es war eine alte Tür mit neuem Schloss, aus massivem Holz gefertigt. Er wusste, dass es hoffnungslos war, aber er probierte es wieder.

Keuchend hielt Lombardi inne und tastete nach seiner Schulter. Er wandte sich verzweifelt um, als könnte sich dort ein Ausweg auftun, den er bisher nicht gesehen hatte.

Demetrios war seine letzte Hoffnung gewesen – der Einzige, der noch nicht jede Vernunft über Bord geworfen hatte. Doch der Mönch öffnete seine Tür nicht, und die Erklärungen, die Lombardi dafür einfielen, waren alles andere als beruhigend.

Was, wenn er sich etwas angetan hat?

Der Gedanke schockierte ihn so sehr, dass er nur am Rande wahrnahm, wie die Tür hinter ihm aufging. Als er sich umdrehen wollte, wurde er von hinten gepackt, und ein nackter Arm legte sich um seinen Hals. Noch bevor er die Hände heben konnte, drückte die Person mit aller Kraft zu.

Lombardi wollte schreien, doch seine Lippen bewegten sich nur stumm. Mit den Fingern versuchte er, den Arm zu fassen zu bekommen, aber er rutschte an der kalten Haut ab. Er spürte, wie der Angreifer ihn über den Boden in Demetrios' Zimmer schleifte. Als Lombardi nach hinten griff, ertastete er einen weichen Stoff und zog daran. Etwas zerriss, doch der Angreifer ließ nicht locker, sondern griff mit der zweiten Hand nach Lombardis Kopf.

Er will mir das Genick brechen.

Lombardi erkannte, dass ihm nur noch Sekunden blieben. Er fuchtelte wild mit den Händen, um etwas zu fassen zu kriegen, mit dem er sich verteidigen konnte, aber da war nichts.

Es ist vorbei.

Mitten in diesem Alptraum überkam ihn plötzlich ein Gefühl von Leichtigkeit. Er hatte ein Bild von Afrika vor Augen, einen Moment des Glücks, der so schnell vergangen war, dass er ihn nicht richtig wahrgenommen hatte. Doch nun, in seinen letzten Atemzügen, erkannte er darin die Erfüllung seines Lebens.

Während sein Geist abdriftete und sich auf das Ende vorbereitete, tastete seine rechte Hand nach seinem Hemd und schob die Finger zwischen den Knöpfen hindurch. Er fühlte den Gegenstand, der da um seinen Hals hing, und zog ihn hervor. Ein einziger, kurzer Ruck genügte, um das Band zu zerreißen. Dann umschloss er den Anhänger mit der Faust und rammte die Spitze mit aller Kraft nach hinten.

79

Bischof Lombardi lag auf dem Rücken und dachte an nichts. Das pure Sein war Anstrengung genug, es beanspruchte all seine Kraft. Er hielt etwas fest, von dem er geglaubt hatte, es verloren zu haben. Er konnte nicht benennen, worum es sich handelte, aber er wusste, dass er nicht loslassen durfte. Es war sein kostbarster Besitz, das war ihm klar geworden.

Nur langsam nahmen seine Sinne ihren Dienst wieder auf, und sie brachten ihm Schmerzen, wie er sie bisher noch nicht gekannt hatte. Seine Kehle schien nur ein winziges Röhrchen zu sein, durch das kaum genug Luft für einen menschlichen Körper passte. Doch als er langsam seinen Brustkorb hob und senkte, realisierte er, dass es genügte. Das Flimmern am Rand seines Blickfeldes ließ nach. Er bemerkte einen Geruch, den er nicht zuordnen konnte. Etwas Süßes, das ihn an etwas erinnerte. Sein Instinkt wusste, womit er es zu tun hatte, bevor sein Geist den Gedanken zu fassen bekam.

Blumenduft.

Als er den Kopf drehte, um sich umzusehen, blieb sein Blick an etwas neben ihm hängen. Er war nicht allein in dem Raum. Neben ihm lag Demetrios. Seine Handgelenke waren mit dünnen Kabeln umwickelt. Jemand hatte sie an die Beine des Schreibtischs gebunden.

Der Schock des Bildes weckte Lombardis Lebensgeister. Mit zusammengebissenen Zähnen stützte er sich auf die Ellbogen. Er sah sofort, dass er die Situation falsch eingeschätzt hatte. Er hatte befürchtet, Demetrios könnte sich etwas antun, doch die Wahrheit war viel schlimmer.

Der Mörder war hier gewesen. Was immer es auch gewesen war,

das er mit Sébastien und Shanti angestellt hatte, er hatte es auch mit Demetrios tun wollen.

Aber diesmal war etwas anders.

Die Brust von Demetrios hob und senkte sich langsam, und sein Gesicht war unversehrt. Der Mönch lebte.

Wie in Zeitlupe rappelte Lombardi sich auf. Er stellte fest, dass er stehen konnte, doch sofort erfasste ihn Schwindel.

Er wagte nicht, den Zustand von Demetrios einzuschätzen. Er wusste nur, dass der Mönch einen Arzt brauchte. Als Lombardi nach seinem Telefon tasten wollte, fand er in seiner geschlossenen Faust den Anhänger seines Halsbands. Der Anhänger war blutig, die Spitze des Schlangenmotivs war abgebrochen.

Ich habe ihn verletzt.

Lombardi sah zur offenen Tür. Er hatte den Mann in die Flucht geschlagen, aber er konnte jederzeit zurückkehren.

Eilig steckte er den Anhänger in seine Hosentasche und nahm das Smartphone zur Hand. Er öffnete die Kloster-App und fand eine interne Notruffunktion, die er betätigte.

80

Als Pater Blessings die Tür öffnete, starrte er ungläubig in den Raum. Lombardi realisierte, dass der Arzt auf seiner Wange blutige Striemen hatte.

»Bitte ... Blessings ... Sie müssen ihm helfen«, brachte Lombardi hervor.

Der Mönch zögerte keinen Moment und kniete sich zu dem verletzten Demetrios nieder, um seinen Puls zu fühlen. Dann machte er sich an den Fesseln zu schaffen, und als er den rechten Arm gelöst hatte, drehte er Demetrios mit einer gekonnten Bewegung in die stabile Seitenlage.

»Er lebt«, sagte er. »Kommen Sie, helfen Sie mir. Wir tragen ihn zur Krankenstation.«

»Ich weiß nicht, ob ich das schaffe«, entgegnete Lombardi heiser.

Der Arzt bedachte ihn mit einem irritierten Blick, dann sah er zu Lombardis Hals und schien zu verstehen. Er fasste den Bewusstlosen unter den Achseln und hob ihn hoch, um ihn aus dem Zimmer zu schleifen. Lombardi schleppte sich hinterher.

Kurz darauf saß Lombardi auf einem Sessel in der Krankenstation und zog an einer Zigarette. Blessings hatte sie ihm angeboten. Er hatte ein Päckchen aus einer Schublade hervorgezaubert. Den gut sichtbaren Rauchmelder an der Decke ignorierten sie. Er war offensichtlich deaktiviert.

Lombardi hielt die Zigarette zwischen seinen zitternden Fingern. Rauchschwaden verteilten sich im Raum. Er nahm vorsichtige Züge, die schrecklich in seinem Hals brannten und ein Schwindelgefühl erzeugten. Dennoch konnte er sich nicht erinnern, wann ihm jemals eine Zigarette besser geschmeckt hatte, und er musste sich zwingen, nicht zu tief zu inhalieren. Er aschte in eine Schale aus Edelstahl und sah zu, wie Blessings den Verletzten versorgte. Demetrios war immer noch nicht bei Bewusstsein, was aber womöglich zu einem nicht geringen Teil an seinem Alkoholpegel lag, denn außer einer oberflächlichen Kopfwunde hatte er keine schweren Verletzungen. Seine Lippen bewegten sich hektisch, als spreche er im Schlaf.

Lombardi hatte dem Arzt in kurzen Worten erklärt, was geschehen war, und Blessings hatte es kommentarlos zur Kenntnis genommen. Er hatte angeboten, ihm ein Schmerzmittel zu spritzen, doch Lombardi hatte abgelehnt, woraufhin Blessings ihm das Päckchen Zigaretten hingelegt hatte. Nun ging es ihm schon etwas besser.

Er beobachtete Blessings, der mit dem Rücken zu ihm stand, als er Demetrios eine Infusionsnadel in die Armbeuge stach. Der Arzt, der selbst verletzt zu sein schien, agierte mit großer Ruhe.

Zuerst war Lombardi erschrocken, als er die Kratzer gesehen hatte. Aber ihm war schnell klargeworden, dass diese Spuren nicht von seinem Anhänger herrühren konnten. Die Kratzer auf der Wange sahen aus, als stammten sie von Fingernägeln. Und als Lombardi genauer hinsah, entdeckte er auch Hämatome. Es gab eine wahrscheinlichere Erklärung.

Das Blut in der Zelle.

Eines stand fest: Das Blut stammte nicht von Blessings. Diese Kratzer waren nicht tief genug. Es musste also doch von Amirpour stammen.

Lombardi fragte sich, ob es ein schrecklicher Fehler gewesen war, den Mönch zu kontaktieren. Noch schien er niemanden von Lombardis Flucht informiert zu haben.

Lombardi sah sich im Raum um, ob es hier etwas gab, mit dem er sich verteidigen konnte. Ein Skalpell vielleicht.

Und was dann? Sollte er den Mönch bedrohen? Das war lächerlich. Er hustete, dann drückte er die halb abgebrannte Zigarette in der Schale aus. »Die Physikerin«, begann er krächzend, »geht es ihr gut?«

Der Mönch zog sichtbar den Kopf ein, sein Körper verspannte sich. »Woher soll ich das wissen?«

»Weil diese Striemen an Ihrem Gesicht von ihr stammen«, behauptete Lombardi fest.

Er sah sofort, dass er richtiglag. »Sie haben sie angegriffen«, fuhr er fort. »Ich will wissen, was geschehen ist.«

»Sie ging mit einem Messer auf mich los! Ich habe mich nur gewehrt.«

»Wie schwer haben Sie sie verwundet?«

»Wie soll ich das wissen? Ich habe ihr angeboten, sie zu versorgen, aber sie ist davongelaufen. Je früher sie zur Vernunft kommt, desto schneller kann ich etwas für sie tun.«

Eine Welle der Erleichterung durchströmte Lombardi. Er glaubte dem Arzt. Amirpour war also geflohen. Lombardi war nicht überzeugt, dass sie sich stellen würde, auch wenn sie schwer verletzt war. Er vermutete, dass sie lieber blutend in einer Ecke sitzen würde, als sich Hilfe von den Mönchen zu holen. Der Gedanke machte ihm Angst.

»Sie wissen, dass es Lügen sind, die Philipp über Samira Amirpour erzählt hat, nicht wahr? Ich kenne sie. Die Vorstellung, dass sie für einen Geheimdienst arbeitet, ist absurd.«

Blessings seufzte. »Mit einem hat Philipp recht«, sagte er. »Sie sind schrecklich naiv.«

»Was soll das heißen?«

Der Mönch drehte sich um und sah Lombardi müde an. »Der Quantencomputer – das Geld dafür stammt zum Großteil nicht von uns. Wir wissen nicht, wer das Projekt finanziert.«

Lombardi konnte es nicht fassen. Hatte Amirpour ihn tatsächlich angelogen?

»Es tut mir leid, Sie enttäuschen zu müssen, Herr Bischof«, sagte Blessings spöttisch, bevor er wieder ernst wurde.

»Ich verstehe Sie, Herr Bischof. Ich weiß auch nicht mehr, was ich glauben soll. Es ist jedenfalls Zeit, Sie jemandem vorzustellen. Ich hätte das schon vor Stunden tun sollen. Kommen Sie bitte mit.«

81

»Leise. Hier entlang.«

Blessings führte ihn durch die menschenleere Abtei. Es war vollkommen still, doch Blessings schien der Ruhe nicht zu trauen.

»Wohin gehen wir?«, flüsterte Lombardi.

»Das sehen Sie gleich.« Er hielt an einer Tür in der Nähe von Demetrios' Zelle und entriegelte sie mit seinem Telefon.

Der Raum dahinter war noch kleiner als die Zimmer, die Lombardi bisher gesehen hatte. Er wurde fast vollständig von einem Krankenbett beherrscht, dessen Rückenauflage hochgeklappt war. Darin saß Pater Angelus und sah ihn mit wachen Augen an. Der alte Mönch trug ein Nachthemd, und von seinem Arm führten Schläuche und Kabel zu Geräten auf einem Wagen neben dem Bett.

»Wir kennen uns doch bereits«, sagte Lombardi, der nicht verstand, was das alles sollte.

Blessings begrüßte Angelus mit einem Nicken, dann nahm er ein Kabel vom Arm des alten Mönchs und steckte es an einen Laptop, der auf einem Beistelltisch stand.

»Was tun Sie da?«, wollte Lombardi wissen.

»Angelus kann seit einem Schlaganfall nicht mehr richtig sprechen. Dieser Rechner hilft ihm zu kommunizieren.«

»Wie das?«, fragte Lombardi verblüfft.

»Das Gerät ist ein Prototyp und stammt von einer Forschungsgruppe, die auf die Arbeit mit Prothesen spezialisiert ist. Sie entwickeln Sonden, die direkt mit den Nerven des Patienten verbunden werden. Diese Technologie wird bei Menschen eingesetzt, die ihre Hand oder ihre Beine verloren haben. Sie können damit künstliche Gliedmaßen steuern.«

»Das funktioniert?«

Blessings nickte, während er den Rechner hochfuhr. »Es gibt Menschen ohne Hände, die mit solchen Prothesen ihren Haushalt allein bewältigen können.«

»Ich dachte, das gibt es nur in Science-Fiction-Geschichten.«

Blessings schüttelte den Kopf. »Das Sprachprogramm ähnelt jenem, das Stephen Hawking verwendete. Wir haben es direkt mit den Nerven im Arm unseres Mitbruders verbunden. Willkommen in der Gegenwart, Herr Bischof.«

Angelus ließ derweil Lombardi nicht aus den Augen. Er lächelte wissend, auch wenn er durch die vielen Falten kaum etwas sehen konnte.

»Warum wollen Sie, dass ich mit ihm rede?«, fragte Lombardi.

Blessings sah zu ihm auf. »Sie haben es immer noch nicht verstanden«, stellte er fest.

»Was verstanden?«

»Nicht ich will, dass Sie mit ihm sprechen. Er ist es, der mit Ihnen sprechen will.«

»Warten Sie«, hakte Lombardi ein. »Ich dachte, Angelus ist dement.«

»Ganz im Gegenteil. Manchmal habe ich das Gefühl, dass er der Einzige ist, der wirklich durchschaut, was hier passiert.«

Lombardi zögerte. Er verstand immer noch nicht, wohin das führen sollte. Gerade eben hatte er noch Angst gehabt, Blessings könnte ihn an Philipp verraten. Und nun überredete er ihn zu einem Gespräch mit dem ältesten Mönch des Klosters, der vermutlich nicht mehr bei Verstand war. Lombardi fand, dass es gerade wichtigere Dinge gab.

»Hören Sie«, begann er. »Ich freue mich, dass er mit mir reden will. Aber wir wissen immer noch nicht, wer Sébastien und Shanti ermordet hat. Solange wir von der Außenwelt abgeschnitten sind, sind wir alle in Gefahr. Ich glaube, die Lösung hat etwas mit den fehlenden Büchern zu tun. Demetrios wollte mir zeigen ...«

Blessings schnitt ihm mit einer Geste das Wort ab. »Ich sage ja, Sie verstehen es noch nicht. Wir nennen ihn Angelus, weil wir nicht wollen, dass die Leute die Wahrheit erfahren.«

»Welche Wahrheit?«

»Der Mann vor Ihnen ist Konstanz, der frühere Abt.«

82

Breaking News – Geiselnahme im Vatikan

Rom. In der Vatikanstadt kam es heute zu einem beispiellosen Terrorakt. Berichten von Augenzeugen zufolge drang eine Gruppe Bewaffneter in die Vatikanischen Gärten ein und verschanzte sich mit mehreren Geiseln in einem Verwaltungsgebäude. Darunter sollen sich auch geistliche Würdenträger befinden. Laut dem Bericht dauert die Geiselnahme nach wie vor an, eine Stellungnahme des Heiligen Stuhls gibt es zur Stunde nicht.

Über etwaige Forderungen der Terroristen ist derzeit nichts bekannt. Experten halten einen Zusammenhang mit den jüngsten Ereignissen um das virale Video eines katholischen Mönchs für wahrscheinlich. Diese Entwicklung stellt einen neuen Höhepunkt dieser Krise dar. Die Behauptung des Mönchs, einen mathematischen Beweis gegen die Existenz Gottes gefunden zu haben, und die damit in Zusammenhang gebrachte Gewalt der Schweizergarde gegen Demonstrierende in Rom, die in einer Stellungnahme des Vatikans inzwischen geleugnet wird, hat in Städten in aller Welt Demonstrationen und blutige Zusammenstöße ausgelöst, eine Entspannung der Lage ist nicht in Sicht. Der Beweis, der nach wie vor von Experten geprüft wird, wurde von Atheisten-Vereinigungen gefeiert, während verschiedene religiöse Gruppen vor Kirchen in aller Welt demonstrieren und eine Auslieferung des Mönchs fordern, dessen Identität immer noch ungeklärt ist.

Badalamenti sah von seinem Handy auf. Sylvia Rogora, die Regierungsbeamtin, telefonierte immer noch. Vor einer halben Stunde hatte ihr Telefon geklingelt, seither hing sie durchgehend in der Leitung. Sie wirkte sehr angespannt, doch das Motorgeräusch des

Hubschraubers war zu laut, um sie zu verstehen. Badalamenti hatte in den Nachrichten nicht lange suchen müssen, um den Grund für ihre Aufregung zu finden.

Vor den Fenstern war es fast vollständig dunkel, der Hubschrauber musste sich gerade irgendwo über den Alpen befinden. Am meisten schockierte Badalamenti, wie die Medien auf die Krise reagierten. Sie hatten ihre Meinung über Sébastien bereits gefasst. Für sie war er der Mönch, der Gott widerlegen wollte. Dabei fand Badalamenti nicht, dass die Dinge so klar waren. Ihm ging das, was Rogora über Saint Michel à la gorge gesagt hatte, nicht aus dem Kopf. Dass es dort jemanden gab, der unter Beobachtung stand.

Die Beamtin beendete ihren Anruf und warf das Handy angewidert auf einen leeren Sitz.

»Wissen Sie schon mehr?«, fragte Badalamenti vorsichtig.

Sie schüttelte grimmig den Kopf. »Es sollen vier oder fünf sein. Niemand weiß, was sie wollen.«

»Könnte es etwas mit der Person zu tun haben, von der Sie gesprochen haben? Die Person, die Sie beobachten?«

»Möglich«, sagte sie. »Wir wissen es noch nicht.«

Badalamenti war aufgeregt. »Das bedeutet also, dass Sébastien vielleicht gar keine Schuld trifft! Womöglich hat jemand diese Krise bewusst herbeigeführt.«

»Und wozu?«, fragte sie scharf.

»Um der Kirche zu schaden?«, schlug Badalamenti vor.

»Hoffen wir, dass Sie unrecht haben«, sagte Rogora.

»Warum?«

»Kardinalstaatssekretär Gnerro ist unauffindbar.«

»Wie, unauffindbar?«

»Wir haben den Verdacht, dass er in der Gewalt der Terroristen ist.«

Badalamenti starrte sie entsetzt an.

»Diese Leute wollen die Kirche nicht schwächen, Badalamenti. Sie wollen sie zerstören.«

83

Blessings war gegangen, Lombardi war allein mit dem alten Mönch. Er konnte immer noch nicht glauben, was der Arzt ihm erzählt hatte. Gebannt wartete er darauf, was der Alte zu sagen hatte. Doch dieser sah ihn nur an. Seine Miene ließ sich unmöglich lesen, die Emotionen waren unter Hunderten kleiner Falten verborgen.

Lombardi nickte dem Alten freundlich zu.

»Wie geht es Ihnen?«, fragte er. »Sie wollten mit mir sprechen?«

Ein Lächeln umspielte die rissigen Lippen.

»Wissen Sie etwas über die Vorgänge hier im Kloster, das Sie mir mitteilen wollen?«

»Es geht zu Ende«, sagte plötzlich eine Stimme aus dem Rechner.

Sie klang so menschlich, dass Lombardi eine Gänsehaut bekam. Nach dem, was Blessings gesagt hatte, hatte er den metallischen, abgehackten Ton eines alten Sprachcomputers vermutet, doch die Technik hatte seit Stephen Hawking große Fortschritte gemacht. Diese Stimme klang wie die eines jungen Mannes und wirkte sehr natürlich. Lombardi musste sich zwingen, dem Alten in die Augen zu sehen, um sich daran zu erinnern, wer da sprach.

»Was meinen Sie damit?«, fragte Lombardi. »Was geht zu Ende?«

Er wartete auf eine Antwort. Das Lächeln des Mönchs war freundlich.

»Meinen Sie diese Abtei?«, bohrte er nach.

»Sie haben es doch verstanden«, sagte der Alte, *»deshalb leiden Sie.«*

Lombardi schüttelte den Kopf. Er verstand nicht.

»*Sébastien war sehr mutig*«, fuhr Konstanz fort. »*Mutiger als die anderen. Er hätte das Projekt abschließen können.*«

Die Versöhnung von Wissenschaft und Glauben – spielte der Alte darauf an? Oder auf einen Versuch, Gott zu widerlegen?

»*Ich habe ihn ermuntert. Er war der, auf den wir gewartet haben.*«

Lombardi fühlte, wie sich seine Ungeduld regte. »Schlimme Dinge passieren hier, Pater. Ich weiß nicht mehr, was ich tun soll. Können Sie mir helfen?«

Der Gesichtsausdruck des Mönchs verriet nicht, ob er von den Morden wusste. Ob er überhaupt mitbekam, was im Hier und Jetzt passierte.

»*Sie wurden belogen*«, sagte Konstanz. »*Dafür entschuldige ich mich. Sie hätten die Wahrheit über unser Projekt erfahren müssen. Es ging nie um Versöhnung. Wir wollten unsere Feinde verstehen, um sie zu bekämpfen. Das war unser Ziel, die Zerstörung der Feinde der Kirche. Doch als wir sie verstanden, waren sie plötzlich keine Feinde mehr.*«

Lombardis Aufregung wuchs.

»Ich bitte Sie, Pater Angelus – Konstanz! Sie haben um dieses Gespräch gebeten. Geben Sie mir etwas, womit ich arbeiten kann!«

Dann hatte er eine Idee. »Sie sagen, Sie wollten Ihre Feinde verstehen. Etwa auch, in dem Sie ihre Bücher lasen? Gefährliche, verbotene Bücher?«

Lombardi erinnerte sich an die Begegnung mit dem Alten in der Bibliothek, wo jener auf das Bücherregal gedeutet hatte.

»Sie haben mich doch selbst darauf hingewiesen, nicht wahr? Es gibt noch eine zweite Bibliothek in diesem Kloster. Eine, wo Bücher aufbewahrt werden, die nicht für alle Augen bestimmt sind. Sébastien wurde mit einem dieser Bücher erschlagen, ich habe es auf dem Schreibtisch des Abts gesehen.«

»*Sie sind auf der Suche. Und Sie werden finden. Ihr Glaube ist immer noch da. Sie können ihn nur nicht sehen.*«

Die Worte trafen Lombardi. Auf die Erwähnung seines Glaubens war er nicht vorbereitet gewesen. Sein Hals wurde eng, ohne dass er hätte sagen können, warum. Er schluckte.

»*Der Verstand ist zu schwach, um Erlösung zu bringen*«, fuhr der alte Abt fort. »*Er ist Beiwerk, wie Weihrauch in der Kirche. Das Wesentliche liegt tiefer. Dafür ist Sébastien gestorben.*«

»Wofür? Bitte sagen Sie es mir! Ich will es verstehen!«

»*Dafür, wofür alles getan wird, was Menschen tun. Was der Kern unseres Glaubens ist und den Kosmos in Bewegung hält. Das, was auch Sie heilen wird.*« Das Lächeln des Mönchs wurde tiefer. »*Liebe.*«

Lombardi resignierte. Der Mönch hatte recht, der Verstand konnte keine Erlösung bringen. Es hatte keinen Zweck mehr zu kämpfen.

Liebe. Vielleicht war es das gewesen, was er in Afrika gesucht hatte. Nicht Glauben, sondern Liebe. Welche Ironie, dass es ihm gelungen war und dass er dennoch hatte scheitern müssen.

Vielleicht war diese Geschichte hiermit abgeschlossen. Sie mussten den Verstand beiseitelassen und sich auf die Liebe besinnen. Er wusste, was das für ihn bedeutete. Schwere Entscheidungen standen an, doch er ahnte, dass es nur eine Möglichkeit gab. Eine schmerzhafte Möglichkeit, die ihn alles kosten würde, inklusive seiner Freundschaft zu Badalamenti. Er musste die Kirche hinter sich lassen.

Es gab keinen Zweifel, der Mönch vor ihm war dement. Er mochte seine hellen Augenblicke haben, aber nun sprach er wirr. Es hatte keinen Sinn, von ihm irgendwelche sinnvollen Informationen zu erwarten.

Ich bin hier fertig. Vielleicht gibt es nichts mehr zu tun, außer einzugestehen, dass ich gescheitert bin. So wie Sébastien, der Gott mit dem Verstand begreifen wollte, und sich verrannt hat.

»*Descende!*«, sagte die Computerstimme plötzlich.

Lombardi brauchte einen Moment, um zu verstehen, dass es sich um Latein handelte.

»Hinabsteigen?«, fragte er krächzend. »Wohin? Die Brücke ist doch zerstört.«

Die Augen des Mönchs strahlten nun. »*Vide veritate! Descende ad antrum.*«

Dann schloss Konstanz die Augen. Das Gespräch war beendet.

84

Frédéric Witz, der Kommandant der Schweizergarde, verließ eilig sein Büro in der Kaserne hinter dem Apostolischen Palast. Das Telefonat mit Beamtin Rogora hatte ihm weitere Details zu der verdächtigen Person in der Abtei Saint Michel gebracht, und auch was er sonst gehört hatte, hatte nicht eben zu seiner Beruhigung beigetragen. Der Verdacht, dass es sich um eine von langer Hand geplante terroristische Aktion handelte, schien sich zu erhärten.

Er hätte gern bessere Neuigkeiten in das Briefing eingebracht, zu dem er unterwegs war. Er traf sich mit einem Oberst von der italienischen Polizei, um mit ihm ein Einsatzteam zu briefen, das auf Geiselnahmen spezialisiert war. Er hatte kein gutes Gefühl dabei, eine Truppe von außen einzubinden, doch es gab in dieser Situation keine Alternative.

Witz betrat einen Besucherraum des Apostolischen Palastes mit prunkvollem barocken Interieur, der normalerweise für private Audienzen des Papstes benutzt wurde. Als er die Männer in ihren schwarzen Kampfanzügen sah, blieb er vor Schreck stehen. Es waren über zwanzig, und sie trugen Helme mit Visieren, schusssichere Westen und Sturmgewehre vor dem Körper. Diese Spezialeinheit innerhalb der vatikanischen Mauern zu sehen brach ihm das Herz. Es bedeutete, dass die Schweizergarde die Kontrolle abgeben musste. Er und seine Truppe trugen historische Uniformen mit Eisenhelmen, die auch als Karnevalskostüme durchgehen konnten. Das war kein Zufall, es erinnerte daran, dass die aus jungen Katholiken mit Schweizer Staatsbürgerschaft bestehende Truppe in erster Linie symbolische Bedeutung hatte. Zwar verfügten sie auch über moderne Waffen und sicherten neben dem Heiligen Vater auch die Zugänge zum Vatikan, doch seit vielen Jahren hatte keiner der knapp zweihundert Gardisten einen Schuss abgeben müssen.

Diese Situation hatte sich gerade grundlegend geändert. Vorhin waren Schüsse gefallen, als sich ein Team seiner Leute auf seinen Befehl hin dem Gebäude von Radio Vatikan genähert hatte. Zum Glück war niemand verletzt worden, aber es gab keinen Zweifel daran, was diese Schüsse bedeuteten. Jemand hielt sie auf Abstand.

»Gut, dass Sie da sind«, sagte ein großgewachsener Mann Mitte fünfzig in Polizeiuniform mit silbernen Rangabzeichen und gab ihm die Hand. Er stellte sich als Colonello Di Matteo vor.

»Ich habe mein Team soeben mit den Gegebenheiten vertraut gemacht«, erklärte er. »Sie werden das Gebäude jetzt umstellen und dann versuchen, mit den Terroristen Kontakt aufzunehmen. Zugleich werden wir versuchen, Drohnen in das Gebäude einzuschleusen, um uns einen besseren Überblick über die Lage zu verschaffen.«

»Drohnen?«

Colonello Di Matteo deutete auf zwei Soldaten, zwischen denen eine große schwarze Kiste stand. »Wir haben ein paar neue Spielzeuge, wenn Sie mir den Ausdruck erlauben. Meine Männer warten nur noch auf Ihr Okay. Es ist schon zu viel wertvolle Zeit vergangen. Gibt es Neuigkeiten zu Kardinalstaatssekretär Gnerro?«

»Noch nicht, wir suchen ihn nach wie vor. Es gibt noch weitere vermisste Personen, darunter einen Mann aus meinem Team. Er hat sich nicht zurückgemeldet.«

Der Polizeichef nickte. »Dann müssen wir davon ausgehen, dass sie ebenfalls im Gebäude sind.«

Er wandte sich an das Einsatzteam. »Das bedeutet, dass Sie mit äußerster Vorsicht vorgehen müssen. Gibt es von Ihrer Seite dazu noch Fragen?«

Einer der Soldaten ergriff das Wort. »Es wird nicht einfach. Dieses Gebäude ist ja die reinste Festung.«

»Es war einst Teil der Leonidischen Mauer, einer mittelalterlichen Befestigungsanlage«, erklärte Witz.

»Was, wenn Sie nicht auf uns reagieren?«, fragte der Soldat. »Welchen Befehl haben wir dann?«

Der Colonello sah Witz an.

»Sie warten ab«, antwortete Witz.

Das schien den Spezialkräften nicht zu gefallen, einige schüttelten den Kopf.

»Was ist mit Plan B?«, fragte der Leiter der Truppe.

»Was bedeutet das? Was ist Plan B?«, erkundigte sich Witz.

Colonello Di Matteo sah ihn an, als wäre er begriffsstutzig. »Was glauben Sie denn? Wenn es keine andere Lösung gibt, gehen wir rein!«

Witz schüttelte energisch den Kopf. »Dazu sind Sie nicht autorisiert. Der Befehl kommt von ganz oben.«

»Aber«, begann der Soldat, doch der Colonello schnitt ihm mit einer Geste das Wort ab.

»Ihnen ist hoffentlich klar, wie ernst die Lage ist«, wandte er sich an Witz. »Seine Eminenz Gnerro ist aller Wahrscheinlichkeit nach da drinnen. Meine Männer werden ihr Möglichstes tun, Gewalt zu vermeiden. Aber manchmal gibt es keine andere Lösung.«

Witz war aufs Äußerste gespannt. Er hatte das Gefühl, als könnte ein unbedachtes Wort Menschenleben kosten. Und damit lag er wohl nicht ganz falsch.

»Das kann ich nicht entscheiden«, erklärte er. »Sie wissen, dass das Oberhaupt des Vatikanstaats der Papst ist. Er allein kann eine solche Aktion freigeben.«

»Dann fragen Sie ihn.«

»Das werde ich tun. Inzwischen will ich über jeden Ihrer Schritte auf dem Laufenden gehalten werden!«

Er sah Colonello Di Matteo fest in die Augen und hoffte, dass dieser seine Unsicherheit nicht spürte. Der Colonello zuckte mit den Schultern. Auch die Spezialkräfte schienen den Befehl zu akzeptieren.

»Viel Glück«, sagte Witz. »Ich werde jetzt zum Heiligen Vater gehen und ihn über alles informieren.«

Da stutzte der Polizeioberst. »Warten Sie – der Papst ist noch hier? Er sollte doch evakuiert werden!«

Witz biss die Zähne zusammen. »Er will nicht gehen. Ich werde weiter versuchen, ihn zu überreden, mehr kann ich nicht tun.«

85

»Sie müssen doch wissen, was er gemeint hat!«, drängte Lombardi den vor ihm sitzenden Blessings.

Er hatte sich zurück in die Krankenstation geschlichen und den Arzt dort vorgefunden, wie er sich um Demetrios kümmerte.

»*Antrum* – das bedeutet Höhle. Was kann er gemeint haben? Wo gibt es hier eine Höhle? Meint er vielleicht die Einsiedelei?«, überlegte Lombardi.

»Sie können dort nicht hin«, entgegnete Blessings. »Die Brücke ist doch zerstört.«

»Das habe ich ihm auch gesagt. Warum will er mich hinschicken? Was ist dort?«

Blessings zögerte.

Dort kann sich doch unmöglich eine geheime Bibliothek befinden! Wertvolle Bücher kann man nicht in einer Höhle aufbewahren.

Da stand Blessings auf.

»Konstanz hat wirklich gesagt, Sie sollen zur Höhle hinabsteigen?«, vergewisserte er sich.

»So habe ich es verstanden.«

»Dann helfe ich Ihnen«, sagte der Mönch. »Ich breche dafür mein Gelübde, aber ich helfe Ihnen trotzdem. Sie müssen mir nur eines versprechen: Von der Einsiedelei führt ein Weg ins Tal. Wenn Sie alles gesehen haben, verschwinden Sie. Bringen Sie sich in Sicherheit!«

Lombardi war aufgeregt. Nun spürte er, dass er unmittelbar vor einem Durchbruch stand. Endlich näherte er sich der Wahrheit.

»Es ist richtig von Ihnen, sich Philipp zu widersetzen«, sagte er. »Und was Ihr Gelübde angeht: Es war Konstanz, der mir aufgetragen hat, dorthin zu gehen. Sie folgen also dem Willen von Konstanz und nicht dem von Philipp.«

Lombardi konnte nicht sehen, ob er damit zu ihm durchdrang, doch Blessings nickte.

»Kommen Sie mit, Herr Bischof.«

86

Die Kapuze wurde Kardinalstaatssekretär Gnerro auf einmal vom Kopf gezogen, und er starrte in den Lauf eines Sturmgewehrs. Als er den Raum dahinter wahrnahm, wusste er, wo er sich befand.

Er saß in einem Studio von Radio Vatikan an einem Holztisch vor einem Mikrofon. Dies hier war eines der Verwaltungsgebäude des Senders, um einen Teil der alten Leonidischen Stadtmauer herum errichtet, die einst den Kirchenstaat vor den Angriffen der Sarazenen schützen sollte. Auf einem der mittelalterlichen Wachttürme thronte eine dreißig Meter hohe Antenne.

Gnerro war so unterkühlt, dass seine Beine ihn nicht getragen hatten, als man ihn aus dem Keller geholt hatte. Zwei Männer hatten ihn stützen müssen. Er hatte gefleht, ihm die Fesseln abzunehmen. In seinen Händen hatte er seit einiger Zeit kein Gefühl mehr. Doch niemand hatte darauf reagiert.

Der Mann, der mit dem Gewehr auf ihn zielte, trug eine Gummi-Maske, die offenbar irgendein Monster darstellen sollte. Gnerro wusste, dass solche Masken von Kindern getragen wurden, wenn sie zu Halloween auf die Straßen gingen. Ein heidnisches Fest, das als amerikanisches Lifestyle-Event auch in Rom Einzug hielt, um christliche Traditionen zu ersetzen.

Normalerweise hätte ihm diese Demütigung die Zornesröte ins Gesicht getrieben, aber er war zu verängstigt, um Zorn zu empfinden. Der Gewehrlauf nahm seine ganze Aufmerksamkeit in Anspruch.

»Eminenz«, sagte eine Stimme hinter ihm. »Was würden Sie tun, um Ihr Leben zu retten?«

Von hinten langte ein Arm vor sein Gesicht und klopfte auf das Mikrofon.

»Ist das eingeschaltet?«, sagte der Mann, zu dem der Arm gehörte.

»Ja«, sagte eine Stimme im Hintergrund, »wir warten nur noch auf dein Signal.«

Gnerro wollte sich umsehen, doch jemand griff nach seinem Kopf und hielt ihn fest. »Augen nach vorne, Eminenz.«

Dann wurde ein Zettel vor ihm auf den Tisch gelegt. »Wenn ich Ihnen ein Zeichen gebe, lesen Sie vor, was hier geschrieben steht. Schaffen Sie das?«

Gnerro beugte sich vor, um die Worte auf dem Zettel zu entziffern, dann lehnte er sich stöhnend zurück. Er verstand nun, welchen Plan der Terrorist verfolgte. Es war eigentlich ganz einfach. Ob es funktionieren würde, wagte er nicht zu beurteilen. Aber vielleicht ging es nicht darum. Vielleicht wollte der Mann nur den größtmöglichen Schaden anrichten.

»Unmöglich«, flüsterte Gnerro.

»Lesen Sie es«, wiederholte die Stimme.

Doch der Kardinalstaatssekretär war wie gelähmt. Er konnte diese Worte nicht vorlesen. Auch wenn er wusste, dass er damit sein Todesurteil unterzeichnete.

Was wird jetzt mit mir geschehen?

Der Schlag, der Gnerro am Hinterkopf traf, war so heftig, dass er mit der Nase auf dem Tisch aufschlug. Er sah Sterne, und sofort begann Blut auf den Zettel zu tropfen. Jemand zog das Papier hastig weg.

»Bitte«, flehte Gnerro, »sagen Sie mir, warum Sie das tun! Worum geht es Ihnen?«

Da hörte er ein undefinierbares Lachen hinter sich.

»Eminenz – haben Sie irgendeine Vorstellung, wie lange ich auf diese Frage gewartet habe?«

87

Der Diener, der in das Gewand Michaels gekleidet war, war wieder in seinem Refugium und weinte vor Wut und Enttäuschung. Er musste sich eingestehen, dass ihm die Situation entglitt. Auf dem rechten Auge konnte er nichts sehen, und er spürte, dass immer noch Blut über seine Wange lief, doch das Gefühl des Verrats wog schwerer als die Schmerzen.

Er hatte die Zellen zu spät erreicht, der falsche Bischof und die Verräterin waren bereits weg gewesen. Das hatte seine letzten Zweifel beseitigt, dass jemand sie unterstützte.

Aber als er den Verräter ausfindig gemacht hatte, um ihn der Reinigung zu unterziehen, war der falsche Bischof aufgetaucht und hatte es verhindert.

Dass die Welt außerhalb der Mauern vom Chaos hinweggerafft wurde, bekümmerte ihn nicht. Die Welt, die er erlebt hatte, bevor er hierhergekommen war, hatte nichts anderes verdient. Aber dass die Mönche hier ihren Gehorsamseid brachen, erschütterte ihn. Wie konnte die Abtei so das Licht des Glaubens bewahren? Wer, wenn nicht sie, sollte den Menschen den wahren Glauben zeigen, damit sie wieder zu Sehenden wurden? Doch wenn die Mönchsgemeinschaft von innen heraus zerfressen wurde, war das unmöglich.

Er wusste, dass alles die Schuld des falschen Bischofs war. Er hatte Zweifel und Unruhe gesät. Der Mann mit dem heidnischen Halsband trieb die Mönche in den Ungehorsam. Brauchte es noch mehr Beweise, dass es niemand anderes als der Versucher war, der durch den Bischof wirkte?

Fern und doch nah glaubte er ein Lachen zu hören. Der Versucher war noch nicht geschlagen, mehr noch, er schien im Begriff, das Heft an sich zu reißen. Das durfte nicht passieren.

Sein Blick fiel auf das Kreuz an der Wand. Ein Kreuz, wie es diesem Ort gebührte. Er wünschte sich, dass künftig alle Kreuze in dieser Abtei so aufgehängt wurden. Manchmal hatte er aus einer Laune heraus das eine oder andere Kreuz umgedreht, aber die Veränderung war natürlich nicht von Dauer gewesen, seine Aktion war schnell korrigiert worden. Niemand außer ihm schien zu verstehen, dass es so richtig war. Dass nicht seine Kreuze falsch waren, sondern die anderen.

Den Diener erfüllte heiliger Zorn. Es war Zeit, die Reinigung abzuschließen. Er stand auf und ging zu der Kiste mit dem Gefahrenzeichen darauf, um neuen Sprengstoff zu holen.

88

»Und das hält?«, fragte Lombardi, als er erkannte, was Blessings in der Hand hielt. Er hatte es aus einem Lagerraum geholt und eilte nun voraus, ohne Lombardi gesagt zu haben, wohin. Es handelte sich um ein Seil, wie es zum Bergsteigen verwendet wurde. Lombardi begann zu ahnen, was der Mönch mit ihm vorhatte.

»Das ist für den Notfall gedacht«, erklärte Blessings. »Das Seil hält, Sie können sich darauf verlassen.«

»Haben Sie es ausprobiert?«

»Stellen Sie sich nicht so an, Herr Bischof.«

Lombardi wollte gerade fragen, wohin sie liefen, als er durch eine offene Tür vor ihnen den Lastenaufzug erspähte.

Sie betraten den Raum, und er sah, dass Shantis Leiche längst von dem riesigen Laufrad entfernt worden war. Man hatte es mit Tüchern verhängt, um die Blutspuren zu kaschieren. Lombardi erinnerte sich schmerzhaft an das Bild des toten Abts.

Doch nun musste er sich auf andere Dinge konzentrieren. Blessings drückte ihm ein Geflecht aus zusammengenähten Gurten in die Hand.

»Ziehen Sie das an«, sagte er und wandte sich mit dem Seil dem Stückgebälk des Lastenaufzugs zu.

Es handelte sich bei dem Ding in Lombardis Hand um einen Klettergurt, der auf Brusthöhe eine Öse besaß. Als er ihn hochhob, um zu sehen, wie man ihn richtig anzog, fiel sein Blick plötzlich auf etwas am anderen Ende des Raums. Dort hing ein Kabel aus einer Mauerritze. Er ließ den Gurt fallen und näherte sich vorsichtig der Wand.

»Blessings«, sagte er, »sehen Sie sich das an.«

Das Kabel aus der Mauer führte zum Boden, wo ein Telefon

lag. Es war mit der USB-Buchse des Telefons verbunden. Lombardi beugte sich näher zu der Mauer, um zu sehen, was dort mit dem Kabel verbunden war. Als er etwas Rotes, Stabförmiges sah, zuckte er zurück.

»Blessings!«, rief er.

Nun reagierte der Mönch und trat neben ihn. Er schien sofort zu erfassen, worum es sich handelte.

Sprengstoff. Wie aus einem Steinbruch.

Lombardi beugte sich zu dem Handy, um sich den Stecker anzusehen, doch Blessings fasste blitzschnell nach seinem Arm. »Nicht!«

»Jemand will diesen Teil des Gebäudes in die Luft sprengen«, flüsterte Lombardi.

Er überlegte fieberhaft, was das bedeutete.

Das war nicht der Sturm! Jemand hat den Wohntrakt absichtlich hochgejagt.

Philipp hatte recht gehabt. Hier ging der Teufel um. Aber ein Teufel aus Fleisch und Blut, der Dynamit benutzte.

»Wir müssen das entschärfen«, erklärte Lombardi.

»Sie dürfen es nicht berühren«, widersprach Blessings energisch. »Es könnte hochgehen.«

»Aber was sollen wir denn sonst tun?«, fragte Lombardi verzweifelt.

»Ziehen Sie endlich den verdammten Gurt an!«

Blessings hastete zu dem Klettergurt und hob ihn auf. Er brachte ihn zu Lombardi und half ihm, ihn anzulegen. Dann nahm er das Seil und hängte einen an dessen Ende befestigten verschraubbaren Karabiner in eine Öse an Lombardis Brust.

Lombardi verkniff sich weitere Kommentare. Er wusste, dass Blessings recht hatte. Er musste schnell hier weg.

Bald bin ich in Sicherheit!

Doch das beruhigte ihn nicht. Seine Hände schwitzten und waren eiskalt. Sein Blick ging immer wieder zu dem Kabel.

»Ich lege mein Leben in Ihre Hände«, flüsterte er.

»Werden Sie jetzt nicht theatralisch!«

Lombardi wagte nicht zu widersprechen. Er sah zu, wie Blessings das Seil in eine Bremse mit einem Hebel einlegte und dieses an einer Holzstrebe verankerte. »Damit lasse ich Sie hinunter. Gehen Sie zur Öffnung.«

Lombardi tat, wie ihm geheißen. Das Seil spannte sich, als er an die Kante trat.

»Lehnen Sie sich nach hinten«, forderte Blessings.

Bischof Lombardi zögerte.

»Jetzt machen Sie schon!«

Lombardi folgte dem Befehl des Mönchs und spürte, wie das Seil sein Gewicht hielt. Unter ihm war nun der Abgrund. Kalter Wind empfing ihn, aber er war nicht stark. Der Sturm schien endgültig nachgelassen zu haben.

»Bereit? Dann viel Glück.«

Da sah Lombardi die Verletzung an der Wange des Mönchs. Sie war durch die Anstrengung aufgebrochen und hatte erneut zu bluten begonnen.

»Warten Sie!«, rief er. »Wenn ich gehe, was wird dann aus Amirpour?«

Der Blick von Blessings wurde kalt.

»Sie war es nicht«, erklärte Lombardi bestimmt. »Das wissen Sie, oder? Es muss jemand von den Mönchen gewesen sein.«

»Wer soll es denn sonst getan haben?«

Der Ton des Arztes war hart, aber Lombardi hörte, dass er nicht überzeugt war.

»Alles deutet auf Philipp hin«, erklärte Lombardi. »Er hat sich verraten, als Sie uns festnahmen. Sie waren dabei.«

Doch Lombardi spürte, wie Blessings sich vor ihm verschloss. Er schien nicht bereit zu sein, das Offensichtliche zu akzeptieren.

»Bitte sehen Sie zu, dass man Amirpour nichts antut!«, flehte Lombardi. »Sie ist verletzt, helfen Sie ihr!«

»Sie hat sich ihr Schicksal selbst ausgesucht«, erwiderte Blessings. Dann betätigte er den Hebel, und das Seil gab mit einem Ruck nach.

89

»Bitte«, flehte Gnerro. »Warum antworten Sie nicht?«

Man hatte Gnerro den Sack wieder über den Kopf gezogen und ihn zurück in den Keller gebracht. Dort lag er nun, und um ihn herum war alles still. Doch er konnte sich nicht erinnern, gehört zu haben, wie sich die Tür schloss. Verzweifelt versuchte er, durch seine Kapuze etwas zu erkennen, aber es gelang ihm nicht.

Gnerro saß vornübergebeugt auf dem Boden. Seine Kleider waren immer noch nass und seine Hände gefühllos, sodass er Angst hatte, sie könnten bleibenden Schaden nehmen, wenn ihm nicht bald jemand diese Fesseln abnahm. Er litt auf eine Art und Weise, die er bisher nicht für möglich gehalten hatte.

So fühlt sich das also an.

Er dachte an die Geschichten der Märtyrer, mit denen er aufgewachsen war. Seine Schwester hatte sie ihm vorgelesen, als er klein gewesen war. Die Heiligen in den Geschichten hatten in Situationen tiefster Verzweiflung und höchster Qual ihre Stärke gefunden und vor Gott und der Welt ihren Glauben bewiesen. Beim Gedanken daran fühlte er sich noch erbärmlicher. Alles, was er an Stärke besessen hatte, war von ihm abgefallen.

»Worum geht es Ihnen?«, fragte Gnerro. »Ich bin sicher, dass es für alles eine Lösung gibt.«

»Die gibt es in der Tat«, sagte plötzlich jemand dicht neben ihm. »Und Sie werden Teil davon sein.«

Gnerro war sich sicher, dass es sich um denselben Mann handelte, der auch im Studio zu ihm gesprochen hatte, den Anführer. Und es sah so aus, als wollte er reden. Gnerro wollte das nutzen.

»Gehören Sie zu den Demonstranten?«, fragte er. »Sind Sie Islamisten?«

Der Mann lachte kehlig. »Zu mehr reicht Ihre Fantasie nicht? Sie enttäuschen mich.«

»Ich habe von den Düngemitteln gehört. Bitte sagen Sie mir, dass Sie nicht vorhaben, Bomben damit zu bauen.«

Der Anführer zögerte einen Moment.

»Sie sind gut informiert«, sagte er dann.

Gnerros schlimmste Befürchtungen wurden Wirklichkeit. Das musste ein Alptraum sein. Er wollte daraus erwachen.

»Sind Sie wütend über das Video des Mönchs?«, fuhr er fort, weil er Angst hatte, der Mann könnte einfach gehen. »Ich kann Sie verstehen. Das, was die Zeitungen schreiben, ist unerhört. Aber ich versichere Ihnen, noch ist nicht einmal klar, ob es stimmt, was er da behauptet. Noch hat niemand die ganze Arbeit gesehen. Er könnte sich getäuscht haben.«

Gnerro wartete vergeblich auf eine Antwort, also fuhr er fort.

»Ich darf Ihnen versichern, dass wir nichts von der Sache wussten! Was dieser Mönch getan hat, war nicht im Sinne der Kirche. Es ist die Tat eines Einzelnen, nicht mehr! Wir werden das aufklären, ich verspreche es Ihnen.«

»Dafür ist es zu spät«, sagte der Fremde. »Haben Sie die Menschen auf dem Petersplatz gesehen? Die Fernsehbilder? Das Blatt wendet sich gerade. Was jetzt geschieht, können Sie nicht mehr aufhalten. Wir haben die Chance, etwas zu tun, was schon vor langer Zeit hätte getan werden müssen.«

Gnerro schüttelte den Kopf. »Bitte, Sie verstehen nicht. Ich weiß, Sie sind wütend. Aber die Meldungen ... Die Schweizergarde würde so etwas nie tun! Das ist eine Falschmeldung, lassen Sie sich davon nicht irritieren.«

»Ich weiß«, erwiderte der Mann prompt. »Die Meldung stammt von mir.«

Diese Neuigkeit traf Gnerro wie ein Paukenschlag. Er versuchte zu verstehen, was das bedeutete.

»Aber die Bomben ...«

»Die Bomben sind ein Druckmittel. Beten Sie, dass wir sie nicht einsetzen müssen.«

Langsam erkannte Gnerro den teuflischen Plan hinter allem. Es war noch viel schlimmer, als er gedacht hatte.

»Bitte tun Sie das nicht!«, flehte er. »Diese Stätten sind heilig. Sie bedeuten Millionen Menschen sehr viel. Das kann Ihnen doch nicht egal sein!«

Doch der andere lachte nur. »Heilige Stätten?«

Endlich verstand Gnerro, worum es diesem Mann ging. Die Stätten waren ihm egal, ebenso die Menschen, denen sie wichtig waren.

»Es geht Ihnen um die Kirche, nicht wahr?«, flüsterte Gnerro. »Sie sind wütend.«

Der Anführer widersprach nicht.

»Haben Sie etwas Schlimmes erlebt? Etwas, wofür Sie die Kirche verantwortlich machen?«

»Gut geraten, Eminenz«, antwortete der Entführer. »Was könnte das zum Beispiel sein?«

Gnerro zögerte.

»Die Kirche hat manchmal auch Fehler gemacht«, gestand er.

»Ach ja? Und welche?«

»Geht es um Missbrauch? Hat Ihnen jemand etwas Böses getan?«

Der andere schwieg kurz. »Nicht schlecht, Eminenz. Aber falsch. Vielleicht erzähle ich es Ihnen irgendwann.«

»Lassen Sie mich dann frei?«, fragte Gnerro verzweifelt.

»Das hängt nicht allein von mir ab, sondern davon, ob unsere Forderungen erfüllt werden.«

Gnerro dachte an den Brief, der vor ihm gelegen hatte.

»Man wird nie darauf eingehen«, erklärte er. »Eher wird man mich sterben lassen.«

Kardinalstaatssekretär Gnerro war überrascht über den selbstsicheren Klang seiner Stimme, als er das aussprach.

»Ich muss nach oben«, sagte der Mann. »Aber ich komme wieder. Das nächste Mal werden Sie diesen Brief vorlesen, wenn Ihnen Ihr Leben etwas bedeutet.«

Dann verschwand er und schloss die Tür hinter sich.

90

Lombardi war noch etwa zehn Meter über Grund, als er plötzlich zum Stillstand kam. Es wurde ganz ruhig. Nur ein fernes Rauschen von Bäumen war noch zu hören.

Bestimmt hatte Blessings nur eine Pause eingelegt. Vielleicht verlangte das Hantieren mit dem Abseilgerät danach. Doch als nach mehr als einer Minute immer noch nichts passierte, wurde Lombardi nervös.

Er sah nach unten. Der Boden war so nah, dass er trotz der Dunkelheit bereits den felsigen Grund erkennen konnte. Nur wenige Sekunden hatten gefehlt, und er stünde jetzt dort unten. Stattdessen hing er hier und wartete, ohne zu wissen, worauf.

Seine Hand tastete nach dem dünnen Seil, das oben in der Dunkelheit verschwand. Seine Dimension ähnelte der einer Ranke aus Badalamentis Garten, die man mit einem einzigen Schnitt einer Gartenschere durchtrennte. Offenbar dick genug, um ihm das Leben eines Menschen anzuvertrauen. Dennoch wurde ihm bang.

Was macht er da oben?

Lombardis Unbehagen stieg mit jeder Sekunde. Etwas war nicht in Ordnung.

Er drehte sich herum und stellte fest, dass er die Mauer vor sich erreichen konnte. Zwischen den Granitblöcken waren tiefe Fugen. Er steckte seine Finger hinein und zog sich heran. Im selben Moment spürte er, wie die Wand vor ihm erzitterte. Eine Explosion zerriss die Stille der Nacht, ein Lichtblitz erhellte die Umgebung. Lombardi zog sich instinktiv näher an die Wand heran, als er auch schon spürte, wie sich das Seil entspannte.

Er wusste sofort, was geschehen war. Jemand hatte den Sprengstoff gezündet.

Blessings!

Aber das Hier und Jetzt verlangte seine Aufmerksamkeit. Verzweifelt klammerte er sich an die Mauerritze und tastete mit den Füßen nach Halt, als plötzlich etwas an seinem Kopf vorbeisauste. Er widerstand der Versuchung, nach oben zu blicken, und presste sein Gesicht gegen die Mauer. Noch etwas pfiff hinter ihm in die Tiefe, dann krachte es über ihm, und ohne nach oben zu blicken, wusste er, dass es der Gebäudetrakt mit dem Lastenaufzug war, der auf ihn hinabstürzte.

Ein Sturm aus Staub riss an seinen Kleidern, als Tonnen von Granit dicht an ihm vorbeirauschten. Er rechnete jeden Moment damit, dass ihn etwas am Kopf treffen und ihn mit in die Tiefe reißen würde. Nach einigen Sekunden ließ das Getöse nach. Wie durch ein Wunder hatte keiner der Trümmer ihn getroffen. Die Wand über ihm hing gerade weit genug über, dass sie ihn geschützt hatte. Seine Ohren waren taub, aber er glaubte wahrzunehmen, dass weitere Steine und Mauerreste hinabstürzten. Länger durfte er sein Glück nicht herausfordern.

Ohne auf die fallenden Trümmer zu achten, suchte er erneut mit den Füßen nach Halt. Er hatte keine Kraft mehr und spürte, wie seine Finger abzurutschen begannen. Diesmal gelang es ihm, mit den Zehen eine Mauernische zu finden. Er zwängte seine Schuhspitze hinein und löste seine rechte Hand vom Fels, die dringend einen Moment Erholung brauchte. Im selben Augenblick rutschte sein Fuß weg. Die linke Hand konnte das Gewicht nicht mehr halten und gab nach.

Mit zittrigen Knien stand Lombardi in der Dunkelheit auf einer Schutthalde und versuchte mit klammen Fingern, den Schraubverschluss des Karabiners zu öffnen.

Er konnte nicht glauben, dass er immer noch am Leben war. Der Schutt hatte beim Aufprall nachgegeben und seinen Sturz gebremst – Schutt, der mehrere Meter hoch aufgetürmt war und die

Fallhöhe verkürzt hatte. Die Geröllmassen, die ihn eben fast getötet hatten, hatten ihm nun das Leben gerettet.

Doch es blieb keine Zeit, sich zu wundern. Neben ihm schlug erneut ein Felsblock auf. Er drängte sich an die Wand. Endlich schaffte er es, den Karabiner auszuhängen, dann kämpfte er sich über den Schutt zur Seite, bis er eine Nische gefunden hatte, in der er sicher war.

Keuchend rang er nach Luft. Seine Kehle brannte, als hätte er Eisenspäne eingeatmet. Er befand sich auf einem schmalen Fußweg, der offenbar vor Hunderten Jahren in die massive Wand gehauen wurde. Er blickte hinab zu der Schutthalde, wo der Weg sacht abfiel. Dahinter sah er die Giebel des Dorfs.

Dieser Pfad führt nach unten. Ich bin gerettet.

Er musste nur einige Minuten warten, ob weitere Gebäudeteile herabstürzten, und dann über die Schutthalde klettern. Es war machbar, er hatte in den letzten Stunden viel Schlimmeres überstanden.

Badalamenti.

Das Bild seines Freundes tauchte vor seinem inneren Auge auf. Er würde Badalamenti wiedersehen. Ihm wurde klar, dass er schon nicht mehr damit gerechnet hatte.

Erleichterung überwältigte Lombardi. Was in der Abtei geschehen war, hatte ihn alle Kraft gekostet. Nun war nichts mehr übrig. Die Erschöpfung überkam ihn ganz plötzlich, doch er zögerte, sich ihr hinzugeben.

Sein Blick folgte dem Weg in die andere Richtung. Die Einsiedelei. Sie musste ganz nah sein.

Er dachte daran, was er Badalamenti bei ihrem Gespräch im Garten gesagt hatte.

Ich sitze gern in der Sonne. Ich trinke gern Wein.

Er hatte gezögert, überhaupt hierherzufahren. Nur seine Freundschaft zu Badalamenti hatte ihn dazu bewogen. Der Lombardi, der erst vor wenigen Tagen dieses Gespräch geführt hatte, hätte keine Sekunde gezögert und wäre Hals über Kopf davongerannt, um diesem Wahnsinn zu entfliehen.

Aber diese Version seiner Selbst existierte nicht mehr. Sie erschien ihm nur noch als ferner Schatten, ein Fremder, der sich geweigert hatte, sich mit dem Wesentlichen zu konfrontieren. Und auf einmal ertappte er sich dabei, dass er seinem Freund Badalamenti dankbar war.

Er blickte ein letztes Mal nach oben, wo sich die Silhouette der Klostermauer mit ihren Erkern vor einem dunkelblauen Himmel abzeichnete, der erste Spuren der sich ankündigenden Dämmerung zeigte. Dann wagte er sich aus der Nische, wandte der Schutthalde den Rücken zu und ging los.

91

Kommandant Frédéric Witz wunderte sich, den von seinen Männern abgeriegelten Trakt der Schweizergarde in völliger Dunkelheit vorzufinden. Nur einige grüne Schilder, die auf Notausgänge hinwiesen, erhellten den Flur.

Der Papst hatte ursprünglich in seiner Wohnung bleiben wollen, doch Witz hatte es geschafft, ihn zu überreden, dass er zumindest in ein Gebäude umzog, das sich besser sichern ließ, solange diese Krise andauerte. Man war übereingekommen, dass er zur Garde übersiedeln sollte, wo ihn niemand vermutete, wenn er schon im Vatikan bleiben wollte.

Witz verfluchte den Heiligen Vater im Stillen für dessen Sturheit, aber insgeheim bewunderte er ihn auch dafür. Er hätte es nie offen zugegeben, aber er fand, dass es kein gutes Signal gewesen wäre, wenn der Papst die Flucht ergriffen hätte. Nur war er sich nicht sicher, ob dieses symbolische Ausharren den Preis wert war.

Er wusste nicht, wer den Befehl gegeben hatte, die Räumlichkeiten abzudunkeln, aber er nahm sich vor, ihn zurechtzuweisen. Die Dunkelheit mochte die Terroristen in die Irre führen, aber es war unangemessen. Er musste sich beim Heiligen Vater dafür entschuldigen.

Witz hielt auf ein kleines Zimmer zu, das als Schlafraum für den Bereitschaftsdienst genutzt wurde. Dort saß eine Nonne aus dem persönlichen Stab des Papstes auf einem Sessel und las im Licht einer Taschenlampe ein Buch.

»Es tut mir leid, Schwester! Ich weiß nicht, wer den Befehl dazu gegeben hat. Bitte, schalten Sie doch das Licht wieder ein.«

Die Schwester sah zu ihm auf und lächelte. Sie legte den Finger vor die Lippen. »Psst! Bitte, nicht so laut.«

Witz hielt inne. »Tut mir leid!«, flüsterte er. »Schläft der Heilige Vater?«

»Er betet. Und er war es, der mich bat, das Licht auszuschalten.«

»Aber warum?«, fragte Witz verblüfft.

Sie zuckte mit den Schultern. »Wer soll schon all die Dinge verstehen, die ihm so einfallen?«

Witz war erleichtert. »Bitte, ich muss dringend mit ihm reden. Können Sie ihm sagen, dass ich da bin?«

Sie sah ihn an, als habe sie nicht verstanden. »Ich sagte Ihnen doch, er betet. Er will nicht gestört werden.«

»Ja, aber ...«

»Worum geht es denn?«, fragte sie.

»Das Gebäude von Radio Vatikan wird belagert. Wir vermuten, dass Kardinalstaatssekretär Gnerro in der Gewalt der Entführer ist.«

»Das sagten Sie schon«, meinte die Nonne.

»Ja. Aber die Einsatztruppen wollen wissen, was sie tun sollen, wenn sie keinen Kontakt zu den Entführern herstellen können. Sie brauchen einen Plan für den Notfall.«

»Was für einen Plan?«

Witz seufzte tief. »Wenn alle anderen Möglichkeiten ausgeschöpft sind, wollen sie das Gebäude stürmen.«

Die Nonne sah zur Tür, dann wieder zu Witz. »Aber der Heilige Vater hat doch schon gesagt, dass keine Gewalt angewendet werden darf.«

»Ja, aber ...«

Witz stockte. Der Papst hatte tatsächlich genau das gesagt. Und doch konnte das nicht alles sein. Der Colonello hatte nach einer Entscheidung verlangt.

Oder ging es genau darum? Auf Gewalt zu verzichten und die Konsequenzen zu akzeptieren, egal wie hoch der Preis war?

»Haben Sie gar keine Neuigkeiten?«

Witz überlegte. »Außer der Bitte des Einsatzteams ... Nein, die Lage ist im Grunde unverändert.«

»Dann wäre es besser, wenn wir ihn nicht stören«, sagte die Nonne geduldig. »Finden Sie nicht?«

Witz wurde das Herz schwer. »Sie haben recht.«

Die Nonne nickte zufrieden und wandte sich wieder ihrem Buch zu. Witz wollte sich umdrehen und gehen, doch dann hielt er inne.

»Er weiß, wie gefährlich es ist hierzubleiben, nicht wahr?«, fragte er.

»Natürlich weiß er das«, antwortete die Nonne. »Sie haben ihn ja vorhin ausführlich informiert.«

Witz rieb sich unsicher die Hände. »Und er weiß auch, dass der Experte für Geiselnahmen von der italienischen Polizei ihn dringend ersucht, den Vatikan zu verlassen? Dass ich diese Meinung teile?«

»Er weiß es«, erwiderte die Nonne.

»Gut«, sagte Witz. »Bitte informieren Sie mich umgehend, falls er seine Meinung ändert.«

Dann wandte er sich ab und ging.

92

Lombardi spürte einen feuchten Luftzug, der aus dem Fels neben ihm zu kommen schien. Als er genauer hinsah, bemerkte er, dass die Wand vor ihm eine breite Kluft bildete. Er hatte die Höhle gefunden.

Dies war der älteste Teil der Abtei, wie er aus der Broschüre erfahren hatte, die er im Taxi durchgeblättert hatte. Hier hatte ein Einsiedler gehaust, der sich zum Beten zurückgezogen hatte. Er hatte von milden Gaben der ansässigen Bevölkerung gelebt und dafür versprochen, ihre Wünsche und Sorgen in seine Gebete mit einzubeziehen. Als Menschen von immer weiter entfernten Siedlungen kamen, wurde auf dem Gipfel des Felsens eine Kirche errichtet. Der Einsiedler starb irgendwann, und weil niemand seinen Platz einnahm, wurde auch die Kirche schließlich aufgegeben und verfiel. Bis die Benediktiner den abgelegenen Ort entdeckten und um die ehemalige Kirche eines ihrer legendären Sankt-Michaels-Klöster errichteten.

Lombardi machte einen Schritt auf die dunkle Öffnung zu, bevor er noch einmal innehielt. Ihm war gerade ein Gedanke gekommen. Er nahm sein Handy aus der Tasche und fand seinen Verdacht bestätigt. Der Störsender reichte nicht bis hierher, sein Telefon hatte Empfang. Er dachte an Amirpours Worte in dem Geheimgang, als sie Sébastiens Dokument entschlüsselt hatte.

Schließlich tippte er Badalamentis Kontakt an und öffnete eine neue SMS. Nach kurzem Überlegen schrieb er nur zwei Zeilen.

Sébastiens Arbeit handelt von etwas anderem.
Franz Taurinus. Hyperbolische Geometrie.

Dann steckte er das Gerät ein und ging los.

Vorsichtig tastete Lombardi sich ins Innere vor und schaltete die kleine Taschenlampe ein, die er von Blessings bekommen hatte. Der Lichtkegel der Lampe wanderte zitternd über feuchten Granit und warf bizarre Schatten. Er enthüllte eine Höhle, die sich nach innen hin öffnete. Es handelte sich um eine Spalte, die den Berg beinahe vertikal durchzog und sich nach oben hin in der Dunkelheit verlor, während der Boden aus grobem Schotter und Staub bestand.

Gebannt wagte Lombardi sich tiefer in die Höhle vor. Irgendwann entdeckte er etwas auf dem Boden.

Dort lag jemand.

93

»*Sie lesen das jetzt vor!*«, schrie der Entführer hinter Gnerro.

Der Kardinalstaatssekretär hatte den Kopf eingezogen und war den Tränen nahe. Er wartete auf den nächsten Schlag, doch er kam nicht. Vor ihm lag die Nachricht, die man für ihn aufgesetzt hatte.

Mein Name ist Valentino Gnerro. Ich werde von Terroristen festgehalten, die mehrere Bomben auf dem Gebiet der Vatikanstadt platziert haben. Diese Männer haben neben mir noch weitere Kardinäle und Bürger des Vatikans in ihrer Gewalt. Die Bomben werden gezündet, und die Geiseln werden sterben, wenn nicht bis morgen früh um sechs Uhr die Forderung der Terroristen erfüllt wird: die Auslieferung des Papstes.

Gnerro war mit seinen Kräften am Ende. Er konnte sich nicht mehr wehren. Aber er war auch nicht in der Lage, diese Nachricht vorzulesen, wie es von ihm verlangt wurde. Niemals durfte der Heilige Vater in die Hände dieser Männer geraten. Er als Kardinalstaatssekretär war ersetzbar, der Papst war wichtiger. Man würde einen neuen, fähigeren Mann an seine Position setzen, vielleicht Turilli, den er nie gemocht hatte und gegen den er in der Vergangenheit mehrmals interveniert hatte, wenn er für hohe Ämter im Gespräch war. Warum, das konnte er nicht so genau sagen. Nun, da er darüber nachdachte, war er fast sicher, dass Turilli sein Nachfolger sein würde. Und war froh darüber.

Das Schlechte, das ich getan habe, wird vielleicht verschwinden. Wenn ich Glück habe, bleibt mehr vom Guten übrig.

Wenn denn etwas Gutes dabei gewesen war. Gnerro versuchte, sich verzweifelt an etwas zu erinnern, das er bewirkt hatte. Doch es wollte ihm nichts einfallen. Er hatte immer nur das Nötigste getan, die Verwaltung am Laufen gehalten. Das war sein Verdienst, eine Form der Pflichterfüllung, die jeder andere mindestens so gut erledigt hätte. Er konnte keine Heldentaten vorweisen, weil er immer von Angst getrieben war. Angst, nicht zu genügen, seinem Amt, den Erwartungen, die in ihn gesetzt wurden. Nur seine Schwester wusste von dieser Angst, und auch sie hatte ihm keine Lösung anbieten können.

Der Moment wird kommen, wo Gott dich braucht.

Aber Gnerro hatte sich von Jahr zu Jahr schlechter gefühlt. Nutzlos. Und plötzlich verstand er, dass dies der Moment war, von dem sie gesprochen hatte. Sein Leben reduzierte sich auf diese eine Aufgabe. Er würde den Befehl der Terroristen verweigern und dafür sterben. Einen Befehl, den dann eben ein anderer ausführen würde. Jemand würde diesen Brief vorlesen, davon war er überzeugt. Und dennoch würde er seiner Überzeugung folgen und sein Leben für diese Kleinigkeit aufgeben.

Danke, Herr. Dafür, dass du mir diese Chance gegeben hast, dein Diener zu sein.

Auf einmal ließen die Schmerzen nach, und er wurde ruhig. Er war bereit, so konnte er dem Tod ins Auge sehen. Gnerro musste lächeln. Und da war sie, die Stärke aus den Geschichten seiner Schwester. Sie kam so unerwartet, dass er es kaum fassen konnte. Er fühlte sich ganz leicht.

Hinter sich hörte er die Terroristen aufgeregt diskutieren.

»Niemals werde ich das tun«, sagte Gnerro. »Ich sehe nun, Sie wollen die Kirche zerstören, doch das wird Ihnen nie gelingen. Nicht so.«

Der Bewaffnete mit der Maske hob sein Gewehr und zielte in Gnerros Gesicht.

94

Als Lombardi näher trat, erkannte er seinen Fehler. Was er für eine liegende Person gehalten hatte, war in Wirklichkeit ein leerer Schlafsack, der auf einer Schaumstoffmatte lag. Daneben sah er eine altmodische Petroleumlampe, einen Benzinkocher und einen zerbeulten Topf, sowie etwas, das in Plastikfolie eingewickelt war. Lombardi trat hin und hob es auf. Es handelte sich um eine Ausgabe der Bibel in griechischer Sprache.

Endlich verstand Lombardi. Er hatte Philipps Rückzugsort gefunden.

Er musste widerwillig zugeben, dass er beeindruckt war. Das Leben in einem Kloster war einfach und reduziert. Praktisch kein weltlicher Besitz, nur eine kleine Zelle als privater Rückzugsraum, mehrmalige tägliche Gebete zu festgelegten Zeiten, das erste davon zu nachtschlafender Morgenstunde, kaum Kontakt zu Verwandten oder nicht geistlichen Freunden. Viele angehende Mönche und Nonnen überstanden ihre Probezeit als Novizen nicht und schieden wieder aus. Doch Philipp war selbst das karge Klosterleben zu wenig radikal. Er zog sich hierher zurück, um so zu leben wie die Eremiten, die den Mönchen vorausgegangen waren. Er suchte das Echte, Ursprüngliche mit einer Vehemenz, die Lombardi Respekt abverlangte.

Wohin hatte ihn seine Radikalität getrieben? War er deshalb zum Mörder geworden? Lombardi verstand es immer noch nicht. Er hatte das Gefühl, als lägen unzählige Puzzleteile vor ihm. Einige passten zusammen, andere nicht. Und wie er es auch anstellte, sie wollten sich nicht zu einem klaren Bild fügen.

Konstanz, du hast mich hierhergeschickt. Warum? Was ist da, das ich sehen soll?

Lombardi ging tiefer in die Höhle hinein. Er fand ein natürliches Becken mit Wasser, das von einem Rinnsal aus einer Wandritze gespeist wurde. Daneben stand ein Becher mit einer Zahnbürste und ein gläserner Krug. Als er mit seiner Lampe tiefer in die Höhle hineinleuchtete, sah er an der Wand einen Schatten, der ihn zusammenzucken ließ.

95

Als Frédéric Witz die improvisierte Kommandozentrale von Colonello Di Matteo betrat, sah er sofort, dass es Neuigkeiten gab.

»Witz, kommen Sie her!«, befahl Di Matteo, als er ihn sah.

Er beugte sich über einen Bildschirm, der in den Deckel eines schwarzen Koffers montiert worden war. Witz trat näher. Der Monitor zeigte das Schwarzweißbild eines Mannes in Kardinalsgewändern, der auf einem Steinboden lag. Seine Hände waren auf den Rücken gefesselt, und er lag auf der Seite. In seinem Gesicht waren dunkle Flecken, und es erschien unförmig. Ein Auge war zugeschwollen.

Witz unterdrückte einen Aufschrei. »Lebt er?«, fragte er.

Di Matteo nickte. »Noch. Aber er scheint in schlechter Verfassung zu sein. Dieser Idiot.«

Der Colonello drehte sich um. »Bitte um Verzeihung. Aber wir haben ein Gespräch abgehört. Seine Eminenz Gnerro scheint sich den Entführern widersetzt zu haben. Damit bringt er sein Leben in Gefahr. Ich verstehe es nicht! Versucht er, den Helden zu spielen? Das bringt *nichts*!«

Witz glaubte nicht, dass Gnerro den Helden spielen wollte. Das war nicht seine Art. Gnerro konnte in der Sache äußerst hart sein und auch beleidigend werden. Aber besonders mutig war er nie gewesen. Manchmal wählte er bei wichtigen Entscheidungen schrecklich defensive Lösungen, selbst wenn es bessere Möglichkeiten gab. Darin war er das genaue Gegenteil des Heiligen Vaters, dachte Witz.

»Jedenfalls haben wir nicht viel Zeit«, erklärte Di Matteo. »Haben Sie mit dem Heiligen Vater gesprochen? Was sagt er?«

Witz überlegte, wie er ihm das seltsame Gespräch mit der

Nonne erklären sollte. Er wollte dem Colonello gegenüber nicht zugeben, dass er gar nicht mit dem Papst gesprochen hatte. Der Letzte, der zu ihm vorgelassen worden war, war Kardinal Turilli gewesen, der irgendeine Nachricht von der französischen Abtei bekommen hatte, die er dem Heiligen Vater direkt hatte mitteilen wollen.

»Er wird seine Meinung nicht ändern«, antwortete Witz. »Ein Stürmen des Gebäudes kommt nicht infrage. Es muss eine andere Lösung geben.«

»*Vaffanculo!*«, entfuhr es Di Matteo. »Das kann nicht Ihr Ernst sein! Und was ist mit der Evakuierung? Denkt Seine Heiligkeit wenigstens darüber nach, sich in Sicherheit zu bringen, oder müssen wir ihm erst die Bilder seines Staatssekretärs zeigen?«

»Das wird nichts ändern«, entgegnete Witz ruhig.

Di Matteo sah ihn wutentbrannt an. In seinem Blick war Verachtung. Er sah aus wie ein Lehrer, der einen Schüler wiederholt bei Ungehorsam erwischt. Da wurde auch Witz wütend.

»Ich danke Ihnen für Ihre Hilfe, Colonello. Aber wenn Sie den Willen des Heiligen Stuhls nicht respektieren, dann sind Sie hier fehl am Platz. Ist das der Fall? Glauben Sie, dass Sie es besser wissen als der Papst?«

Di Matteo sah aus, als würde er gleich explodieren. Doch es war auch Unsicherheit in seinem Blick. Er presste die Lippen zusammen und schwieg.

»Gut«, sagte Witz. »Dann habe ich eine Aufgabe für Sie. Sie haben sich offensichtlich einen Überblick verschafft. Ich möchte, dass Sie eine Strategie ausarbeiten, wie sich diese Krise ohne Einsatz von Gewalt lösen lässt.«

»Wie soll das gehen?«, presste Di Matteo hervor.

»Denken Sie sich etwas aus«, meinte Witz nur. »Sie sind doch Christ oder etwa nicht? Dann wissen Sie, dass Jesus den Einsatz von Gewalt ablehnte. Das ist die Vorgabe, arbeiten Sie damit.«

Er wandte sich ab und wollte gehen, als einer von Di Matteos

Männern seinen Chef zu sich rief. Er sagte etwas, und der Colonello bat: »Machen Sie das laut.«

Die Tonaufzeichnung rauschte und knackte. Jemand sprach mit erstickter Stimme, abgehackt und monoton, als würde er die Worte von einem Zettel lesen. Witz konnte nicht verstehen, was der Mann sagte, so gebannt war er. Er kannte diese Stimme, aber niemals hätte er sich vorstellen können, diese Angst darin zu hören.

Der Mann, der da redete, war der vermisste Schweizergardist, den er losgeschickt hatte, um Kardinal Gnerro zu suchen.

96

Lombardi trat langsam näher. Er sah nun, dass er sich nicht getäuscht hatte. Vor ihm an der Wand lehnte ein verkehrtes Holzkreuz.

Nicht etwa ein Kreuz, das jemand auf den Kopf gestellt hatte, sondern eines, das dazu gedacht war, mit dem langen Ende nach oben hin aufgehängt zu werden.

Das Kreuz war wurmstichig und schien sehr alt zu sein. Eine menschliche Figur war in das Holz geschnitzt, plastisch und mit äußerster Ausdruckskraft, wie es für gotische Skulpturen typisch war. Sie schien einmal bemalt gewesen sein, doch nur noch wenige Splitter abblätternder Farbe bedeckten das über Jahrhunderte getrocknete Holz. Diese Figur hing kopfüber an dem Kreuz. Es waren die lateinischen Buchstaben, die ihn sicher sein ließen, dass dies die richtige Orientierung war.

Das muss das Kreuz der alten Kirche gewesen sein. Aber warum ...?

Lombardi entzifferte die latcinischen Buchstaben. Als er glaubte, den darauf geschriebenen Spruch zu verstehen, hatte er einen Verdacht, der so schwer war, dass ihm die Luft wegblieb.

Er leuchtete mit seiner Lampe tiefer in die Höhle hinein. Es wunderte ihn nicht, dort Stufen zu entdecken, die tiefer in den Berg hineinführten. Lombardi folgte der Höhle, die sich zu einem Gang verengte, der offensichtlich nicht natürlich war, sondern Spuren von Werkzeugen aufwies. Er folgte dem Gang über immer steiler werdende Treppen mehrere Minuten lang, bis sich dieser zu einer schmalen Felsspalte verengte. Widerwillig zwängte sich Lombardi in den Spalt, der bald so eng wurde, dass er den Kopf nicht mehr drehen konnte. Sein eigener Atem schlug ihm entgegen, und er glaubte, dass der Gang jeden Moment enden musste. Doch er machte einen tastenden Schritt nach dem anderen, und irgendwie ging es immer weiter. Dann spürte er einen kühlen Luftzug, die Spalte öffnete sich zu einem größeren Raum. Sie mündete in einen Raum mit hoher Decke. Er trat aus einer dunklen Ecke ins Licht von Scheinwerfern. Der Zugang lag im Schatten und war dort so gut verborgen, dass er von außen fast nicht erkennbar war. An den Wänden sah Lombardi Nischen, in denen irgendwann einmal Menschen bestattet worden waren. Nur zwei der Nischen waren besetzt, darin lagen von weißen, bestickten Tüchern bedeckte Körper. Lombardi hatte eine Idee, um wen es sich handeln musste. Doch heute wurde der Raum nicht mehr in erster Linie als Gruft benutzt, das zeigte ihm der große Glaskasten, der bis fast an die Wände reichte. Lombardi leuchtete ins Innere und sah Regale. Da wusste er, dass er am Ziel war. Er hatte die verborgene Bibliothek gefunden.

97

Eskalation in Vatikan-Krise

Rom. Während die Geiselnahme im Vatikan andauert, sieht sich die Welt mit der nächsten Hiobsbotschaft konfrontiert, und die stammt diesmal direkt aus den besetzten Räumlichkeiten von Radio Vatikan. Zeugen berichten von einer Audionachricht, die über die Sendefrequenz von Radio Vatikan in Rom verbreitet wurde. Dabei soll ein verwirrt klingender Mann, der sich als Mitglied der päpstlichen Schweizergarde vorstellte, ein Ultimatum der Entführer überbracht haben. Sie fordern eine Auslieferung des Papstes, andernfalls, so hieß es, wollen sie die Geiseln töten und mehrere in den Gebäuden des Vatikanstaats versteckte Bomben zünden.

Für die Authentizität der Nachricht gibt es derzeit noch keine offizielle Bestätigung, die Pressestelle des Heiligen Stuhls reagiert seit Stunden nicht mehr auf Anfragen. Unbestritten ist, dass es sich um eine weitere Zuspitzung der Lage handelt, während in immer mehr Städten der Welt Menschen auf die Straße gehen. Zu Gruppen von Menschen muslimischen Glaubens und verschiedenen christlichen Gruppierungen gesellen sich zunehmend Demonstrationszüge heterogener Zusammensetzung, wo einerseits allgemein Frieden, andererseits ein Zurückdrängen der Religionen zur Verhinderung von religiösen Konflikten gefordert wird. Verschiedene politische Parteien in aller Welt deuten an, die Situation zum Anlass für Abstimmungen über eine stärkere Säkularisierung nehmen zu wollen. Derweil wurden die Websites unterschiedlichster religiöser Vereinigungen von Unbekannten gehackt. Viele von ihnen sind derzeit nicht erreichbar.

Alle Augen richten sich nun auf Rom, wo die Reaktion des Vatikans auf die fremden Aggressoren abgewartet wird. Gerüchte, dass der

Papst sich nach wie vor im Vatikan befindet, konnten bislang nicht bestätigt werden. Die italienische Regierung hat dem Vatikan in der Krise ihre bedingungslose Unterstützung zugesagt. Spezialeinheiten der italienischen Polizei sind derzeit im Vatikan, um die Schweizergarde zu unterstützen. Es wird erwartet, dass auf diese ernsteste Bedrohung für den Kirchenstaat seit dem Mittelalter eine harte Reaktion folgt, die eine weitere Eskalation der Lage nach sich ziehen könnte.

»Wo bleiben Sie denn?«, schimpfte Di Matteo.

Witz sah von seinem Telefon auf. Die bizarre Audionachricht auf der Frequenz von Radio Vatikan war kaum verhallt, als vom Petersplatz vereinzelt Jubel in der Menschenmenge aufbrandete, den sie bis in die Kommandozentrale hören konnten. Di Matteo hatte begonnen, seinen Leuten Befehle zuzurufen, während Witz sich auf den nächstbesten Sessel fallen ließ. Nun las er die neue Meldung der Presseagentur, als Di Matteo ihn anschnauzte.

»Na? Was sagen Sie jetzt? Sehen Sie sich in der Lage, Ihre Pflicht zu erfüllen und den Heiligen Vater an einen sicheren Ort zu bringen? Oder muss ich das tun?«

Wie in Trance stand Witz auf. Er hatte nicht die Kraft zu widersprechen.

»Was ist los? Sind Sie taub? Zeigen Sie mir gefälligst den Weg!« Di Matteo gab drei schwerbewaffneten Männern ein Zeichen, und gemeinsam folgten sie Witz.

Der Colonello tobte vor Wut, als er neben ihm hereilte. »Das ist Ihre Verantwortung!«, schimpfte er. »Der Heilige Vater hätte schon vor Stunden weggebracht werden müssen.«

»Aber ich sagte Ihnen doch …«

»Sie wollen der Kommandant einer Truppe sein, die seit Hunderten Jahren für die Sicherheit des Papstes sorgt? Sie haben nicht nur das Vertrauen des Heiligen Vaters enttäuscht, sondern auch der Tradition Ihrer Vereinigung Schande gemacht!«

Sie erreichten die Kaserne der Schweizergarde. Im Bereitschaftsraum hielten sich zwei seiner Männer auf, die ihre müden Augen erstaunt aufrissen. Witz nickte ihnen zu, dann ging er weiter zu den Papst-Gemächern, die von zwei weiteren seiner Soldaten bewacht wurden.

»Evakuierung«, sagte Witz nur, und die beiden machten Platz.

In den Gemächern war es immer noch dunkel, doch Witz sah schnell, dass etwas anders war.

Die Nonne war nicht mehr da.

Witz begann zu rennen. Die Tür war nur angelehnt. Als er sie aufstieß und das Licht einschaltete, sah er gleich, dass die Räume leer waren.

Der Papst war verschwunden.

98

Die Bibliothek maß etwa zehn mal fünfzehn Meter. Innerhalb des Glases schien eine kontrollierte Atmosphäre zu herrschen. Als Lombardi die Tür sah, die über kein Schloss und keine Klinke verfügte, war er überzeugt, dass sie sich nur durch ein besonderes Sicherheitssystem entriegeln ließ. Daneben stand der Rollwagen, mit dem Demetrios die Bücher aus der Bibliothek gekarrt hatte. Er war über und über mit Büchern beladen. Auch daneben stapelten sich wertvolle, ledergebundene Werke, die darauf warteten, ihren neuen Platz an diesem verborgenen Ort zu finden.

Ohne besondere Hoffnungen näherte Lombardi sich der Tür, die seine Anwesenheit zu spüren schien. Ein rotes Licht blinkte auf, dann ein grünes. Und plötzlich war ein Zischen zu hören, als die Tür aufging. Lombardi trat ein, angespannt, weil er sich davor fürchtete, was er dort erfahren würde.

Als er die Buchrücken sah, fand er seine Vermutungen bestätigt. Dies war die Quelle der verbotenen Bücher.

Die Werke, die er vor sich hatte, stammten aus allen Epochen und aus allen Teilen der Welt. Es handelte sich um Bücher von Christen, von Heiden, von Naturwissenschaftlern und von Priestern. Manche hatten mehrere Bände, andere waren nur dünne Heftchen. Manche dieser Bücher stammten von anerkannten christlichen Propheten, während andere von bekennenden Satanisten verfasst wurden. Manche waren weltbekannt, während die Existenz anderer beinahe unbekannt war und wieder andere als verloren galten.

Gemeinsam hatten sie nur eines: Sie stellten das katholische Weltbild infrage und warfen Probleme auf, für die es in der Welt der Kirche keine Lösung gab.

Lombardi musste an die Worte von Abt Konstanz denken.

Wir wollten unsere Feinde verstehen. Doch dann waren sie keine Feinde mehr.

Dies war ein Giftraum, dämmerte es ihm. So nannte man in Klöstern geheime Räume für verbotene Bücher. Das Konzil von Trient hatte im 16. Jahrundert genaue Vorgaben gemacht, wie mit Büchern umzugehen war, die auf dem Index der Inquisition standen. Den Index gab es bis in die 1960er Jahre, danach verschwanden auch die Gifträume. Zumindest war Lombardi bisher davon ausgegangen.

Das erste Buch, das er erkannte, war die deutsche Bibel von Martin Luther. Mit Luther war ein besonders dunkles Kapitel in der Kirchengeschichte verbunden. Der Gelehrte hatte Missstände kritisiert, die auch nach heutigem katholischen Verständnis als schreckliche Verirrungen galten. Der Ablasshandel, der es Reichen erlaubte, sich gegen bare Münze von ihren Sünden freizukaufen, durfte in der Rückschau als besonders abstruse Abscheulichkeit gelten. Luther hatte die Kirche nicht spalten wollen, er wollte sie reformieren, und er hatte gute Gründe dafür. Doch diese Reform gelang nicht, die katholische Kirche konnte seine Kritik nicht akzeptieren. Die Folge waren Glaubenskriege mit Millionen von Toten. Der Ablasshandel verschwand schließlich auch ohne Luther auf der Müllhalde der Geschichte, aber die beiden Kirchen waren nach wie vor getrennt, allen ökumenischen Anstrengungen zum Trotz.

Lombardis Blick schweifte weiter. Er blieb am Buchdeckel des *Hexenhammers* hängen.

Nicht weit davon stand ein Buch, das aus der Feder von Giordano Bruno stammte. Das war jener katholische Priester, der wegen seiner wissenschaftlichen Überzeugungen von der Inquisition auf dem Scheiterhaufen verbrannt wurde.

In einem anderen Regal standen Bücher, in denen die Apokryphen zusammengefasst waren, jene frühchristlichen Geschichten über Jesu Leben, die nicht in das Neue Testament aufgenommen worden waren, weil laut kirchlicher Lehrmeinung die frühen Kirchenlehrer, vom Heiligen Geist beseelt, aus unterschiedlichsten Texten die wahre, von Gott gewollte Bibel formten. Doch warum fehlte die Kindheit Jesu in diesen Schriften? Und warum ist in Geschichten, die aus der Zeit stammten, in denen auch die Testamente verfasst wurden, von einem jugendlichen Jesus die Rede, der einen Jungen ermordet, der in böswilliger Absicht seinen Damm zerstört? Diese alten Schriften warfen zu viele Fragen auf, weshalb man sie im griechischen Wortsinn *verbergen* wollte.

Schließlich entdeckte Lombardi eine Reihe von Büchern, deren Anwesenheit ihn überraschte und zugleich betroffen machte. Doch sie verdienten ebenfalls einen Platz hier. Es handelte sich um die Schriften Hans Küngs. Der Theologe Küng, der als junger Gelehrter gemeinsam mit dem späteren Papst Benedikt XVI. eine treibende Reformkraft während des Zweiten Vatikanischen Konzils gewesen war, hatte mit Fortdauer seiner kirchlichen Karriere immer radikalere Schriften verfasst – sofern man die Einsicht, dass es ohne eine grundlegende Verständigung zwischen den großen Weltreligionen keinen dauerhaften Frieden auf der Welt geben konnte, als radikal bezeichnen mochte. Sein Wunschtraum eines *Weltethos*, das allen Religionen gemeinsam war und das als Basis für die friedliche Verständigung aller Menschen dienen sollte, war jenen ein Dorn im Auge, die immer noch von der Vision beseelt waren, irgendwann in ferner Zukunft einen Punkt zu erreichen, an dem alle Menschen zum katholischen Glauben bekehrt waren. Der Widerstand dieser Kräfte gegen Küngs Ideen war so groß, dass dem pragmatischen Visionär über einen Disput in der Frage nach der Unfehlbarkeit des Papstes von seinem früheren Weggefährten Ratzinger die Lehrberechtigung entzogen wurde, im vollen Bewusstsein der Tatsache, dass auf Nachfrage wohl deutlich mehr Katholiken die Idee einer religiösen Völkerverständigung gutheißen würden als das christliche Dogma, dass Maria bei der Geburt von Jesus noch Jungfrau gewesen war.

Hier waren sie, die Konflikte, die Menschen wie Sébastien keine Ruhe ließen. Diese Bücher handelten von den Problemen, die es zu lösen galt, wenn die Kirche ihre Rolle in der Welt erfüllen wollte. Eine Rolle, die ihr die Wissenschaft nicht abnehmen konnte, weil aus dem, was ist, niemals folgt, was sein soll.

Lombardi verstand nun, was der alte Abt ihm hatte sagen wollen. Es war ihnen anfangs nicht primär um Verständigung gegangen. Sie hatten vielmehr die Feinde der Kirche studiert, um sie besser bekämpfen zu können. Das war das vorrangige Ziel von Saint Michel à la gorge gewesen. Doch dabei hatte sich offensichtlich der Blickwinkel verändert, und man hatte eingesehen, dass ein Kampf gegen die Wahrheit sinnlos war. So war die Idee entstanden, sich mit gewissen vermeintlichen Feinden zu versöhnen und in einen Austausch zu kommen, um vielleicht damit die Kirche selbst auf einen neuen Weg zu bringen.

Aber nicht alle hatten diesem Weg folgen können. Zu tief waren die Feindschaften verwurzelt. Und manche der Mönche wollten lieber den ursprünglichen Weg weitergehen und das gewonnene Wissen nutzen, um den Krieg neu zu entfachen und diesmal vielleicht siegreich zu sein. Philipp war ein Anhänger dieser Fraktion, und nun war er der Abt. Der neue Weg war gescheitert.

Lombardis Blick fiel auf einen Computerterminal neben ihm. Unter einem Monitor befanden sich eine Tastatur und eine Maus. Lombardi bewegte die Maus, und der Bildschirm erwachte zum Leben.

Das System enthielt einen Katalog der geheimen Bibliothek. Der gesamte Bestand mehrerer Tausend Bände war hier verzeichnet. Lombardi widerstand der Versuchung, durch die Titel zu scrollen. Er war auf der Suche nach etwas Bestimmtem.

Er fand ein Menü, das ihm ausgeliehene Bücher anzeigte. Nur eine Handvoll Bücher war hier angezeigt. Ganz unten in der Liste fand er das Buch, das er suchte. Und nun wusste er, warum gerade dieses Buch die Mordwaffe gewesen war, und ärgerte sich, nicht früher die Wahrheit erkannt zu haben – verstanden zu haben, warum es die Namen von Dämonen enthielt. Dämonen, die nicht beschworen, sondern ausgetrieben werden sollten.

Lombardi wandte sich dem Ausgang zu und verließ die gläserne Druckkammer der Bibliothek. Er hatte alles erfahren, was er wissen wollte. Als er sich umsah, entdeckte er eine Tür in der Wand neben sich. Die Mauer bestand nicht mehr aus massivem Fels, sondern war aus großen Blöcken zusammengesetzt. Das hier war keine Höhle mehr. Hinter dieser Tür würde er das letzte Puzzlestück finden. Gleich würde er die ganze Wahrheit sehen.

Noch konnte er umkehren. Er hatte es Blessings versprochen. Lombardi hatte alles gesehen, was er sehen musste. Es war Zeit, sich in Sicherheit zu bringen.

Doch er tat es nicht. Es gab verschiedene Gründe, warum er jetzt nicht umkehren konnte. Der wichtigste war Samira Amirpour. Er musste an die Blutlache in der Zelle denken. Sie war verletzt und von Feinden umgeben. Von Menschen, die ihr lieber die schlimmsten vorstellbaren Verbrechen unterstellten, anstatt die Wahrheit zu sehen, die direkt vor ihren Augen lag. Nein, Amirpour brauchte jemanden wie ihn. Sie hatte ihn wie einen Freund behandelt, ohne Vorurteile oder Vorbehalte. Und deshalb war er es ihr schuldig, diese Freundschaft zu erwidern.

Lombardi trat vor die Tür und öffnete sie. Dahinter befand sich ein kurzer Korridor, der zu einer weiteren Tür führte. Lombardi durchquerte den Korridor und öffnete die zweite Tür. Als er den Raum dahinter sah, wusste er, dass er recht hatte. Und die letzten Zweifel fielen ab, was die Identität des Mörders von Sébastien und Shanti anging.

99

Salvatore Ngosso war ein gläubiger Mann. Seine tiefe Verbindung zur katholischen Kirche verdankte er der Erziehung durch seine Eltern, die vor seiner Geburt aus dem Kongo nach Italien kamen. Er war ihnen dankbar, dass er in Rom aufwachsen konnte, wo er mit ihnen jedes Jahr die Ostermesse auf dem Petersplatz besuchte und dem Papst lauschte, wie er der Stadt und dem Erdkreis seinen Segen spendete. Er war stolz, dass der erste Teil dieses Segens ihm als Bürger Roms galt. Er fand es richtig, dass hier der Stellenwert dieser Stadt für alle Katholiken der Welt betont wurde.

Dementsprechend unbehaglich fühlte er sich, als er neben einem Kollegen von der Scharfschützen-Einheit des italienischen Militärs auf dem Dach des den Petersplatz umgebenden Säulengangs lag und durch sein Zielfernrohr starrte. Die Demonstranten hatten sich inzwischen vom Petersdom entfernt und schienen abzuwarten. Zwischen den beiden Gruppen war es ruhig, sie standen in respektablem Abstand voneinander da. Doch die Ruhe trog. Er war fast sicher, dass sie etwas aushecken.

Es war nicht das erste Mal, dass er hier lag. Schon mehrmals war er bei Terrordrohungen, wie sie der Vatikan immer wieder bekam, geholt worden. Aber dieses Mal war anders.

Seine Beretta M501 war gesichert, und er hatte keine Kugel im Lauf. Dennoch erschien es ihm als Sakrileg, hier mit einer geladenen Waffe zu liegen und auf Menschen zu zielen. Seit er den Befehl erhalten hatte, Stellung zu beziehen, war er von Unglauben und Angst erfüllt – Unglauben, weil er immer noch nicht für möglich hielt, dass es nötig sein würde, Schüsse auf Demonstranten abzugeben, und Angst, weil er sich dessen von Stunde zu Stunde weniger sicher war.

In den Übungen war er ein ausgezeichneter Schütze, einer der Besten seines Zugs. Im Einsatz hatte er erst einmal einen Schuss abgeben müssen. Das war bei einem Auslandseinsatz gewesen, und er sprach nicht gern davon. Was mit dem Mann, den er im Visier gehabt hatte, geschehen war, wusste er nicht. Der Gedanke daran verfolgte ihn manchmal im Schlaf und bescherte ihm Alpträume.

Er hatte immer Vertrauen in die militärischen Befehlsketten gehabt. Doch dieses Vertrauen litt in den letzten Stunden erheblich. Er wusste nicht, was er tun sollte, falls es zu einer unerwarteten Eskalation käme, die es erforderte, dass er eine Kugel in den Lauf seiner Waffe lud. Er hatte bisher nie darüber nachgedacht, einen Befehl zu verweigern. Nicht wegen der Disziplinarmaßnahmen, die ihm das bescheren würde, sondern weil sich die Frage einfach nicht gestellt hatte. Aber das hatte sich in den letzten Stunden verändert, und nun dachte er über nichts anderes mehr nach. Seinen Kollegen schien derlei nicht zu belasten. Er war aufgeregt gewesen und voller Abenteuerlust. Die Besonderheit der Situation schien er nicht zu erfassen.

Herr, was soll ich tun? Ist das eine Prüfung? Wenn ja, dann verstehe ich sie nicht.

In diesem Moment veränderte sich etwas in der Menge. Er hörte Menschen aufschreien und sah durch die Vergrößerung seines Zielfernrohrs Hälse, die sich reckten. Sie blickten zum Petersdom hin, zuerst überrascht. Dann hoben einige die Fäuste, und ihre Gesichter verzerrten sich vor Wut.

»Ich glaub's nicht«, sagte sein Kamerad neben ihm. »Da, beim Portal des Doms.«

Ngosso senkte das Gewehr und blickte über den Rand des Zielfernrohrs hinweg. Jemand war soeben aus dem Petersdom gekommen. Jemand, der ein wallendes weißes Gewand trug.

»Sag mir, dass ich mir das nicht einbilde«, murmelte sein Kamerad. »Ist er es wirklich?«

Ngosso blickte wieder durch das Objektiv und achtete peinlich darauf, die weiße Person nicht ins Zentrum des kleinen Kreises in der Mitte des Bildes zu nehmen. Sein Kamerad täuschte sich nicht. Der Papst war soeben auf den Petersplatz getreten. Allein, schutzlos.

Ngossos Gedanken begannen zu rasen. Er repetierte und lud eine Kugel in den Lauf.

»He, was tust du?«

Er antwortete nicht. Er wartete nur darauf, wie sich die Menge verhalten würde. Wenn jemand es wagte, dem Papst zu nahe zu kommen, würde er schießen.

Die Menge jedoch bewegte sich nicht. Alle schienen gebannt zu warten, was als Nächstes passierte.

Es war der Papst, der sich in Bewegung setzte.

Und er ging auf die Menge zu.

100

Lombardi betrat den Computerraum durch eine Geheimtür, die unsichtbar in die Wand eingelassen war, und ließ das Licht seiner Lampe über den leeren Raum schweifen.

Er hatte recht gehabt. Diese Erkenntnis erfüllte ihn nicht mit Befriedigung, sondern mit Traurigkeit. Es bedeutete, dass Philipp für die schrecklichen Vorkommnisse verantwortlich war. Jener Philipp, der ihm trotz allem, was passiert war, mit seiner Direktheit und Leidenschaft Respekt abverlangt hatte. Um dessen Glauben er ihn insgeheim vielleicht sogar beneidet hatte. Dennoch gab es keinen Zweifel. Alle Fakten sprachen gegen ihn.

Anfangs hatte Lombardi das Bild des toten Sébastien im Computerraum nicht deuten können. Zu viele mysteriöse Symbole waren darin enthalten – die verkehrte Kreuzigung, die seltsame Chiffre, die wie drei Sechsen aussah, die Rosen auf dem Boden. Dann die Mordwaffe, das Buch, das die Namen von Dämonen enthielt. Und schließlich das mysteriöse Verschwinden von Philipp, der in den Computerraum gegangen war, ohne wieder herauszukommen. Lombardi sah nun endlich, wie alles zusammenpasste.

Das verkehrte Kreuz – er hatte sich wie ein Anfänger von dem in der Populärkultur verbreiteten Bild des auf dem Kopf stehenden Kreuzes als Satanismus-Symbol blenden lassen. Dabei ging das verkehrte Kreuz auf den Apostel Petrus zurück, der sich nicht für würdig erachtete, auf dieselbe Art wie Jesus gekreuzigt zu werden, und bei seiner Hinrichtung im Zirkus des Nero in Rom darum bat, mit dem Kopf nach unten an das Kreuz geschlagen zu werden. Es war Philipps Art, die heutige Orientierung der Abtei zu ignorieren und ihren Ursprüngen nachzuspüren – jener Kirche, die damals über der Einsiedelei errichtet wurde und dem heiligen Petrus geweiht gewesen war, wie der Spruch auf dem Holzkreuz in der Höhle verraten hatte. Darauf stand in lateinischer Sprache *Du bist mein Fels*. Jene Worte, die Jesus zu Petrus gesagt hatte.

Das vermeintliche Satanssymbol der Chiffre, die an drei Sechsen erinnerte, hatte sich als Hinweis zweier Sterbenden entpuppt – von Sébastien, der den Schlüssel eines codierten Dokuments mitteilen wollte, und von Shanti, der wusste, dass diese Chiffre von zentraler Bedeutung zur Lösung des Rätsels war. Kein Satanismus also, sondern nur ein frommer Spruch, den ein Mönch in einsamen Stunden rezitierte.

Dann das Buch mit den Dämonennamen, bei dem es sich um nichts anderes als ein Handbuch für Exorzismus handelte, dazu geschrieben, um mit seiner Hilfe die darin genannten bösen Geister auszutreiben. Eines Exorzismus, den ein verzweifelter Pater an seinen Mitbrüdern durchführte, um ihnen die Teufel auszutreiben, die offenbar von ihnen Besitz ergriffen hatten, und für den er nach mittelalterlicher Tradition Pfingstrosen verwendet hatte. Eines Exorzismus, wie er auch im 21. Jahrhundert in der christlichen Welt immer noch üblich war und im Zuge dessen der Pater seine Opfer gekreuzigt hatte, wie es bei solchen Zeremonien manchmal praktiziert wurde – verkehrt herum, weil neben Petrus auch niemand sonst würdig war, genau so wie Christus gekreuzigt zu werden.

Und schließlich war da Philipps gefährliche Rückkehr aus der Einsiedelei, in die er nach dem Mord geflohen war – durch den Geheimgang. Einen Geheimgang, dessen Existenz Außenstehende wie Lombardi nicht kannten, weshalb er den gefährlichen Weg durch den Sturm hatte nehmen müssen.

Es gab keinen Zweifel. Philipp stand im Zentrum von all dem. Er wollte die vermeintlichen Fehlentwicklungen rückgängig machen und hatte sich dafür zum Abt wählen lassen. Und Lombardi hatte ihn, Amirpours Warnungen ignorierend, auch noch gesalbt.

In diesem Moment hörte Lombardi ein dumpfes Grollen. Zugleich erzitterte der Boden unter seinen Füßen.

Philipp vollendete also sein Werk. Vielleicht hatte er die Engelsstatue vom Kirchturm gesprengt, weil sie nachträglich hinzugefügt worden war, ein Stück Prunk, das in Philipps Augen eines Klosters unwürdig war. Er hatte danach den Wohnbereich in die Luft gejagt – einen Gebäudetrakt, der nicht nur die neuen Seminarräume enthielt, sondern auch eine luxuriöse Wohnung, die sich ein mittelalterlicher Abt hatte erbauen lassen, weil er fand, dass er in einer einfachen Mönchszelle seine Gäste nicht würdig empfangen konnte. Und Philipp schien nun auch den Rest des Klosters dem Erdboden gleichzumachen, bis nur noch die ursprüngliche Petruskirche übrig war. Philipp wollte das Mittelalter wieder heraufbeschwören, jene Zeit, in der die Menschen krank vor Angst, in die Hölle zu kommen, zum Glauben an einen zornigen, rachsüchtigen Gott gefunden hatten.

Die Wahrheit war ans Licht gekommen. Lombardi fühlte eine traurige Zufriedenheit. Nun gab es nur noch eine Sache zu tun.

Er musste Amirpour finden und sehen, ob es ihr gut ging.

Lombardi ging auf den Ausgang zu und spürte ein Brennen in der Nase. Rauch lag in der Luft.

101

Der Diener konnte nicht mehr klar sehen. Die Flammen waren nur unscharfe Schemen vor seinem gesunden Auge. Er spürte, wie Kälte immer mehr von ihm Besitz ergriff. Das Feuer, das ihn umgab, vermochte ihn nicht mehr zu wärmen. Er wusste, dass es an seiner Entkräftung lag, doch das war nicht mehr wichtig. Eine Weile musste er noch durchhalten, um die Reinigung abzuschließen. Das Kloster würde untergehen, nur die alte Petrus-Kirche würde übrigbleiben. Er verstand nun, dass es so richtig war.

Er betrachtete den Mann, der vor ihm lag und dem er so vertraut hatte. Auch er hatte ihn enttäuscht und war ein Opfer des Versuchers geworden. Aber nun war die Schlacht geschlagen, der Versucher war besiegt.

Ich bin Michael. Ich habe Luzifer gestürzt.

Er hörte ein Geräusch, als noch jemand den Raum betrat.

102

Die Abtei schien verlassen. Lombardi rannte durch die Gänge. Seine Lampe hatte er weggepackt, durch die Fenster drang inzwischen ein schwacher Lichtschein von der Morgendämmerung.

Er war allein. Die anderen hatten sich bestimmt in Sicherheit gebracht. Er musste an das Seil denken, mit dem Blessings ihm zur Flucht verholfen hatte. Wenn das Material für den Notfall gedacht gewesen war, musste es mehrere solcher Seile geben. Spätestens nach der neuen Explosion hatten die Mönche einen Weg aus dem Kloster gesucht. Niemand, der bei Verstand war, konnte riskieren, in einem einsturzgefährdeten Gebäude zu bleiben. Nicht einmal ein Mönch, der einen Befehl seines Abtes bekam. Auch Lombardi sollte so schnell wie möglich von hier verschwinden. Doch ein Gefühl sagte ihm, dass Amirpour noch hier war.

Der Rauchgeruch wurde stärker. Lombardi konnte von den Fenstern her einen rötlichen Schein wahrnehmen. Einzelne Funken schwebten draußen vorbei.

Mehrmals musste er Schutthalden ausweichen. Die Decke war an manchen Stellen eingebrochen, große Gewölbeteile waren von Rissen durchzogen und drohten jeden Moment einzustürzen. Einmal endete ein Gang im Nichts, feiner Staub legte sich wie eine Decke über alles. Lombardi hatte Angst, dem Abgrund zu nahe zu kommen. Er wagte nicht zu sagen, wie stabil der Boden nahe der Abbruchkante war. Nirgends traf er eine Menschenseele.

Hier ist niemand mehr. Ich muss umkehren. Ich habe alles getan, was ich konnte.

Da sah Lombardi vor sich eine angelehnte Tür, hinter der gelbes Licht flackerte. Es war die Kirche. Die Abteikirche stand in Flammen.

Ich muss sichergehen.

Lombardi beschleunigte seine Schritte und stieß die Holztür auf. Der Dachstuhl brannte an mehreren Stellen. Das Feuer griff schnell um sich. Der Rauch brannte ihm in den Augen, und durch einen Tränenschleier versuchte er zu erkennen, ob sonst jemand im Raum war.

Sein Blick fiel auf das Kreuz, das zu Boden gefallen war. Es lehnte am Altar. Lombardi verstand, dass es nicht etwa zufällig so dalag. Jemand hatte es dort platziert, verkehrt herum. Ein mannshohes Holzkreuz, mit dem etwas nicht stimmte.

Denn eine Person war darauf fixiert. Und Lombardi stieß einen Entsetzensschrei aus, als er erkannte, wer das war.

103

Witz wartete am Portal des Petersdoms und zählte die Sekunden, während der Papst gemessenen Schrittes auf ihn zukam. An seiner Seite stand Di Matteo und schien ebenso unter Strom zu stehen wie er. Die ganze Zeit, die vergangen war, seit der Papst ohne jemanden zu unterrichten auf den Platz hinausgegangen war, um mit den Demonstranten zu sprechen, hatte er mit dem Colonello diskutiert, wie es gelingen könnte, den Papst aus dieser Lage zu befreien. Rund um den Platz waren Scharfschützen positioniert, doch es waren viel zu wenige. Und außerdem konnte niemand ernsthaft einen Schießbefehl erteilen, solange der Heilige Vater sich in der Mitte der Menge befand.

Es war der Colonello gewesen, der resigniert festgestellt hatte, dass sie nichts tun konnten außer abzuwarten. Das hatte Witz überrascht. Er war davon ausgegangen, dass Di Matteo irgendwelche radikalen Pläne forcieren würde, die auf Anwendung von Gewalt durch seine Einsatztruppe basierten. Doch selbst der Colonello hatte eingesehen, dass es zu gefährlich war, die Menge zu reizen. Und während Minute für Minute verging, konnten sie beobachten, dass die Demonstranten sich zunehmend beruhigten. Alle schienen einem Gespräch zu lauschen, das sich in der Mitte abspielte. Die einzelnen Gruppierungen waren nun nicht mehr unterscheidbar, sie waren zu einem Ganzen zusammengewachsen.

Vor wenigen Minuten hatte sich die Menge dann plötzlich geteilt und hatte dem Papst Platz gemacht, der nun ruhig zu ihnen kam.

Witz widerstand der Versuchung, ihm entgegenzueilen. Noch immer konnte er die Stimmung der Demonstranten nicht einschätzen. Erst als der Papst das Portal fast erreicht hatte, trat er einige Schritte vor und griff nach seinem Arm, um ihn zu stützen. Der Heilige Vater lächelte ihm zu. Es schien ihm gut zu gehen. Witz fühlte sich, als hätte man ein tonnenschweres Gewicht von seinen Schultern genommen. »Heiliger Vater, Sie haben uns einen gehörigen Schrecken eingejagt.«

»Habe ich das?«, fragte er. »Das tut mir leid.«

»Worüber haben Sie denn geredet?«

Der Papst sah ihn verschmitzt an. »Über dies und das.«

»Was auch immer es war, es scheint gewirkt zu haben.«

»Wir werden sehen«, antwortete der Papst, während zwei Männer von Di Matteo das Portal des Petersdoms hinter ihm schlossen. »Aber jetzt bin ich müde und würde gern allein sein.«

»Natürlich, Heiliger Vater.«

Der Papst lächelte Witz zu, trat einen Schritt nach vorn, und brach vor Erschöpfung zusammen.

104

Das ist unmöglich. Ich fantasiere. Es muss am Rauch liegen.

Lombardi näherte sich gebannt dem Holzkreuz. Er konnte einfach nicht glauben, was er da sah. Er hatte doch alle Hinweise richtig interpretiert. Das Puzzle hatte sich zusammengefügt und keinen Zweifel mehr zugelassen. Dennoch sagte ihm das Bild vor seinen Augen, dass er sich getäuscht hatte. Er war auf dem Holzweg. Sein Verstand war gescheitert, das rationale Denken hatte versagt.

Es lag nicht am Rauch. Was er sah, war die Realität.

Vor ihm auf dem Kreuz hing Pater Philipp, blutüberströmt, mit zerrissener Kutte und flach atmend.

Lombardi verspürte den Drang wegzulaufen. Die Decke würde jeden Moment im Vollbrand stehen, es war nur eine Frage von Minuten, bis sie nachgeben und auf ihn niederstürzen würde.

Doch als er sah, dass Philipps Lippen sich bewegten, hielt er inne. Ein Auge blinzelte. Philipp hatte ihn gesehen. Und er wollte ihm etwas sagen. Langsam trat Lombardi näher.

»Herr Bischof, können Sie mir vergeben?« Blut lief ihm vom Hals über das Gesicht, und er hustete. »Es ist meine Schuld. Ich habe es nicht gesehen ... ich habe das über uns gebracht.«

Lombardi sah die Fesseln, die Philipp an dem Kreuz hielten.

Ich muss ihn herunterschneiden! Vielleicht kann ich ihn retten.

Er griff nach einem der Seile, die um Philipps Gliedmaßen gebunden waren, doch sie waren so fest geschnürt, dass er eine Klinge gebraucht hätte. Über ihnen krachte der Dachstuhl. Lombardi fühlte sich hilflos.

»Aber ich verstehe nicht«, fragte er. »Sébastien – war es ein Exorzismus?«

Da umspielte ein Lächeln die Lippen des Mönchs. Blutige

Zähne wurden sichtbar. »Er war mein bester Schüler ... Niemand sonst hat mich je verstanden. Doch ... er war konsequenter als ich. Niemand hat gesehen, wie stark er wirklich ist ...«

Philipps Stimme wurde schwächer. Sie war nur noch ein Hauch. Lombardi hielt sein Ohr ganz nah an die Lippen des Mönchs. »Ich ... habe immer nur mich gesehen ... Ich habe ihn unterschätzt ... Ich war zu arrogant. Herr ... bitte vergib mir ... Ich wollte das Richtige tun ...«

»Von wem sprechen Sie?«, drängte Lombardi. »Wen haben Sie unterschätzt?«

»Bitte ... Herr Bischof ... in meiner Tasche ...« Philipps Kopf senkte sich kaum merkbar und deutete auf sein Gewand. Als Lombardi das zerrissene Mönchsgewand berührte, fiel etwas heraus und segelte auf den Boden. Er hob es auf, es war ein Foto. Noch bevor er es aufhob, beschlich ihn eine schreckliche Ahnung.

Als er sich bückte, fand er seinen Verdacht bestätigt.

Das Foto zeigte Sébastien.

Lombardis Gedanken rasten, als er endlich zu verstehen begann.

»Bitte ...«, flehte Philipp.

Lombardi hielt ihm das Foto hin, und plötzlich war Seligkeit in Philipps Miene. Er schloss die Augen, bereit zu sterben.

Mit Schrecken erkannte Lombardi, dass er sich getäuscht hatte. Der versteckte Gang hinter der geheimen Bibliothek. Philipp, der sich in die Einsiedelei zurückzieht – wie Sébastien, der Einsamkeit im Computerraum sucht. Jeder in seiner Welt, und doch so ähnlich. Niemand durfte wissen, dass es zwischen diesen beiden Welten eine Verbindung gab – dass die beiden so widersprüchlichen Mönche sich in den geheimen Gängen unter dem Kloster trafen. War es Liebe gewesen? Lombardi wagte es nicht zu sagen. Er wusste, dass es viele Formen von Liebe gab. So viele Priester empfanden Liebe und blieben doch ihrem Gelübde treu. Die Liebe, die nicht vollzogen wurde, verwandelte sich in eine tiefe Form von Freundschaft, mit nichts anderem vergleichbar. Lombardi hatte es selbst erlebt, bis das Schicksal ihn auf einen anderen Weg gesandt hatte.

Lombardi glaubte zu wissen, dass es so gewesen sein musste. Deshalb hatten sie so heftig gestritten. Und deshalb hatten sie ihre Feindschaft so plakativ nach außen getragen. In Wirklichkeit hatten sie sich heimlich getroffen, wie auch letzte Nacht, als Sébastien unbedingt in den Computerraum wollte, obwohl der Schaden, um den er sich kümmern wollte, längst behoben war. Deshalb hatte Philipp am nächsten Tag sein Leben riskiert, als er über die beschädigte Brücke zurück in die Abtei wollte. Niemand durfte von dem Gang in den Computerraum erfahren. Niemand durfte von dem besonderen Verhältnis der beiden Mönche wissen.

Lombardi sah das alles nun klar vor sich. Doch sein Schrecken wurde dadurch nicht gemindert.

Die Atemzüge des Mönchs vor ihm wurden langsamer. Philipp war nicht der Täter, er war ein Opfer. Aber wenn er Sébastien und Shanti nicht umgebracht hatte, wer dann?

... ich habe ihn unterschätzt ...

In diesem Moment bemerkte Lombardi neben sich eine Bewegung. Er duckte sich instinktiv, und etwas Schweres traf Philipps Körper so hart, dass das Kreuz auf den Steinboden krachte.

Ein gusseiserner Kerzenleuchter fiel vor Lombardi zu Boden. Als er sich umdrehte, schlossen sich plötzlich zwei Hände um seinen Hals. Er wurde niedergerissen, und die Hände drückten gnadenlos zu. Das Bild des Angreifers verschwamm vor seinen Augen. Er griff nach den Händen und versuchte, sie wegzuzerren, doch sie bewegten sich keinen Millimeter. Der Angreifer war in einen roten, mit Gold verzierten Mantel gekleidet. Darunter war er nackt. Das Gesicht vor ihm war von Hass verzerrt, mit gebleckten Zähnen, ein Auge war blutverkrustet, dennoch erkannte er diese Züge.

Der Mann, der ihm erneut den Hals zudrückte, war Pete, der amerikanische Computertechniker.

Lombardi schwanden die Sinne. Nun würde er wirklich sterben. Als er wegdämmerte, sah er etwas hinter dem Kopf des Mörders auftauchen.

105

Kardinalstaatssekretär Gnerro öffnete die Augen. Er war verwirrt und wusste zuerst nicht, wo er sich befand. Als er versuchte, sich zu bewegen, fuhr ihm ein so heftiger Schmerz in seine Schulter, dass er hellwach wurde. Und nun erinnerte er sich auch an alles, was passiert war.

Ich bin am Leben.

Die Erkenntnis verblüffte ihn. Er sollte sich darüber freuen, doch es gelang ihm nicht.

Gnerro bemerkte, dass sein Gesicht feucht war. Jemand hatte ihn mit Wasser überschüttet. Er realisierte, dass er nicht allein war. Gerade schnitt jemand seine Fesseln durch.

Zuerst blieben seine Arme in der Stellung, in der sie mehrere Stunden lang fixiert gewesen waren. Aber dann kehrten sie langsam in ihre natürliche Position zurück.

Da griff jemand unter seine Achsel und hob ihn hoch. Energisch, aber nicht grob. Dennoch waren die Schmerzen fast unerträglich, und Gnerro bekam Ohrensausen.

»Bitte, vorsichtig!«, hauchte er.

Wer ist das? Bin ich gerettet?

Doch die Stille belehrte Gnerro eines Besseren. Vorsichtig drehte er den Kopf und blickte in das Gesicht eines jungen Mannes mit feinen Gesichtszügen und kurzen Haaren, der vor ihm auf dem Boden kauerte. Gnerro brauchte eine Weile, bis er verstand.

»Sie waren das, nicht wahr? Sie haben mich entführt.«

Sein Entführer sah ihn nachdenklich an.

»Was ist geschehen?«, fragte Gnerro. »Sie befreien mich?«

»Sie haben mich beeindruckt«, erwiderte der Mann. »Ich hätte Ihnen das nicht zugetraut.«

Gnerro war nun sicher. Das war die Stimme seines Peinigers. Jetzt erst bemerkte er, dass der Mann eine Pistole in der Hand hielt. Und er erkannte, dass seine Hoffnung unbegründet war. Dieser Mann würde ihn nicht gehen lassen. Gnerro nahm das mit einer stillen Trauer zur Kenntnis. Es war nicht so schlimm, er fühlte sich jetzt vorbereitet.

»Ihre Aktion ist gescheitert, nicht wahr?« Gnerro hatte keine Informationen über das, was außerhalb dieses Gebäudes passiert war, aber er sah es im Gesicht des Entführers. Dieser schüttelte den Kopf.

»Ich dachte wirklich, dass sich diesmal etwas ändern könnte«, sagte er. »Es wäre die Sache wert gewesen.«

»Das soll ich Ihnen glauben?«, fragte Gnerro. »Sie wollten nichts ändern, Sie wollten etwas zerstören. Verstehen Sie den Unterschied nicht?«

»Diese Kirche kann man nicht ändern«, erklärte der Mann trotzig.

»Oh doch«, widersprach Gnerro. »Sie hat sich oft in ihrer Geschichte geändert, und sie wird es wieder tun. Es ist vielleicht sogar notwendig. Das wollen Sie doch hören, oder?«

Sein Entführer lachte verächtlich, schwieg aber. Gnerro bemerkte, dass er selbst nicht wusste, was er hier wollte. Vielleicht wollte er das Unvermeidliche hinauszögern, um zu warten, ob noch ein Wunder passierte.

»Sie zeigen mir Ihr Gesicht«, stellte Gnerro fest. »Das bedeutet, ich werde das hier nicht überleben. Habe ich recht?«

Der junge Mann nickte. »Niemand wird dieses Haus lebend verlassen, auch ich nicht. Das war von vornherein klar.«

»Wollen Sie mir dann nicht sagen, wer Sie sind und warum Sie das getan haben?«

Der Mann schien darüber nachzudenken.

»Nein«, antwortete er dann. »Es macht keinen Unterschied. Sie würden es ja doch nicht verstehen. Sie würden mir die Worte im Mund umdrehen. Ich habe das zu oft erlebt.«

»Wie Sie meinen«, sagte Gnerro. »Im Übrigen bin ich nicht so sicher, dass es keine Möglichkeit gibt, wie wir beide diese Sache überleben können.«

»Auch Sie können nichts mehr ausrichten, Eminenz. Und warum sollten Sie?«

Gnerro musste trotz seiner Schmerzen kurz lächeln. »Sie unterschätzen sowohl meinen Glauben als auch meine Möglichkeiten. Es ist besser, Sie hören mir jetzt genau zu, bevor Sie etwas Unüberlegtes tun. Ich habe nämlich einen Vorschlag für Sie.«

106

Lombardi hustete. Der Rauch brannte in seinem Hals. Etwas schien dort zerbrochen zu sein. Als er die Hand hob, sah er Blutspritzer in seiner Handfläche.

Neben sich hörte er jemanden schreien. Er versuchte sich aufzurichten, um zu erkennen, wer das war. Es waren keine Schmerzensschreie, die er da hörte, sondern ein schrilles Wutgeschrei. Undeutlich erkannte er einen dunklen Haarschopf. Sofort wusste er, wem diese Haare gehörten.

Sie lebt!

Lombardi versuchte angestrengt, das Bild vor seinen Augen scharfzustellen. Samira Amirpour beugte sich über Pete, der reglos auf dem Boden lag. Ihre Kleider waren über und über mit getrocknetem Blut bedeckt. Sie hatte nun ihrerseits ihre Hände um seinen Hals gelegt und drückte offenbar mit aller Kraft zu, während sie ihren Hass hinausschrie.

»Nicht!«, sagte Lombardi, doch er brachte keinen Ton zustande, und sofort hatte er einen schmerzhaften Hustenanfall. Er stützte sich auf die Hände und robbte zu Amirpour.

»Tun Sie es nicht«, flüsterte er. »Sie dürfen ihn nicht umbringen.«

Neben ihm stürzte etwas zu Boden. Lombardi sah Flammen auflodern. Ein Balken des Dachstuhls hatte nachgegeben und war herabgestürzt. Er ignorierte die herabrieselnden glühenden Holzsplitter und erreichte kriechend Amirpour. Er griff nach ihrer Hand.

»Nicht.«

Erst jetzt schien sie ihn zu bemerken. Sie sah ihn überrascht an, dann ließ sie Petes Hals los und schlug Lombardi mit der Faust ins Gesicht. Sie sprang auf und verschwand aus seinem Blickfeld.

Lombardi verrenkte seinen Kopf, um zu sehen, was sie machte. Ein heftiger Schmerz in seinem geschwollenen Kehlkopf ließ ihn innehalten. In diesem Moment sah er Amirpour zurückkommen. Sie hielt den Kerzenleuchter in ihren Händen, stellte sich vor Pete und hob das schwere gusseiserne Teil hoch über ihren Kopf.

Lombardi nahm all seine Kraft zusammen.

»NEIN!«, presste er aus seinem geschundenen Hals hervor.

Sie ließ den Kerzenständer etwas sinken, wandte ihm den Kopf zu und sah ihn an. Eine Ewigkeit schien zu vergehen. Immer mehr Holztrümmer regneten von der Decke. Der Rauch wurde nun so dicht, dass Amirpour fast vor seinen Augen verschwand, wie ein Dämon in einem Traum.

»Tun Sie das nicht«, flüsterte Lombardi, so leise, dass sie ihn unmöglich hören konnte. »Sie werden das sonst Ihr ganzes Leben bereuen. Egal, was er getan hat. Auch wenn Sie nicht glauben. Sie dürfen das nicht tun.«

Ein riesiger Holzbalken schlug direkt neben Amirpour ein, doch sie zuckte nicht einmal. Sie schien weit weg zu sein. Plötzlich veränderte sich etwas in ihrem Blick, und die Samira Amirpour, die er kannte, erschien wieder. Sie warf den Leuchter zur Seite und kam auf Lombardi zu. Mit einem Ruck hob sie ihn hoch und zog ihn über den glatten Steinboden.

Lombardi klopfte ihr auf den Unterarm und bedeutete ihr, zu warten. Er richtete sich auf und legte seinen Arm um ihren Hals. Gemeinsam wankten sie zum Ausgang. Als sie ihn erreicht hatten, stürzte hinter ihnen mit Getöse die romanische Holzdecke der Abteikirche ein und begrub alles unter sich.

Lombardi hatte keine Kraft mehr. Er wollte sich hinsetzen, ausruhen. Doch Amirpour ließ ihm keine Ruhe, energisch zerrte sie ihn weiter.

Wir werden trotzdem sterben. Wir können nirgendwo hin. Alle anderen sind schon geflohen.

Sie traten durch eine Tür, und plötzlich spürte er kalte Luft. Über ihm war blassblauer Morgenhimmel. Er wurde in den Garten des Kreuzgangs gebracht. Es dauerte einen Moment, bis es ihm gelang, den schrecklichen Lärm als Rotorengeräusch eines Hubschraubers zu identifizieren. Ein Mann mit einem Helm kam auf ihn zu. Er sah aus wie ein mittelalterlicher Ritter in einer Rüstung.

Lombardi musste still lachen. Sein Verstand ließ ihn nun endgültig im Stich. Er war dankbar dafür. Was immer nun passierte, er wollte sich nicht mehr wehren. Er ließ sich fallen. Vielleicht war da etwas, das ihn auffing. Er war gespannt.

Da erkannte er, dass der Mann in der Rüstung ein Feuerwehrmann war, dem er in die Arme fiel. Und daneben stand ein anderer Mann, den er kannte.

Es war sein Freund Badalamenti.

107

»Und die Männer verließen Sie ... wann genau, sagten Sie?«, fragte Colonello Di Matteo.

Er beobachtete Seine Eminenz Gnerro genau. Er fühlte sich unsicher bei dieser Befragung, weil er seine gewohnten Mittel nicht einsetzen durfte. Der Kardinalstaatssekretär war nicht irgendein Beschuldigter oder nur ein Zeuge. Zwischen beiden machte er bei seinen Befragungen normalerweise nur einen geringen Unterschied, was ihm immer wieder Kritik ob seiner harten Vorgehensweise eingebracht hatte. Doch das hier war ein inoffizielles Gespräch, und er musste Seiner Eminenz dankbar sein, dass er sich dazu bereiterklärt hatte.

Gnerro wirkte noch geschwächt, aber sehr ruhig. Seine Hände wollten ihm noch nicht so recht gehorchen, weil sie so lang gefesselt gewesen waren, und als man ihm Tee gebracht hatte, musste er die Tasse mit den Handballen hochheben, wobei er stark zitterte. Aber er nahm das mit einer erstaunlichen Selbstverständlichkeit hin. Di Matteo kannte den Kardinalstaatssekretär nur von Fernsehbildern, und er musste sagen, dass er anders wirkte. Das hatte bestimmt mit der Erschöpfung zu tun. Wenn da nicht das Gefühl gewesen wäre, dass etwas nicht stimmte.

»Ich sagte Ihnen, ich weiß nicht genau, wann sie gegangen sind«, erklärte Gnerro und nippte umständlich an seinem Tee. »In dem Verlies war es dunkel, und nachdem sie weg waren, verlor ich das Bewusstsein. Es können Minuten gewesen sein, aber auch Stunden.«

Di Matteo nickte und versuchte, ein strenges Gesicht zu machen, weil er sich seine Hilflosigkeit nicht anmerken lassen wollte.

»Sie wissen, dass der Gebäudekomplex ständig unter Beobachtung stand, oder? Von dem Zeitpunkt, als Herr Witz uns hinzuzog, bis zu dem Moment, als der gefangene Schweizergardist durch die Vordertür ins Freie trat und uns über das Ende der Geiselnahme in Kenntnis setzte. Und während dieser Zeit verließ niemand das Gebäude.«

»Wenn Sie es sagen«, gab Gnerro zurück.

Der Colonello schüttelte den Kopf. »Aber wie sind die Geiselnehmer dann geflohen?«, fragte er lauter, als er es beabsichtigt hatte.

Gnerro sah ihn hilflos an. Di Matteo hatte ihn um dieses Gespräch gebeten. Er wusste, dass es eine offizielle Untersuchung geben würde. Eine Untersuchung, die er nicht leiten würde, weil er selbst ihr Gegenstand war. Das mysteriöse Verschwinden der Geiselnehmer hatte hohe Wellen geschlagen. Die Öffentlichkeit verlangte eine Aufarbeitung der Vorgänge. Man verlangte nach dem *Warum*. Doch darüber konnte nur gemutmaßt werden.

Verdächtigt wurde ein junger Wissenschaftler, der in den Archiven der vatikanischen Museen forschte. Di Matteo hatte Chat-Protokolle aus dem Internet gesehen, in denen der junge Mann mit dem Verteilen von Falschmeldungen geprahlt und andere dazu animiert hatte, sich ebenfalls Meldungen auszudenken, um die Lage zu eskalieren. Dieser Mann, der ebenso wie seine Mitstreiter seit der Geiselnahme unauffindbar war, hatte weitreichende Zugangsrechte innerhalb der Vatikanstadt genossen – mehr als einem Externen zugestanden hätten. Er schien sich unter den wütenden Demonstranten Verbündete gesucht und mehrere Personen sowohl aus dem Lager der Atheisten wie auch aus dem der religiösen Gruppierungen angeworben zu haben. Einer stammte angeblich aus Texas und war nur zufällig wegen einer Pilgerreise in Rom gewesen. Der verdächtige junge Mann hatte sie offenbar mit Waffen ausgestattet und sich dann Zutritt zu den Vatikanischen Gärten verschafft. Nichts davon war bisher an die Medien gelangt.

Über die Quelle seiner Probleme mit der Kirche wurde viel gemutmaßt. Die Dinge, die über sein Leben bekannt wurden, lieferten keine wirkliche Erklärung. Es musste eine sehr persönliche Angelegenheit gewesen sein.

»Und Sie sind sicher, dass Sie keinen der Männer wiedererkennen würden?«, fragte Di Matteo. »Sie müssten doch zumindest die Stimme ...«

»Ich bedaure, dass ich Ihnen nicht helfen kann, Colonello«, sagte Gnerro geduldig.

Als Di Matteo ihm in die Augen sah, wusste er mit Sicherheit, dass etwas faul war.

»Der Vatikan ist ja eine geheimnisvolle Welt, zu der Menschen wie ich keinen Zugang haben«, begann Di Matteo. »Würden Sie zustimmen?«

»Das könnte man so sagen.«

»Das betrifft auch die Architektur. Es soll zum Beispiel unterirdische Gänge geben, etwa zwischen der Engelsburg und dem Apostolischen Palast.«

»Davon ist die Rede, ja.«

»Das Gebäude von Radio Vatikan ist zum Teil sehr alt, der Kern gehörte zur Leonidischen Mauer.«

Gnerro wartete darauf, dass der Colonello fortfuhr.

»Ist es denkbar, dass es auch dort geheime Gänge gibt, die den Angreifern die Flucht ermöglichen?«

Der Kardinalstaatssekretär hob in gespieltem Erstaunen die Brauen. »Das ist ein interessanter Gedanke. Das könnte vieles erklären.«

»Aber woher können die Angreifer davon gewusst haben? In keiner Karte sind Gänge verzeichnet.«

»Das kann ich Ihnen auch nicht sagen«, bedauerte Gnerro.

»Es sei denn, jemand hat ihnen zur Flucht verholfen.« Di Matteo wartete auf Gnerros Reaktion. Der Kardinalstaatssekretär schien nicht überrascht zu sein.

»Aber warum sollte jemand das tun?«, fragte er.

»Man nennt es Stockholm-Syndrom«, begann der Colonello vorsichtig. »Eine seltsame Verbindung, die bei Geiselnahmen immer wieder beobachtet wird. Entführer und Entführte verbünden sich miteinander.«

»Sie wollen doch nicht etwa andeuten, einer der Entführten hätte ihnen zur Flucht verholfen?«, fragte Gnerro. »Finden Sie nicht, dass das reichlich unglaubwürdig klingt?«

»Ich stimme Ihnen zu«, sagte Di Matteo. »Und dennoch glaube ich, dass es so war.«

Gnerro nickte. »Und was tun wir jetzt?«

Di Matteo seufzte. »Nichts. Ich werde mich der Untersuchung stellen, die auf mich zukommt. Und ich werde meinen Verdacht für mich behalten.«

Da staunte Gnerro. »Das ist sehr freundlich von Ihnen. Warum, wenn ich fragen darf?«

Colonello Di Matteo biss die Zähne zusammen. Es fiel ihm schwer, das auszusprechen. Er war keiner, der sich leichttat, Fehler zuzugeben.

»Der Heilige Vater hat mich auf diesen Gedanken gebracht«, antwortete er. »Sein Verhalten in dieser Krise hat meinen Blick auf einige Elemente der christlichen Heilslehre gelenkt, die ich bisher womöglich unterschätzt habe.«

»Ach ja? Zum Beispiel?«

»Gewaltfreiheit. Und Vergebung.«

Gnerro lächelte. »Es freut mich, wenn wir Sie zum Nachdenken angeregt haben«, sagte er. »Und machen Sie sich keine Sorgen wegen der Untersuchung. In meinen Augen haben Sie alles richtig gemacht.«

108

Lombardi war der Erste, der wieder auf die Beine kam. Er und Amirpour lagen in einem Genfer Krankenhaus, nur wenige Zimmer voneinander entfernt. Lombardis Hals war schwer in Mitleidenschaft gezogen, er hatte eine Knorpelverletzung im Kehlkopf und eine Rauchgasvergiftung. Jeder Versuch zu schlucken war eine Qual, und der Arzt hatte ihm verboten zu sprechen.

»Also darf ich aufstehen?«, hatte er postwendend gefragt, was den Arzt zu einem genervten Blick veranlasste.

»Sie dürfen morgen ein paar Minuten zu ihr gehen«, sagte er dann. »Zimmer 209. Aber bitte nur kurz, sie ist noch sehr schwach.«

Lombardi war erschrocken, das zu hören. Sie war es schließlich gewesen, die ihn hinausgetragen hatte. Dabei war sie offenbar schwerer verletzt gewesen, als es den Anschein gehabt hatte.

»Sie hat viel Blut verloren«, erklärte der Arzt.

Sobald der Arzt weg war, schlug Lombardi seine Decke zurück, um sich auf den Weg zu ihr zu machen, als die Tür aufging und Badalamenti hereinkam.

Beide erstarrten und sahen sich an. Keiner wagte zu sprechen. Lombardi sah den Schmerz in Badalamentis Gesicht. Sein Freund hatte dunkle Ringe unter den Augen, als hätte er tagelang nicht geschlafen.

»Es tut mir so leid«, begann schließlich Lombardi. »Als ich ankam, hat er noch gelebt. Er ist gestorben, als ich wie ein Idiot mit der Physikerin Wein getrunken habe.«

Ein Hustenanfall schüttelte ihn. Er musste leiser sprechen, sonst würde das ein kurzes Gespräch werden.

Badalamenti lächelte voller Schmerz. »Ich hätte dich niemals dazu überreden dürfen. Als ich die Abtei vom Hubschrauber aus in Flammen stehen sah, dachte ich schon, ich hätte dich auch verloren.«

»Trotzdem«, beharrte Lombardi, »ich hätte mehr tun können. Als ich alles verstand, war es bereits zu spät. Ich konnte auch Sébastiens Arbeit nicht retten.«

Badalamenti nickte dankbar.

»Der Brand«, begann Lombardi, »hat jemand außer uns überlebt?«

Sein Freund blinzelte, als müsse er erst wieder ins Hier und Jetzt zurückfinden. »Die Mönche konnten sich in Sicherheit bringen. Nur noch ihr vier wart in der Abtei.«

Lombardi war sehr erleichtert, das zu hören. Vor allem Blessings und Demetrios waren ihm ans Herz gewachsen, obwohl sie manchmal gegen ihn gearbeitet hatten.

Badalamenti riss ihn aus seinen Gedanken. »Warte ... Einer gilt als vermisst. Ein Mönch namens Angelus, der Älteste der Mönche. Es hieß, er habe nicht gehen wollen. Sie wollten ihn suchen, sobald der Brand gelöscht ist. Kennst du ihn?«

Das traf Lombardi. Er sah den Alten vor sich, wie er an Kabeln hängend im Krankenbett gelegen hatte, völlig in sich ruhend. Vielleicht war mehr Trauer in ihm gewesen, als er sich hatte anmerken lassen. Immerhin war sein Lebenswerk in die Brüche gegangen. Er musste entschieden haben, mit seiner geliebten Abtei unterzugehen.

»Stimmt es, dass der Systemadministrator für alles verantwortlich war?«, fragte Badalamenti. »Der Amerikaner?«

Lombardi nickte. »Philipp sagte es mir, bevor er starb. Er muss den jungen Pete mit seinen radikalen Ideen angesteckt haben. Wusstest du, dass er einen hochbezahlten Job im Silicon Valley aufgegeben hat, um nach Saint Michel à la gorge zu gehen?«

»Der Polizist, der mich befragt hat, hat es erzählt«, antwortete Badalamenti. »Er suchte nach Orientierung, und Philipp gab ihm genau das.«

Lombardi nickte. Es war die Geschichte einer Radikalisierung, wie man sie aus anderen Religionen kannte.

»Er hat das halbe Kloster in die Luft gesprengt, um nur noch den ältesten Teil, den Kern, übrigzulassen«, fuhr Badalamenti fort, als könne er es immer noch nicht glauben. »Der Sprengstoff stammt aus einem nahe gelegenen Steinbruch, der Diebstahl wurde vor Wochen bei der Polizei angezeigt. Aber angeblich geht die Statue nicht auf sein Konto. Das war der Sturm. Er muss das als Zeichen interpretiert haben. Vielleicht war das der Auslöser dafür, dass er einen Exorzismus an Sébastien durchführen wollte. Man hat mir auch gesagt, dass er ihn ursprünglich nicht ermorden wollte. Er wollte ihn heilen. Schläge waren im Mittelalter ein normaler Teil eines Exorzismus. Als das Ritual keine Wirkung zeigte, wurde er offenbar so wütend, dass er mit dem Buch, aus dem er die Beschwörungsformeln vorlas, zu hart zuschlug.«

»Er scheint sich in seinem Wahn mit dem Erzengel Michael identifiziert zu haben«, mutmaßte Lombardi. »Als er mich angriff, trug er einen uralten, prunkvoll bestickten Mantel, der in der Abtei als Michaelsreliquie verehrt wurde. Er muss ihn entwendet haben. Vielleicht war er aber auch eifersüchtig auf Sébastien.«

»Eifersüchtig?«, fragte Badalamenti.

Lombardi zögerte. »Du weißt, dass ich Sébastien im Computerraum gefunden habe?«

»Ja, ich kenne das Protokoll deiner Aussage. Aber ich verstehe es nicht. Wenn es einen Geheimgang gab, warum riskierte Philipp dann den Weg über die Brücke?«

»Pete war eifersüchtig, weil Philipp ihm weniger Aufmerksamkeit schenkte als Sébastien. Die beiden Mönche waren nicht so zerstritten, wie sie alle glauben machen wollten. In Wirklichkeit waren sie auf eine seltsame Art und Weise befreundet. Wie weit diese Freundschaft ging, wusste niemand genau. Aber sie trafen sich nachts regelmäßig in den Verbindungsgängen zwischen Computerraum und Einsiedelei. Der Computerraum war bis zur Zeit von

Abt Konstanz zugemauert. Es ist also möglich, dass nur wenige die Verbindung zur Einsiedelei kannten. Und Philipp wollte sichergehen, dass das so blieb. Vielleicht war Philipp in jener Nacht sogar im Computerraum, um nach seinem Freund zu besuchen. Er muss gleich gesehen haben, dass jemand einen Exorzismus nach mittelalterlichem Vorbild an ihm durchgeführt hatte. Er kehrte deshalb um, blieb in der Höhle und kam am Tag darauf über die Außentreppe.«

»Weil sonst alle von dem Geheimgang erfahren hätten?«

»Davon und von ihren Treffen. Außerdem hätte man ihn sofort verdächtigt.«

Badalamenti schien die neuen Informationen nur schwer verdauen zu können. Gerade erst hatte er vom Tod seines Ziehsohns erfahren, und nun taten sich immer mehr neue Blickwinkel auf.

»Ich habe gehört, dass es Pjotr war, der dein Handy manipulierte. Aber nach wie vor weiß niemand, wie er überhaupt von dem Mord erfuhr. Er weigert sich, darüber zu sprechen. Er wäre selbst fast im brennenden Kloster zurückgeblieben. Zwei Leute mussten ihn in den Hubschrauber zerren. Er wollte diesen Angelus nicht zurücklassen.«

Lombardi nickte. *Konstanz. Er muss es Pjotr aufgetragen haben.*

Konstanz musste von Sébastiens Tod gewusst haben. Er entwischte seinem Betreuer Pjotr immer wieder und geisterte nachts durch die Abtei. Vermutlich ist er Sébastien gefolgt und hat alles miterlebt.

Badalamenti rang die Hände. »Aber warum hat Philipp diesen Pete weiter gewähren lassen? Der Junge hat noch dazu das halbe Kloster in die Luft gesprengt. Philipp muss doch geahnt haben, dass er dahintersteckt!«

»Vielleicht wollte er es nicht wahrhaben. Er flüchtete sich in die Vorstellung, jemand anderes müsste für den Mord verantwortlich sein. Etwa Samira Amirpour.«

»Die Physikerin?«

»Ihr verdanke ich mein Leben.«

Badalamenti zögerte. »Der Hinweis, den du mir geschickt hast. Über hyperbolische Geometrie.«

Lombardi erinnerte sich an den Moment, als er die SMS schickte.

»Ich habe nur wiedergegeben, was Amirpour mir über den Beweis sagte. *Diese Arbeit ist nicht, wofür wir sie halten* – das waren ihre Worte.«

»Sie hat den Beweis gesehen? Nicht die Skizze, die an die Medien ging, sondern die vollständige Arbeit?«

»Genau. Sie scheint verstanden zu haben, worum es sich handelt. Auch wenn ich mit dem Hinweis nichts anfangen konnte.«

»Ich ebenso wenig«, gestand Badalamenti. »Aber ich habe ihn einer Expertin gezeigt, die sofort wusste, was damit gemeint war. Es half uns, die Lage hier zu deeskalieren. Aber ob es stimmt …«

»Ich vertraue ihr«, sagte Lombardi sofort. »Warum sollte sie lügen?«

Badalamenti sah ihn hoffnungsvoll an. »Das bedeutet, es handelt sich nicht um einen Versuch, Gott zu widerlegen?«

»Ich werde dich informieren, sobald ich mit ihr gesprochen habe.«

Der Industrielle nickte dankbar.

»Seine Beweisskizze hat für einige Unruhe gesorgt, nicht wahr?«, begann Lombardi.

»Das kannst du so sagen!« Badalamenti berichtete in knappen Worten von den Demonstrationen auf dem Petersplatz, wie sich die Lage immer mehr zuspitzte und plötzlich Unbekannte den Kardinalstaatssekretär als Geisel nahmen.

»Man weiß immer noch nicht, wer das war?«, erkundigte sich Lombardi.

»Die Untersuchungen laufen. Aber es handelte sich ziemlich sicher nicht um einfache Demonstranten. Das war jemand, der einen lange gewachsenen Groll gegen die Kirche hegte und die Gelegenheit nutzte, um den größtmöglichen Schaden anzurichten.«

»Wer sollte einen solchen Groll auf die Kirche haben?«

»Denk nach«, entgegnete Badalamenti. »Es gibt eine ganze Menge solcher Leute. Der Bericht von Sébastiens Beweis hat sie aufgeweckt, und dann scheint sie jemand gezielt mit Falschmeldungen gefüttert zu haben. Jemand dürfte einfach nur versucht haben, die Gunst der Stunde zu nutzen, um der Kirche maximalen Schaden zuzufügen.«

Lombardi musste zugeben, dass Badalamenti vermutlich recht hatte.

»Diese Physikerin«, begann der Industrielle.

»Amirpour.«

»Richtig. Wenn sie bestätigen kann, dass es sich bei Sébastiens Arbeit nicht um ein blasphemisches Werk handelt, dann wäre das eine große Erleichterung für die Kirche. Für uns alle.«

»Da hast du sicher recht.«

Badalamenti sah zu Boden. »Wenn sie allerdings öffentlich das Gegenteil behauptet, könnte das zum Problem werden. Es könnte die Konflikte wieder aufflammen lassen.«

»Warum sollte sie das tun?«

Badalamenti sah ihn nachdenklich an.

»Du meinst, sie könnte der Kirche schaden wollen?«, fragte Lombardi. »Weil sie Naturwissenschaftlerin ist?«

»Eine Naturwissenschaftlerin mit muslimischen Wurzeln.«

Lombardi ließ sich den Gedanken durch den Kopf gehen. Er fand nicht, dass das eine Rolle spielte. Doch das Schicksal der Kirche lag in ihren Händen. Ein weiterer Grund, bald mit ihr zu sprechen. »Ich rede mit ihr. Mach dir keine Sorgen.«

Badalamenti gab sich damit zufrieden. »Und was ist mit dir?«, fragte er.

»Was meinst du?«

»Du weißt, was ich meine.«

Lombardi dachte nach. Das Bild, wie sie gemeinsam auf Badalamentis Terrasse gesessen hatten, tauchte vor seinem inneren Auge auf. Es schien aus einer fernen Zeit zu stammen. Ob sich an seinen Überzeugungen etwas geändert hatte, konnte er noch nicht mit Bestimmtheit sagen. Aber die Schwermut von damals kam ihm lächerlich vor. Er erkannte, dass er ziemlich sicher war, was er als Nächstes tun würde.

»Du musst nicht darüber reden«, sagte Badalamenti schließlich.

»Schon gut. Ich denke, das, was passiert ist, hat etwas in Gang gesetzt. Ein paar Dinge sind mir klarer.«

Danach sprachen sie noch eine Weile über das Wetter in Rom. Badalamenti wirkte nun sehr erleichtert. Seine Lebensgeister schienen zurückzukehren. Dann verabschiedete er sich und versprach, in den nächsten Tagen wiederzukommen.

Als er weg war, hielt Lombardi es nicht mehr aus, streckte die Beine unter der weißen Bettdecke hervor und machte sich auf den Weg in Amirpours Zimmer.

Vorsichtig schob Lombardi die Tür auf. Als er sie dort liegen sah, war er erleichtert. Sie sah etwas blass aus, aber ihr Gesicht war friedlich, und mit ihrem schwarzen Haar und ohne ihre Brille war sie sehr schön. Er versuchte, das Bild aus der Abteikirche zu verscheuchen. Nichts erinnerte mehr an die Frau, die er dort gesehen hatte.

Sie schien seine Anwesenheit zu spüren und öffnete die Augen einen Spalt.

»Da sind Sie ja«, sagte sie.

»Wie geht es Ihnen?«, fragte er leise.

»Ich bin noch da«, antwortete sie. »Dank Ihnen.«

»Es ist doch eher umgekehrt«, widersprach er.

Das entlockte ihr ein Lächeln, nur kurz, bevor sie wieder ernst wurde.

»Danke«, sagte sie.

»Wofür?«

»Sie wissen schon.«

Lombardi nickte. Eine riesige Last fiel von ihm ab. Die Amirpour, die er in der Kirche gesehen hatte, war nicht sie selbst gewesen. Etwas war da zum Vorschein gekommen, das im Alltag unsichtbar blieb. Viele Menschen hatten eine solche verborgene Seite, die sie nicht zeigen wollten. Er hatte das während vieler Beichtgespräche gelernt. Manchen Menschen war man es schuldig, sie nach dem zu beurteilen, was sie zeigten, nicht nach dem, was sie waren. Letzteres konnten sie sich nicht aussuchen, aber sie konnten entscheiden, wie sie damit umgehen wollten.

»Ich wollte Sie noch etwas fragen«, gestand Lombardi. »Das, was Philipp gesagt hat. Dass Sie für einen Geheimdienst arbeiten.«

Amirpours Miene verfinsterte sich. »Nicht Sie auch noch.«

»Also ist es nicht wahr?«

»Natürlich nicht!«, gab Amirpour zurück.

Doch Lombardi sah, dass da noch etwas war. Sie tat sich schwer, es auszusprechen.

»Ich war in Kontakt mit solchen Leuten. Man wollte mich anwerben, versprach mir große Forschungsbudgets. Aber ich habe abgelehnt. Ich bin sicher, die haben inzwischen jemand anderen gefunden.«

Lombardi war erleichtert. »Pater Blessings sagte etwas, dass Ihre Forschung über fragwürdige Quellen finanziert wird. Ich bin froh, dass das nicht stimmt.«

Amirpour zögerte.

»Oder stimmt es doch?«, fragte er.

»Es gibt da etwas, das ich überprüfen muss, wenn ich wieder gesund bin«, antwortete sie.

Lombardi nickte. Vielleicht hatte Blessings also doch recht gehabt. Er war geneigt, Amirpour zu glauben, dass sie Geldmittel angenommen hatte, ohne die Quellen ausreichend geprüft zu haben. Sie würde das in Ordnung bringen, davon war er überzeugt.

Lombardi fand, dass er seinen lädierten Hals genug beansprucht hätte, aber er beschloss, noch eine Weile hier sitzenzubleiben. Er fühlte sich in ihrer Gegenwart wohl. Das war keine Illusion gewesen.

»Wo Sie gerade davon sprechen, das Richtige zu tun«, begann er. »Sie haben gehört, was sich in Rom abgespielt hat, während wir in der Abtei waren?«

Sie nickte. »Im Groben.«

»Die Leute glauben, Sébastien hätte versucht, Gott zu widerlegen.«

»Das ist aber falsch«, erwiderte sie sofort.

Lombardi nickte. Er zögerte. Sie spürte seine Unsicherheit.

»Was ist los?«

»Es ist nur so – im Vatikan kennt man diesen Beweis nicht. Es wäre für alle eine große Erleichterung, wenn Sie für etwas Aufklärung sorgen könnten. Natürlich erst, wenn Sie sich besser fühlen.«

Amirpour nickte schwach.

»Sie machen es also? Sie machen öffentlich, was Sie gesehen haben?«

»Warum nicht? Ich verstehe nicht, worauf Sie hinauswollen.«

Dann sah er in ihrem Gesicht, wie der Groschen fiel. Sie lachte mit einer Kraft, die er ihr nicht zugetraut hätte. »Glauben Sie etwa, ich würde der Kirche eins auswischen wollen? Indem ich die Medien belüge? Lombardi, Sie enttäuschen mich. Ich dachte, Sie hätten mich in den letzten Tagen besser kennengelernt.«

»Ich dachte nur … Sie haben einige Dinge gesagt …«

»Stimmt. Ich war wütend. Was hätten Sie gesagt, in meiner Situation?«

Nun musste er auch leise lachen. Er hielt sich zurück, damit sein Hals nicht schmerzte. »Sie haben recht. Wie dumm von mir.«

Nach einer Weile verstummten sie. Auf einmal tauchte ihre schmale Hand unter der Decke auf und griff nach seiner.

Lombardi war so perplex, dass er zuerst nicht reagierte. Dann bemerkte er, dass er sich verkrampfte. Sie schien es auch zu bemerken. Sie lockerte ihren Griff, und er zog seine Hand zurück.

»Es tut mir leid«, sagte sie. »Ich bringe Sie in Verlegenheit.«
»Nein«, widersprach er schnell.
»Ihr Gelübde. Es ist unangemessen.«
Da lächelte Lombardi und schüttelte den Kopf.
»Sie liegen falsch«, erklärte er. »Es gibt da jemanden.«
Sie riss überrascht ihre Augen auf.
»In Afrika«, fügte er hinzu.

Ihr Blick fiel auf den Anhänger aus Speckstein, den Lombardi um den Hals trug. Er hob das geschnitzte Motiv einer Schlange mit der abgebrochenen Spitze hoch und zeigte es ihr. Der Makel erinnerte ihn immer daran, dass dieser Anhänger sein Leben gerettet hatte.

»Ein Flussgott«, sagte er. »Er stammt von ihr.«
Einen Moment lang herrschte Stille.
»Was tun Sie dann hier?«, fragte sie.
»Das ist kompliziert.«

Amirpour nickte, dann schlug sie die Augen nieder und schlief ein.

Als Lombardi auf wackeligen Beinen zurück in sein Zimmer ging, dachte er darüber nach, dass es eigentlich gar nicht sonderlich kompliziert war.

109

Sohn eines Priesters packt aus: »Mein Bruder entführte den Kardinal«

Rom. Heute hat sich der achtunddreißigjährige Massimo Zanolla an die Behörden gewandt. Er behauptet, sein Bruder sei für die letzte Nacht spektakulär zu Ende gegangene Geiselnahme in den Vatikanischen Gärten verantwortlich, deren Drahtzieher nach wie vor unbekannt sind.

»Alle kannten ihn als ruhigen, höflichen Menschen, aber in Wirklichkeit war er ganz anders«, sagt Zanolla. »Er hat nie verkraftet, dass unser Vater seine Familie verlassen hatte.« Sein Vater, so erklärt der Mann, sei Monsignore Monti gewesen, ein Priester aus der sizilianischen Stadt Catania. Er habe im Geheimen mit der zwanzig Jahre jüngeren Mutter Zanollas gelebt. Doch als sich ihre Beziehung herumzusprechen begann, verließ Monti die junge Frau, die gerade zum zweiten Mal von ihm schwanger war. »Wir mussten ohne Vater aufwachsen, während er weitermachte, als wäre nichts gewesen«, so Zanolla.

Was seinen Bruder angeht, der als Kunsthistoriker im Vatikan arbeitete und laut Zanolla seit letzter Nacht verschwunden ist, so war von den Behörden bislang keine Stellungnahme zu bekommen. Vatikan-Experten melden Zweifel an der Geschichte Zanollas an. Es gebe keinerlei Verbindung zwischen ihm und den Vorgängen in Saint Michel à la gorge, und außerdem sei es unrealistisch, dass ein einfacher Historiker eine Spezialeinheit der italienischen Polizei so in Atem halten kann.

Zanolla weist darauf hin, dass sein Bruder in einschlägigen Internetforen an die Informationen gelangt sei und seit einigen Jahren mit radikalen Kirchenkritikern in Kontakt gewesen sei. Er legte zum Beweis Kopien von Chatprotokollen und Bestellbestätigungen für Düngemittel vor, deren Echtheit derzeit geprüft wird. Seit dem Tod des Vaters, der in seiner Heimatgemeinde sehr beliebt war, sei er in eine immer tiefere Depression gerutscht. »Ich wusste, dass etwas Schlimmes passieren würde, aber niemand hat auf mich gehört«, berichtet Zanolla. »Das Video dieses Mönchs war genau das, worauf er gewartet hat.«

Monsignore Montis ehemalige Gemeinde weist die Geschichte, der Priester sei Vater von zwei Kindern gewesen, scharf zurück. Der Vatikan nahm zu Monti bisher nicht Stellung.

110

Claudia war sehr nervös, als sie an das Rednerpult trat. Sie trug ein langes, nach oben geschlossenes Kleid, das sich fremd anfühlte. Das hier war nicht sie, sie bezweifelte, dass man sie in diesem Aufzug ernst nehmen würde. Sie kam sich vor wie eine Betrügerin, die den Leuten etwas vormachte.

Doch nun war sie hier, es gab kein Zurück. Die Menschen im vollbesetzten Auditorium der Universität Rom warteten auf ihren Vortrag. Ihr Professor hatte sie dazu überredet. *Du kennst dich damit besser aus. Ich würde mich nur lächerlich machen.* Das stimmte zwar, sie kannte sich wirklich besser aus. Aber das hieß nicht, dass sie um jeden Preis vor so einer Menschenmenge den Beweis dafür antreten musste.

Jemand räusperte sich im Saal. Die Menge wartete.

Claudia blickte auf ihre Notizen. Nur ein paar Stichworte standen darauf. Sie hatte sich vorgenommen, möglichst frei zu sprechen. Als sie über das Thema nachdachte, hielt sie sich vor Augen, dass die Leute deshalb gekommen waren, nicht wegen ihr. Das half. Und so begann sie zu sprechen.

Sie begrüßte die Anwesenden, bedankte sich für die Einladung und begann ihren Vortrag mit einer Chronologie der Ereignisse in der Abtei Saint Michel à la gorge, bevor sie von Pater Sébastien erzählte – seiner früh entdeckten Hochbegabung, seiner naturwissenschaftlichen Arbeit und schließlich seiner erst nach seinem Tod enthüllten logisch-theologischen Werke.

»All das ist den meisten von Ihnen vermutlich bekannt«, sagte sie. »Deshalb lassen Sie mich nun auf den Teil von Sébastien Mondets Arbeit eingehen, der bislang Gegenstand so vieler Spekulationen war. Wie Sie wissen, gilt diese Arbeit nach heutigem Wissensstand als verloren. Und dennoch gibt es das eine oder andere darüber zu berichten.«

Sie fing an, das zu erzählen, was sie seit ihrem Gespräch mit der Quantenphysikerin Samira Amirpour erarbeitet hatte. Alle anderen Personen, die den Beweis womöglich gekannt hatten, waren nicht mehr am Leben. Amirpour hatte nur einen kurzen Blick darauf erhaschen können, war sich allerdings sicher gewesen, womit sie es zu tun hatte. Und je länger Claudia recherchiert hatte, desto mehr wuchs ihre Überzeugung, dass Amirpour recht hatte. Diese Sicht der Dinge schilderte sie nun dem Publikum, bis sie von einem Journalisten einer großen italienischen Tageszeitung unterbrochen wurde.

»Ich verstehe rein gar nichts mehr«, gestand der Mann. »Wie kann dieser Mönch die ganze Weltöffentlichkeit an der Nase herumführen? Waren sich die Experten nicht einig, dass es sich um eine Widerlegung Gottes handelt?«

Nun kam der unangenehme Teil. »Das ist leider nicht ganz richtig«, begann sie. »Es stimmt, dass viele Experten das glaubten. Es gab allerdings andere Experten, die Zweifel hatten. Nur drangen sie in den Medien nicht durch.« Sie nahm sich einen Moment, um ihre Gedanken zu sammeln. »Ist Ihnen der Begriff der Nicht-Euklidischen Geometrie vertraut?«

Er verneinte. »Was hat das damit zu tun?«

»Das antike Werk Euklids, der die gesamte Welt der Geometrie auf wenige Grundprinzipien zurückführte, gilt als eine der größten gedanklichen Leistungen der Menschheit. Euklid erklärte, dass ein Punkt etwas sei, das keine Teile hat, eine Linie sei eine Länge, die keine Breite besitzt. Aus diesen und noch ein paar weiteren naheliegenden Annahmen schuf er ein System, das so mächtig war, dass Mathematik und Naturwissenschaft jahrhundertelang alle wissenschaftlichen Probleme in die Geometrie übersetzten, um sie dort zu lösen. Isaac Newtons Mechanik etwa basiert nicht auf Formeln über Zahlen, sondern agiert mit Punkten und Linien. Erst als René

Descartes seine »cartesischen« Koordinaten einführte, kehrte sich der Trend um, und die Mathematik entstand, die wir heute kennen. Euklids Geometrie war genial, doch sie hatte ein Problem: Sie basierte auf einer falschen Annahme.«

Im Saal war es still. Claudia begann, diesen Vortrag zu genießen.

»Euklid ging von einer Annahme aus, der auch die meisten von Ihnen zustimmen würden, nämlich, dass der Raum *flach* ist. Was meine ich damit? Zwei Eisenbahnschienen, die exakt gerade und zueinander parallel sind, haben auch in beliebiger Entfernung immer den gleichen Abstand. Richtig, oder?«

»Das ist doch klar«, sagte der Journalist. »Worauf wollen Sie hinaus?«

»Ich will darauf hinaus, dass es *falsch* ist! Die Erde ist eine Kugel, wie Sie wissen. Wenn die beiden Schienen exakt gerade über die Erdoberfläche verliefen, würden sie sich irgendwann kreuzen. Die Erdoberfläche ist nicht flach, sie ist *gekrümmt*.«

Der Journalist machte ein verdutztes Gesicht.

»Trösten Sie sich, Immanuel Kant machte denselben Fehler. Er glaubte sogar, dass es sich dabei um unbezweifelbares Wissen handelt. Es darf uns also nicht wundern, dass viele Denker der Geschichte sich mit diesem Aspekt von Euklids Arbeit beschäftigten. Die Flachheit des Raums erschien ihnen so einleuchtend, dass sie versuchten, sie zu beweisen, statt sie als Annahme zu den Axiomen hinzuzufügen. Sie nahmen versuchsweise an, der Raum sei *nicht* flach, und versuchten zu zeigen, dass dabei nur Unsinn herauskommt. Das gelang ihnen natürlich nicht, weil diese Frage, wie wir heute wissen, im System Euklids nicht *entscheidbar* ist. Der Mathematiker Franz Taurinus war der Erste, der das verstand und das Konzept einer hyperbolischen Geometrie entwickelte. Man kann also gefahrlos einen nicht flachen Raum annehmen und damit rechnen. Zum Glück, denn wichtige wissenschaftliche Theorien wie die Relativitätstheorie basieren auf dem Konzept eines gekrümmten Raums.«

Im Saal herrschte Totenstille. Der Journalist räusperte sich vorsichtig. »Was hat das mit Sébastien Mondets Arbeit zu tun? Wenn er Gott nicht widerlegen wollte, was dann?«

»Alles, was er uns zeigen wollte, war: Die Annahme, Gott existiere nicht, führt zu keinem Widerspruch. So, wie die Annahme eines gekrümmten Raums nicht zu einem Widerspruch führt. Es hätte uns früher auffallen sollen. Sébastien wollte mit rein logischen Mitteln zeigen, dass die Frage nach der Existenz Gottes für den Verstand nicht *entscheidbar* ist. Darum ging es in seinem Beweis, und dafür musste er Neuland betreten. Er musste nicht nur ein scheinbares Sakrileg begehen, indem er annahm, Gott existiere nicht, er musste auch den Anspruch, Gott beweisen zu können, ein für alle Mal aufgeben. Der Glaube ist etwas Persönliches für jeden Menschen, aus rationaler Sicht ist er nicht von Unglauben zu unterscheiden. Die Menschen sind in dieser Hinsicht also wirklich frei. Das wollte Sébastien zeigen.«

Gemurmel schwoll an. Zwischenfragen wurden gerufen. Jemand rief: »Blasphemie!«, ein anderer: »Er kann aber nicht existieren!«

Claudia sah es mit trauriger Genugtuung. Sie hatte damit gerechnet.

Und da stürzen sie ein, die Lehrstühle. Wie Sébastien es prophezeit hat.

Die Leute brauchten einfach noch Zeit. Im Vatikan hatte man es inzwischen verstanden. Kardinalstaatssekretär Gnerro hatte sich für ein neues Programm starkgemacht, das die Arbeit des inzwischen verlassenen Klosters Saint Michel à la gorge weiterführen sollte. Offiziell, nicht im Geheimen in irgendeinem Tal weit weg von Rom. Eine der geplanten Aufgaben war die Sichtung des Nachlasses von Sébastien Mondet und der Versuch, seinen Beweis zu rekonstruieren. Ob das gelingen konnte, war derzeit sehr unklar. Aber Claudia, die eine der ersten Angestellten des neuen Programms war, hatte Hoffnung, nicht zuletzt, weil es ihr gelungen war, Samira Amirpour für das Programm zu interessieren. Sie hatte sich überraschend offen gezeigt, und es bahnte sich eine interessante Zusammenarbeit mit der geistreichen Frau an. Claudia hätte auch den römischen Weihbischof gern dabeigehabt, von dem Amirpour und Alessandro Badalamenti ihm so viel erzählt hatten und den sie noch immer nicht persönlich kennengelernt hatte. Doch obwohl sie es immer wieder probiert hatte, war es ihr noch nicht gelungen, ihn zu erreichen.

Es hieß, er sei auf dem Weg nach Afrika. Was er dort wollte, hatte ihr niemand sagen wollen. Badalamenti war besonders kryptisch gewesen.

Sie würde es wieder probieren.

NACHWORT

Dieses Buch ist die Erfüllung eines Traums. Ich wollte eine Abenteuergeschichte über einige der faszinierendsten Themen meiner Studienzeit schreiben – Fragen aus Wissenschaft, Religion, Gut und Böse, Mathematik, Physik, Kirchengeschichte. Es sind Themen, die manchmal als schwer oder trocken angesehen werden, für mich aber immer Abenteuerthemen waren. An den Universitäten kommen diese Dinge oft in reichlich abstrakter, schwer zugänglicher Form auf uns zu, und sicherlich liegt das daran, dass es sich um Themen handelt, die nahe an den Grenzen der menschlichen Erkenntnis angesiedelt sind. Ihre Schwierigkeit liegt also in ihrer Natur. Das ändert aber nichts an ihrer Abenteuerlichkeit, und ich weiß, dass die Forschenden an den Universitäten, zu deren Fachgebieten diese Themen gehören, in der Regel von derselben Faszination angetrieben werden, die auch die Motivation für dieses Buch war.

Das besonders Reizvolle an Geschichten wie dieser ist, dass es nicht nötig ist, etwas zu erfinden. Es genügt völlig, die Welt so darzustellen, wie sie ist. So haben denn auch alle hier vorkommenden Fakten, Theorien und Mutmaßungen eine reale Grundlage. Insbesondere ist der Konflikt zwischen Wissenschaft und katholischer Kirche weit weniger ausgeprägt als vielfach angenommen. Gerade die Kirche hat sich besonders um eine Versöhnung bemüht, wie ein Blick in die Dokumente des Zweiten Vatikanischen Konzils zeigt. Auch Papst Franziskus betont, wie wichtig der Dialog mit der Wissenschaft sei und dass die intellektuelle Fähigkeit, nach der Wahrheit zu suchen, gottgegeben sei. Ich gebe zu, dass der von mir erwähnte Quantencomputer ein Schuss ins Blaue ist. Noch sind sich die Experten nicht ganz einig, ob es eine solche Maschine in den nächsten Jahren geben wird. Doch die Intensität, mit der sich die kryptologische Wissenschaftsgemeinschaft auf das Auftauchen eines solchen Computers vorbereitet, spricht für sich. Und die Erfahrung zeigt, dass Technologien zum Knacken von Codes oft im Geheimen in militärischen Forschungseinrichtungen entwickelt wurden, bevor sie das Licht der Öffentlichkeit erblickten, wie das etwa beim RSA-Verfahren der Fall war. Die Wahrscheinlichkeit ist groß, dass wir vom ersten funktionierenden Quantencomputer zum Knacken von Codes nichts erfahren werden, und ich halte es sogar für recht plausibel, dass es einen solchen bereits gibt.

Zugegeben, dieses spezielle Kloster am Fuß des Montblanc existiert nicht. Dennoch ist nichts erfunden, sondern realen Abteien nachempfunden – die Geheimgänge, die mehrstöckigen gotischen Gebäude, der zugemauerte Kirchenraum, all das gibt es wirklich. Auch Einstürze von Gebäudeteilen waren im Mittelalter in Abteien wie Saint Michel à la gorge keine Seltenheit. Viele Klöster wurden zudem über einstigen Einsiedeleien errichtet. Auch für historische Details wie die Nutzung als Gefängnis gibt es eine reale Vorlage. Und natürlich wurden viele dieser Klöster modernisiert, manche werden mittels Wärmepumpen beheizt, manche gewinnen ihren Strom mit Farbstoffsolarzellen auf den Dächern.

Was die unglaubliche Geschichte von Kurt Gödels mysteriösem Gottesbeweis angeht, den er nie veröffentlicht hat, so habe ich nichts dazuerfunden. Lediglich die Idee einer Weiterentwicklung dieses Gottesbeweises ist fiktiv, aber an realen Beispielen aus der Wissenschaft orientiert. Leider mussten viele seiner Vorgänger und Wegbegleiter unerwähnt bleiben. Ich empfehle hier, alles über das Hilbertsche Programm, Bertrand Russell und den Wiener Kreis zu lesen, was Ihnen in die Finger kommt. Und wenn das nicht Ihr Ding ist, dann fragen Sie doch in Ihrer Buchhandlung nach weiteren Geschichten wie dieser, die Sie auf eine Abenteuerreise durch einige weniger bekannte Gebiete der Wissenschaft mitnehmen und zeigen, welch ein fantastischer, mysteriöser Ort diese Welt ist, in der wir leben.

MEIN DANK GILT:

Christine Wiesenhofer, die sich vor gut zehn Jahren als Erste für dieses Buch eingesetzt hat, Lars Schlutze-Kossack und die Literarische Agentur Kossack, ohne den diese Geschichte noch immer in der Schublade liegen würde, Martina Wielenberg und Bastei Lübbe, die aus einem unfertigen Manuskript voller Fehler dieses schöne Buch gemacht haben, Joe Fischler, der wichtiges Feedback zum Plot gegeben hat, den Testleserinnen und Testlesern, allen voran Clara Schmikl-Reiter und Simon Schmikl, Philipp Jagusch, Christine und Lena Kummer, Andreas Thaller; Harald Höglinger für Knowhow, Wolfgang Pergler für Kaffeetrinken, Daniel Haberl für Klettern, Marc Pincus für Slacklinen, Angela Pilz, mit der ich um ein Abendessen wettete, dass dieses Buch einen guten Verlag finden würde (das Essen war köstlich), Stefan Schmid, der in dem Manuskript schon Bestseller-Qualitäten sah, als sie noch nicht vorhanden waren, Christian Lang, der an der Grazer Uni eine Vorlesung zum Thema Quantencomputer hielt, die eigentlich nicht ins Studienprogramm passte, meinen Eltern, die mir als Kind die schönsten Abteien und Kathedralen Europas zeigten, meiner Schwester Evelyn, die mir zum richtigen Zeitpunkt erklärte, dass ich alles schaffen kann, was ich mir vornehme, und schließlich Romy Supp, die mit mir besondere Orte erkundet, mich immer unterstützt und die diesen feinen Sinn für Geschichten hat.

Danke euch von ganzem Herzen, dass ihr mich auf dieser Reise begleitet habt!

XNXAJSDBXBPFTWWSWL

Die Community für alle, die Bücher lieben

In der Lesejury kannst du
★ Bücher lesen und rezensieren, die noch nicht erschienen sind

★ Gemeinsam mit anderen buchbegeisterten Menschen in Leserunden diskutieren

★ Autoren persönlich kennenlernen

★ An exklusiven Gewinnspielen und Aktionen teilnehmen

★ Bonuspunkte sammeln und diese gegen tolle Prämien eintauschen

Jetzt kostenlos registrieren: www.lesejury.de

Folge uns auf Instagram & Facebook:
www.instagram.com/lesejury
www.facebook.com/lesejury